Felice Picano wurde in New York geboren. Nach dem Studium am Queen's College wurde er Sozialarbeiter, Herausgeber einer Zeitschrift und Leiter einer Buchhandlung. Neben Romanen schreibt er auch Kurzgeschichten, Dramen und Gedichte. Seine besondere Vorliebe gilt den Dingen, die auf wissenschaftlicher Ebene nicht zu erfassen sind.
Gegenwärtig lebt und arbeitet Felice Picano in New York.

Von Felice Picano sind außerdem erschienen:

»Gefangen in Babel« (Band 1053)
»Doppelbegabung« (Band 1452)
»Hypnose« (Band 1804)

Deutsche Erstausgabe Januar 1991

Titel der Originalausgabe »To The Seventh Power«

Originalverlag William Morrow and Company, Inc., New York
Umschlaggestaltung Manfred Waller
Umschlagfoto Photodesign Mall
Satz Compusatz GmbH, München
Druck und Bindung brodard & taupin
Printed in France 5 4 3 2 1
ISBN 3-426-03112-4

Felice Picano:
Die siebte Kraft

Roman

Aus dem Amerikanischen von Stefan Trossbach

Knaur

»Dieses Menuett für drei Stimmen schrieb Wolfgangerl am Abend vor seinem fünften Geburtstag, am 26. Januar um halb zehn, in einer halben Stunde ...«

Leopold Mozart in einem Übungsheft der Familie

Erstes Buch

BARRY

1

»Ich weiß, was du jetzt denkst!«
Barry Allen Brescia brauchte sich nicht umzudrehen. Er wußte auch so Bescheid. Diese Stimme, die klang wie Stahldraht, den man in triefenden Honig getaucht hatte, konnte nur einem Menschen gehören: Martina Kalb. Das Weib hatte sich irgendwie an ihn herangeschlichen, während er über dem Geschäftsbuch grübelte.
»Hi, Marty!« Barry klappte das große rechteckige Kontobuch zu und versuchte zu lächeln. Seine Kundin war heute ziemlich exotisch aufgemacht: weiße Lederstiefel, die bis fast zu den fetten Knien ihrer Stummelbeine reichten, ein Wildlederrock, der ihr »gebärfreudiges Becken« (so nannte sie es kokett) umspannte, ein hellblauer tibetanischer Wollpullover und darüber ein unverhältnismäßig großes Schultertuch, an dem bunte Quasten flatterten. Auf ihrem breiten Gesicht lagen wie immer dicke Schichten Schminke, zu beiden Seiten wurde es von riesigen Silberohrringen eingefaßt. Angesichts der zahlreichen Hobbyesoteriker und Amateurhexen in der Back Bay schien dieser Aufzug nicht besonders aufsehenerregend. Diese Typen waren Barrys Sargnägel, seit er die Geschäftsführung des »Ephemeris« übernommen hatte, der schicken Esoterik-Boutique in der Newbury Street.
»Na?« Sie schürzte die Lippen in einem höhnischen Grinsen, das eigentlich ein Schmollmündchen sein sollte. »Willst du mich denn nicht fragen?«

Barry rief sich in Erinnerung, daß Marty Kalb eine gute Kundin war, die pro Besuch ein- bis zweihundert Dollar im Laden ließ – und ihre Besuche waren häufig. Das bewog ihn, die Kopfschmerzen in der Stirnhöhle zu vergessen, die er beim Aufwachen gespürt hatte und trotz drei Tylenol-Tabletten und zwei großer Tassen schwarzen Kaffees noch spürte; bewog ihn, seine brennenden Hämorrhoiden zu vergessen, ebenso wie die Steuern, mit denen er im Rückstand war; er vergaß, daß er irgendwann in naher Zukunft wahrscheinlich wieder mit Marty würde »schlafen« müssen, was tagelange Bißspuren an seinen Genitalien bedeutete.

»Schieß los!« sagte er, während sie auf den Ladentisch zutrat, und wünschte sich halb, sie würde ihn von seinem Elend erlösen.

»Nun«, begann sie, immer noch näher kommend und mit verspielt großartigem Gehabe, »ich glaube, du hast darüber nachgedacht, wieviel Geld ich dem Laden schulde. Du weißt schon, meine Rechnung. Ich war letzte Woche auf Barbados und bin gerade erst zurückgekommen. Darum hab ich dir einen Scheck mitgebracht.« Und mit viel Effekthascherei ließ sie ihre große Handtasche auf den Ladentisch fallen, kramte darin nach ihrem Scheckheft, nahm dann auf der Tischplatte Platz und beugte sich zu Barry hinüber, während sie den Betrag einsetzte.

Er hatte vergessen, daß ihre Rechnung in der Tat länger offengeblieben war als sonst. Das Geld würde ihm helfen, wenn er morgen seinem Rechnungsprüfer, Tom Jarmin, Rede und Antwort stehen mußte. Süß, daß sie damit vorbeikam! Und trotz ihres überwältigenden Moschusdufts lächelte er sie so freundlich an, wie seine pochenden Stirnhöhlen es zuließen.

»Ich hab mich schon gefragt, wie ich diesen Monat über die Runden kommen soll«, sagte er.

»Wußt ich's doch!« Sie hielt den Scheck hoch, steckte ihm das

Papier dann in die Hemdtasche und streifte dabei eine seiner Brustwarzen.

»Wie immer«, gab er zu.

Und in genau diesem Moment bemerkte Barry das junge Mädchen im Laden. Er hatte es nicht hereinkommen sehen – wo war Elaine heute? Sie hatte sich schon eine Stunde verspätet. Mit seinem dunklen Haar und so jung, wie es aussah – es schien unter zwanzig zu sein –, wirkte das Mädchen drüben zwischen den etwas kostspieligeren Werken über Astrologie wie eine Studentin – Harvard oder MIT. Letzte Woche waren Barry drei von diesen Büchern abhanden gekommen. Vielleicht war ja *sie* diejenige, welche... So still, fast ohne sich zu bewegen: genau die Sorte, die unbemerkt Kaffeetische in Rucksäcken verschwinden ließ.

»...und natürlich mußt du auch kommen, nicht nur in deiner Eigenschaft als Geschäftsführer dieses Ladens, sondern weil wir unbedingt ein Medium *brauchen*. Du weißt ja, wie ungemütlich dieses Volk aus Marblehead werden kann!« Marty redete und redete und rutschte dabei noch weiter über die Tischplatte auf ihn zu, so daß der Rock jedesmal einen Zentimeter mehr von ihren fleischigen weißen Oberschenkeln sehen ließ. Der Vorteil daran war, daß Barry sich hinter ihr verstecken und trotzdem das Mädchen im Auge behalten konnte. Jetzt blätterte es in Hans Wittes *Traktat über genaue Zukunftsprognosen mittels des Sonnenbogens* – schwere Lektüre, von den $ 29.95 für eine broschierte Ausgabe ganz zu schweigen.

»Du *wirst* doch kommen, versprichst du's?« bettelte Marty wie ein kleines Mädchen und fügte hinzu: »Dafür tu ich dir auch was *Nettes*«, wobei ihre spitze Zunge über den fast schwarzen Lippenstift glitt.

»Wenn die anderen nichts dagegen haben.«

»Keiner hat was dagegen!« erklärte sie, stand dann auf,

strich sich den Rock glatt und lächelte. »Mann, du bist toll. Jill war bescheuert, wenn du mich fragst. Wenn ich nicht durch mein Karma, das bis in Akhenatens Zeiten zurückreicht, an Chas gebunden wäre...« Sie stockte und ließ die Drohung unbeendet. »Ich hol dich ab. Okay?«
»Klar. Abgemacht!« antwortete er. »Übermor...«
»Um halb sieben. Zieh diese wunderhübsche Harris-Tweedjacke und die Lederkrawatte an! Dadrin bist du regelrecht zum Anbeißen!« Sie warf ihm eine Kußhand zu, stolzierte davon und blieb noch eine Sekunde an einem niedrigen Tisch stehen, um beiläufig ein Buch über Mayatempel aufzuschlagen; dann hob sie die Hand zu einem Abschiedsgruß und verschwand endgültig nach draußen.
Stille. Das fremde Mädchen las immer noch. Vor der Tür sah es nach Regen aus. Barry haßte Boston bei Regen. Diese Stadt war für klaren Himmel geschaffen, ob bei Sommerhitze oder eisigem Winter. Bei Regen wirkten die Farben der Gebäude immer falsch.
Barry fragte sich, ob er zu dem Mädchen hingehen, ob er bei Elaine anrufen, ob er ...
»Er wird zurückkommen.«
Das Mädchen hatte sich herumgedreht, dabei kaum merklich den Kopf gehoben und leicht zur Seite geneigt; es hatte leise gesprochen.
»Wie?«
»Der Scheck, den sie Ihnen gegeben hat. Der, den sie Ihnen in die Tasche gesteckt hat. Ihre Bank wird ihn mit dem Vermerk ›Nicht gedeckt‹ zurückgehen lassen. Diese Frau kann nichts dafür.«
»So?« sagte er. »Das wäre aber eine Überraschung! Ihrem Mann gehört praktisch die ganze Innenstadt.«
Sie hatte Barry jetzt ihr Profil zugewandt, und dieses Profil kam ihm irgendwie bekannt vor. »Haben Sie die Absicht, dieses Buch zu kaufen, Miss?«

»Ja.«
»Sie wissen, daß es dreißig Dollar kostet.«
»Ich weiß.« Ihre Stimme war noch leiser als vorher geworden.
»Bringen Sie's einfach an die Theke hier, wenn Sie fertig sind.«
Sie wandte ihm ihr Gesicht zu, und sie war keineswegs ein graues Mäuschen. Im Gegenteil. Auf eine europäische Art wirkte sie richtig hübsch – lauter Ecken und Kanten, mit wunderschönen Lippen und großen braunen Augen. Zornigen Augen.
»Ich habe *nicht* die Absicht, es zu stehlen, wissen Sie.«
»Wer hat das denn behauptet?«
Jetzt voll Entschlossenheit, marschierte sie an den Ladentisch, knallte das Buch darauf und zog zwei Zwanziger aus ihrer Tasche.
Eine leichte Kopfbewegung nach links. Wieder sekundenlang dieses vertraute Profil. Von wem?
»Tut mir leid. Normalerweise bin ich kein mißtrauischer Typ. Ich habe nur furchtbare Kopfschmerzen und mache mir Sorgen wegen einer Zusammenkunft mit meinem Rechnungsprüfer.«
»Ich habe es Ihnen ja gesagt. Der Scheck wird platzen.«
Das brachte ihn zum Stocken.
»Wollen Sie etwa behaupten, Sie wären echt? Wir haben so viele Schwindler hier, daß ich's ihnen fast ansehe.«
»Davon weiß ich nichts …« Wieder dieses Stimmchen, diese aufsteigende Röte. Ihre Augen waren niedergeschlagen.
»Sie sind hübsch«, meinte er.
»Ach nein!« Ihre Entschlossenheit war zurückgekehrt.
Aber da ihm selbst das vertraut vorkam, fuhr er fort.
»Was wissen Sie sonst noch über meine Zukunft?«
»Nichts. Ich hätte nicht …«

»Ich bin hart im Nehmen.«
»Noch vor Ablauf einer Woche werden Sie mehr Geld bekommen. Aus einer völlig unerwarteten Quelle. Mehr als genug für Ihre Zwecke. Und ich wette, der geplatzte Scheck wird ihr so peinlich sein, daß sie in bar bezahlt.«
»Und sonst nichts?«
Sie schwieg.
»Wie wär's, wenn Sie mir meine Karte zeichnen? Daher wissen Sie das doch alles, stimmt's? Durch dieses Uranus-Astrologiesystem? Die paar Kunden, von denen ich weiß, daß sie es verwenden, behaupten immer, sie könnten alles auf den Tag, die Stunde und die Minute genau herauskriegen, wenn sie nur lange genug herumrechnen.«
»Ja. Genauso mach ich's.«
»Ich werde Sie dafür bezahlen.«
»Ich tue es nicht ... ich will es nicht für Geld tun.«
»Dann also für Naturalien. Bücher, meine ich.« Er lächelte.
»Was könnten Sie sonst auch meinen?« Er hatte ihr ein winziges Lächeln entlockt.
Das Telefon klingelte und ersparte ihm so die Suche nach einer Antwort auf ihre Frage. Barry wollte schon an den Apparat gehen, als er plötzlich innehielt. »Moment! Jetzt sage ich etwas voraus: Es ist Elaine, meine Verkäuferin. Sie ruft an, um mir mitzuteilen, daß sie noch eine Stunde später kommt.«
»Sie wird heute überhaupt nicht kommen.«
Er starrte das Mädchen an, nahm den Telefonhörer ab, meldete sich und hörte Elaines Stimme, die fürchterlich klang. Noch ehe sie sechs Sätze herausbringen konnte, sagte Barry: »Keine Sorgen wegen des Ladens! Ist irgend jemand da, der sich um dich kümmern kann? Willst du, daß ich vorbeikomme?«
Elaine antwortete unter Tränen, es gehe schon. Sie sei nur ein

bißchen aus der Fassung. Komplikationen mit ihrer Periode. Morgen würde sie wieder auf dem Damm sein. Nein, sie habe alles, was sie brauche. Ihr Freund Steph sei bei ihr. Wie nett von Barry, daß er soviel Verständnis habe, et cetera. Schließlich legte er auf.
»Nicht schlecht!« sagte Barry zu dem Mädchen. »Sie haben den Nagel auf den Kopf getroffen.«
»Manchen Leuten macht es angst. Aber Ihnen nicht – wieso?«
»Es ist schon lange her, daß man mir leicht Angst einjagen konnte.«
»Sie meinen, Sie haben keine Angst vor der Zukunft?«
»Eigentlich nicht. Nicht *mehr.*« Barry spürte, wie Trauer in ihm aufstieg, und mit entschlossenem Kinn sagte er: »Vielleicht habe ich einfach nichts mehr zu verlieren.«
Dann lachte er. »Sie versprühen hier wohl eine Art Wahrheitsserum?«
»Tut mir leid.«
Er wischte diese Bemerkung beiseite, beugte sich über den Ladentisch, zog eines der säuberlich bedruckten Lesezeichen heraus, die der Laden verteilte, und begann, etwas darauf zu schreiben.
»Hier. Mein Geburtsdatum mit Ort, Jahr und genauem Zeitpunkt. Sie machen es doch, oder?«
»Weshalb, wenn Sie sich keine Sorgen um die Zukunft machen ...?«
Die Ladentür summte, und zwei Frauen mittleren Alters, die Barry bereits kannte, traten ein. Er nickte zum Gruß, steckte dem Mädchen rasch das Lesezeichen ins Buch, verstaute alles in einer Plastiktüte und hielt ihr die zwei Zwanziger hin. »Abgemacht?«
»Schauen Sie, ich hab gewissermaßen jemandem mein Wort gegeben... Ich sagte doch, daß ich es nicht tun würde.« Sie

gab ihm das Geld zurück und begann, ihre Sachen zusammenzupacken. »Tut mir leid.«

»Augenblick! Gehen Sie noch nicht!« Und damit wandte er sich an eine seiner Kundinnen. »Suchen Sie etwas Bestimmtes, Mrs. Fayette? Oder schauen Sie sich nur mal um?«

Wie sich herausstellte, suchten die beiden Frauen nach einer Übersetzung von *Lao-Tse*, die in der Abteilung für orientalische Philosophie stand.

»Gehen Sie hier zur Schule?« fragte Barry das Mädchen, das immer noch an der Theke stand und jetzt in dem astrologischen Werk blätterte.

»In Harvard. Sagen Sie jetzt nicht: ›Sind Sie nicht noch ein bißchen zu jung dafür?‹«

»Nur, wenn Sie kein Genie sind. Aber Sie kommen nicht von der Ostküste, oder? Woher sonst? Aus Kalifornien?«

»Hört man es mir an?«

»Keineswegs. Aber wissen Sie, ich bin viel herumgekommen. Habe überall in den Vereinigten Staaten gelebt. In der Mitte gibt es einen ganz leichten, besonderen Akzent, der oft für die Sprechweise des oberen Mittleren Westens gehalten wird, aber ich weiß es besser. Sagen wir, so um die Halbinsel von Monterey herum. Santa Cruz...« Barry genoß ihre Verwunderung.

»Gar nicht schlecht. Hören Sie, es tut mir wirklich leid, daß ich Ihnen kein Horoskop stellen kann...«

»Hey, kein Problem! Wie sind Sie überhaupt dazu gekommen? Als ich noch klein war, hatte damit kein Mensch was im Sinn. Alles, wofür hübsche Mädchen sich interessierten, waren Jungs, Rendezvous, Autos und Rockstars. Außer...«

»Nur zu, sprechen Sie's aus!«

»Außer sie waren unattraktiv oder ...«

»Oder?«

»Oder verschroben. Aber Sie sind keins von beidem«, fügte er rasch hinzu. »Nur ein klein bißchen mysteriös. Aber sagen Sie mir: Wenn Sie mir nicht mein Horoskop stellen wollen, wie soll ich Sie dann wiedersehen, um herauszufinden, was aus meinen Finanzen wird?«

»Ich schau mal wieder herein«, antwortete sie beiläufig.

»Sie spüren es doch auch, oder?« fragte Barry, plötzlich ernst geworden. »Dieses ... wie soll ich es nennen? ... geistige Einvernehmen? Psychischer Kontakt? Wenn ich Marty wäre, würde ich sagen, wir hätten in der Vergangenheit zusammengelebt oder so.«

Sie lächelte erneut. »Ich sage Ihnen was: Es gibt eine Möglichkeit.« Sie zögerte gerade so lange, daß Barry sich ein paar Zentimeter nach vorn beugen konnte, und schlug dann den hinteren Teil der astrologischen Schrift auf, wo eine Liste mit anderen Büchern desselben Autors verzeichnet war. »Sehen Sie diesen Titel hier? *Das wöchentliche Passieren transplutonischer Punkte und Mittelpunkte.* Den hätte ich gern. Ich hab ihn nicht im Regal gesehen. Könnten Sie ihn vielleicht bestellen? Der Verlag sitzt gleich hier in Cambridge, und als ich dort angerufen habe, sagte mir jemand, sie würden nicht direkt an Kunden verkaufen.«

Barry notierte sich Titel und Verlag bereits. »Wie kann ich Sie erreichen, wenn das Buch eintrifft?«

»Ich werde zwischendurch mal vorbeischaun ...«

»Wissen Sie, ich habe nicht vor, Sie nachts um drei mit obszönen Anrufen zu belästigen.«

»Na schön. Aber der Anschluß gehört meiner Vermieterin. Sie wohnt im selben Haus. Meine eigene Wohnung hat kein Telefon.« Sie schrieb die Rufnummer auf. »Ja, es liegt innerhalb des Ortsnetzes. Und bitte geben Sie die Nummer an niemanden weiter. *Keiner Menschenseele!*« betonte sie.

»Darauf kannst du Gift nehmen, Süße!« Er warf ihr seinen besten Bogart-Blick zu.

Sie hatte das Buch eingesteckt, sich die Umhängetasche wieder über die Schulter geworfen und war schon an der Tür, als Barry bemerkte, daß noch etwas fehlte.
»Bekomme ich auch einen Namen zu dieser Nummer? Oder frage ich nach Miss X?«
Sie drehte sich um. »Kyra. Mit Ypsilon.«
»Und ich bin Barry. Ebenfalls mit Ypsilon. Aber das haben Sie natürlich schon gewußt, nicht wahr?«
»Tschüs!« sagte sie nur, und weg war sie.
Barry wollte ihr nachsehen, wie sie die Straße hinabging, kam aber nicht gleich um den Ladentisch herum: Marty hatte einige Bücher darauf verschoben, die allesamt kreuz und quer zu Boden fielen, als er sie streifte. Als er endlich zum Fenster gelangte, war das Mädchen schon bei der nächsten Kreuzung, und ihre zierliche Gestalt in dem langen, pflaumenblauen Mantel entfernte sich rasch. Dann bog sie um eine Ecke. Barry wollte sich gerade schon wieder umdrehen, da bemerkte er einen Mann im Trenchcoat, der ebenfalls die Ecke erreicht hatte und dort scharf abbog. Warum auch nicht? Schließlich herrschte auf beiden Straßen reger Fußgängerbetrieb. Und doch wirkte es irgendwie merkwürdig, einstudiert oder... Hatte sie nicht gesagt, er solle niemandem ihre Nummer geben? Regelrecht darauf bestanden hatte sie. Obwohl es nicht einmal ihre eigene, sondern die ihrer Vermieterin war. Rührte sein Mißtrauen von der Undurchschaubarkeit des Mädchens her, ihrem irgendwie vertrauten Profil, ja, der echten Verwandtschaft, die er ihr gegenüber empfunden hatte – oder machte er sich da nur etwas vor?
Jedenfalls war es eine nette Begegnung gewesen. Es hatte Martys Besuch und seine Kopfschmerzen fast ausgelöscht, fast war es unwichtig geworden, daß Elaine heute und möglicherweise auch morgen nicht in den Laden kommen würde. Barry fühlte sich besser. Unendlich viel besser.

Das Restaurant, das Kyra als Treffpunkt ausgesucht hatte, lag an einer Ecke der Charles Street. Es nannte sich *Rebecca's* – eine lebhafte, moderne »Bruncheteria«, wie Barry sie selbst bezeichnete, mit jeder Menge Glasfenstern zu der Straße, aber insgesamt recht gemütlich. Dienstagnachmittag um drei war das Lokal fast leer, die verspätete Mittagskundschaft von Beacon Hill verschwunden, die Massen, die zum Abendessen hereindrückten, würden erst in ein paar Stunden kommen. Zwei junge Männer in Jeans und Lederjacken hatten an einem der Tische eine leise, eindringliche Auseinandersetzung; an einem anderen saßen zwei Kellnerinnen und ein junger Mann, der wie der Geschäftsführer wirkte. Sie nutzten die Verschnaufpause zu einem kleinen Imbiß. Barry hatte Elaine allein im Laden zurückgelassen und auf ihre wiederholte Frage, wann er zurückkommen werde, nicht geantwortet. Sie war erst heute wieder zur Arbeit erschienen, und er mußte sich ein wenig ausruhen. Heute früh hatte er sie über den Charles River in das Büro des Verlages geschickt, bei dem er das Buch für Kyra bestellt hatte. Jetzt lag es, in braunes Packpapier eingeschlagen, auf einem der vier Stühle, die um den ausgebleichten Holztisch herumstanden. Barry nippte bereits an seiner zweiten Tasse Kaffee.

Wie viele Minuten, die zu Stunden und zu Tagen wurden, hatte er schon in einem Restaurant, in einem Kino, im Foyer eines Konzertsaals, in einer Flughafenhalle oder auf irgendeinem Parkplatz bei laufendem oder bei endlich abgestelltem Motor auf die eine oder andere Frau gewartet? Rechne mal nach, sagte er sich. Eine Stunde im Monat, das macht zwei Tage pro Jahr in, sagen wir, zwanzig Jahren... Verdammt! Das waren ja vierzig Tage! Konnte das sein? Mehr als ein Monat seines Lebens? Tatsächlich! Wer war die schlimmste gewesen? Cherie? Kono? Nein, die schlimmste von allen war zweifellos Jill! Abends auszugehen war ihre Spezialität. Immer war sie in das Wohnzimmer der Dachwohnung gekommen, in der sie und Barry zusammenlebten – an der Brattle Street –, vor den mächtigen, reich verzierten Spiegel getreten, der dort an der Wand lehnte, hatte sich angeschaut, gestöhnt und war wieder ins Schlafzimmer verschwunden, während er ihr »Du siehst toll aus!« hinterherrief. Vergeblich. Eine halbe Stunde später war sie nach zwölfmaligem Umziehen wieder aufgetaucht. In der Zwischenzeit hatte Barry jede Zeitschrift im Raum gelesen und mit der Lektüre irgendeines Romans angefangen, den er sich schon seit Wochen vorknöpfen wollte – davon, daß er fast ein ganzes Fläschchen Scotch gekillt hatte, ganz zu schweigen.

Vierzig Tage seines Lebens »verwartet«! Und wohin hatte es ihn gebracht? Nun, erstens mal dazu, daß er gewissermaßen das ganze Land abgeklappert hatte: Key West, Los Angeles und die gesamte Bay Area – das war zusammen mit Kono –, schließlich dann Boston, wo er sich zuerst mit Jill, danach solo niederließ und jetzt, durch sie, ein Geschäft am Hals hatte. Er wußte immer noch nicht, ob es ein Fehler gewesen war, Jills Anteil am »Ephemeris« aufzukaufen und Alleininhaber zu werden. Das war noch kaum ein Jahr her; zu früh für eine definitive Antwort. Doch als Jill ihn verlassen hatte, hatte er sich die Sicherheit, die Verantwortung gewünscht, die so ein Laden brachte – verzweifelt gewünscht, wie er zu seiner Überraschung feststellte.

»Sagen Sie's nicht! Sie konnten das Buch nicht auftreiben? Es ist vergriffen?«

Kyra: Weißer Wollpullover mit Zopfmuster und eine lässige braungelbe Hose unter ihrem lila Mantel. Den Umhängebeutel hatte sie heute nicht dabei, dafür aber eine etwas zu große Lederhandtasche von der Art, in der vor zwanzig Jahren die Hippies all ihre irdische Habe mit sich herumschleppten.

»Sie haben sich verspätet.«

»Ich weiß. Bitte verzeihen Sie. Ich kann nichts dafür. Die U-Bahn hat so gebummelt.« Sie nahm Platz und zog ihren Mantel aus. »Ich habe einen Bärenhunger.« Offensichtlich kannte sie die Speisekarte. Als die Bedienung herübergeschlurft kam, gab Kyra ihre Bestellung auf und fügte hinzu: »Und bitte gleich einen Kaffee!«

Sie schnaufte erschöpft. »Ich war im Gardiner Museum«, erzählte sie. »Sind Sie je dort gewesen? Natürlich ist *alles* traumhaft, aber unten im Erdgeschoß hängt ein kleiner Rembrandt, ein Ölgemälde, das Christus zeigt, wie er einen Sturm auf dem See Genezareth besänftigt, und das ist so... ganz blau und weiß und frisch, trotz dieses Sturms. Rembrandt muß blutjung gewesen sein, als er das gemalt hat. Und auch die Welt, die er sah, muß so viel jünger gewesen sein. Es ist so anders als seine anderen... Oh, schön! Der Kaffee. Ich bin irgendwie ganz benommen, so genau habe ich es mir angesehen.«

Barry legte eine Hand auf seine große Tasse, damit die Kellnerin ihm nicht nachschenkte; er war schon genug aufgedreht. Aber dieses Mädchen – wirklich ein Wunder! Es erinnerte ihn daran, wie viele Farben und Formen ihm früher vor Augen geflimmert waren. Heute ging er fast ohne hinzuschauen durchs Museum für Schöne Kunst und nur, um zu irgendeiner neuen Ausstellung zu gelangen. Als trüge er Scheuklappen.

»Ihr Buch!« verkündete er und legte es auf den Tisch.

»Das ging aber schnell!«

Kyra blätterte es nicht durch, sondern begnügte sich damit, auf den Umschlag zu klopfen.

»Ich hab kurz mal die Nase reingesteckt, auch in Wittes *Sonnenbogen*. Dabei bin ich zu dem Schluß gekommen, daß Sie eine fortgeschrittene Mathematikstudentin sein müssen.«

»Psychologie.«

»Soll das etwa heißen, Sie verstehen so viel von Mathematik, daß Sie diese ganzen Berechnungen anstellen können, aber studieren Psychologie? Sie müssen ziemlich was auf dem Kasten haben. Ganz davon abgesehen, wie raffiniert Sie sind, mich hier eine halbe Stunde warten zu lassen.«
Ihre Hand ging nach vorn, berührte kurz die seine und zog sich rasch wieder zurück. Noch eine Entschuldigung.
»Na und? Sind Sie wirklich so gescheit? Ein Genie? Ist es das?«
»Das Ganze ist eine Symbolsprache. Wenn man sie einmal gelernt hat, vergißt man sie nicht mehr. Und so kompliziert sind diese Berechnungen auch wieder nicht. Aber falls Sie wissen wollen, ob ich bei Tests überdurchschnittlich abschneide: Ja – obwohl man nie irgendwelches Aufhebens darum gemacht hat.«
Im Laufe des Mittagessens bohrte Barry weiter. Sie gab ihm freimütig Antwort. Kyra war sechzehn Jahre und an ein Leben fern von ihrem Elternhaus gewöhnt. Sie hatte eine Privatschule in New Hampshire besucht. Sie lebte gern für sich allein. Als sie nach Boston gekommen war, weigerte sie sich, Jugendherbergen oder eine Gemeinschaftsunterkunft in Cambridge in Betracht zu ziehen, da »ich meine Privatsphäre gewöhnt bin«. Sie stammte aus Kalifornien – genau wie Barry vermutet hatte. Pacific Grove, ein Vorort von Carmel. Barry hatte die Gegend schon einmal gesehen: große Häuser, ein paar davon so groß, daß man sie als Liegenschaften bezeichnen konnte. Kyras Vater war beim Militär gewesen und unterhielt immer noch Verbindungen zu verschiedenen Stützpunkten in diesem Bezirk. Da beide Elternteile Geld geerbt hatten, ging es der Familie ganz gut. Kyra hatte noch einen Zwillingsbruder namens Skip. Er war neun Jahre und »einer von diesen hoffnungslos normalen Erdnußbutter-und-Sammelbilder-Typen«. Die Frau am Louisburg Square, bei der sie

wohnte, war eine Cousine mütterlicherseits: Mrs. Bryan. Kyra war zweimal zum Tee bei ihr gewesen, und die Ältere hatte ihr ein paar uralte Briefe von Schiffskapitänen gezeigt. Sie sei sehr auf Manieren und Sauberkeit bedacht, und Kyra wußte, daß die Frau mit einem dicklichen verheirateten Mann schlief, dessen Familie ein beliebtes italienisches Lokal im Nordend gehörte und der dreimal wöchentlich zu Besuch kam. »Er ist der einzige menschliche Zug an ihr«, beendete das Mädchen seine Erzählungen.

»Sie kommen vom Thema ab«, sagte Barry. »Und das Thema sind Sie. Kyra ... Bryan? Sehen Sie, ich kenne nicht mal Ihren Nachnamen!«

»Meine Mutter ist eine geborene Bryan. Kyra Nilsson.« Sie schlug das Buch auf, um es zu überfliegen, und Barry wußte, daß sie log, obwohl Nilsson wahrscheinlich der Name war, unter dem sie hier in Boston lebte. Vor wem suchte sie sich zu verstecken? Vor ihren Eltern? Sie hatte sorgfältig überlegt, bevor sie ihm etwas mitteilte, und es ließ sich schwer sagen, wo die Wahrheit aufhörte und die »Dichtung« anfing. Wie kam eine Sechzehnjährige dazu, sich so zu verhalten? Eine Kriminelle, eine Terroristin oder dergleichen konnte sie doch nicht sein, oder?

»Wissen Sie irgend etwas über Witte?« fragte er plötzlich.

»Er ist Deutscher gewesen. Hat irgendwann während des Ersten Weltkriegs die Position von einem halben Dutzend Planeten jenseits des Neptun bestimmt. Prophezeite durch sie Schlachten und Exekutionen. Unterstützte Lowells Vorhersage von der Existenz des Pluto. War eine Zeitlang für Hitler tätig. Hat, enttäuscht von dem ›Reich‹, das er sich erträumte, Deutschland in den dreißiger Jahren verlassen. War Begründer der Uranus-Schule der Astrologie.«

»Zu deren Anhängern unter anderm Sie selbst gehören. Nicht übel, aber soviel weiß ich auch über Witte«, sagte Barry.

»Und das meiste davon, indem ich mit Frauen in mittleren Jahren zusammenlebte und die Klappentexte von Büchern gelesen habe.«
Sie sah ihn an, als frage sie sich, warum er sich die Mühe machte, sie herauszufordern. »Was ist aus diesem Treffen mit Ihrem Buchhalter geworden?«
»Ich warte immer noch darauf, daß Martys Scheck platzt.«
»Das wird er.«
»Ich habe meinem Buchhalter gesagt, er soll noch eine Woche abwarten.« Barry lächelte. »Sie sagten doch ›eine Woche‹, nicht wahr? Dann fällt mir das große Glück in den Schoß.«
»Etwas in dieser Art.«
»Sie haben mein Horoskop erstellt. Sie haben mein Geburtsdatum ermittelt. Wissen Sie das alles von daher?«
»Berufsgeheimnis. Sie erwarten doch nicht, daß ich Ihnen meine Tricks verraten werde?«
»Wissen Sie, das eine, was mir bei der Astrologie – beziehungsweise bei jeder der sogenannten Geheimwissenschaften – nie in den Kopf wollte, ist der Prädestinationsfaktor – die Vorstellung, daß etwas eintrifft, ganz gleich, was wir tun. Finden Sie das wirklich so glaubhaft? Einen so ... zynischen Gedanken?«
»Nicht ›ganz gleich, was wir tun‹. Viele Menschen sind sich dessen, was um sie herum vorgeht, einfach so wenig bewußt, daß sie nie spüren, niemals ahnen, was *weiter* geschehen wird. Darum tritt es so häufig ein. Diejenigen, die, sagen wir, *intuitiver* sind, können meist um das Schlimmste herumkommen. Außer natürlich, sie wollen es nicht anders.«
»Wissen Sie, warum ich möchte, daß Sie mir mein Horoskop stellen?«
»Geld, Reise, berufliche Veränderung, Liebe, Abenteuer ...« Sie stockte. »Ich bin ein freches Gör, ich weiß. Aber diese

Dinge interessieren nun mal die meisten. In Ihr eigenes Horoskop hab ich gewissermaßen einen Blick riskiert. Ich meine, keine förmlichen Berechnungen angestellt; nur eben ein kurzer Blick.«

»Also. Was können Sie mir verraten?« fragte er.

»Ich kann Ihnen einige wichtige Daten aus Ihrer Vergangenheit nennen«, antwortete sie. »Ich habe sie mir notiert.« Sie zog ein kleines Adreßbuch heraus und ließ die Seiten an ihrem Daumen vorbeirauschen – die meisten davon waren leer, wie Barry unwillkürlich feststellte. »Da haben wir's! 12. April 1985.«

Das Datum, an dem Jill und er sich getrennt hatten. Ja, um genau zu sein, das Datum, an dem er die Abschlußurkunden zur Übernahme des »Ephemeris« unterzeichnet hatte. »Nicht schlecht«, sagte er. »Wissen Sie, was das war?«

»Auflösung einer Partnerschaft. Ein neues geschäftliches Unterfangen. Noch mehr gefällig?«

Er nickte.

»9. Dezember 1974.«

Barry erinnerte sich sofort. »Der Anruf von meiner Schwester, daß unsere Eltern in einer DC-11 über Roanoke abgestürzt wären. Haben Sie denn gar keine guten Daten da stehen? Das waren beides absolute Tiefschläge.«

»Das ist Ihr Leben. Wie wär's mit dem 14. Juli 1978?«

Das mußte Kono sein, aber sie hatten sich schon zwei Jahre früher kennengelernt, oder? Was konnte dieses Datum bedeuten?

»Jetzt bin ich überfragt«, gestand Barry.

»An diesem Datum wurden Sie als Erbe eingesetzt.«

»Ich hoffe, das stimmt. Es ist eine äußerst angenehme Vorstellung.«

»Noch eins. 28. August 1969.«

»Das ist ja wirklich eine Ewigkeit her. Wahrscheinlich waren Sie damals noch nicht mal auf der Welt. Und ich... Teufel noch mal! Ich muß noch im College gewesen sein.«

Und da fiel es ihm ein – nicht direkt das Datum, aber der Sommer, *dieser* Sommer. Plötzlich stand ihm alles wieder vor Augen. In diesem Sommer wäre jedes Datum von Bedeutung gewesen.

»Na?« fragte sie herausfordernd. »Erinnern Sie sich? An diesem Tag haben Sie jemanden, den Sie liebten, verraten«, sagte Kyra.

Er hörte ihre Worte kaum. Er konnte immer noch die mit Lippenstift vollgekritzelte Zeitung auf dem kleinen Kiefernholzschreibtisch in Annas Zimmer sehen, im Dachgeschoß einer Pension an der Rue du Champignon: »Bin um Mitternacht wieder zu Haus!« Und auch ihre Violine sowie das rote Seidentuch, das er ihr in Deauville gekauft hatte.

»Ja, ich erinnere mich. Und teilweise haben Sie recht. Ich war hoffnungslos verliebt. Und es hat einen schweren Verrat gegeben. Aber *ich* war derjenige, der verraten wurde. Ich war derjenige, der einen Selbstmordversuch begangen hat.« Anna. Annas Umhängetuch. Annas Violine. Ihr in azurblaues Abendlicht getauchtes Zimmer – *l'heure bleue* hatte Anna diese Stunde immer genannt. Er stöhnte und schlug sich die Hände vors Gesicht.

Kyra redete jetzt sehr schnell, und als er aufblickte, sah er, daß sie sehr nervös, sehr verängstigt war; als hätte sie ihn geschlagen und sich in der Wucht ihres Hiebes verschätzt. »...Wahrscheinlich hab ich da ein wenig überdramatisiert oder was. Es war nicht meine Absicht...«

»Nur ein kleiner Blitz aus der Vergangenheit.« Er lächelte. »Sie konnten es ja nicht wissen...« Oder doch? »Sie wissen das alles nicht aus meinem Horoskop, stimmt's? Sie sind hellseherisch begabt, nicht wahr? Eine wirkliche und wahrhaftige Hellseherin!«

»Sie glauben doch nicht im Ernst...« setzte sie an.
»Sie haben doch gar keine Horoskope nötig! Das Ganze hier« – er tippte auf ihr Buch – »soll mich doch nur in die Irre führen.« Und durch ihre Verlegenheit bestätigt, fuhr er fort: »Es fliegt Ihnen sozusagen einfach zu oder was. Hab ich recht?«
»Sie sind ja verrückt!« entgegnete sie mit gezwungener Scherzhaftigkeit.
»Dann müssen Sie auch wissen, daß jemand Sie verfolgt«, sagte Barry. Sie hatte gelächelt. Das Lächeln fiel herab wie eine Maske.
»Dann wissen Sie es also.« Er hatte ihr keine Angst einjagen wollen. »Ich werde Ihnen helfen. Wenn Sie es zulassen.«
Kyra stieß ein höhnisches Lachen aus und riß sich dann wieder zusammen. »Sehr ritterlich von Ihnen. Aber ich fürchte, Sie müssen sich eine andere Jungfrau in Nöten suchen.«
»Warum sollten Sie auch einem Fremden trauen?« beendete Barry ihren Gedanken laut. »Obwohl ich trotzdem hoffe, daß Sie es tun. Im Ernst. Aber mit Ihrer besonderen Begabung können Sie auf meine Hilfe wahrscheinlich verzichten, was?«
»Weshalb sind Sie nicht davon abzubringen, daß...«
»Weil es wahr ist. Und da ist noch was Komisches an Ihnen.«
Kyra rief die Bedienung. »Kann ich Ihnen für das Buch einen Scheck ausstellen?«
»Keine Angst, Kyra! Ihr Geheimnis ist bei mir gut aufgehoben. Es ist doch bestimmt nicht leicht, es vor aller Welt zu verbergen. Sind Sie deshalb davongelaufen? Na los! Ich weiß, Sie sind eine Ausreißerin. Und wahrscheinlich haben Ihre Eltern Ihnen irgendeinen Detektiv hinterhergeschickt. Irgend etwas in dieser Art. Stimmt's?«

»Ja, so ähnlich«, gab sie zu. Sie hatte einen Scheck für das Buch ausgefüllt und schob ihn Barry unter die Finger.

»Aber denken Sie doch an all das Gute, das Sie tun könnten, wenn Sie damit an die Öffentlichkeit gingen.«

»Manchmal läuft es anders, Barry. Vor ein paar Jahren hat ein kleiner Junge aus Denver seine hellseherischen Fähigkeiten offenbart, und die Medien stürzten sich nur so auf ihn: Presse, Fernsehen – das Magazin *People* wollte ihn auf seinem Umschlag bringen. ›Gesucht-und-Gefunden-Jefferson‹ haben sie ihn getauft. Weil er die örtliche Footballmannschaft aufgespürt hat, die tagelang in einem Schneesturm in den Rockies verschollen war. Plötzlich riefen Leute bei ihm an und baten ihn, verlorengegangene Schriftstücke, entlaufene Hunde, vergrabene Schätze etc. zu finden – jeden Blödsinn, die man sich nur vorstellen kann. Das Haus seiner Eltern wurde belagert! Sie mußten umziehen und sich eine neue Telefonnummer zulegen. Und der arme Gesucht-und-Gefunden! Er war einfach ein süßer, geistig zurückgebliebener Siebenjähriger mit dieser merkwürdigen Gabe!«

»Kannten Sie ihn persönlich?«

»Vielleicht.«

»Sie kennen ihn!« erklärte Barry. »Und es kann sein, daß Sie recht haben, wenn Sie es geheimhalten. Aber trotzdem, denken Sie an das Gute, das Sie möglicherweise –«

»Mein Freund Kevin sagt: ›Man kann sich nichts so Gutes vorstellen, daß es die Schikanen wert wäre.‹«

»Was für ein Kevin?« fragte Barry.

»Kevin Vosburgh.«

»Besitzt er ebenfalls übersinnliche Kräfte?« fragte Barry.

»Kevin, Gesucht-und-Gefunden, ich und noch ein paar andere haben in L. A. diese Gruppe gebildet, zusammen mit –« Sie stockte und betrachtete ihn entsetzensbleich.

»Kommen Sie! Ich sag's auch niemandem«, versicherte Barry. »Hand aufs Herz!«
Kyra sprang vom Tisch auf, schnappte sich Mantel, Handtasche und Buch und war zur Tür hinaus, noch ehe Barry irgend etwas unternehmen konnte, um sie aufzuhalten. Hoffentlich hatte er sie durch seine Schnüffelei nicht ein für allemal verscheucht! Na, er hatte ja ihre Telefonnummer. Vielleicht würde er sie anrufen. Und vielleicht würde sie verstehen, daß es ihm einfach nur darum ging, freundlich zu sein.
Als er ins »Ephemeris« kam, saß Marty Kalb hinter seinem Schreibtisch. Sie wirkte zerknirscht. »Ich hoffe, du hast mit diesem Scheck, den ich dir vor ein paar Tagen gab, keine Rechnungen bezahlt«, preßte sie zwischen den breiten, übermäßig geschminkten Lippen hervor.
»Nichts wert?«
»Ich kann nichts dafür, Barry. Glaub mir! Ich hab den Typen, der dafür verantwortlich war, aus dem Büro meines Mannes rausschmeißen lassen und *Bargeld* mitgebracht, um die Sache zu erledigen. Und ich verspreche dir: Heute nacht, wenn diese blöden Ziegen alle heim sind, mach ich es persönlich an dir wieder gut.«
Marty Kalb mochte etwa neunzig Prozent der Zeit über vulgär, triebhaft und bis zur Unerträglichkeit aufdringlich sein, aber wenigstens war sie ehrlich, dachte Barry. Ehrlich und leicht durchschaubar.

»Was ist?« fragte Marty benommen und erschöpft.
»Kann nicht schlafen«, antwortete Barry. Er war hellwach – schlagartig, so als wäre in seinem Kopf eine Alarmglocke losgegangen.
»Willst du 'ne Valium?« Marty drehte sich auf den Rücken und stöhnte ein bißchen.
»Nein. Ich fahr wieder nach Haus. Hat keinen Sinn, daß wir

alle beide wach sind.« Er lehnte sich hinüber und gab ihr ein Küßchen auf die nackte Schulter. »Bleib liegen! Ich find schon selber raus.«

»Wirklich? Es ist schrecklich spät.«

Da er irgendwie das Gefühl hatte, er müsse jetzt schleunigst los, beeilte er sich mit dem Anziehen.

»Tschau«, flüsterte er. »War sehr schön heut abend.«

Die Beacon Street draußen lag vollkommen still im gelben Schein der Straßenlaternen. Barry schlug den Kragen seiner Jacke hoch, um sich gegen die Feuchtigkeit zu schützen, marschierte los und fragte sich dabei, ob er ein Taxi rufen oder den langen Weg zu seiner Dachwohnung zu Fuß zurücklegen sollte.

Gut, daß Marty so unkompliziert war – oder einfach zu verschlafen, um viel Wind um die Sache zu machen. Barry wußte nicht, wie er sein Verhalten erklären sollte. Er wußte nur, daß ihn eine ungute Vorahnung aus einem tiefen, traumlosen Schlummer gerissen hatte und er nach Hause mußte. Er hatte selbst keine Ahnung, *was* da Ungutes drohte – Feuer? Einbruch? – einfach nur etwas Ungutes.

Unterwegs kam Barry am »Ephemeris« vorbei. Das Geschäft war geschlossen und lag still in einer Reihe von Boutiquen und Feinkostläden. Elaines neue Auslage für das Frühjahrsäquinoktium, das kurz bevorstand, machte sich gut. Er spähte in das Fenster hinein, um festzustellen, ob hier irgend etwas nicht in Ordnung war. Irgend etwas – mit einem einzigen Buch, einem einzigen Zettel. Nein. Alles klar.

Fünfzehn Minuten später gelangte er durchgefroren zum Eingang des Hauses, in den er wohnte. Die grellere Straßenbeleuchtung im Geschäftsviertel war ausgeschaltet. Und immer noch schien nichts außergewöhnlich. Wenigstens standen keine Löschwagen vor der Tür.

Er sperrte den Lift auf, drehte den Schlüssel auf seine Eta-

gennummer und begann, nach oben zu fahren. Was, wenn Jill nun zurückgekommen war? Doch er verwarf den Gedanken augenblicklich, als der Aufzug bei vier anhielt. Im Vorraum brannte das Licht; alles wirkte in schönster Ordnung. Vorsichtig ging Barry in die Küchenzone und von dort auf den gewaltigen Wohnbereich mit seinen zwölf hohen Fenstern zu. Auch hier: Alles prima. Der Himmel draußen wurde allmählich fahl. Fünf Uhr morgens. Auch in der Schlafzimmerzone alles in Ordnung. Er versuchte es in den Badezimmern, den Wandschränken – immer noch nichts. Nicht das geringste. Zum Teufel damit!
»Dieses Unterbewußte ist schon was Komisches, Barry«, sagte er laut und mit Konos fröhlichem musikalischen Akzent. »Es meldet dir Dinge, die du nicht hören willst.« Und das bedeutet? fragte er sich. Daß er sich selbst aufgeweckt hatte, um aus Marty Kalbs Stadthaus zu entkommen? Weil er einfach das Gefühl nicht los wurde, daß plötzlich ihr Mann auftauchen könnte? Weil...? Ihm gingen die Gründe aus; und sein Schlaf war ihm zu wichtig, als daß er verschwommenen Ängsten Nahrung geben wollte. Noch fünf Stunden, dann würde er wieder zur Arbeit antreten müssen. Er zog die Schlafzimmerjalousien herunter, begann, sich auszuziehen...und bemerkte, daß das gelbe Lämpchen des Anrufbeantworters blinkte. Nicht gerade ein Wunder. Er war den ganzen Abend weggewesen – zuerst in Jenny Greenhams großem Haus in Quincy, dann mit Marty, Bob und Blancheur Rolfe in einem französischen Nobelrestaurant im South End und danach auf ein »Betthupferl« bei Marty.
Noch nicht ganz ausgezogen, ging er zu dem Gerät hinüber. Es war nur ein einziger Anruf gekommen. Barry drückte auf die Zeitangabetaste: Vier Uhr vierzehn. Etwa zum selben Zeitpunkt, als er aus dem Schlaf geschreckt war.
Er spulte das Tonband zurück. Erst nach ein paar Sekunden erkannte er ihre Stimme.

»Barry, ich bin's, Kyra. Tut mir leid, daß ich um diese Zeit noch anrufe, aber da Sie außer Haus sind...Es ist wegen heute nachmittag, im *Rebecca's*. Ich hätte das nicht ausplaudern sollen. Wir Kinder haben versprochen, diese Sache geheimzuhalten. Sie begreifen doch, in was für Schwierigkeiten wir alle geraten könnten...wenn die Leute Bescheid wüßten...Bitte sagen Sie niemandem weiter, über was wir gesprochen haben. Abgemacht? Vielen Dank. Ich komme bald wieder zu Ihnen. Bis dann!«

Er spielte die Nachricht noch einmal ab. Verdammt gut, daß er heute abend nicht dagewesen war, sagte er sich im nachhinein; er wäre um Viertel nach vier aus dem Schlaf gerissen worden, nur um sich diesen Quatsch anzuhören.

Merkwürdige Kleine, dachte er bei sich. Jetzt würde er eine Einschlaftablette brauchen. Vielleicht auch ein bißchen Lesestoff, um die Augen zu ermüden...

»Barry, wirst du heute *irgendwann* noch mal aufkreuzen?« Elaine war am Apparat. »Es ist schon fast Mittag. Komm ich denn heute nicht zum Mittagessen?«

»Ich bin gleich drüben!« stöhnte Barry. Verdammt! Selbst die halbe Valium war zuviel gewesen. Nach den dreien vorher hatte er noch einmal volle sieben Stunden durchgepennt.

Er zog sich rasch an und hoffte, daß bei seiner Ankunft im Laden noch ein bißchen Kaffee übrig wäre.

Als er seine zweite Tasse trank, fühlte er sich endlich imstande, aus dem kleinen Büro des Ladens zu treten, wo so etwas wie Hochbetrieb herrschte: ein halbes Dutzend Kunden. Elaine schrieb diesen Erfolg ihrer Schaufenstergestaltung zu und war so angetan, daß sie noch bis ein Uhr blieb. Dann war er allein mit der Post vom Vormittag.

Er hatte gerade ein Bündel Kuverts geöffnet – Rechnungen,

Bestellungen, Flugblätter, die lokale Ereignisse ankündigten –, da kam er zu etwas, bei dem es sich unverkennbar um einen Scheck handelte. Er riß den Umschlag auf und entzifferte mühsam den handgeschriebenen Brief; Marthas Klaue war fast so schlimm wie seine eigene. Der Scheck war die ihm zustehende Hälfte von der Jahresmiete des Hauses in Key West. Sie hatte es ihm doch versprochen, »weißt du noch?«

Laber, laber, laber – lauter wirres Geschwätz, nun, wo sie mit Laber-Frank – war es Tim, Jim, Slim, Frank? – verheiratet und in Galveston ansässig war. Sie sei auf das Geld zwar nicht angewiesen, behalte das Haus an der Whitehead Street aber trotzdem, zur Sicherheit. Der Scheck belief sich auf etwas über neuntausend Dollar. Damit wäre Barry imstande, die Steuern nicht nur zu begleichen, sondern auch eine Vorauszahlung für dieses Jahr zu leisten und sich diesen tragbaren Computer zuzulegen, mit dem er während der letzten paar Wochen geliebäugelt hatte. Vielleicht könnte er sogar einmal Uralub machen. Das Geschäft für ein paar Wochen schließen. Elaine freigeben.

»Sie hat gesagt, ich bekäme unerwartetes Geld«, sagte er laut. »Mehr als genug.«

Dem nächsten Brief lag ein Lebenslauf inklusive Bewerbungsdaten und einem Foto bei – als wäre der Typ ein Modell oder Schauspieler. Das Schreiben stammte jedoch von einem Burschen, der als Geschäftsführer in einer großen okkulten Buchhandlung in Manhattan Beach gearbeitet hatte. Er wünschte sich einen Tapetenwechsel in den Nordosten. Ob Barry nicht eine Stelle für ihn freihätte? Telefonnummer und Anschrift waren direkt hier aus Dorchester. Vielleicht würde Barry den Laden ja gar nicht dichtmachen müssen, um diesen Urlaub zu nehmen.

Er versuchte, mit Marty zu telefonieren, und sprach zärtlich, aber nichts Konkretes auf ihren Anrufbeantworter. Ein Kunde kam herein, dann noch einer, danach kehrte Elaine von ihrem Mittagessen zurück und Barry beschloß, ein bißchen an die frische Luft zu gehn.

Auf einen inneren Impuls hin rief er die Nummer an, die Kyra ihm gegeben hatte. Er würde ihr wegen heute nacht keine Standpauke halten. Aber von dem Glück, das ihm in den Schoß gefallen war, würde er ihr erzählen.

Eine ältere Frau ging an den Apparat und sagte, daß Kyra außer Haus sei. Ja, sie würde ihr etwas ausrichten. Nein, sie habe das Mädchen nicht gesehen. Kyra müsse heute früh losgegangen sein, noch bevor sie selbst auf war. Das mache sie manchmal.

Um sieben verließ Elaine das Geschäft, und weil er erst spät angefangen, nichts Besseres zu tun hatte und es Freitag abend und lind draußen war, beschloß Barry, den Laden bis neun Uhr aufzulassen. Ein paar eher schau- als kauflustige Kunden kamen noch herein, aber vielleicht würde sich das später ja mal bezahlt machen. Wenn alle anderen Geschäfte im Block am Wochenende abends aufließen, warum dann nicht er? Außerdem, mußte er zugeben, hatte er heute eigentlich gar keine Lust, in seine Dachwohnung zurückzukehren, sich *Miami Vice* anzuschauen und bei einer Flasche Bier einen Hamburger zu verspachteln. Barry kam eine Redensart in den Sinn: Mit dem Geschäft verheiratet sein! Das hatte seine Mutter seinem Vater jahrelang vorgeworfen. Und nun ließ es sich auch auf ihn anwenden. Nur daß Barry jetzt, da er fast so alt wie sein Vater damals war, verstand, warum er dem »Ephemeris« so viel von seiner Zeit opferte und warum Vater seinem eigenen Geschäft, das größer und weit gewinnbringender war, so viel von seiner Zeit geopfert hatte: Es war ihm lieber als die Langeweile. Genau wie es Barry jetzt lieber war als das Nichts, das ihn erwartete, wenn er nach Hause kommen und die Fahrstuhltür aufsperren würde. Zu denken, daß er, Barry Brescia, der als junger Bengel zwanzig Jahre lang umhergezogen war, nun in einem Schlendrian steckte! Vielleicht hatte er wirklich einen Urlaub nötig.

Er rief noch einmal Kyras Nummer an und bekam von derselben, etwas frostigeren Frauenstimme zu hören, daß Kyra außer Haus sei.

»Ist sie denn nicht wieder heimgekommen? Haben Sie ihr meinen Anruf ausgerichtet?«

»Ich habe Ihre Nachricht auf dem Telefontischchen hinterlassen. Das hier ist kein Anrufbeantwortungsservice. Und auch keine Pension. Miss Nilsson ist mein Gast. Ich führe nicht Buch über ihr Kommen und Gehen.«

»Du mich auch!« sagte Barry, als er aufgelegt hatte.

Er wählte die Nummer dieses Typen in Rochester, von dem die Bewerbung stammte, und sagte, daß er sich gern persönlich mit ihm treffen würde – es vielleicht abends oder am Wochenende einmal mit ihm versuchen würde. Der Bursche hieß Albert Prints – »Ich weiß! Ich weiß! Aber ich heiße wirklich so!« –, und trotz Barrys Vorbehalten schien er überaus interessiert, sich den Laden einmal anzuschauen. Es klang, als hätte Al Prints schon rosigere Zeiten gesehen. Vielleicht, sagte er, würde er sich sogar mit einer Halbtagsstelle begnügen.

Als Barry, in der einen Hand eine Bierflasche, später wieder zu Hause und die Vorschau auf die *Falcon-Crest*-Folge von nächster Woche ausgeschaltet war, rief er bei Martha in Galveston an. Der Scheck über die Miete wäre ein guter Vorwand, ein bißchen mit ihr zu plaudern. Sie war außer Haus. Danach telefonierte er mit Elaine, um ihr mitzuteilen, daß er morgen erst spät ins Geschäft kommen und abends auflassen würde. Die Elf-Uhr-Nachrichten waren schon vorbei, aber Barry fühlte sich kein bißchen müde. Könnte mich

auch einfach treiben lassen. Rumhängen, 'n paar Schallplatten hören, bißchen was lesen, Schluck von dem Armagnac trinken.
Im Laufe der Nacht ertappte sich Barry zweimal bei dem Gedanken an das Mädchen, doch jedesmal schüttelte er schließlich den Kopf.

2

»Wer?« fragte Barry.

»Mrs. Bryan. Kyra Nilsson hat bei mir gewohnt.«

»Ach ja, stimmt! Bitte entschuldigen Sie eine Sekunde! Äh, Albert, wir sind an Computer angeschlossen. Sie müssen jeden Betrag, der höher als fünfzig Dollar ist, beim Kreditgeber überprüfen.« Und dann wieder in den Hörer: »Mrs. Bryan?«

»Spreche ich mit Mr. Brescia?«

»Ja.«

»Sie haben doch vor ein paar Tagen angerufen und nach Kyra gefragt?«

»Stimmt.«

»Ich habe etwas von Kyra für Sie.«

»Eine Nachricht?« fragte Barry.

»Mir sieht es nach mehr aus. Ein ziemlich dickes Kuvert.«

»Ist sie da? Kann ich mit ihr sprechen?«

»Sie ist vorgestern abgereist. Ich war gerade dabei, ihr Zimmer sauberzumachen, da habe ich eine Nachricht für Sie entdeckt.«

Prints hatte am Computer ein Okay erhalten und unterhielt sich nun mit dem Besitzer der Kreditkarte. Prints war ein guter Verkäufer. Er kannte die Bücher, und er kannte das ganze Geschwätz, mit dem man bei der Kundschaft das Eis brach. Im Gegensatz zu Elaine, die wie ein Trauerkloß im Laden herumhing.

»Abgereist? Wo ist sie denn hin?«
»Das hat sie mir nicht gesagt. Vermutlich wieder zurück nach Kalifornien. Sie hat es mir nicht gesagt, und natürlich habe ich nicht danach gefragt.«
»Natürlich.«
Ausgedehntes Schweigen. »Wenn Sie mir Ihre Adresse geben, werde ich Ihnen den Umschlag zusenden. Ich verstehe nicht, warum Kyra es nicht selber getan hat.«
Ihre Äußerung klang so gereizt, wie es ein fünfundsechzigjähriger Brahmane weiblichen Geschlechts sich nur anmerken ließ. Barry sagte, sie solle sich keine Umstände machen; sein Geschäft sei nicht weit von ihr. Er werde jemanden vorbeischicken, der die Sachen abholte.
Eine halbe Stunde später ließ Barry ein dickes Bündel zusammengefalteten Papiers aus dem Umschlag gleiten und fing an zu lesen:

Lieber Barry,
tut mir leid, daß ich Ihnen das alles nicht persönlich sagen konnte. Wirklich, ich mag Sie, und das zum Glück, nehme ich an, denn schon es aufzuschreiben ist schwer genug. Stellen Sie sich vor, wie peinlich oder unmöglich es gewesen wäre, wenn Sie da vor mir gesessen hätten. Wie es scheint, kann ich Ihnen einfach nichts verheimlichen. Merkwürdig. Aber wahrscheinlich gehört das zu... Besser, ich sage es gleich rundheraus: Barry, ich habe *sehr* gute Gründe zu der Annahme, daß Sie mein Vater sind. Ich habe immer gewußt, daß ich ein Adoptivkind bin, und darum nie wirklich zu meiner Familie gehört. Aber als ich Sie erst einmal ausfindig gemacht hatte, bin ich nach Boston und habe keine Mühe gescheut, um Sie persönlich kennenzulernen.
Zuerst wollte ich ja gar nichts sagen – Sie mir nur einfach

einmal ansehen. Aber dann haben Sie mich in ein Gespräch verwickelt, und ich schätze, ich wollte Sie näher kennenlernen. Ich weiß nicht, wer meine Mutter ist. Ich hätte Sie so gern danach gefragt, aber ich brachte es einfach nicht fertig.

Ich weiß, daß das ein Schock für Sie sein muß. Wahrscheinlich *wollen* Sie nicht einmal eine Tochter. Und als Sie meine Fähigkeiten aufgedeckt haben, wußte ich, daß alles zu kompliziert geworden war. Darum gehe ich weg und werde mich *nie wieder* mit Ihnen in Verbindung setzen. Aber diesen Brief wollte ich noch schreiben, um Ihnen von meiner »Gabe« zu erzählen. Sie haben sich ja so dafür interessiert.

Mein Freund Kevin zitiert liebend gern Oscar Wilde – neben fünfhundert anderen Autoren, die er gelesen hat. »Zu bekommen, was man sich am meisten wünscht«, sagte er einmal zu mir, »ist mitunter schlimmer, als wenn man es gar nicht bekäme.« Sie haben beide recht, sowohl Wilde als auch Kevin. Wer könnte es besser wissen als sie?

Ich. Von Kind an habe ich mir gewünscht, etwas Besonderes zu sein. Mich richtig danach gesehnt. Als Heranwachsende kam ich mir so normal, so durchschnittlich vor mit meinem ganz gewöhnlichen dunklen Haar, meinen ganz gewöhnlichen, einigermaßen hübschen Gesicht und einem ganz gewöhnlichen Körper, der ja durchaus schön und gut sein mochte, nur eben nicht gelenkig und durchtrainiert genug, um mich zu einer Ballerina oder einer Starschwimmerin zu machen. Und doch war ich sicher, daß eines Tages eine besondere Begabung auf mich herab oder aus mir heraus kommen und aller Welt – meinen Eltern, meinen Freunden und Bekannten und vor allen Dingen mir selbst, denn das war das Wichtigste!

– beweisen würde, was ich schon immer gewußt hatte: Daß ich einmalig war, absolut einmalig!
Manche Mädchen träumen davon, Schauspielerin oder Mannequin, Talkshowmoderatorin, Reporterin oder Popsängerin zu werden. Ich aber habe von jeher gewußt, daß ich meine Leistungen mit meinem Geist vollbringen würde. Mein Gott! Alle würden sagen: »Sie wirkt so gewöhnlich. Wenn man sich vorstellt, wie begabt, wie einzigartig sie ist...!«
Mit elf Jahren war ich dann schon mehr oder minder etwas Besonderes. In der privaten Tagesschule, die ich besuchte, wurde ich in eine Begabtenklasse gesteckt und erhielt Extra-Unterricht – High-School-Lektüre, Mathematik, Naturwissenschaften sowie drei Fremdsprachen.
Heute bringt mich dieses wissenshungrige kleine Mädchen natürlich zum Lachen. Ich kann es immer noch auf Fotos erkennen, mit seinem finsteren Stirnrunzeln und seinen leuchtenden Augen. Aber nach allem, was passiert ist, wünschte ich mir, ich *könnte* so normal sein wie all die andern sechzehnjährigen Mädchen, die ein Faible für Sting haben und sich darüber Sorgen machen, wie weit sie beim Schmusen mit ihrem Freund gehen dürfen. Gott, wie ich es mir wünsche!
Ich sehe schon: Wenn ich nicht ganz von vorn anfange, bewege ich mich ständig im Kreis.
Begonnen hat alles, als ich dreizehn Jahre und an einem Freitag gegen Abend einmal allein zu Hause war, das heißt, bis auf Sandy, das »Mädchen« aus Monterey, das für uns gekocht, gewaschen und meistens mit meiner Mutter zusammengesteckt hat. Sandy war in der Küche und in der Waschküche zugange, und ich hatte nichts zu tun – keine Hausaufgaben. Da kam ich am Arbeitszimmer meines Vaters vorbei, und mir fiel auf, wie hübsch und

ordentlich dieser Raum wirkte, richtig unbenutzt, andererseits aber so kühl und dunkel an so einem heißen Juninachmittag. Die Jalousien vor den beiden hohen, schmalen Fenstern waren bis unten heruntergezogen, und die dunkle Holztäfelung, der Stoffbezug der Möbel, ganz in Weiß und Eisblau – das alles sah so einladend aus, daß ich beschloß, mich eine Minute auf Vaters Lederchaiselongue zu legen.

Ich machte die Tür zu, und es war so still und angenehm, daß ich kaum das ferne Tuckern des Wäschetrockners, die Geräusche von Sandys Kochgeschirr oder die Autos hören konnte, die draußen an unserer Auffahrt am Loma Rioja Drive vorüberbrausten. Ich würde lügen, wenn ich behaupten wollte, ich hätte irgend etwas Besonderes im Kopf gehabt. Nicht das geringste. Ich leerte meinen Geist gewissermaßen einfach aus, wie es Sandy immer von meiner Mutter verlangte, wenn sie zusammen Meditationsübungen machten. »Eine Verschnaufpause«, könnte man vielleicht sagen, nach einer hektischen Woche in der Schule.

Und da, wie aus dem Nichts und während ich mit halbgeschlossenen Augen in diesem stillen, schattigen Zimmer lag, erblickte ich plötzlich etwas. Ich wußte selbst nicht, wie. Eine Art Muster: ein breites Rechteck, das am unteren Ende eines zweiten Rechtecks hing. Ich weiß noch, wie ich dachte: »Nanu? Was ist denn das?« Und auf einmal schien ich den beiden Rechtecken näher zu sein – so als wäre ich ein Vogel, der auf sie herabschaute. Ich konnte sehen, daß die Umgebung leicht gewölbt war, und was ich zuerst lediglich für ein Muster gehalten hatte, nahm plötzlich die Züge einer Landschaft an – diese verschlungenen Chausseen mit einer Kreuzung hier und da und ein paar helleren Flecken, bei denen es sich ganz sicher um Parkplätze handelte.

Ich war so überrascht, daß ich die Augen aufschlug. Doch sobald ich sie wieder schloß, sah ich die Rechtecke erneut. Diesmal sogar noch näher, wenngleich immer noch weit, weit entfernt, und ich dachte, es könnten Mauern, dicke Mauern um ein paar nicht sonderlich große Gebäude oder vielleicht auch selbst Gebäude sein, die in merkwürdiger Formation um eine Art Hof standen. War das nicht Sonnenschein, was da auf der einen Seite blitzte, wie von den Fenstern eines dieser Gebäude? Und lagen die übrigen nicht dahinter, in seinem Schatten?

Ich schlug die Augen auf, schloß sie dann erneut und sah die ganze Anlage jetzt aus einem leicht veränderten Blickwinkel – so als würde ich mich oben langsam drehen, im Kreis fliegen. Ich betrachtete sie weiter, bis ich mir allmählich ganz sonderbar vorkam, wie irgendein Kameraobjektiv, das zwar sehen konnte, aber keine Ahnung hatte, *was* es da eigentlich sah. Dieses Gefühl – etwas ganz Merkwürdiges zu tun –, die Fremdartigkeit von Gebäuden und Landschaft – all das wurde so bedrückend, daß ich es nicht mehr aushielt.

Ich schlug meine Augen auf und saß regungslos da. Dann öffnete ich die Fensterläden und ließ die Sonne herein. Das Bild hatte sich aufgelöst. Aber irgend etwas war immer noch da, wenn ich blinzelte – ein Phantom dieser Gebäude, die sich nach wie vor langsam drehten. Da geriet ich allmählich in Panik. Ich lief aus dem Arbeitszimmer und in die Küche. Sandy stand am Spülbecken und trällerte unbeschwert mit Crosby, Stills and Nash, die im Radio liefen, während sie selbst Gemüse für einen Eintopf kleinhackte. »Bei diesem Lied hat Kenny mir einen Heiratsantrag gemacht«, erklärte sie. »Und es hat mir so gut gefallen, daß ich Ja sagte.«

Da ich Sandy immer gern von sich hatte erzählen hören,

blieb ich in der Küche, setzte mich auf einen Hocker und aß Sellerie- und Mohrrübenstückchen, die sie mir reichte. Das ging so etwa eine halbe Stunde. Dann kam mein Bruder Skip aus seinem Little-League-Training zurück, fing an, sich einen kleinen Happen zu machen, und wir gerieten ins Flachsen. Dabei vergaß ich vollkommen, was im Arbeitszimmer passiert war.

Richtig vergessen hatte ich es natürlich nicht – lediglich verdrängt, weil es mir unverständlich war. Kevin sagt, trotz zigtausendstündiger Untersuchungen zu diesem Thema wüßte keiner, wie Orts- und Raumeidetik beginnt oder welches Vorstellungsbild sie als erstes hervorbringt. Nach Kevins Erachten haben vielleicht zwei Prozent aller Kinder im Alter von neun bis vierzehn Jahren eine eidetische, also eine Art hellseherische Begabung. Manche verstehen nie, worum es sich dabei handelt, und halten sie geheim. Andere bekennen sich nur gegenüber engen Freunden dazu und machen »Bilder zum Spielen« daraus. Und wieder andere verehren diese Begabung als einen Schutzengel, einen Geist, ja sogar einen Freund, wie E. T. zum Beispiel. Als ich Gesucht-und-Gefunden kennenlernte, hat er mir erzählt, daß sein P-E – die Abkürzung für »präkognitive Eidetik« – anfing, als er gähnte: ein kleiner Fleck, eine Art Stern, genau am Rande seines Blickfelds. Dieser kleine blau-weiße Stern sei eines Tages erschienen und nie mehr verschwunden.

Gesucht ist aber ein ganz besonderer Fall – ein Beispiel für die sogenannte »wechselseitige eidetische Kontrolle«, MEC –, und von allen P-E-begabten Kindern hat nur ein verschwindend geringer Prozentsatz MECs, ich gehöre dazu. Was einen MEC zu so etwas Besonderem macht, ist natürlich, daß er bei Einsetzen der Vorstellungsbilder nicht nur mit jemand anderem in Verbindung treten, sondern daß man ihn auch manipulieren, ihn praktisch verwenden kann.

Es hat eine ganze Woche gedauert, bis ich es neuerlich erlebte. Ich lag damals gerade auf einem Kunststoff-Clubsessel am Swimmingpool und hörte eine Duran-Duran-Kassette. Vater und Skip planschten laut im Wasser herum. Mutter saß in einem anderen Clubsessel hinter dem Haus, wo es schattig war, und unterhielt sich am Telefon mit ihrer Freundin Linda. Ich machte die Augen zu, aber da immer noch die Sonne hindurchschien und rote und blaue Explosionen hervorrief, schnappte ich mir Dads Augenblende und setzte sie mir auf. Das half. Eine Minute später war ich plötzlich weit, weit weg: Sämtliche Geräusche aus dem Schwimmbecken, von meiner Mutter, aus dem Radio schienen ganz fern. Und da war wieder dieses Bild, diesmal von einem viel höheren Standort – so hoch, daß ich nicht genau sagen konnte, ob es das gleiche war.
Bis ich im Sturzflug darauf hinabzusausen schien. Es waren dieselben beiden Rechtecke, aber diesmal in einem etwas anderen Licht, als ob es Abend wäre, und die Schatten fielen sehr lang. Ich muß ungläubig geblinzelt haben, denn plötzlich war ich noch viel näher, so als würde ich in diese Rechtecke hineinschießen – eine fliegende Kamera, die nach unten gerichtet war. Und ich konnte Wölbungen, Zylinder und Kästen auf den langen Dächern erkennen – Klimaanlagen, Wassertanks und wer weiß was noch alles; ich war mir ganz sicher. Sooft ich nicht genau wußte, was ich sah, kam ich näher heran oder erhielt einen leicht veränderten Blickwinkel. Ich konnte noch mehr von der Landschaft erkennen – etwas, das wie ein zerfurchtes Feld oder eine Wüste aussah, so kahl war es – und war das Wasser, was da obendrauf glitzerte? Ja, Wasser – das Ufer eines Sees oder so.
Es war faszinierend, aber dermaßen sonderbar, daß ich mich zwang, die Augen aufzuschlagen, und aus meinem

Sessel ins Schwimmbecken sprang. Diesmal verfolgte das Bild mich länger als vorher. Als ich endlich wieder an der Oberfläche auftauchte, war Skip am Schreien, mein Vater brüllte mich an, und ich konnte mich lediglich an der Schwimmbeckenleiter festhalten und hoffen, das Bild würde verschwinden. Ich war so unglücklich und verängstigt, daß ich zitterte, nicht wußte, was ich tun sollte, und schließlich lief ich weinend ins Haus, wodurch wenigstens das Bild ausgelöscht wurde.

Zum dritten Mal passierte es eine Woche danach auf dem Parkplatz unserer örtlichen Geschäftspromenade. Ich war mit meiner Mutter zum Einkaufen gefahren, es hatte eine Ewigkeit gedauert, und die Tüten aus dem Einkaufswagen waren gerade im Kofferraum und auf dem Rücksitz des BMW verstaut, da sagte Mutter, sie müsse noch in die Apotheke. Auch wenn ich wußte, daß sie sich lange Zeit lassen würde, war es so ein schöner Nachmittag, daß ich beschloß, im Auto zu warten. Diesmal war die Erscheinung nicht nur plötzlich, sondern auch vollständig bis ins kleinste Detail. Als meine Mutter zum Wagen zurückkehrte, saß ich da und weinte. Ich sah oder hörte sie nicht einmal, bis sie anfing, mich zu schütteln und zu fragen, was mir fehle. Ich hatte solche Angst, daß ich mich auf der ganzen Nachhausefahrt an ihr festklammerte.

Daheim angekommen, gab sie mir Tropfen in die Augen – ohne daß sich dadurch etwas veränderte; die Bilder waren sowieso schon verschwunden – und rief meinen Vater an, um ihm mitzuteilen, daß ich Schwierigkeiten mit meinen Augen hätte, und ob er für mich wohl einen Termin bei einem Arzt im Militärstützpunkt arrangieren könne. An diesem Abend war jeder um mich besorgt. Mein Vater sah mich immer wieder mitleidig an und sagte, übermorgen würde alles wieder gut.

Nun ja. Er brachte mich zu dem Augenarzt, und meine Sehkraft wurde untersucht. Alles in Ordnung. Alles! Der Mann nahm sich über eine Stunde Zeit und zuckte dann mit den Achseln. Daraufhin bat er mich, ihm von meinen – wie er es nannte – »Visionen« zu erzählen. Ich tat es. Danach und während ich in seinem Wartezimmer wartete, konnte ich die beiden darüber reden hören, man solle mich einer Computertomographie unterziehen. Da mit meinen Augen alles in Ordnung war, stimmte vielleicht mit meinem Gehirn etwas nicht. Als mein Vater aus dem Sprechzimmer herauskam, war er sehr bleich, sehr zugeknöpft. Und auch meine Mutter war ziemlich betroffen, als sie davon hörte. Über seinen eigenen Arzt bei der Luftwaffe arrangierte Vater eine Tomographie.

Das war nur der Anfang einer vierwöchigen Testserie. Die Röntgenaufnahmen ergaben nichts Ungewöhnliches. Also landete ich als nächstes bei einem Psychiater – einer Frau, die kaum aus dem College heraus war und mir alle möglichen Fragen über mein körperliches Befinden stellte und wissen wollte, wie ich mit meinen Eltern und meinen Freunden und Freundinnen in der Schule zurechtkäme. Sogar nach Problemen mit der Menstruation fragte sie. Ich gab zur Antwort, Mutter hätte mich über alles aufgeklärt. Während dieser ganzen Zeit kamen die Bilder erneut, aber nicht mehr so deutlich. Wahrscheinlich, weil ich mich so vor ihnen fürchtete; sobald sie anfingen, stand ich auf und tat etwas, um mich abzulenken: das Radio laut aufdrehen, herumtanzen, nach draußen laufen und mit Skip streiten, zu meiner Mutter gehen, einfach ihre Hand halten und mir von ihr erzählen lassen, wie sie noch ein kleines Mädchen in Neuengland war. Sie bemerkte, daß ich Angst hatte, und auch sie selbst fürchtete sich.

Oh, eins sollte ich hier erwähnen: Ich wußte, daß Dunstan

und Nicole Anthony mich adoptiert hatten – etwa seit meinem sechsten Lebensjahr, glaube ich. Ich hatte mit meiner Psychiaterin darüber gesprochen. Ich hatte ihr erklärt, daß es mir nichts ausmache, ein Adoptivkind zu sein. Schließlich bedeutete das, wie Nicole immer sagte, ja nicht, daß jemand mich nicht gewollt hätte, sondern daß jemand mich nicht hatte behalten können und jemand anderer – sie selbst! – mich sehr gern wollte. Und genausowenig machte es mir aus, daß Skip ihr leibliches Kind war. Schließlich war ich das Prinzeßchen meines Vaters und die absolut beste Freundin meiner Mutter. Wenn, dann fühlte ich mich höchstens besser behandelt als Skip. Und außerdem hatte ich damals schon genug Erfahrung mit den Bekannten meiner Eltern, um zu sehen, wie absolut umwerfend Dun und Nicole dagegen waren.

Das nächste P-E-Bild hatte ich in der Schule. Wir hatten gerade eine Freistunde, und ich nahm draußen ein Sonnenbad, weil das Wetter so toll war. Dabei dachte ich über das nach, was ich in unserem Erdkundebuch gelesen hatte. Wußten Sie schon, daß Nordamerika vor Millionen von Jahren von Südamerika getrennt war, daß es viel weiter südlich, über dem Äquator, lag und daß es noch keine der Gebirge und der Flüsse gab, die wir heute kennen? Besonders damals, in präkambrischer Zeit, als die Erde größtenteils aus Ozean, Gezeitenstrudeln und niedrigem Festland bestand – keine Tiere und auch kaum ein Fisch, bloß Quallen und Mollusken. Stellen Sie sich das vor! Jedenfalls stellte ich mir das gerade vor und fragte mich, ob der Himmel, das Meer und alles dieselbe Farbe hatten, wie wir sie heute kennen, da wurde mir plötzlich die Stille ringsum bewußt. Ich schlug die Augen auf, aber natürlich war alles ganz in Ordnung. Und da wußte ich, daß ich wieder das P-E-Bild bekommen würde. Ich ballte einfach meine Fäuste, drückte die Augen zu und sagte mir, so fest ich konnte, vor: »Nein, nein, nein! NEIN, NEIN! NEIN, NEIN!! *NEIN!!!!*«

Und ahnen Sie, was passiert ist? Nichts. Gar nichts.

Und damit war es gut – wenigstens für eine Weile. Mit einer einzigen Ausnahme: Im selben Augenblick, als ich merkte, daß ich diese Strukturen, Anlagen, Gebäude, diesen ganzen Ort nicht wieder würde erblicken müssen, kam mir plötzlich eine andere Erkenntnis: Daß ich nächsten Dienstag um sechzehn Uhr Nicoles Freundin Janice treffen und sie mir etwas sehr Wichtiges mitteilen würde. Ich wußte es irgendwie.

Aber ich war so erleichtert darüber, dieser anderen Sache entkommen zu sein, daß ich mir nichts weiter dabei dachte. Solche Gedanken hat doch jeder, nicht? Hauptsache war, daß ich das, was versucht hatte, meinen Geist und meine Augen zu vereinnahmen, gestoppt hatte. Sie können sich denken, wie froh ich war.

Ich ahnte allerdings nicht, daß es gerade erst richtig anfing. Nur meine Lehrzeit als MEC war zu Ende gegangen.

Am nächsten Donnerstag um sechzehn Uhr, keine zehn Minuten, nachdem ich vom Treffen unserer Lerngruppe bei meiner Freundin Larraine zurück war, hörte ich ein Auto die Auffahrt heraufkommen: Janice.

Janice kam nicht oft zu Besuch. Sie war seit dem College mit Nicole befreundet, hatte aber vor ihr geheiratet und war weit in den Westen gezogen. Sie hatten sich Jahre nicht mehr gesehen, bis es meinen Vater aus beruflichen Gründen hierher verschlug. Als ich noch kleiner war, hatte ich Janice sehr oft gesehen. Sic war meine Taufpatin und brachte mir immer tolle Geschenke mit, auf die sich niemand sonst auch nur Hoffnungen machen konnte: russische Puppen und ein »Einhorn« aus einem ausgestopften Tier. Sie hatte mich stets behandelt wie etwas Besonderes. Dann war sie mit ihrem Ehemann hinauf nach Fairchild gezogen, und ihre Besuche wurden viel seltener.

Jedenfalls sagte Janice an diesem Nachmittag, sie sei gerade in der Gegend gewesen, um sich ein Grundstück anzusehen – sie macht so ein bißchen in Immobilien –, da habe sie sich gedacht: »Mach doch einen Überraschungsbesuch!« Nicole, Sandy und ich, wir alle waren auf dem Rasen neben dem Haus, und ich sagte: »Oh, ich habe gewußt, daß du kommen würdest, Janice. Schon letzte Woche!« Sie wirkte verblüfft. Ich hatte sie noch nie so erstaunt gesehen, nicht einmal, wenn sie mit mir herumalberte. »Aber woher denn, Kyra? Ich habe doch selbst erst gestern abend gewußt, daß ich in diese Gegend kommen würde? Und offen gestanden, dachte ich, ich müßte vielleicht gleich wieder nach Fairchild zurückfahren. Erst in Mr. Ellis' Haus habe ich beschlossen, einen Termin in Carmel abzusagen. Sonst würde ich doch nie ohne ein Geschenk für dich kommen, und alles, was ich mitgebracht habe, ist das hier!« – Eine Flasche Brandy für meine alten Herrschaften.

Ich wollte nicht sonderbar erscheinen. Darum wechselte ich das Thema. Janice sagte, sie bliebe zum Abendessen, und ich hielt mich mehr als gewöhnlich in ihrer Nähe auf. Da sich der erste Teil meiner Vorahnung bewahrheitet hatte, war ich sicher, daß auch der zweite stimmte. Ich brachte sie noch nach draußen zum Wagen, und sie küßte mich und stellte mir alle möglichen Fragen, aber dennoch: Janice sagte mir nichts, was von Bedeutung war.

Heute weiß ich natürlich, was es gewesen ist: Janices Erstaunen bei ihrer Ankunft und daß nicht einmal sie selbst sicher gewußt hatte, ob sie kommen würde – ich natürlich aber schon seit einer Woche!

Zwei Tage später besuchte uns Chet Diebold, ein Freund meines Vaters, zum Abendessen. Skip war noch jung genug, um sich davonzustehlen, aber ich mußte dabeisein. Chet, sagte mein Vater, sei ebenfalls beim Militär, als Arzt, und sofort war ich mir sicher, daß er mich beobachten sollte, wenn auch ganz nebenbei. Das ging mir irgendwie auf die Nerven. Aber als das Thema P-E während des ganzen Essens nicht zur Sprache kam, entspannte ich mich und bekam an manchen von ihren Geschichten allmählich Spaß; Chet und mein Vater waren zusammen an einigen berühmten Orten gewesen – als junge Männer in Südostasien und in Kuba, bevor Castro dort an die Macht kam.
Wir zogen uns für einen Kaffee und ein Gutenachtgläschen auf die Terrasse zurück, und Nicole brachte Janices Brandy. Dabei sagte sie zu Dun: »Komische Geschichte! Kyra hat gewußt, daß Janice kommen würde. Schon letzte Woche, obwohl Janice aus der Laune eines Augenblicks vorbeigekommen ist.«
Chet schien sehr interessiert. War das je früher schon vorgekommen? Und wann, wie oft etc. Dun erzählte Chet Diebold von meinen »Sehproblemen«, und Chet wollte wissen, was für eine Landschaft ich erblickt hätte. Also holte ich Papier und Bleistift und zeichnete sie ihm auf, wobei ich erklärte: »Das ist der Winkel, aus dem ich das Ganze zuerst gesehen habe. Aber manchmal dreht es sich so, daß ich es mir rundherum anschauen kann.«
»Darf ich das mitnehmen?« fragte Chet.
Und damit war das Thema beendet. Für drei Tage.
Am vierten kam Diebold mit einem jüngeren Mann – er hieß Peter Roy – nach dem Abendessen vorbei, und beide unterhielten sich mit Dun, der mich in sein Arbeitszimmer rief.
»Nur keine Angst!« sagte Dun. Sie saßen alle bei einem

Glas Scotch zusammen. Ich konnte den Alkohol riechen. Dr. Roy fragte mich, was genau passiert sei, und ich spielte es ihm gewissermaßen vor. Zu guter Letzt landete ich auf dem Sofa.
»Glaubst du, du könntest dir dieses Bild noch einmal vor Augen rufen?« fragte Diebold.
»Ich hab's schon eine Weile nicht mehr getan. Und überhaupt... ich mache es nicht gern.«
»Dr. Roy wird dir helfen, sobald du das leiseste Unbehagen empfindest«, sagte Dun – meines Erachtens eine dumme Bemerkung, denn wie wollte er wissen, was ich dabei empfand? Aber ich begriff, daß ich es versuchen sollte. Also machte ich es mir auf dem Chaiselongue bequem.
Natürlich passierte gar nichts. Ich setzte mich wieder auf und erklärte, daß ich völlig entspannt sein müsse, woraufhin Dr. Roy meinen Adoptivvater fragte: »Darf ich?« Dun nickte bejahend, und der Arzt schloß mir die Augen, stieß mich dann langsam auf das Sofa zurück, machte etwas an meiner linken Halsseite, das, wie ich später herausfand, eine Technik zur Soforthypnose war, und ich entspannte mich vollkommen.
Ein paar Sekunden später erschien das Bild, diesmal in ganz blassen Farben. Die Männer schirmten die Lichter im Zimmer ab, und das Bild wurde wieder hell. Die Schatten darauf waren anders, und je länger ich hinschaute, desto heller wurde es.
»Sonnenaufgang«, sagte Dr. Roy. »Beschreib uns alles, was du siehst!« forderte er mich auf. Dann hielt er die Zeichnung hoch, ich verglich sie mit dem, was ich sah, und deutete auf jede Einzelheit.
»Kannst du näher herankommen?« fragte er.
Ich konnte.

»Noch näher? Ich möchte, daß du liest, was auf dem Rechteck steht, das du für einen Parkplatz hältst.«

Ich las: K P e H H e K O B.

»Kannst du noch näher heran?«

Ich versuchte es, aber es ging nicht.

»Kannst du mehr nach links, so daß du ganz auf das obere Rechteck kommst?«

Kinderspiel. Ich drehte auf die Seite ab, die er gewollt hatte.

»Lies vor, was dort steht!«

»CCCP.«

»Noch eine Frage, Kyra. Wann bist du das nächstemal an diesem Ort?«

»Heute in neun Tagen«, antwortete ich ohne das geringste Zögern.

»Um wieviel Uhr?«

»Nachmittags um halb zwei.«

Er richtete mich auf, fragte mich, wie es mir ginge, bedankte sich bei mir und sagte, er würde sich zu dem erwähnten Zeitpunkt gern mit mir treffen. Für die übrigen Schulstunden würde er mir ein Attest schreiben. Ich verließ das Arbeitszimmer und fühlte mich nicht traurig und beklommen wie damals; vermutlich, weil sie mich nicht für verrückt erklärt hatten oder ähnliches, und weil Dr. Roy offenbar wußte, was los war.

Neun Tage später holte er mich von der Schule ab, und wir fuhren zu ein paar Militärdienststellen in Carmel hinüber, wo wir uns mit zwei anderen Männern trafen – keiner von ihnen in Uniform. Sie betrachteten sich das Diagramm und zeigten mir zwei Fotos. »Das ist es!« sagte ich. »Haargenau!« Dr. Roy hypnotisiserte mich wie beim ersten Mal, das Bild kam erneut, und sie stellten mir noch mehr Fragen, die mir alle ziemlich ungereimt vorkamen. Als ich dann aufstand, fragte mich Dr. Roy, was ich denn da sähe.

»Es ist irgendeine Anlage. Ein Wasserwerk, glauben wir.«

»In Rußland?« fragte ich. »Das sind doch kyrillische Buchstaben?«

»Kannst du denn Russisch?«

»Ich habe in der Schule eine russische Zeitung gesehen. Die *Prawda*.«

Dr. Roy sagte: »Kyra, wir wissen nicht genau, wie, aber wir glauben, daß du Verbindung zu einem sowjetischen Überwachungssatelliten hast. Eine Art Himmelskamera.«

»Derlei Vorstellungsbilder halten nicht sehr lange an«, sagte der zweite Mann. Ich hatte ihn mir schon vorher betrachtet, weil er gleichzeitig ruppig und verträumt wirkte, mit vielen silberblonden Locken, wie ein Schauspieler im Fernsehen. »Unseres Erachtens könnte es sich bei dir um einen fortgeschrittenen Fall von Hellseherei mit spezifischen Eigenschaften handeln. Weißt du, wovon ich rede?«

»Übersinnliche Wahrnehmung?«

»Na ja, so in der Art. Aber ein ganzes Stück fortgeschrittener. Diese visuelle Sache ist zwar faszinierend, aber mich interessieren mehr die Daten und Uhrzeiten. Wie lange hast du schon solche Erlebnisse?«

Ich erzählte ihm, wann es angefangen hatte, und über die fünf weiteren Vorfälle, außer als Dr. Roy dabeigewesen war. Es hörte sich alles so dumm an, ich meine, daß Sandys Mann sich am Dienstag, dem zwölften, ein Auto kaufen und Nicoles Bridge-Partnerin eine Operation haben würde. Es war mir direkt peinlich, und das sagte ich ihm.

»Für mich klingt das gar nicht dumm«, erwiderte er.

»Übrigens, nenn mich doch Burr. Wir werden künftig Freunde und Kollegen sein. Ich hoffe doch, daß du dich uns anschließt?«

Als er lächelte, war ich einfach weg. »Uns? Wem denn sonst noch?«

»Wir sind eine zwanglose Gruppe von Menschen mit besonderen Fähigkeiten. Sie wird von der Regierung finanziert, aber es ist meine Gruppe. Wir sind alle P-Es; das steht für ›Präkognitive Eidetik‹. Und manche, ich zum Beispiel, sind sogar MECs. Wir verfügen über noch speziellere Kräfte. Wir treffen uns nach der Schule, trinken Sodawasser und plaudern. Ach ja, und ein Kollege nimmt unsere Treffen von außerhalb des Raumes auf Band auf.«

Burr erzählte mir, wann und wo sie wieder zusammenkommen würden, sagte, er könne mich mit dem Auto abholen lassen, und ich habe mich wohl geschmeichelt gefühlt und wollte Burr wiedersehen, denn ich erklärte mich einverstanden, es zu probieren.

Während dieser ersten Treffen ereignete sich nicht viel. Wir spielten mit Rhine-Karten (benannt nach J. B. Rhine, einem Professor an der Duke University, der sie entwickelt hatte, um übersinnliche Wahrnehmung festzustellen), mit Alphawellen-Geräten und all diesem Zeug. Erst nach einem Weilchen bekam ich heraus, daß es sich bei den meisten in der Gruppe nicht um P-Es, sondern um p-es handelte – in Kleinschrift –, was man fast hören kann, wenn es laut ausgesprochen wird. Das heißt, daß sie zwar einige Empfangs- oder Übertragungskräfte besaßen, aber nicht sehr viele, oder daß diese Kräfte nicht richtig ausgebildet waren.

Ich besuchte Burrs Treffen in Carmel seit ungefähr vier Wochen, da rief er mich eines Tages an, um mir zu sagen, die Gruppe würde aufgelöst. Ich war enttäuscht und konnte es nicht verbergen. Burr sagte, er gehe nach Los Angeles, wo seine Haupt-Arbeitsstelle sei.

Komm mit uns, Kyra! fühlte ich plötzlich jemanden sagen; nicht Burr. Jemand anderen. Doch es klang nicht so, als sei ein zweiter Anschluß offen. Das würde ich gern, sehr gern, dachte ich.

»Hast du nächste Woche nicht schulfrei?« fragte Burr. »Osterferien? Dann komm doch nach L.A.! Wir haben Platz zur Genüge.«

»Ich hab versprochen, meine Taufpatin zu besuchen, und...«

Doch mitten im Satz fühlte ich plötzlich diese andere Stimme sagen: *Du* weißt, *daß du dich da herausreden kannst. Wir wissen, daß du lieber nach L.A. kommen würdest. Wir werden Spaß haben zusammen. Du wirst mich kennenlernen.*

»Ist noch jemand in unserer Leitung?« fragte ich Burr.

»Mein Apparat hat keinen anderen Anschluß«, erwiderte er.

»Das habe ich nicht gefragt«, sagte ich, wußte aber nicht recht, *was* ich eigentlich meinte.

Ich bin Kevin.

»Da! Schon wieder!«

»Das ist Kevin. Er ist ein MEC«, sagte Burr.

Komm nach Los Angeles! Dann wirst du mich kennenlernen. Deinen Besuch kannst du aufschieben.

Ich weiß noch, wie ich fragte: »Was geht hier vor?« und Burr zur Antwort gab: »Na ja, so sind MECs nun mal.«

Sofort wurde ich neugierig. »So? Wie denn?«

»Wie du und Kevin. Da benutzt ihr mich und meine Telefonleitung, um miteinander zu reden. Kevin weiß ganz genau, daß es mich irritiert.«

Ich dachte über das nach, was er gesagt hatte: Es war ein

schwerer Brocken zum Verdauen. »Sie meinen, ich wäre auch ein MEC?«
»Der einzige aus der Gruppe in Carmel.«
»Einverstanden«, sagte ich zu Burr – und zu Kevin, »ich verschiebe meine kleine Reise, die eigentlich nach Norden gehen sollte.«
Kevin freute sich. Burr antwortete, es sei das Leichteste von der Welt, nach L.A. hinunterzufliegen. Vom Flughafen in Santa Cruz aus würde es keine ganze Stunde dauern.
Dun und Nicole brauchten nicht viel gute Worte, um mich mit Burr nach L.A. gehen zu lassen. Nur wirkte meine Mutter besorgt, obwohl sie sagte, sie verstehe, wie wichtig es für mich sei.
Abgesehen von einer Frau, die als eine Art Anstandswauwau an Bord war, war ich der einzige Passagier in der kleinen zehnsitzigen Düsenmaschine. Sonst gab es nur die zwei Piloten. Einer von ihnen, Bernie, fuhr mich nach unserer Landung zu den Außenstellen der University of California in Irvine. Das Gebäude lag an einem schattigen, baumbestandenen Boulevard, hatte während des 17. und 18. Jahrhunderts zu einer spanischen Missionsstation gehört und war toll. Von den alten Ziegeldächern hingen Glyzinien, ein wildes Durcheinander von purpurroter Canna und Paradiesvögeln. Das Innere bestand aus großen, dunklen Räumen mit Deckengebälk, Kaminsimsen aus Alabaster und fleckigen, echt antiken Holzschnitzereien. Dazu Marmorböden in allen möglichen Farben; überall Schmiedeeisen. Die abgenutzten Dielen hatte man durch neues Parkett ersetzt, und von ihm, den Stromanschlüssen und den neuen Sanitäreinrichtungen abgesehen, war das Gebäude genau wie zum Zeitpunkt seines Entstehens, als irgendein Bischof darin residiert hatte. Im Erdge-

schoß lagen die riesige Empfangshalle, eine große alte Küche, Büros und die »Arbeitszimmer«, wie Burr sie nannte. Ein Stockwerk höher eine Doppeltreppe sowie Schlaf- und Wohnräume; draußen ein Garten auf zwei Ebenen und ein großer Swimmingpool.

Burr sagte: »Kevin erwartet dich bereits. Bei ihm mußt du tiefer blicken als auf das äußerlich Sichtbare.«

»Okay«, antwortete ich und wußte irgendwie, was er meinte: Kevin sah nicht normal aus.

Burr führte mich in einen Arbeitsraum, dessen eine Wand von Computerschirmen – sieben oder acht insgesamt – und aller möglichen Elektronik beherrscht wurde: Tastaturen, Magnetbandrecordern mit riesigen Spulen et cetera.

Später lernte ich, daß man *Mainframe* dazu sagt.

Und mittendrin in dem Ganzen saß Kevin. Burr machte uns miteinander bekannt.

»Ich seh ganz schön merkwürdig aus, was?« lautete Kevins erste Bemerkung. »Du bist schön! Keine Sorge! Die erste Reaktion ist bei allen gleich. Es macht mir nichts aus.«

Meine zweite Reaktion war schon besser. Was für tiefe, wissende, reife Augen er hatte! Und meine dritte sogar noch besser: Dieses Aufgebot von Computern, das jede Anlage, die ich je gesehen hatte, in den Schatten stellte und das er offensichtlich kontrollierte, flößte mir soviel Ehrfurcht ein!

»Kennst du dich mit Computern aus?« fragte Kevin.

»Ich weiß nicht genau.«

»Bist du eine Gelehrte? So wie diese Zwillingsbrüder, die immer Kalender für die nächsten zehntausend Jahre errechnet und mit neunstelligen Primzahlen gegenseitige Onanie betrieben haben?«

Ich mußte lachen. »Gott, nein! So eine bin ich nicht! Ich mach mir keine Gedanken!«
»Aber ich bin so. Wie diese Jungs, mein ich.«
»Ein Gelehrter? Oder ein Idiot?«
»Ha, ha, ha! Nein, im Ernst: es ist wahr; ich kann schneller rechnen als jeder Computer. Hast du Lust, mich auf die Probe zu stellen?«
Ich nahm an, ich wäre nicht clever genug, um ihn zu testen, und überhaupt: Warum unhöflich sein? »Ich glaub dir's auch so.«
»Ich verwende diesen Stab, in meiner Tasche...« Kevin zog einen dünnen Metallstab aus seiner Tasche, zeigte ihn mir und steckte ihn sich zwischen die Lippen
...für wirklich umfassende mathematische Probleme.
Ich muß überrascht gewesen sein, daß ich ihn immer noch hören konnte, obwohl er etwas zwischen den Zähnen hatte.
Ich dachte, er würde seine Stimme forcieren.
Das heißt, wenn ich nicht auf Alpha bin, erläuterte Kevin. *Auf diese Art behält man leichter den Überblick. Und bringt die Sachen schneller unter Dach und Fach* – was auf seinen Riesencomputer gemünzt war. *Wenn ich aber nicht auf Alpha bin, lehne ich mich zurück und – zack!* – denke *in mathematischen Begriffen.*
Ich spürte augenblicklich, was er damit meinte. Nicht konkret – wahrscheinlich würde ich dazu Kevins Formelkenntnisse und alles brauchen –, aber ich bekam eine fast dreidimensionale Ahnung von etwas Neuem, das ich vorher nur undeutlich gekannt hatte.
»Ich verstehe das nicht«, sagte ich. »Wie hast du das gemacht?«
Er sah mich an. Seinen Stab immer noch im Mund, antwortete er: *Ich bin ein MEC. Mädchen, du wirst dich*

wundern, wenn du erst merkst, was ein MEC alles tun kann!

Natürlich, Barry, ist Ihnen nicht entgangen, daß ich meine eigenen MEC-Fähigkeiten bislang übersprungen habe. Zuerst waren sie ganz einfacher Natur – ein Gefühl, ein Wissen, daß irgend etwas ganz bestimmt eintreffen würde, wie Janices unerwarteter Besuch zum Beispiel. Während der Sitzungen in Carmel hatte Burr mich mit einem Alphawellengerät verbunden und mich gebeten, an vergangene Ereignisse zu denken. Er wählte dazu Daten aus seinem eigenen Leben aus. Ich bekam Burr als Zwanzig-, als Fünfzehn- und als Dreißigjährigen zu sehen. Ich bin bei seiner Hochzeit dabeigewesen (seine Frau ist später gestorben). Es war faszinierend. Und auch mit anderen aus der Gruppe habe ich das ein wenig versucht. Es hat mich immer erschöpft.

Sie sehen, Barry: Diese ganze Geschichte, daß ich das Uranussystem benutzen würde, war ein bißchen geflunkert – nicht unbedingt gelogen, denn zur Zeit befasse ich mich damit, vor allem mit Blick auf längerfristige Entwicklungen. Burr hat nie gesagt, daß ich meine Kräfte auch auf diese Art einsetzen könnte – aber ich bin überzeugt, es geht. Eigentlich muß ich längerfristige Entwicklungen sogar kennen, damit einige zukünftige Daten, die ich empfange, einen Sinn für mich erhalten. Andererseits habe ich aber auch tote Punkte. Sogar, was mich selbst betrifft. Ich kann spüren, welche Daten mich direkt angehen werden, aber ich weiß nicht immer, inwiefern. Vielleicht sind hier meine Gefühle im Weg.

Bei Burr und Kevin in Los Angeles habe ich zum erstenmal eine individuelle Zukunftsvorausschau erstellt. In der Woche, die ich bei ihnen war – wieder einmal an das Alphawellengerät angeschlossen und durch Autosuggestion entspannt –, sagte ich die Zukunft von fünfundsiebzig Personen vorher, aber in keinem einzigen Fall für mehr als vier Stunden und nur Leute betreffend, die ich persönlich kannte. Überflüssig zu sagen, daß diese »zukünftigen« Geschehnisse von erstaunlicher Banalität waren. Burr war angetan; ich nicht.

Den ganzen Monat im Anschluß an meine Heimkehr nach Pacific Grove begann ich jedesmal, wenn ich einschlafen wollte, spontan die Zukunft einzelner Personen zu empfangen. Absolut langweilige Vorausahnungen über das Leben von Leuten, die ich kannte, und in der Regel für nicht länger als einen Tag. Als ich Burr anrief, um ihm davon zu berichten, war er sehr zufrieden.

»Du brauchst kein Bio-Feedback!« sagte er und bat mich, es tagsüber zu versuchen.

Ich zögerte, weil ich an diese verwirrenden »Visionen« dachte, durch die ich die P-E kennengelernt hatte, sagte aber, ich würde es versuchen. Und das tat ich auch, wenn ich neben dem Pool oder auf Dads Chaiselongue lag. Ein paarmal klappte es auch tatsächlich, aber nachher fühlte ich mich immer erschöpft.

Während ich wieder in Pacific Grove war, rief Burr jede Woche an. Mit ihm selbst unterhielt ich mich nur ein paar Minuten, mit Kevin hingegen eine halbe Ewigkeit. Und durch ihn erfuhr ich auch von anderen MECs, die Burr ausfindig gemacht hatte. Er wollte uns alle zusammenbringen. Kevin hielt das für eine tolle Idee. Ich wahrscheinlich auch.

Das restliche Schuljahr über kam Burr mehrmals mit dem Flugzeug zu Besuch herauf. Er sprach mit Dun und Nicole und fragte, ob sie etwas dagegen hätten, wenn ich diesen Sommer mit ihm und Kevin mitkommen würde. Ich war wie elektrisiert. Ich wollte andere MECs kennenlernen.

Zu dieser Zeit entwickelte ich auch eine Art »Backfischliebe« zu Burr.

Ich blieb den ganzen Sommer mit den beiden zusammen. Los ging's in dem spanischen Missionshaus in Irvine und von da in eine weitläufige, hochmoderne Gebäudegruppe in den Bergen, wo uns weder die Funksprechgeräte von Jet-Piloten noch Fernseher oder Mikrowellen stören würden. Ich lernte, meine MEC-Fähigkeiten zu schärfen und zu konzentrieren. Außerdem machte ich Bekanntschaft mit mehreren anderen P-Es. Gesucht-und-Gefunden zum Beispiel.

Bei meiner Rückkehr nach Pacific Grove, wo ich mein zweites Studienjahr an der örtlichen High-School antreten wollte, erlebte ich ein paar herbe Schocks. Ich rief – wenn auch nur in beschränktem Umfang – *bewußt* Daten aus der Zukunft ab. Als ich aber damit aufzuhören versuchte, stellte ich fest, daß ich dazu außerstande war. Es ging immer weiter, und allmählich verschwammen Zukünftiges und schon Vergangenes in meinem Bewußtsein. So saß ich zum Beispiel mit meinen Freundinnen Sarah und Jody in der Cafeteria und sagte: »War das nicht blöd, was Ken Allister mit dem Tafelschwamm angestellt hat?«, und sie wußten gar nicht, wovon ich überhaupt sprach. Und zwei Tage später, als Mrs. Chin sich gerade umgedreht hatte, hört Ken plötzlich auf, die Tafel hinter ihr zu putzen, und balanciert den Schwamm an der äußersten Kante ihres Schreibtischs, so daß wir alle abgelenkt wurden – niemand mehr als Jody und Sarah.

Und es wurde noch haariger. Ich fing an, so oft und so spontan Daten aus der Zukunft wahrzunehmen, daß mich die Sache erschöpfte. Jedes Wort überlegte ich mir allmählich, nur um meine Freundinnen möglichst von dem abzulenken, was wirklich los war. Es wäre für sie »zu meschugge, Kyra, igitttt!« gewesen. Am schlimmsten war's am Telefon: Während wir früher eine geschlagene Stunde miteinander geplaudert hatten, beendete ich jetzt die Gespräche abrupt und unterhielt mich lieber dann, wenn ich den anderen am Gesicht ablesen konnte, wann ich »woanders« war.

Meinen Eltern fiel auf, wie oft ich neuerdings zu Hause blieb und wie still ich allmählich wurde. Und auch einsam. Mein Leben wurde von Tag zu Tag schwieriger. Wahrscheinlich kam all das offen zum Ausbruch, als Dun und Nicole ihre traditionelle Neujahrsparty gaben, eine Art Tag der offenen Tür, an dem von morgens bis abends Leute hereinkamen, aßen, tranken, tanzten, Spiele machten oder sich im Fernsehen Fußball anschauten. Zwischen all diesen Menschen wurde ich dermaßen mit Daten aus Vergangenheit und Zukunft überschwemmt, daß ich es nicht mehr aushielt. Ich rannte aus dem Haus, lief eine Weile blindlings drauflos und hielt dann das Auto eines Nachbarn an, der mich zu den Klippen brachte. Dort blieb ich bis nach Mitternacht – zum erstenmal seit Wochen innerlich ruhig und gefaßt. Als ich wieder nach Hause kam, wählte ich Burrs Nummer in Los Angeles und berichtete ihm, was los war. »Bitte holen Sie mich von hier weg, sonst werde ich wahnsinnig!«

Am darauffolgenden Nachmittag war er da und gab Dun und Nicole die eine oder andere Erklärung, während ich selbst Kleider, Bücher, Schallplatten, ja, sogar Puppen einpackte. Abgesehen von ein, zwei Feiertagen bin ich seither nicht mehr in Pacific Grove gewesen. Ich schreibe meinen Eltern, ich rufe sie an, und ich *glaube,* sie verstehen... Wenigstens bin ich nicht schwanger oder drogensüchtig!

Ich habe schon viel Papier verbraucht, Barry, und ich bin

immer noch nicht sicher, ob ich Ihnen alles, was ich wollte, erzählt oder Sie davon überzeugt habe, daß... Na ja, vielleicht ist es auch besser so. *Bitte* versuchen Sie nicht, mich ausfindig zu machen. Ich bin gut aufgehoben. Wirklich. Und ich hoffe, daß Sie mich trotz allem noch gern haben. Gott, hört sich das dumm an!

Liebe Grüße,
Kyra

3

Sie steckte hier irgendwo! Sie mußte dasein, diese Telefonnummer! In einer Brieftasche, die er seit über zehn Jahren nicht benutzt hatte – einer Brieftasche, die er wohl vor allem wegen der Telefonnummer noch aufgehoben hatte. Von Wohnung zu Wohnung, Stadt zu Stadt, Küste zu Küste hatte sie ihn begleitet, offen verstaut zwischen seinem – inzwischen abgelaufenen – Reisepaß, seinem Hochschuldiplom, seiner Geburtsurkunde und einem Mensaausweis. Er hatte alles genau hier hineingetan, hinten in die oberste Schublade – seine Vergangenheit, verschnürt mit einem roten Einmachgummi. Und jetzt, da er das Zeug brauchte, wo, zum Teufel, steckte es jetzt?

Da! Die Brieftasche! Sein Gedächtnis hatte ihn getäuscht. Sie lag nicht flach zwischen den anderen beiden Sachen, sondern darunter, zusammengeklappt und geschlossen, wie er sie in seiner Gesäßtasche durch die ganze juristische Fakultät und durch ganz Europa geschleppt hatte. Und ja, dort, hinter seinen diversen Studentenausweisen, seinem *Eurail*-Paß, den Fetzen von Linienflugtickets, ein paar Rezepten, einem Kennedy-Halbdollar, ja selbst einem alten, immer noch verpackten Kondom – »Elite, für Bequemlichkeit und Sicherheit!« – steckte der Zettel: die Telefonnummer – der Code.

Barry setzte sich. Plötzlich schob sich das Zimmer gewaltig auseinander, so daß die Dachwohnung länger, breiter

und höher, die Wände ganz weiß wurden, die Kunstgegenstände und anderer Schmuck daran so tanzten und verschwammen ... Wer zaudert, ist verloren.
Barry drückte die Vorwahl und die siebenstellige Nummer. Und wenn es den Anschluß nicht mehr gibt? Überhaupt nicht mehr? Wenn niemand abnimmt?
»Welchen Anschluß wollten Sie, Sir?« Das Fernmeldeamt.
Barry nannte die gewünschte Nummer.
»Dieser Anschluß ist geändert worden.« Sie gab ihm keine neue Nummer, unter der er es versuchen könnte.
»Ich habe eine Geheimvorwahl«, erwiderte Barry.
»Ich höre, Sir.«
Er rasselte sie herunter.
»Die *neue* Rufnummer lautet...« Barry stürzte sich auf sein Schreibzeug, um sie zu notieren. »Ich verbinde Sie direkt, Sir.«
»Ist das immer noch im Ortsnetz von Langley?« Aber die Frau von der Vermittlung war schon weg, um ihn durchzustellen.
»Zentraler Nachrichtendienst!« meldete sich eine fröhliche Frauenstimme mit Südstaatenakzent.
Gott, wie wenig Hehl sie daraus machten!
»Ich habe eine Geheimvorwahl«, offerierte er und nannte die Nummer.
»Ja, Sir. Kann ich Ihnen helfen?«
»Ich benötige ein paar Auskünfte. Ich versuche, mit jemandem Kontakt aufzunehmen. Ich weiß nicht genau, ob er immer noch... unter Ihrer Nummer zu erreichen ist.« Und als sie ihm keine Hilfe anbot, sagte Barry: »Alex Land. L-A-N-D. Alexander.«
»Ich werde nachsehen«, erwiderte sie, und er hörte eine Bläserserenade von Mozart: klagende Oboen, die über brummigen Fagotten trillerten.

»Bedaure, Sir. Dieser Name ist derzeit nicht aufgeführt.«
Was nichts zu bedeuten hatte.
»Es ist schon ein Weilchen her«, sagte Barry. »Ich wußte nicht genau, ob...«
»Kann Ihnen das Personalbüro vielleicht helfen? Ich könnte Sie verbinden.«
Sie tat es, und diesmal war der Südstaatenakzent scharf, präzise und gehörte zu einem Mann.
»Ich war im Außendienst. In Europa. Neunundsechzig/siebzig. Ich suche einen Kollegen. Anscheinend ist keiner von uns beiden mehr aktiv. Die Sache hat persönliche Gründe.«
»Jeder Personenname, der mehr als zwölf Jahre alt ist, liegt tief im Archiv vergraben«, erwiderte die scharfe Stimme.
»Wie wär's, wenn ich Ihnen den Namen des Unternehmens und die Decknamen nenne?«
»Das ist eigentlich nicht mein Ressort. Aber...ich war zwei Jahre im Archiv. Kann sein, daß ich ihn kenne. Wenn nicht, werden Sie sich schriftlich an uns wenden müssen, auf Formularvordrucken...«
»Das Unternehmen hieß Kleiner Besen. In Europa. Neunundsechzig. Ich war Goldener Strohhalm. Ich versuche, Rumpelstilzchen zu finden.«
»Einen Moment bitte, Sir!« Noch mehr Mozart; der Schluß des Adagios aus demselben Stück, dann ein kecker, zackiger Marsch, und aus war's. Im Anschluß daran sagte ein Rundfunksprecher, das Wetter im Capitol-Dreistaatengebiet sei bewölkt und für die Jahreszeit zu kühl; für morgen werde mit Sonnenschein gerechnet. »Ich kenne nicht einmal meine wahre Mutter«, hatte Kyra geschrieben. »Ich habe immer gewußt, daß ich ein Adoptivkind bin.« Nun, *sie* kannte ihre Mutter vielleicht nicht. Aber er. Er war seiner Sache sicher. Ihr Profil, ihre Nase, ihre Lippen, die Art, wie ihre Haare so glatt herunterhingen, ihr Gang. Kein Wunder, daß sie ihm so verdammt bekannt vorgekommen war!

»Sir? Sind Sie immer noch dran? Ich habe dieses Unternehmen gefunden, Sir, aber es war kodiert bis zum Geht-nicht-mehr. Wahrscheinlich ist es ein vollkommener...«
»Fehlschlag gewesen«, beendete Barry den Satz für ihn.
»Richtig.«
»Wie kann ich meinen Freund finden?«
Freund? Alex Land, sein Freund? Gott, aufgespielt hatte er sich als einer. Bis...und dann...Aber wer, wenn nicht ein Freund, konnte so einen Verrat begehen? »Ich kenne nicht einmal meine wahre Mutter.« Aber Barry kannte sie. Es konnte keine sein außer Anna. Und wenn Barry es wußte, dann *mußte* auch Alex Land es wissen.
»Tut mir leid, Sir. Wie gesagt, diese Datei ist so verschlüsselt, daß ich nirgendwo eindringen kann.«
»Hören Sie«, versuchte es Barry. »Er hat sich offensichtlich zurückgezogen. Ich ebenfalls. Ich habe aber nicht vor, ihn in jedem Telefonbuch aus dem Bereich Washington nachzuschlagen. Und ich bleibe nur einen Tag oder so in Ihrem Gebiet. Machen wir's doch so: Seine Familie hat früher irgendwo bei Monticello gewohnt. Dort würde er sich auch einmal zur Ruhe setzen, hat er immer gesagt. Also, warum geben Sie mir nicht diese Nummer?«
Zögern. Dann: »Sir, ich habe Anweisung, *keinerlei* Auskünfte zu erteilen.«
»Bitte!«
»Ich werd's versuchen.« Was Barry in die Irre geführt hatte, waren Kyras Augen. Diese großen, braunen südländischen Augen. Annas Augen waren blau gewesen, kobaltblau. Aber natürlich! Kyra hatte Barrys Augen! Seine Augen, die seiner Mutter, die von seinem Großvater und so weiter bis Ur-, Ur-, Urahnen.
»Sir, sagten Sie, es wäre in der Nähe von Mount Vermont?«
»Ich sagte Monti...Richtig! Früher hatte ich sie mal, aber ich muß sie verloren...«

»Ich habe eine Adresse von Ihrem Freund. Keine Telefonnummer.«
Barry schrieb sie auf, bedankte sich bei dem Mann.
Und da er wußte, nichts wäre jetzt schlechter, als mittendrin aufzuhören, rief Barry im »Ephemeris« an. Elaine war am Apparat.
»Ich komme nicht zurück. Du wirst heute abend selber zusperren müssen.«
Er wartete darauf, daß sie »Verdammt!« sagen würde. Nichts.
»Sag den Termin ab!« schlug er vor, noch ehe sie etwas erwidern konnte. »Nur dies eine Mal. Ist Albert Prints zu sprechen?«
»Er ist gerade mit einer Kundin beschäftigt. Moira Callahan.« Elaine sagte das so, als wäre zwischen den beiden etwas im Gange. Nach allem, was Barry über Moira wußte, eine von Marty Kalbs »teuersten Freundinnen« und ein herausragendes Mitglied ihrer engmaschigen Clique, war Albert genau nach ihrem Geschmack: zierlich, mit hellen Augen, und ein Bücherwurm.
»Sag Albert, er soll Moira diesen Stoß Aleister Crowley verkaufen, der seit Jahren herumsteht«, schlug Barry vor. »Egal, um welchen Preis.«
Diese Bemerkung heiterte Elaine auf. »Ich werd's weitergeben, Chef!«
»Ich muß verreisen«, begann Barry. »Familienangelegenheit. Läßt sich nicht ändern.«
»Aber morgen bist du doch wieder zurück?«
»Weiß nicht. Eventuell.«
»Du weißt natürlich, daß alle anderen Geschäfte in der Straße um acht schließen. Wir sind die einzigen, die bis neun aufhaben.«
»Du kannst dir für die Überstunden freinehmen«, erwiderte

Barry. »Richt Albert aus, ich werde mir ansehen, was er mir gegeben hat. Oh, und falls jemand anruft, wiederhole nur, was ich dir gesagt habe!«

»Barry?«

»Was ist?«

»Nichts. Bloß daß... Vergiß es!«

»Macht 'n bißchen Umsatz, ihr zwei!« sagte er, jetzt ganz geschäftsmännisch.

Das Telefongespräch mit Marty Kalb verlief weniger reibunglos.

»Verdammte Scheiße!« erwiderte sie auf seine Mitteilung. »Dahinter steckt irgendein Mädchen!«

»Ist das übersinnliche Wahrnehmung oder Eifersucht?«

»Leck mich, Barry! Als du gestern nacht weg warst, bin ich aus dem Bett gestiegen und habe Karten gelegt. Du *weißt,* ich bin jede Minute darüber informiert, was du im Schilde führst. Das heißt, halt, Augenblick! Ich lege dir gerade wieder die Karten. Es ist *doch* eine Familienangelegenheit. Obwohl mir nicht so ganz klar ist, inwiefern. Oh! Und, Barry – hörst du? – du wirst länger wegbleiben, als du denkst. *Falls* du den anderen Weg einschlägst.«

»Wovon faselst du da? Welchen anderen Weg?«

»Ja, Barry. Schlag ihn ein! Die Karten sagen, er ist voller Gefahr. Ich meine, alle möglichen Bedrohungen – geistiger, psychischer und emotionaler Natur –, aber, oh, Barry, es kommt so selten vor, daß noch jemand ein wirkliches und wahrhaftiges Abenteuer erlebt, und genau danach sieht es mir aus. Du wirst mir fehlen, aber nur zu, und –«

»Ich werde mich auf *kein* Abenteuer einlassen. In ein, zwei Tagen bin ich wieder zurück. Und leg mir *nicht* noch einmal die Karten!«

»Willst du mich daran hindern?« fragte sie herausfordernd.

Der eineinhalbstündige Jet-Flug zum National Airport schien vorbei, noch ehe er richtig begonnen hatte. Barry hatte gerade genug Zeit, es sich auf seinem Platz bequem zu machen – am Mittelgang, damit seine langen Beine Bewegungsfreiheit hatten –, seinen Gratiskaffee zu schlürfen und Albert Prints' sorgfältig geschriebenen Entwurf zur Umgestaltung des Ladens durchzusehen – einen Entwurf, zu dem unter anderem Diagramme mit Erläuterungen wie »verkaufsintensive Zone« und »Toter Punkt/ Schlage vor: Graphiken an der Wand« gehörten.

So kurz die Reise und so anregend Prints' Ideen auch waren, entspannte sich Barry dabei zum erstenmal für heute. Er dachte zurück an das Dachgeschoßzimmer der kleinen Pension in der Rue du Champignon, an den Geigenkasten auf dem Boden und an das Flattern des roten Schultertuchs.

Eigentlich war das erst ganz am Schluß gewesen. Angefangen hatte es eines späten Aprilnachmittags im Jahre 1969, bei einer Studentendemonstration auf den Stufen der Law Library an der Universität von Columbia...

»*A love that should have lasted years*«, schnulzte Paul McCartney in verbittertem Ton zu den schnarrenden Klängen einer Gitarre.

»Hey!« Barry klopfte ein zweites Mal an die Tür der Studentenunterkunft, und Simon blickte kurz auf.

»Aaach! Ich hab dich schon gehört.« Simon lag bekifft und mit dem Kopf an die Wand gelehnt auf seinem Bett: ausgefranstes blaßblaues Streifenhemd, schmuddlige, weite Drillichhosen, abgestoßene Stiefel, lange blonde Haare und Omabrille. »Also los, komm rein!«

McCartney beendete sein kurzes, mißmutiges Lied, und indisch klingendes Gitarrengebrumm leitete die nächste Nummer des Albums ein.

»Könntest du vielleicht eine Minute leiser stellen oder sogar ganz ausschalten?« Er war sich im klaren darüber, daß er hier als Stimmungstöter auftrat, aber pfeif drauf! »Ich hab mit dir zu reden. Im Ernst.«
Simon runzelte die Stirn, stellte sein Tonbandgerät aber trotzdem leiser. Dann saß er da und starrte Barry an. Wenn man sich vorstellte, daß Simon in ein paar Jahren tatsächlich als Jurist auf die Welt losgelassen würde! Gott schütze seine Mandanten!
»Sieh dir das an!« Barry hielt den Brief hoch, an dessen oberen Rand die U-Bahn-Karte befestigt war.
»Wann?« fragte Simon.
»In vierzehn Tagen. Da ist die Musterung anberaumt. Und ich komm auf jeden Fall durch.«
Barry wußte es. Er hatte diesen Januar die Football-Mannschaft verlassen, um sich hinter sein Studium klemmen zu können. Die *Lions* würden ihn schwer vermissen. Barry hatte immer fast instinktiv gewußt, wohin Danzel werfen würde. Er hatte sich um Quarterbacks herumgeschlängelt, sich hier stoßen, da rempeln lassen, sich auf die Zehn-Yard-Linie gestürzt, ohne sich umsehen zu können, und dann regelrecht gespürt, wie Danzel den Ball nach ihm warf. Doch er hatte einfach nur nach oben gegriffen und sich das Leder in der Luft geschnappt, um schließlich ein Tor zu landen.
»Ich könnte es so deichseln, daß du in zwei Wochen ein körperliches Wrack bist«, sagte Simon.
»Ich spritz mir kein Heroin, danke. Und du«, fügte Barry hinzu, »hast es auch nicht getan. Aber trotzdem bist du noch hier. Wie hast du das gemacht?«
Simon lächelte. »Hab ihnen gesagt, daß ich schwul wär.«
»Blödsinn! Dein Alter hätte dich umgebracht.«
»Um ehrlich zu sein, Bar, alter Junge, hab ich noch was Besseres gemacht. Ich hab meinem Vaterland bereits gedient.«

»Blödsinn hoch zwei!«
»Nicht so, wie du vielleicht glaubst. Aber dein wilder Anti-Amerikanismus macht dich ja auch – wie soll ich es ausdrük-ken? – ein bißchen ›engstirniger‹ als mich.«
»Du hältst Johnson doch selbst für ’n Riesenstück Scheiße.«
»Was ich meine, ist: Es gibt mehr Dinge zwischen Himmel und Erde, Horatio ... et cetera.«
»So? Zum Beispiel?«
Simon schien ein, zwei Sekunden von seinem Trip herunterzukommen, um ein so ernstes Gesicht wie sein Dad, der alte Skinner Costain, ein millionenschwerer Finanzmann, zu ziehen.
»Du mußt mir versprechen, alles, was ich dir sage, für dich zu behalten. Ich meine, *jedem* gegenüber.«
»Willst du ’nen heiligen Eid oder was?« Barry hob seine Rechte.
Simon tippte Barry mit einer Zigarettenspitze, die er für Joints benutzte, ans Handgelenk. »Abgemacht!«
»Was soll das alles, Simon?«
»Es geht um eine ernste Sache, Bar, alter Junge. Nationaler Sicherheitsdienst. Du weißt, ich geb einen Scheißdreck auf die Regierung ...«
»Simon Costain, der junge Patriot.«
»Aber ich wollt mich aus ’Nam raushalten, und als man mir ein Angebot machte, das ich nicht ausschlagen konnte«, fuhr Simon fort, »hab ich mich bereit erklärt« – Simon legte eine Kunstpause ein – »ein Spitzel zu werden.«
»Für den CIA? Du arbeitest für den CIA?« Barrys Stimme erhöhte sich zu einem fassungslosen Tenor. »Das glaub ich einfach nicht!«
Er mußte sich auf das Bett von Simons Zimmergenossen setzen und sich anlehnen.
»Du verarschst mich doch, nicht wahr?«

»Nicht die Spur, Bar, alter Junge. Und durch meine Tätigkeit erfülle ich alle militärischen Pflichten und werde eine ehrenhafte Entlassung erhalten. *Und* eine besondere Empfehlung.«

»Worin bestehen deine Aufgaben?«

»Ach, das ist so gut wie nichts! Ich häng bei diversen Demonstrationen rum, zieh mir dabei einen rein, sonne mich und mach mir 'n tollen Tag. Zwischendurch kommt immer mal wieder mein Kontaktmann, um mir 'n Foto von jemandem zu zeigen, auf den er scharf ist.

Zugegeben: Am Anfang hätte ich auch nicht gedacht, daß ich es kann. Vor allem, weil mich Rudd, Kellog oder sonst einer von den andern bei lebendigem Leib gebraten hätten, wenn sie dahintergekommen wären. Aber eigentlich füge ich der Bewegung ja gar keinen Schaden zu. Das grundsätzliche Interesse gilt ausländischen Spionen – kommunistischer Unterwanderung und all so was.«

»Jesus! Wie kannst du nur damit leben, Simon?«

»Hör mal, vielleicht finanzieren sie mir sogar 'n Sommer in Europa. Irgendwelches Interesse?« fragte Simon. »Ich könnt dich mit meinem Kontaktmann in Verbindung bringen. Er ist immer auf der Suche nach neuen Leuten. Du wärst 'n Spitzenkandidat, Bar, bei deinem Studienerfolg, deiner Aufgeschlossenheit, als Sportskamerad und alles... Absolute Spitze!«

»Das glaube ich nicht. Simon, hast du schon einmal über die ethische Seite dieser Sache nachgedacht?«

»Bar, alter Junge, du hast mich gefragt, und ich hab's dir gesagt. Ich hab über *jede* Seite nachgedacht, Ethik kontra Politik kontra Amoral kontra sich in der entmilitarisierten Zone durch den Dschungel zu hacken kontra... Wenn du das je irgendwo weitererzählst, wirst du's bereuen! Verlaß dich drauf!«

»Ich werd nichts weitererzählen, Simon. Heiliger Eid, du weißt doch.«

Verwirrt und benommen stand Barry auf, um zu gehen. Ein Freak wie Simon im Dienste des CIA!

»Denk darüber nach, Bar! Mein Kontaktmann ist gleich hier an der Uni. Und du müßtest weder hier arbeiten noch in den ollen Staaten. Du könntest diesen Sommer über in Europa herumziehen und dir 'n schönes Leben machen, alles auf Spesen!«

Barry schüttelte seinen Kopf. »Mit mir nicht.«

Eine Woche später, nach zwei schlaflos verbrachten Nächten und Alpträumen über einen Tod im Dschungel, ging Barry in Simons Zimmer und sagte: »Wie komme ich mit deinem Bekannten in Kontakt?«

»Die klügste Entscheidung, die du je getroffen hast, Bar, alter Junge! Ich werd ihm ausrichten, daß er mit dir in Verbindung treten soll.«

Und das tat er auch – auf den Stufen der Law Library, während einer Demonstration gegen den jüngsten, durch Robert McNamara angekündigten Bombenabwurf. Es lief alles so nebenbei, daß Barry nur staunte – nicht das letzte Mal, daß er in seinen Beziehungen zum CIA staunen würde.

»*Hey, man!* Würdest du die Spruchtafel hier mal halten, während ich mir einen Joint anstecke?«

Ein paar Studenten aus den unteren Semestern saßen rittlings auf der Sonnenuhr und verbrannten dort ihre Einberufungsbescheide – wozu einer ein goldenes Cartier-Feuerzeug benutzte. Alles glotzte, jauchzte, spendete Applaus. Barry nahm das Schild – SOFORT RAUS! SCHLUSS MIT DEN LÜGEN! – und betrachtete den schlanken, schmächtigen Typen, der sich mir nichts, dir nichts eine fest gedrehte Marihuana-Zigarette zwischen die Lippen steckte, durch einen honigblonden, unrasierten Vollbart lächelte und tief den Rauch einsog. Barry hatte ihn schon auf dem Uni-Gelände gesehen, kannte ihn aber nicht persönlich. Als ihm der Bursche ein paar Züge offerierte, runzelte Barry die Stirn. Vermutlich ein tonangebender Typ aus den höheren Semestern. Barry gab ihm die Spruchtafel zurück und entfernte sich langsam durch die Menge.

Der Typ schleuderte die Tafel beiseite, um ihm zu folgen. »Du und ich, wir haben was gemeinsam«, sagte er. Obwohl er kiffte, waren seine Augen stechend blau – wachsam –, und eine leichte Akne sprenkelte seine untere Wangenhälfte. Er unterschied sich in nichts von den paar hundert anderen Studenten, die hier brüllten.

»Hast du *auch* 'nen Schwanz?« fragte Barry. »Gratuliere!«

»Ich hab 'nen Schwanz und einen Kumpel namens Simon Costain.«

Barry sah ihn wieder an. »Soll das vielleicht heißen, du bist der Typ, der ihm zu einer Europareise verholfen hat?«

»Ja! Sagen wir, ich war der Reisevermittler! Los, laß uns gehn! Diese ganze Demo hat mich geschafft.«

Barry folgte ihm vom Universitätsgelände über den Broadway und in ein ungarisches Restaurant, das auf der anderen Seite lag. Der Typ stellte sich als Alex Land vor und begrüßte ein halbes Dutzend Maoisten, die dort Hühnerklein mit Haschisch aßen.

»Was, wenn irgendeiner von diesen Leuten wüßte, daß du 'n V-Mann bist?« fragte Barry.

»Von denen will ich ja gar nichts!« stellte Land klar. »Ich bin hinter ausländischen Agenten her. *Das* ist mein Job. Basta.«

»Klar.«

»Glaub's oder glaub's nicht! Interessiert?«

»Wahrscheinlich verlege ich meinen Hauptwohnsitz sowieso nach Kanada«, sagte Barry, um das Gespräch zu beenden.

»Dann hat Mr. Alex die Zauberformel für dich, extra maßgeschneidert! Aber daß eins klar ist: Das Ganze *kann* gefährlich werden. Sie kriegen langsam spitz, daß wir hier drüben sind.«

»Simon hat kein Wort von einer Gefahr gesagt.«

»Firmensatzung. Müssen Freiwillige immer vorwarnen!«

»Was für eine Gefahr denn?«

»Na ja, für so 'ne sensible Sportskanone wie dich...« Alex wurde nachdenklich, während Barry sich dachte, wie clever dieser Land doch sei. Nach allem, was die anderen im Lokal wußten, schlossen die beiden gerade einen Deal über LSD oder sonstwas ab. »Aber im Ernst: Manchmal sehen wir's wirklich gern, wenn unsere Männer auch was tun für ihr Geld.«

»Was im Klartext bedeutet?«

»Wart's ab! Kommt gleich.« Buschige Augenbrauen hoben sich unter dem sahnebonbonbraunen Haar, das ihm in die Stirn hing. »Diesen Sommer wollen wir sie uns nämlich mal *gründlich* vorknöpfen. Entschluß steht fest. Kreisen ein paar von den großen Nummern ein. Legen ihnen vielleicht das Handwerk. Wenn du dabei bist, kannst du dich auch ein bißchen mit Ruhm bekleckern.«

»Wieso habt ihr diesen Entschluß gefaßt?«

»Sagen wir einfach, ein paar von unseren Jungs haben dran glauben müssen. Allerdings *keine* Spitzel, so wie du einer sein wirst.«

»Ich kann auf mich selbst aufpassen!« erklärte Barry.

»Na, toll! Dann komm morgen abend zu dieser Adresse hier und bring genug Kleingeld mit, daß du mir 'n halben Deckel Gras abkaufen kannst.«

»Wieso?«

»Es müssen dich noch ein paar andere unter die Pupille nehmen.«

»Ich werde kommen.«

Zwei Monate später war Barry gerade dabei, die Karren der Trödler entlang des *Rive gauche* nach alten Postkarten zu durchstöbern, als er aus den Augenwinkeln heraus Alex Land erblickte. Es war ein frischer, sonniger Frühnachmittag Ende Juni mit herrlichem Wetter. Barry hatte gerade zwei prachtvolle Profilzeichnungen eines Bugatti Royale und eines Mercedes-SK-Coupé mit abklappbarem Verdeck, Baujahr etwa 1933, herausgezogen.

»Gefallen sie dir? Dann kauf sie!«

»Ich weiß nicht«, erwiderte Barry. »Wahrscheinlich werden sie zerknittert, bevor ich sie nach Hause bringe.«

»Dann laß sie vorher einrahmen.«

Barry wog die beiden Bilder in seiner Hand. Vielleicht. Sie waren nicht schwer. Keineswegs zu teuer – hervorragend gezeichnet. Seine zwei absoluten Lieblingsautos. Nie hatte man schönere Modelle gebaut. »Ich könnte sie auch mit der Post nach Hause schicken.«

»Besser du hängst sie gleich hier auf«, meinte Land. »Du wirst ein Weilchen hier ansässig werden.«

»So?«

»Du besuchst Vorlesungen über mittelalterliches Recht an der Sorbonne. Stell dir vor, wie toll sich das in deinem Studienbuch macht! Wie ist dein Französisch?«

»Nicht übel.«

Barry entschloß sich zum Kauf der beiden Bilder und ließ sie zusammenrollen. Dann lud Land ihn zum Mittagessen in einem nahegelegenen Bistro ein.

»Also, wo werde ich mich denn niederlassen?« fragte Barry zu guter Letzt.

»In der Rue du Champignon. Nicht weit von deiner Fakultät. Es ist eine Pension. Du bekommst ein Appartement im Dachgeschoß. Hübsche Aussicht. Eigene Toilette. Aber das Bad mußt du dir mit einem andern Pensionsgast teilen.«

»Und was mache ich?«
»Du studierst mittelalterliches Recht an der Sorbonne.«
»Laß dir nicht jeden Wurm aus der Nase ziehen, Land!«
Alex' blaue Augen blickten unschuldig wie die eines Sechsjährigen. »Hey! Mehr haben sie mir nicht verraten.«
»Na schön. Also bleib ich einfach auf Tauchstation?«
»Du peilst die Lage. Die Damen K. G. und B. haben inzwischen gemerkt, daß wir uns ein paar wunderbare Spitzel an Land gezogen haben und sie damit völlig überrennen. Also werden sie außerhalb nach uns suchen. Aber wir haben immer noch ein paar Eisen im Feuer. Unternehmen ›Kehraus‹ hat gerade Namen, Codes und Anweisungen geändert. Jetzt nennt es sich ›Kleiner Besen‹, und wir sind hinter einer ganz bestimmten Person mit dem Decknamen ›Rapunzel‹ her. Du selbst bist ›Goldener Strohhalm‹. Und ich, ich bin... Rumpelstilzchen!«
»Ach, komm, Alex! Was soll der ganze Scheiß?«
»Ich weiß noch nicht, was du dabei für eine Rolle spielst.«
»Offensichtlich doch. Frisch mein Gedächtnis ein bißchen auf! Was genau hat Rumpelstilzchen getan?«
»Es hat Stroh zu Gold gesponnen.« Lands Augenbrauen tanzten auf und ab wie bei Groucho Marx.
»Und ich bin dein Stroh?«
»Du könntest Katzengold sein. Aber« – und Alex lachte – »wir wissen noch gar nicht recht, ob wir überhaupt etwas unternehmen können. Darum bleibst du auf Tauchstation. Tief, tiefer, am tiefsten. Kapiert?«

»Eine wunderschöne Gegend hier ringsum, Sir. Pferdeland«, sagte die Frau am Stand des Autoverleihs im National Airport, als Barry sie um eine Straßenkarte bat. Er wollte die Adresse nachschauen, die der Mann aus dem CIA-Archiv ihm gegeben hatte. Erstklassige Beschreibung: Die Hügel wogten

so grün wie ein Billardtisch, mit Zäunen von Weißtannen und hier und da Grenzgräben voll Schlüsselblumen, über die ein prachtvoller Schimmel im Flug setzen könnte.
Obwohl keinerlei Schild oder Wegweiser sie ankündigte, mußte das nächste Tor dort die Little-Raphank-Farm sein. Auf jeden Fall standen hier in doppelter Reihe Stallungen aus rotem Backstein, dahinter lag natürlich ein Obstgarten – weiß vor Birnenblüten –, dann der unvermeidliche Reitparcours und dahinter das Haus: weitläufig, im Jefferson-Stil, mit weißen Säulen und fächerförmigen Fenstern über den Türen – das Herz des Anwesens.
Eine Frau, dünn und sehnig wie eine Peitschenschnur, mit pechschwarzer, bequem geschnittener Lederhose und einem grauen Hemd aus Sämischleder führte gerade ein scheues braunes Fohlen an der Longe im Kreis herum; dabei redete sie die ganze Zeit auf das Pferd ein. Als Barry vorüberkam, drehte sie sich halb um, und er dachte: Ja, das wäre Alex' Typ. Er fuhr an den hohen Hecken und Mauern entlang, die das Haus *zur* Landstraße hin halb verbargen, und immer weiter, bis er zu einem kleinen, anscheinend leerstehenden Gebäude gelangte. Dort parkte er dicht neben der Wand und ging dann langsam zurück in Richtung Haus, wobei er sich möglichst nahe an der Mauer hielt; alte Gewohnheiten sind schwer abzuschütteln, und im Falle drohender Schwierigkeiten höchstens nach einer Seite ungedeckt zu sein, war eine solche Gewohnheit.
»Halt! Bleiben Sie dort stehen, Sir!« Die Stimme ertönte hinter ihm. Sie klang jung und unerschrocken, und Barry drehte sich um. Der Junge war etwa fünfzehn, seine Waffe ein abgesägtes Gewehr. »Sie befinden sich auf Privatgrund, Sir!«
»Du bist heut schon der fünfte, der ›Sir‹ zu mir sagt«, erwiderte Barry. »Bin ich mit einemmal gealtert oder was ist los?«

»Bitte drehen Sie sich wieder um. Dann bringe ich Sie zu Ihrem Wagen zurück.«

»Den Teufel wirst du! Sag deinem Vater oder wer auch immer Alex Land für dich ist, daß ich hier bin. Es gehört sich nicht, mit diesem Ding auf andere Leute zu zielen. Nimm es runter!«

Ein Moment folgte, in dem der Junge vielleicht alles getan hätte – in Tränen ausbrechen, ihn erschießen oder sonst etwas. Dann hörte Barry über ein Funksprechgerät, das an dem Gürtel des Jungen befestigt war, eine Stimme: »Bring ihn her, Dean! Barry? Bist du's denn wirklich?«

Alex Land hatte sich eigentlich gar nicht so groß verändert. Trotz eines Bauchansatzes besaß er im Grunde immer noch denselben schlanken, schmalen Körper. Seine Augenbrauen waren noch struppiger geworden und von grauen Haaren durchzogen. Der Bart war weg, der Schnauzer so zurechtfrisiert, daß er Barry an Fernseh-Cowboys erinnerte. Alex' rosiger Teint wirkte ein bißchen weniger scheckig, sein Lächeln aber war so fotogen wie eh und je und seine blauen Augen genauso stechend wie damals, als er zwanzig gewesen war.

»›This Land is your Land‹, wie in alten Zeiten!« sagte Alex mit einem breiten Grinsen auf dem Gesicht und streckte die Hand aus.

»Alter Schweinehund!« Barry gab sich hocherfreut, umarmte Alex und wich dann einen Schritt zurück. »Ihr Scheiß-Hippies aus den Sechzigern habt heute alle ein Vermögen gemacht! Diese halsabschneiderischen Monopoly-Spiele damals hätten mir eine Warnung sein sollen.«

»Okay, Dean!« Alex versuchte, den Jungen nicht einfach wegzuschicken. »Gut gemacht. Aber dieser Scheißer hier könnte sich mit seinem Mundwerk beim Papst ins Pissoir einschleichen!«

Nachdem er somit Alex' Segen erhalten hatte, trat Dean einen Schritt zurück.

»Überrascht, was?« fragte Land, während er Barry ans Schwimmbecken führte, um sich neben ihn zu setzen. Barry zog sich die Schuhe aus und ließ die Füße in das kühle Wasser baumeln.

»Ein tolles Anwesen. Ich will gar nicht erst fragen, woher.«

»Mein letztes Unternehmen. Dabei hab ich Win kennengelernt. Bestimmt hast du sie draußen gesehen, beim Parcours hinten. Sie fand, ich sähe viel zu gut aus, um mir meinen Lebensunterhalt mit Arbeit verdienen zu müssen. Also hat sie mich hierhergebracht. Sie kennt sich mit den Pferden aus. Ich bin bloß für die geschäftliche Seite zuständig, eine Art besserer Buchhalter. Ist ein leichtes Leben. Dean«, fuhr er fort, um mögliche Fragen vorwegzunehmen, »ist Wins Kind, von einem sehr glänzenden Gentleman mit letztem bekannten Wohnsitz in Bar Harbor und Noble Hill. Sie hat auch noch einen zweiten Jungen.«

»Ebenfalls auf Posten?«

»Diesen vornehm erzogenen Jungs fehlt es sehr an Disziplin.« Pause. »Ich frage nicht, wie du mich gefunden hast. Aber was, zum Teufel, führt dich hierher? Als wir uns letztes Mal gesehen haben, hast du versucht, mir an den Hals zu gehen.«

»Dich zu erdrosseln, um genau zu sein.«

»Eine Minute oder so war ich ganz schön in Bedrängnis. Das hast du doch alles hinter dir?«

»Seither ist viel Wasser den Fluß hinabgeflossen. Nur...« – er zögerte, um zu sehen, wie Land reagierte – »nur habe ich mich neulich gefragt, was wohl... aus unserer gemeinsamen Freundin geworden ist, und mir gedacht, ich seh mal nach, wo sie steckt.«

Land konnte seine Überraschung nicht verbergen. »*Anna?* Du machst wohl Witze!«

»Keineswegs, Alex. Ich bin sicher, sie hat mir verziehen. Es ist ja, weiß Gott, lange her.«

Land schien echtes Unbehagen zu empfinden. »Ach, komm, Barry! Was damals war... das ist doch eine Sache für sich.«

»Ich weiß. Ich möchte Anna einfach wiedersehen. Was ist schon dabei?«

»Du weißt, daß das nicht geht.«

»Bestimmt ist sie inzwischen völlig sauber.«

»Barry! Das Unternehmen ist gescheitert! Anna wurde vom KGB umgebracht! Du hast es doch selbst gesehen!«

»Ich habe es nicht gesehen. Ich habe es immer für ein Täuschungsmanöver gehalten.«

»Schau, Barry! Es ist echt schön, dich wiederzusehen und alles, aber Tatsachen sind Tatsachen.«

»Anna ist nicht tot, Alex. Egal, was du damals gesagt hast. Egal, was du jetzt sagst. Ich habe ihre Tochter kennengelernt. Unsere Tochter.«

»Scheiße, Barry! Das ist ja wie... ich weiß nicht, Märchenstunde oder was! Ein echter Spleen.« Alex nahm ihn bei der Schulter und führte ihn vom Schwimmbecken fort. »Du begibst dich da in unerforschte Gewässer. Laß mich dein Freund sein, okay? Auch wenn ich keine engen Verbindungen mehr habe, könnte ich es einfädeln, daß dir der Staat die Untersuchung bei irgendeinem Spezialisten bezahlt.«

Damit hatte Barry schon halb gerechnet. Er schüttelte Lands Arm ab.

»Hey!« fuhr Alex fort. »Wenn du mir nicht glaubst, dann frag... tja, wer, zum Teufel, ist denn noch übrig?«

Und dann, mit ruhiger Stimme (Alex, der Psychiater): »Anna hat's erwischt, Barry. Vor siebzehn Jahren. Ich weiß, daß du damals daran geglaubt hast. Teufel noch mal! Ich habe bis heute noch Narben von dieser Ankerkette am Hals! So sehr hast du dran geglaubt und so sehr hast du mir die Schuld daran gegeben, zu Recht oder zu Unrecht.«

Fünf kleine rote Male, wo die Kettenschrauben sich tief ins Fleisch gebohrt hatten. Ja, Barry konnte sie sehen. Er hatte damals die Absicht gehabt, Land zu töten – hatte erst in letzter Sekunde einen Rückzieher gemacht, als er begriff, daß er selbst für Annas Tod verantwortlich war.

»Ich werde mich nie bei dir entschuldigen«, sagte Barry.

»Hey! Ist schon klar! Aber ich dachte, darüber wärst du weg?«

»Vielleicht wollte ich es nur aus deinem Mund hören, Alex. Vielleicht wollte ich nur aus deinem eigenen Mund hören, daß Anna umgebracht wurde.«

»Das hast du jetzt, Barry.«

»Fein! Wie wär's mit einem Wodka-Soda und einem andern Thema?«

»Du bist schon immer ein durchtriebener Hund gewesen, Barry! Ich bin nie ganz schlau aus dir geworden.«

Es erforderte über eine Stunde – eine ziemlich ausgiebige Rundführung über die Farm – und eine Geduld, die Barry sich gar nicht zugetraut hätte, um Alex von dem Thema abzubringen. Man besuchte die Frau Gemahlin. Von nahem wirkte sie sogar noch schlanker, größer und aufreizender, als Barry sie sich vorgestellt hatte; älter auch. Sie schätzte Barry rasch mit einem Blick ab, hatte eigentlich für keinen von Alex' alten Freunden viel übrig, würde aber in diesem Fall vielleicht eine Ausnahme machen. Alex war inzwischen wieder entspannt und ganz der alte, bis er fragte:

»Übrigens: *Wie* war das mit deiner Tochter?«

»Ist ein hübsches Mädchen. Sieht aus wie Anna.«

»Goldjunge wird zu altem Lustmolch. Lach nicht! Wenn der Schuh paßt... Und das könnte passieren.«

»Sie ist sowieso verschwunden.«

Ein Pferd preschte über den Kies auf sie zu und kam mit einem wilden Aufbäumen zum Stehen. Ein Junge mit Reitkappe stieg ab. Größer und schlanker als Dean, mit anderen Gesichtszügen als die seines Bruders oder seiner Mutter; alles Scharfe war zu einer fast weiblichen Schönheit verschmolzen. Ein Engelsantlitz. Der Junge zog die Kappe ab und enthüllte nicht den erwarteten militärischen Kurzhaarschnitt, sondern eine Flut von hellblonden Locken.

»Als ich an der alten Feldscheune vorbeigeritten bin, hab ich« – er mußte erst einmal tief Luft holen – »sie dutzendweise gesehen! So groß!« Er hielt seine Hände sechzig Zentimeter weit auseinander. »Genau, wie Pete gesagt hat. Ganze Nester von ihnen müssen da drin sein!«

»Beruhige dich!« befahl Alex. »Hol Dean und noch ein paar Gewehre!«

Zu Barry sagte er: »Sieht so aus, als wärst du gerade rechtzeitig zu einer Rattenjagd gekommen.«

Sie machten sich auf den Weg, und der Junge holte sie wieder ein, als sie einen ausgetrockneten Schlammpfad überquerten. Hinter einer brachliegenden, von Unkraut überwucherten Weide standen zwei große, baufällig wirkende Scheunen und ein Silo.

Unmittelbar vor der großen Scheune machten alle vier halt, um ihre Gewehre zu laden.

Kaum waren sie eingetreten, wimmelte es in dem alten Heu von Leben. Der blonde Junge wurde nach oben geschickt, um die Tennenluke zu öffnen, da es zu dunkel war. Alex und Dean holten inzwischen ein paar alte, halbvolle Benzinkanister hervor.

Wieder in Reih und Glied, legten sie ihre Gewehre an und entsicherten sie. Barry dachte unwillkürlich: Sieh dir nur diese Kinder an! Wie ängstlich, wie aufgeregt sie sind! So ein Scheiß-Getue!

»Fertig?« fragte Alex.

»Fertig«, antwortete Barry.

»Und ob!« rief der blonde Junge begeistert.
Alex schleuderte einen der Benzinkanister mitten ins Heu. Er schlug hart auf und versank augenblicklich. Braunes Getier schoß hundertfach hervor.
Ba-bumm! Ba-bumm!
Sie feuerten fünf Minuten lang, luden nach und feuerten erneut. Eine Ratte kam direkt auf sie zu. Der blonde Junge zerstampfte sie wie nebenbei mit seinem Stiefelabsatz und schlug ihr den Gewehrkolben über den Kopf, um völlig sicherzugehen. Die Luft war blau und von beißendem Rauch erfüllt.
Die Ratten gaben keine leichten Zielscheiben ab. Sie waren voller Angst, schnell und unberechenbar; *und* sie kämpften von Natur aus ums Überleben. Die beiden Männer und die beiden Jungen schoben sich langsam und methodisch vorwärts, stocherten mit den Füßen im Heu, schossen auf alles, was sich bewegte, und nach einer Weile sprang nichts mehr heraus.
»Erledigt!« sagte der blonde Junge.
»Holt die Gabeln dort her!« befahl Alex, und gehorsam legten die Jungen ihre Gewehre hin. »Stochert weiter herum!« Alex lief rasch auf die alten Heuhaufen zu, die sie mit Mistgabeln beiseite rechten. Die ersten Nester lagen nur ein paar Fuß tief. Bei dem Geruch und dem Anblick von einem Dutzend kleiner, blinder, rosafarbener, schleimiger Kreaturen, die darin herumzappelten, mußte Barry sich beinahe übergeben. Dean hatte sich von der ekelhaften Arbeit zurückgezogen, aber der zweite Junge war mit Feuereifer dabei und benutzte Stiefel und Mistgabel, um jedes Nagetier zu töten, das alt genug für einen Fluchtversuch war.
Alex vergoß Benzin und ließ ein Streichholz fallen. Das Gequieke war entsetzlich, der Gestank sogar noch schlimmer.

»Weiterrechen!« rief Alex den Jungen zu. »Hier sind noch Dutzende von Nestern.«
Für Barry war der Spaß zu Ende. Er legte sein Gewehr ab, wich zurück und sah dabei zu, wie eine neue Flamme aus einem anderen Nest emporflackerte. Dann machte er kehrt, um draußen nach frischer Luft zu schnappen. Er hatte sich gerade eine Zigarette angezündet, als er eine ansehnlich große Ratte bemerkte, die keine sechs Meter weit entfernt von einem Unkrautbüschel aus alles beobachtete: Rattenmama war entkommen, aber sich endgültig zu entfernen, brachte sie nicht fertig. Barry warf einen Stein, und die Ratte huschte davon.
Etwa eine Minute später stolperte Dean aus der Scheune, mit grünem Gesicht und wie benommen. Barry packte den Jungen, setzte ihn an der Scheunenwand nieder und drückte ihm den Kopf über die Knie nach unten. Dean fing an zu würgen, aber er erbrach nichts. Barry hielt ihn weiter fest, bis der Junge flehentlich zu ihm aufblickte.
»Ich weiß nicht, wie du diesen Gestank so lange ausgehalten hast«, sagte Barry.
»Ich hasse das.«
Der Junge würgte erneut und erbrach ein wenig braune Flüssigkeit. Er stand auf, um sie mit den Schuhsohlen in den Staub zu reiben.
»Hat er dir je erzählt, daß ich ihn beinahe umgebracht hätte?« fragte Barry.
»Ich hasse ihn nicht oder so...«
Barry drückte Dean sanft wieder zu Boden und hockte sich neben ihn. »*Ich* habe ihn gehaßt.«
»Aber Sie waren doch Freunde!« protestierte Dean. »Er hat mir erzählt, wie Sie beide den dicksten Fisch des KGB dingfest gemacht haben.«
Los, weiter! drängte eine Stimme in Barrys Innerem. Sag dem Jungen, was für ein Schwein sein Stiefvater ist!

»Und die Demokratie gerettet«, ergänzte Barry, »oder sonst etwas, zum Teufel!« Er packte den Jungen an der Schulter. »Mach, daß du hier wegkommst! Du bist hier am falschen Ort, verstehst du? Du bist nicht wie dein Bruder. Wie heißt er überhaupt?«

»Bruder?« fragte Dean schwach, als wäre er unfähig zu begreifen. Dann: »Meinen Sie Tim da drinnen?«

»Genau! Du bist nicht wie Tim. Geh, werde ein Dichter oder irgend etwas, okay? Aber hau schleunigst ab von hier! Such dir meine Anschrift 'raus, wenn du nach Boston kommst.«

»Da sind ja die zwei!« Alex kam aus der Scheune, hinter ihm der zweite Junge, der vor Anstrengung ganz rot im Gesicht war, zweifellos stolzgeschwellt über Lands Lob, daß er nicht gekniffen hatte. »Wahrscheinlich hätte ich euch zwei vor diesem Teil der Jagd warnen sollen.«

Durch die Tennenluke über ihnen stieg eine dunkle Qualmwolke, während drinnen die Überreste von tausend Rattenbabys zu Nichts verschmorten.

»Wie wär's mit 'nem kleinen Schluck Scotch, Jungs? Dean?« Die beiden Jungen bekamen im Haus ein ganzes Glas voll, tranken aber nur etwa einen halben Zentimeter, bevor sie sich bei Alex bedankten und das Studierzimmer verließen. Die Art, wie Dean ihn beim Hinausgehen ansah, gab Barry die Gewißheit, daß seine Botschaft – oder zumindest *eine* Botschaft – rübergekommen war: Er hatte ihn nachdenklich gemacht.

»Du mußt unbedingt mal auf einem Bauernhof leben, Barry.«

»Erspar mir die Hirtenlieder, Alex! Und überhaupt ist es Zeit, daß ich wieder nach D. C. komme.«

»Kleiner Rat gefällig? Vergiß Anna! Und laß den alten Mist ruhen, Barry! Das macht nur Kummer.«

Als Barry das Haus verließ, sah er Dean neben seinem Leihwagen stehen. Der Junge sprach kein Wort, ja, er schien den Vorfall an der Scheune völlig vergessen zu haben.

»...Dichter, Strandpenner – kannst du alles werden, nur nicht das, was er von dir will! Hörst du?« rief Barry, während er den Motor anließ. Bevor er jedoch davonsausen konnte, trat Dean ans Fenster. Er warf einen Blick über seine Schulter und sagte dann:
»Diese Frau, von der Sie gesprochen haben – Anna? Sie ist noch am Leben.«
Barrys Augen begegneten dem Blick des Jungen: Er hatte einen Freund gewonnen. Noch besser: Sie hatten beide denselben Feind.
»Bist du dir da auch sicher? Es ist wichtig.«
»Ich bin sicher! Ich hab ihn vor einer Weile mit einem der andern Typen über sie reden gehört. Sie führt irgend so eine Boutique in Big Sur, Kalifornien. Ich weiß nicht, wie der Laden heißt.«
Barry streckte ihm eine Hand entgegen. »Wenn du recht hast, dann schulde ich dir einen großen Gefallen!«
Dean wich vom Wagen zurück.
»Sie hätten ihn nicht am Leben lassen sollen«, sagte er. »Nicht, wenn Sie schon einmal die Chance hatten!«
»Das nächste Mal tu ich's nicht«, antwortete Barry. »Ehrenwort.«
Ein Schnattern ertönte aus dem Funkgerät, und Dean winkte Barry weiter.
Anna war noch am Leben – am Leben und in Kalifornien zu Haus!

4

»Du wirst mich hassen«, sagte Barry in den Hörer und wartete darauf, daß seine Ladenhilfe einen Anfall bekäme. »Ich muß noch ein Weilchen länger wegbleiben.« Keine unmittelbare Reaktion von Elaine. Darum fragte er, was das Geschäft machte.

»Okay«, antwortete Elaine. Sie wirkte geistesabwesend, keineswegs aufgebracht. »Es ist alles okay, nehme ich an. Du hast eine kleine Verschnaufpause gebraucht.« Und dann, in etwas verändertem Tonfall: »Hast du dein neues Spielzeug schon benutzt?«

»Noch nicht.« Barry hatte einen tragbaren Computer und den dazugehörigen Modemanschluß in einem schmalen Aktenkoffer neben sich. »Weshalb probieren wir ihn nicht aus? Leg auf! Ich stöpsel hier alles zusammen und ruf noch mal an.«

Der Computer paßte auf die Ablage der Telefonzelle, und auch der Hörer paßte genau. Barry gab seine Befehle ein und beobachtete den Computerschirm.

EPHEMERIS SHOP!

Bist du das, Barry?

Barry tippte zurück: »Na klar.«

»Hör mal, wegen Prints. Stimmt es, daß er hier umräumen will?«

»Er hat mir einige Pläne gezeigt. Und manche von seinen Ideen finde ich gut. Wieso? Hat er irgend etwas gesagt?«

»Was er mir gesagt hat, schien ganz okay zu sein.« Und dann, ein bißchen enthusiastischer: »Er hat mir von seiner letzten Arbeitsstelle erzählt, wie er die auf Vordermann gebracht hat.«

»Glaubst du, er krempelt einfach Läden um und zieht dann weiter?«

»Hier in Boston scheint es ihm zu gefallen.«

»Rieche ich da eine Romanze? Ich dachte immer, du stehst nur auf Footballrecken mit zwei Zentnern Lebendgewicht.«

»Barry! Das ist nicht wahr.«

»Na, wenn du dich schon verführen lassen mußt, dann gib wenigstens acht, daß er inzwischen nicht mit der Registrierkasse davonspaziert! Okay? Morgen kommt wieder ein Kontrollanruf.«

»Möchtest du eine Nummer hinterlassen, unter der wir dich erreichen können?« lautete Elaines letzte Eingabe.

»Ich bin sicher, ihr beide werdet allein mit allem fertig, was auch kommen mag«, tippte Barry. In Wahrheit wußte er einfach nicht genau, wo er demnächst sein würde. Er rief von einer öffentlichen Telefonzelle neben der Rampway in der Ankunftshalle des San Francisco International Airport aus an. Ein paar Minuten später ging er nach oben in den sonnendurchfluteten Glasbau, mietete seinen zweiten Wagen innerhalb von zwei Tagen und trat seinen zweiten Autoausflug in die Vergangenheit an. Wie hatte Marty Kalb noch gesagt? Einem bestimmten Weg folgen? Als wäre Kyra in seinen Laden getreten und hätte Türen aufgestoßen, die er vor Jahren geschlossen hatte.

»Darum bleibst du auf Tauchstation. Tief, tiefer, am tiefsten. Kapiert?« hatte Alex an jenem längst vergangenen Tag in Paris gesagt.

Wie sich herausstellte, war mit »tief« das Obergeschoß gemeint, und das wiederum bedeutete »unter dem Dach«, wo es im Sommer trotz des laufenden Ventilators zu heiß war, um Kleider anzubehalten. Eine alte Frau im gegenüberliegenden Gebäude sah Barry in seiner Unterhose, räusperte sich vernehmlich und knallte ihre Fensterläden vor diesem Anblick zu. Zehn Tage als amerikanischer Student, der sich an der Sorbonne zusätzliche Meriten erwarb, gingen vorbei. Die Vorlesungen fanden dreimal pro Woche am späten Nachmittag statt, und zwar in einem Raum, den Barry für einen ehemaligen Medizinerhörsaal hielt (bis man ihm sagte, daß alle Hörsäle so aussahen). Die knapp hundert anwesenden Studenten schafften es trotz der hohen, geöffneten Flügelfenster, den gewaltigen Raum in einen Brutkasten zu verwandeln. Das heiße Wetter, der monotone Vortrag des Dozenten, das begrenzte Interesse, das Barry dem Thema Frühes Französisches Recht entgegenbrachte (wann kam das *droit de seigneur* nun eigentlich auf? Die Römer hatten noch keins.) sowie seine nicht minder begrenzten Fähigkeiten, den französischen Juristenjargon zu verstehen – das alles führte zu einem Dämmerzustand (dem einige Dutzend Studenten bereits nachgegeben hatten). Zu guter Letzt riß Barry sich wenigstens so weit zusammen, um eine Liste der Orte aufzustellen, die er morgen besuchen wollte – das Jeu de Paumes, eine Buchhandlung an der Rue de Rivoli und die Bootsanlegebrücken. Er war Tourist, und er liebte dieses Dasein. Jeden zweiten Tag schickte er Postkarten und preiswerte kleine Geschenke nach Hause. Er hockte mit seinen Seminarkollegen aus der Sorbonne in Cafés am Boul' Mich herum und sah den Mädchen nach. Zweimal am Tag wurde ihm von irgendeinem Pariser ein horrendes Angebot für seine Levi's 501 gemacht. Als schließlich eine hübsche, gutgekleidete Frau darum bat, hatte Barry in seinem besten Französisch geantwortet, seine Hose sei zwar unverkäuflich, doch könne sie deren Inhalt gratis bekommen.

Die Unbekannte hatte trillernd gelacht. »Glauben Sie etwa, dafür bezahle ich *nicht?*« Und immer noch lachend über ihren eigenen kleinen Scherz war sie davonspaziert.
Nachts war es fast genauso heiß wie tagsüber. Barry lag dann immer im Bett, direkt vor dem Ventilator, und las Prousts Bandwurmsätze.

Ein schüchternes Klopfen an seiner Tür. Dann lauter. Die Stimme einer jungen Frau: »*Au secours!*«
Als Barry aus seinem Bett sprang und die Tür aufsperrte, sah er, daß es die mysteriöse Mieterin war, mit der er sich das Bad teilte und die er erst einmal, einen Tag nach seinem Einzug, erblickt hatte, bevor er die Treppe hinunterging. Jetzt war sie barfuß, trug einen rosafarbenen Unterrock und schien zutiefst verängstigt.
Sie zog ihn zu ihrer Tür, und er stürzte hinein, um den Eindringling zu finden. Das Appartement – absolut identisch mit seinem – war leer.
»*Voilà!*« Sie deutete mit dem Finger, und Barry sah ein Mäuseschwänzchen hinter einem Schrank verschwinden.
»Aber das ist doch nur –«
Sie drückte ihm eine Kohlenschaufel in die Hand, gab ihm einen Schubs und verkroch sich dann hinter der Tür des Appartements.
Arme Maus! Barry hatte sie vor ein paar Tagen an der Rinde eines Stückchens Emmentaler herumknabbern sehen, die neben seinem Bett auf einem Teller lag. Die Maus war davongehuscht, als Barry aber regungslos blieb, war sie wieder zurückgekommen und hatte lange genug geknabbert, daß er sehen konnte, wie winzig und unterernährt sie war.
Trotzdem tat er seiner Mitbewohnerin zuliebe so, als würde er das Tierchen von einer Ecke in die andere jagen.
»*Elle est là-bas!*« kreischte die junge Frau und deutete auf

eine drei Meter entfernte Stelle. Barry stürzte sich darauf. Tatsächlich erhaschte er auch wieder einen Blick auf die Maus und versuchte mit einem Höllenspektakel, sie aus dem Zimmer zu verjagen. Bei einem Sturmangriff in der Ecke gegenüber schlug er mit der Kohlenschaufel ein Stück Verputz von der Wand. Schließlich entkam die Maus, als Barry auf einem kleinen Vorleger ausrutschte und – *bums!* – auf seinem Hinterteil landete.

»Oh! Sie haben sich wehgetan!« Das Mädchen sprach Englisch.

»Sie ist weg.« Er versuchte, wieder zu Atem zu kommen.

Das Mädchen – es konnte höchstens achtzehn sein – hielt wachsam im Raum Umschau. Es *wußte*, daß diese Furcht vor Mäusen einfach albern war, aber es konnte nicht anders. Seine Brust wogte aufgeregt auf und ab, ein Träger des Mieders war von der Schulter und die rosafarbene Seide bis an die Brustwarze eines makellos geformten Busens gerutscht.

Das Mädchen bemerkte es, zog den Träger hoch und sagte: »Sie sind der amerikanische Jurastudent.«

»Ja, Ma'am«, antwortete er. Dann stellt er sich vor und fügte hinzu: »Ich glaube, unser kleiner Freund wird Sie eine Weile nicht mehr belästigen.«

»Anna Grigoriewna Kuragin«, sagte sie und ergriff dabei seine Hand.

»Anna wie?«

»Grigori*ew*na Ku*ra*gin. Ich studiere Musik.«

Er wiederholte ihren vollen Namen. Es kam verzerrt heraus. Sie korrigierte ihn langsam, und er folgte ihrer Aussprache, während er in das größte Paar tiefblauer Augen sah, das er je erblickt hatte. Es war rundum gesäumt von dunklen Wimpern, eingebettet in...

»Grigori, so hieß nämlich mein Vater. Es ist ein Patronym«,

erklärte sie. »Wir in Rußland nennen jeden mit Vornamen und Patronym. Kuragin ist mein Familienname.«
Und in diesem Moment bemerkte er, daß er nur mit seiner Unterwäsche bekleidet vor ihr stand und eine Erektion hatte, doch seine Mitbewohnerin...blieb völlig gelassen. »Es ist besser, ich gehe jetzt«, sagte er.
»Augenblick!« rief sie, als er zu seiner Tür kam. »Vielen Dank! Sie werden bald –« sie suchte nach den richtigen Worten – »eine Überraschung erleben! Ein Erlebnis musikalischer Art.«
Und noch bevor er fragen konnte, was sie damit meinte, schloß sich ihre Tür.

Zwei volle Tage verstrichen, bis er sie wiedersah – diesmal war der Anlaß ein Plakat in Französisch und Kyrillisch, das an einem Kiosk vor dem Jardin du Luxembourg hing und für diesen Abend das Konzert eines Kammerorchesters ankündigte. Die Musiker waren ausschließlich Exilrussen. Im Mittelpunkt der Benefizveranstaltung sollte der Oboist Dimitri Semjonowitsch Tichow mit Concerti von Telemann stehen. Tichow war erst kürzlich aus der Sowjetunion emigriert, und als Begleitung bei Johann Sebastian Bachs Konzertduo in c-Moll war ein Violinist namens A. G. Kuragin angeführt.
Konnte das *sie* sein? Zehn Minuten vor Vorstellungsbeginn kaufte Barry eine Eintrittskarte. Er war einer der wenigen im Saal, die nicht zur großen russischen Emigrantengemeinde von Paris gehörten. Während der Pause flanierte er herum und fragte sich dabei, ob er sein Geld verschwendet hatte.
»Kennen Sie Tichow?«
Barry drehte sich um und erblickte Sergej Rawlew, der zwei Plätze von ihm das mitterlalterliche Recht erlitt.
»Ich *glaube,* ich kenne diese Kuragin.«

»Anna Grigoriewna?«
Also war sie's doch! »Sie ist meine Nachbarin. Wir teilen uns das Bad.«
»Aaaah!« sagte Sergej.
»Nichts ›Ah!‹ Ich bin ihr einfach nur mal begegnet. Spielen hab ich sie ja, weiß Gott, gehört, aber ich wußte nicht, daß sie gut genug für, na, eben für so ein Konzert ist.«
»Wäre sie in Moskau geblieben«, seufzte Sergej, »dann wäre sie heute weltberühmt. Statt dessen hat sie die Freiheit – und dieses Schattendasein gewählt!«
»Ist sie Dissidentin?«
»Sie war damals fünfzehn. Ihre Eltern haben es geschafft, in den Westen zu gelangen. Sie hatten Rückenstärkung. Es waren hohe Parteimitglieder – Intelligenzija –, aber seit sie hierhergekommen ist, hat Anna Grigoriewna es nicht leicht gehabt. Man könnte fast sagen, ihr Leben ist eine Tragödie.«
Im Foyer ertönte ein melodisches Klingeln. Sergej entschuldigte sich und sauste zurück zu einer übertrieben vornehm gekleideten älteren Dame, mit der er gekommen war.
Anna trat in einem maskulin wirkenden blauen Anzug und einer gestärkten weißen Rüschenbluse auf. Ihr Haar war am Hinterkopf auf fast bäuerliche Weise zusammengeflochten, und nur ein paar dünne Fransen über ihrer Stirn milderten den krassen Effekt. Neben dem gedrungenen, schlampigen Rotkopf Tichow, der schwankte, hüpfte und sich das Herz aus dem Leibe blies, wirkte Anna steif, beinahe hölzern. Bis zum zweiten Satz, bei dem sich ihr Violinspiel so sanft, so sinnlich in die Oboenlinie ein- und ausfädelte, daß Barry einfiel, wie Anna ausgesehen hatte, als er sie in ihrem Zimmer kennenlernte, und der Schweiß trat ihm auf die Stirn. Das Finale war leicht und voller Zartgefühl. Es folgte eine Ovation.

»Du willst doch nicht gehen?« fragte Sergej. Er stand neben einem uralten Mann von militärischem Auftreten, der aussah, als hätte er einmal einen Kavallerieangriff gegen Sewastopol geführt. »Wir müssen doch den Künstlern gratulieren. Und du mußt auch Dimitri Semjonowitsch kennenlernen.«

Barry ließ sich von Sergej und seinem betagten Freund in das Künstlerzimmer zerren, das voll von Lärm und Menschen war. Hastig stellte man ihn dem Star-Oboisten vor.

»Amerikaner!« sagte Tichow auf englisch. »Kennen Sie Jazz?«

»Ich fürchte, nein. Aber das Bach-Konzert liebe ich!«

»Aaah, Bach!« Und Tichow entschwebte ins Russische. Sergej übersetzte, während Barry versuchte, sich zu konzentrieren und nicht allzu offensichtlich in dem Gedränge nach Anna Ausschau zu halten.

Ein paar Minuten später fand sie ihn, immer noch in Tichows Klauen und damit beschäftigt, einen zweiten Wodka abzuwehren.

»Aha! Sie haben mir gar nicht erzählt, daß Sie sich etwas aus Musik machen!« sagte sie weit weniger schüchtern als zuvor. Allem Anschein nach entspannte sie sich in Gesellschaft ihrer Landsleute, das heißt, wenn sie in ihrem eigenen Element war. Doch noch ehe Barry antworten konnte, wurde Anna von ein paar Bewunderern davongezogen. Sie zuckte mit den Achseln, als wollte sie sagen: »Was soll ich machen?«

»Dimitri Semjonowitsch meint, seit Oistrach und Kogan hätte er keine Violine wie Anna Grigoriewna mehr gehört«, erklärte eine Dame mittleren Alters, die wie aus dem Nichts an Barrys Seite erschienen war.

»Ja, natürlich«, pflichtete Barry bei, während er unter all diesen Köpfen nach Anna Ausschau hielt. Ihm fiel wieder ein, daß sie ihm eine musikalische Überraschung angekündigt hatte. Woher hatte sie das gewußt?

In dieser Nacht versuchte er wachzubleiben, bis sie nach Hause kam, schlief aber trotzdem ein. Und als er am nächsten Morgen bei ihr klopfte, war sie schon weg. Zumindest behauptete das die Concièrge.

Erst abends hörte er Anna in das Bad zwischen den beiden kleinen Appartements gehen, hörte das Wasser laufen und beschloß, daß er sie unbedingt sehen mußte. Er wartete eine Viertelstunde. Dann ging er mit einem Badetuch über der Schulter und Seife und Waschlappen in der einen Hand aus seinem Zimmer und zum Bad, wo er die Türklinke drückte. Er wußte, daß es ein fadenscheiniges Manöver war, aber wie sonst...?

Die Tür ließ sich öffnen, und da stand Anna: ein rotbraunes Handtuch um ihren Körper geschlungen, ein anderes wie einen Turban um ihren Kopf.

»O Gott! Tut mir leid, ich...« stammelte er; der direkte Blick, mit dem sie ihn anstarrte, brachte ihn ins Stocken. »Ich komme nachher wieder.«

»Ich bin fertig. Ich hoffe nur, es ist noch heißes Wasser da.« Ein Witz, denn schon für *ein* Wannenbad reichte es selten genug.

»Ich verschwinde gleich.« Und sie begann, ihre Sachen zusammenzupacken.

Barry legte seine Hand auf die ihre. »Ich hab schon gebadet.«

»Im Ernst?«

»Ich komme mir Ihnen gegenüber so unbeholfen vor. Dabei möchte ich doch nur...«

Und zu einer Erklärung außerstande, fing er einfach an, sie zu küssen.

Überraschenderweise ließ Anna es sich gefallen, als er aber

vor ihr auf den Knien lag, hob sie sein Kinn ein wenig und sagte: »Ja.«
Sie gingen auf sein Zimmer und liebten einander. Zuerst war das Ganze nichts als Hitze und Schweiß. Anna war stark, gelenkig wie ein Athlet und bewegte sich so flink, daß sie manchmal um die beste Position zu ringen schien. Als es ihm schließlich gelang, sie so ruhig zu halten, daß er eindringen konnte, spürte Barry, wie sie alle beide vollkommen reglos wurden. Anna näherte sich bereits dem Höhepunkt; immer höher bäumte sie sich auf, und es schien, als wäre er der leichtere, obwohl er mehr als das Anderthalbfache wog.
Da er nicht gewußt hatte, wie sie danach reagieren würde, freute er sich, als sie seine Hand hielt und trotz der Hitze, trotz des Schweißes, der ihre Körper und ihr Bettzeug durchnäßte, dicht bei ihm liegenblieb. »Du bist so stark«, sagte sie. »Bist du ein Athlet?«
»Football. Außenfeld.«
»Es ist schon lange her, daß...« setzte sie an, sprach aber nicht zu Ende.
»*Du* warst schön eng«, sagte er. Ob er wohl nach ihren bisherigen Erfahrungen fragen konnte?
»Jetzt könnten wir doch ein Bad nehmen«, meinte sie. »Zusammen.«
»Ein bißchen später. Ich würde gern... du weißt schon, noch mal.«
Nach einer halben Stunde sagte sie: »Das ist also die westliche Dekadenz, von der wir in Moskau soviel hören. Und du mußt ein degenerierter Amerikaner sein.«
»Sie haben noch nichts Degeneriertes gesehen, Ma'am!« Barry lachte. Dann wurde er unvermittelt ernst. »Anna, weißt du noch, wie du vor ein paar Tagen zu mir gesagt hast, ich würde ein musikalisches Erlebnis haben? Und dann bin ich in deinem Konzert gelandet! Woher wußtest du das?«

Anna lachte, und ihre Augen funkelten. »Manchmal weiß ich solche Dinge eben.«
Barry betrachtete sie fragend und voll Verwunderung.
»Wirklich«, versicherte Anna. »Schon von klein auf hatte ich mitunter solche ›Gefühle‹, daß etwas Bestimmtes passieren wird. Auf englisch nennt man das ›extrasensory perception‹, glaube ich. Es ist eigentlich ganz albern. *Ich* nenne es ›weibliche Intuition‹. Aber in Rußland hat man mich seinerzeit sogar daraufhin untersucht. Die Ärzte waren sehr interessiert.«
»Und was haben sie festgestellt?«
»Im Grunde nichts. Überhaupt nichts.« Anna wirkte etwas verlegen, so als hätte sie zuviel von sich offenbart. Sie weigerte sich, noch einen Satz weiter darüber zu diskutieren.
Zu guter Letzt badeten sie gemeinsam. Danach spielte Anna ihm etwas auf ihrer Geige vor – Faures *Elegie* –, während er Kopfkissen und Stühle benutzte, um ihr zu zeigen, was man beim Football unter *post play* und *nickel defense* verstand. Sie liebten einander erneut, dann wurde ihnen bewußt, daß sie noch gar nicht zu Abend gegessen hatten. Es war fast drei Uhr früh, aber sie machten ein kleines libanesisches Café ausfindig, das immer noch geöffnet war, und stopften sich mit Tabuleh und Falafel voll. Während die Vögel nach und nach erwachten und zu singen begannen, spazierten sie zusammen an der Ile de la Cité entlang. Danach kehrten sie in das Obergeschoß zurück, und ohne ein Wort des Widerspruchs folgte Anna Barry in sein Zimmer, wo sie die Fensterläden vor der Morgendämmerung schlossen und schliefen.

»Hört sich toll an!« sagte Alex. Barry und er hatten sich wie üblich einmal pro Woche auf den Stufen der Oper getroffen. »Also, wie ist diese neue Freundin denn so? Worüber unterhaltet ihr euch?«
»Ich bin verrückt nach ihr. Und Anna geht es mit mir

genauso.« Barry hielt inne. »Aber wie steht's...du weißt schon...mit der Arbeit?«
»Soviel ich weiß, bist du immer noch ganz auf dich gestellt, Barry.«
»Glaubst du, es wird noch was draus? Aus Unternehmen Kleiner Besen, mein ich?«
»Läßt sich nicht sagen. Ich häng selber nur 'rum. Hab unten im Vietnamesenviertel 'ne gute Hasch-Verbindung aufgetan, ganz zu schweigen von einer tollen Puppe namens Cao Han. Ich tu alles in meiner Macht, um das schlechte Benehmen unserer Nation in Caos Heimat wiedergutzumachen.«
»Was ich meine, ist...« Barry versuchte, die richtigen Worte zu finden. »Wenn ich das kommende Semester nun auslassen und hier in Paris bleiben würde...? Notfalls würd ich in der Pension auch Miete bezahlen...und...«
»Du meinst, du wärst dazu bereit, hier die Stellung zu halten und das Unternehmen abzuwarten? Hört sich toll an, Barry! Beweist deine Ausdauer, deine Zähigkeit, daß du auf Zack bist und so weiter – all die guten alten Tugenden der amerikanischen Pfadfinderjugend.«
»Falls Kleiner Besen noch angesagt ist.«
»Du willst Rapunzel wohl echt erwischen, was?« fragte Land. »Oder ist es wegen deiner neuen Braut?«
»Na klar ist es wegen Anna! Aber hast du nicht gesagt, Rapunzel wäre der Kopf des europäischen KGB-Netzes? Der mieseste, dreckigste...?«
»Nöö. *Ich* hab nur gesagt, daß Rapunzel die Schlüsselfigur des KGB ist. Wir wissen gar nicht genau, *wie* er oder sie arbeitet. Wir wissen nicht mal, ob Rapunzel *überhaupt* etwas tut. Rapunzel, das ist 'n ganz Schlauer, und der KGB wird sich hüten, seine Hauptfigur mit allen möglichen Aktivitäten zu beschmutzen. Drücke ich mich verständlich aus?«
Eigentlich nicht, gestand Barry. Das Ganze war ziemlich

vage, und er hörte nur mit halbem Ohr zu, denn Lands Beschreibung nach konnte der, hinter dem sie her waren, alles und jeder sein – und außerdem wohl jemand, an den schwer heranzukommen war: die Frau irgendeines französischen Ministers oder ein wichtiger Industrieller zum Beispiel. Wahrscheinlich sei er ständig von Leibwächtern oder wenigstens von Dienstboten umgeben, die einen gewissen Schutz boten. Konnte sein, daß »die Firma« das Unternehmen – und Barrys Rolle darin – noch einmal überdachte. Hoffentlich konnte er sie noch eine Zeitlang hinhalten.

»Also, ich werde deine Bitte auf jeden Fall vortragen«, sagte Land gerade. »Egal, ob man ihr stattgibt oder nicht; es ist ein weiteres Zeichen für dein Interesse.« Er hielt inne. »Wann fängt dein Semester an der Columbia an?«

»Am zweiundzwanzigsten muß ich dort sein, um mich einzuschreiben.«

»Dann haben wir noch einen Monat. Also, erzähl mir ein bißchen mehr«, wechselte Alex abermals das Thema. »Stimmt das, was man den russischen Weibern nachsagt? Das, was man von den Asiatinnen sagt, stimmt nicht.«

»Was sagt man denn von...? Blödmann!« Barry merkte, daß er auf den Arm genommen wurde. »Und außerdem ist sie gar keine echte Russin. Sie kommt aus Weißrußland. Das ist eine eigene Nationalität. Ihr Großvater ist ein berühmter Arzt gewesen; darum fiel er einer von Stalins Säuberungsaktionen zum Opfer. Und ihre Mutter war auch Wissenschaftlerin. Anna ist also privilegiert aufgewachsen. Du wirst sie natürlich kennenlernen.«

»Klar. Treffen wir uns doch mal alle vier!« Er lachte. »Wenn Colby wüßte, *wie* wir dem Feind eins 'reinwürgen!«

»Ich hab dir schon mal gesagt, Alex, sie ist... Ach, zum Teufel!«

»Du hast echt was für sie übrig, wie?« fragte Alex.

»...«

»Aber was willst du denn tun?«
»Ich bleibe hier. Mein Visum gilt noch Jahre, wenn ich das Land alle paar Monate verlasse. Ich fahre einfach mal einen Tag lang auf 'nen Sprung nach London oder Amsterdam.«
»Und wovon gedenkst du zu leben?« fragte Anna.
»Ich hab in den Staaten ein paar Ersparnisse«, antwortete Barry. »Die laß ich mir von meinen Eltern telegraphisch überweisen.«
»Aber wenn sie es nun nicht tun? Wenn sie dich nun lieber bei sich haben wollen?«
»Ich finde, du baust Hindernisse auf, die in Wirklichkeit gar nicht existieren. Vielleicht willst du nicht, daß ich dableibe. Vielleicht hast du ja einen anderen Liebhaber.«
»Einen Liebhaber? Wen?«
»Ich weiß nicht. Sergej!«
»Sergej! Daß ich nicht lache! Sergej wachsen Haare aus der Nase.«
»Willst du nicht, daß ich in Paris bleibe?«
»Du wirst nicht bleiben! Du wirst Paris bald verlassen«, sagte sie traurig.
»Solange du hier bist, bleibe ich für immer. Wirklich.«
»Für immer?«
Und später:
»Du weißt, wir sind morgen mit meinem Freund Alex und seinem Mädchen verabredet. Das heißt, er ist eigentlich gar kein Freund. Wir sind uns nur hier drüben wiederbegegnet. Ich kannte ihn schon von der Schule ein bißchen. Da hat er, glaub ich – jetzt sei nicht entsetzt, Anna! – mit Drogen gehandelt. Siehst du! Ich wußte, daß du überrascht sein würdest! Komm wieder her! So ist's besser. Aber bloß mit Gras – Marihuana, würdest du wohl sagen. Aber er hat sich in diese junge Vietnamesin verknallt. Hängt total an ihr. An

der Columbia war er immer ein Radikaler, noch mehr als ich. Sehr gegen den Krieg. Ständig auf Demonstrationen. Und um deine Frage gleich vorwegzunehmen: Ja, wir *müssen*. Okay? Mir zuliebe. Es dauert *bestimmt* nicht allzu lang. Wir finden schon einen Grund, um uns beizeiten abzusetzen.«

»...«

Eine Woche später hieß es immer noch: »Nein. Noch nicht.« Dabei war in den Staaten schon der Labor Day, das Wochenende zum ersten Septembermontag, und Paris füllte sich wieder mit den Millionen Menschen, die der Stadt im August den Rücken gekehrt hatten. Anna wollte ihm nicht erklären, warum er warten solle. Sie brachte all die üblichen Argumente vor, dann ein paar völlig widersinnige, und immer starrte Barry sie sprachlos an und fragte sich: Wieso? Wieso? Wieso? Drängte er sich in ihr Leben? Nein, sagte sie. Dann, ja. Seit Wochen habe sie nicht mehr mit ihrem Streichquartett gespielt – seit sie beide zusammen... Und sie übe auch nie genug. Sie schien nicht genügend Zeit für Barry *und* die Musik zu haben.

Daher schlug Barry vor, er würde morgen ins Kino gehen und sie könne mit ihren drei Freunden musizieren. Es klappte, und am folgenden Nachmittag wollte Anna sich mit einem Pianisten treffen. Barry war nicht begeistert, aber dennoch stimmte er zu.

Und an diesem Tag kam ihm zum erstenmal ein Verdacht gegen Anna. Er kam gerade zur Tür herein, da sah er einen älteren Mann, der ihm nicht ganz unbekannt war, das kleine Foyer der Pension verlassen. Barry wußte mit Sicherheit, daß der Mann auf Annas Benefizkonzert mit Tichow zusammengewesen war, und daß Sergej Rawlew sie einander vorgestellt hatte. Als Barry ihn aber grüßte, wandte der Ältere seinen Kopf ab und stolzierte davon. Später an diesem Abend

erwähnte Barry den Besucher Anna gegenüber, und sie stritt ab, zu wissen, von wem er da redete.
»Aber natürlich erinnerst du dich an ihn. Er war auch in dem Künstlersalon. In einer Art Uniform. Er hat sich mit dir unterhalten.«
»Ach, Barry, an diesem Abend hat sich doch jeder mit mir unterhalten!«
Also ließ er das Thema fallen.
Barry suchte Sergej in seinem Stammcafé und fragte ihn rundheraus nach dem alten, militärisch wirkenden Herrn, mit dem er nach dem Konzert zusammengewesen war.
Ja, antwortete Sergej, der Mann sei ein ehemaliger Pianist und Lehrer. Doch über diese Seite von General Detlows Leben wisse er nicht viel. Anna würde Barry mehr sagen können. Schließlich hatten sie und Detlow letztes Jahr in der Salle Pleyel ein gemeinsames Konzert gegeben. Spielten sie denn jetzt nicht mehr zusammen?
Bisher hatte Barry keine Eifersucht gekannt. Es erstaunte ihn, wie schnell und heimtückisch dieses Gefühl war, wie erbarmungslos es in seinem Kopf ein geheimes Doppelleben von Anna konstruierte. Natürlich, der alte Detlow war ihr Begleiter. Aber sie hatte nicht mit ihm geübt, als sie es behauptet hatte. Sie war an diesem Nachmittag zu ihrem Liebhaber gegangen, dem Mann, den sie Barry gegenüber verheimlichte; jemand, den sie wahrscheinlich schon lange kannte; jemand, der in ihren Emigrantenkreisen noch weniger akzeptabel war als Barry, und der Grund, weshalb sie fortwährend »Nein, noch nicht« sagte, sooft er definitive Pläne für einen bis in den Herbst verlängerten Aufenthalt in Paris schmieden wollte.
Seltsamerweise überfiel ihn diese Eifersucht nur, wenn Anna außer Haus oder kurz vor dem Ausgehen war. Bei ihrer Rückkehr küßte er sie jedesmal erleichtert und dachte nie an

einen möglichen Betrug – so füllte Anna sein ganzes Leben aus, wenn sie da war.
Manchmal bestand er darauf, sie zu einer ihrer Proben mit dem Streichquartett zu begleiten und blieb eine Dreiviertelstunde vor dem Gebäude, ehe er nach Hause stolzierte und sich wie ein Idiot fühlte.
Er wußte später nie mehr genau, was ihn dazu bewogen hatte, ihr an einem bestimmten Nachmittag heimlich zu folgen. Vielleicht die Art, wie Anna ihren Geigenkasten ergriffen, dann gezögert, ihn wieder hingestellt und schließlich doch mitgenommen hatte. Oder vielleicht, daß sie nicht Barrys Lieblingsschal, den aus roter Seide, umgelegt hatte, sondern einen fast durchsichtigen in Blaßlila. Irgend etwas hatte alle Alarmglocken in ihm ausgelöst, und sobald Anna zur Tür hinaus war, zog Barry sich rasch an und folgte ihr.
Sie stieg hinunter zur Metro. Er folgte ihr. Hinter einer Säule versteckt, wartete er auf die Ankunft des Zuges und sprang dann in einen anderen Wagen, von dem aus er Anna im Auge behalten konnte. Es war eine lange U-Bahnfahrt durch die Industrievororte im Norden, und fast hätte er den Ausstieg verpaßt, aber er schaffte es, die Tür mit seinen Händen aufzuhalten und sich in letzter Sekunde hindurchzuzwängen. Ohne ihn zu bemerken, ging Anna weiter.
Die grelle Nachmittagssonne draußen funkelte tausendfach auf hohen, schlanken Glasgebäuden – irgendein Appartementkomplex, der noch im Entstehen war. Baumaschinen standen müßig und leer herum. Die Schilder ringsum gaben diesem Wohnungsprojekt, das vielleicht Obstgärten und Bauernhöfe verdrängt hatte, einen bukolischen Namen.
Barry versteckte sich hinter einer Planierraupe und betrachtete Betonbänke, Fußwege und glitzernde Tümpel, die auf einen letzten Anstrich beziehungsweise eine Lkw-Ladung

Kies warteten. Die Anlage war riesig, wenn auch keineswegs großartig.

Anna betrat ein Gebäude – einen der vier künftigen Wohnblocks gegenüber dem mittleren Hof. Seine Vermutung, seine Befürchtung stimmte also, und wer konnte ihr Liebhaber sein? Ein Bauarbeiter? Ein Polier? Wie hatte Anna ihn kennengelernt? Wo trafen sie sich? In welchem von diesen aberhundert unfertigen Appartements in diesem gigantischen Gebäude?

Auf einmal fühlte sich Barry wie am Ende seiner Kraft. Dann so wütend, daß er vorwärtsstürmte. Er würde ihr nach drinnen folgen. Ihr folgen und an jede Tür in jedem Stockwerk dieses Gebäudes klopfen, bis...

»Nicht!«

Barry drehte sich zu der Stimme um. Alex Land!

»Du machst einen Fehler.«

»Was? Wie kommst du...? Du bist mir gefolgt, stimmt's?«

»Nicht *dir*«, erwiderte Alex, scheinbar traurig.

Barry brauchte eine Minute. »Du bist Anna gefolgt? Weshalb?«

Und noch bevor Alex antworten konnte, entwand Barry sich ruckartig seinem Griff. Plötzlich hatte es ihn eiskalt überlaufen.

»Komm, Mann! Reiß dich zusammen! Da hinüber!« sagte Alex. »Wir dürfen uns nicht sehen lassen.«

Hinter einer gewaltigen abstrakten Skulptur aus Gußbeton zog Alex ein silbernes Fläschchen aus der Tasche seiner abgewetzten Velourslederjacke und bot sie ihm an. Barry nahm sie ihm aus der Hand, trank einen Schluck und spuckte den Schnaps größtenteils wieder aus. Abermals diese eisige Vorahnung.

»Sie ist vom KGB.«

»Bitte, lieber Gott«, stöhnte Barry, »mach, daß sie nicht –«

»Jetzt halt mal eine Minute den Mund und hör mir zu!« Alex packte ihn unsanft. »Sie ist mehr als nur eine KGB-Agentin. Sie ist unser Rapunzel.«
Barry sah in den blauen Himmel hinauf. »Wieso?«
»Wir haben vor einer Weile einen Köder ausgelegt. Er sollte über extreme Umwege in genau diesem Moment an genau dieser Stelle ankommen.«
»Du irrst dich, Alex. Sie ist...!«
»Es war idiotensicher.«
»Unmöglich... Ich glaube einfach nicht...«
»Darauf, was du glaubst, kommt es nicht an, Barry. Wir haben das vor fünf Monaten eingefädelt. Es stimmt, basta. Du warst unser zusätzliches Paar Augen und Ohren. Jetzt hör gut zu! Wir können sie uns auf zwei Arten schnappen. Die sanfte Tour oder die unsanfte. Es liegt an dir. Wenn sie dir wirklich etwas bedeutet, dann hilf uns, und Anna wird nichts geschehen. Wir haben *keinen* Grund, ihr etwas anzutun. Ganz im Gegenteil. Wenn es aber nur einen einzigen Hinweis gibt, daß wir ihr auf den Fersen sind, dann ist sie so gut wie tot. Sie werden sie umbringen.«
»Du hast mir selbst gesagt, Rapunzel sei die Schlüsselfigur, mit der das gesamte KGB-System steht und fällt. Anna kann nicht...«
»Glaub mir, Barry, wir haben Mittel und Wege, so etwas herauszufinden.« Er packte ihn. »Komm, wir gehen zu dir zurück, packen dein ganzes Zeug zusammen und du fliegst ab! Auf der Stelle! Du schreibst ihr eine Notiz, man hätte dich nach Hause gerufen – Familienangelegenheiten oder so ein Scheiß. Dann setzt du dich in das erste Flugzeug, das von Orly abgeht, egal *wohin!* Wenn du uns schon nicht helfen willst, dann will ich dich auch nicht im Weg haben. Keine faulen Tricks, Barry! Versuch's gar nicht erst! Ich hab hier eine Kanone, und ich werde sie auch gebrauchen.«

Barry blieb stumm. Dann: »Wie willst du's machen?«

»Ich weiß noch nicht. Wir werden sie festnehmen – sie beschützen. Du hast ja gesehen, wie fies diese Sowjets sind. Wenn jemand nicht länger für nützlich erachtet wird, wandert er auf den Müll.«

»Bist du auch hundertprozentig sicher, daß sie es ist?«

»Ja.«

»Und wenn ich mich bereit erkläre, dir zu helfen? Was dann?«

»Dafür ist es jetzt zu spät, Barry.«

»Nein! Unmöglich, Alex! Hab doch Vertrauen zu mir! Ich kann nicht mitansehen, wie man sie umbringt. Ich kann nicht. Ich werde alles tun, was du von mir verlangst. Sag's mir ganz einfach, Alex! Sag's mir!« flehte er.

»Meinst du, sie wird mitgehen, egal, wohin du sie bringst?« fragte Alex.

»Ja, da bin ich mir sicher. Wann?«

»So bald wie möglich. Morgen ist Samstag. Da geht's am besten.«

»Morgen nachmittag um zwei hat sie ein Konzert. Direkt im Anschluß daran werde ich sie überreden mitzukommen.« Jetzt packte Barry Alex am Revers – zum Teufel mit der Kanone! »Ich bring sie dir! Aber du mußt mir versprechen, nein, *schwören* mußt du mir, daß du ihr nichts antust! Wenn ich herausfinde, daß du ihr irgend etwas angetan hast, bring ich dich um!«

»Ich schwöre.«

»Ich meine es ernst, Alex! Ich werde dich verfolgen bis ans Ende der Welt und...«

»Ich hab gesagt: Ich schwöre.«

»Dann abgemacht!« sagte Barry. »Ich bringe sie, nach dem Konzert.«

»Ich dachte mir schon, daß ich dich hier treffen würde.« Sergej schlich sich an Barry heran, der geglaubt hatte, hier vor dem kleinen Foyer des Théâtre de la Musique sei er während der Pause ganz gut versteckt. Rechts von ihnen ragte düster das Institut des Beaux Arts empor, das die Sicht auf alles andere an der Rue de Caire versperrte. Vor ihnen, in der Ferne, war gerade noch die Rückseite des Glockenturms von Sacré Coeur zu erkennen. Bei allem Zauber, den Paris besaß, wußte Barry nicht mehr so recht, wie er sich hier fühlte.

»Gib mir doch eine, ja?« Barry deutete auf Sergejs Zigaretten.

Sein Bekannter ließ einen der braungelben Stengel aus dem flachen orangefarbenen Päckchen gleiten und zündete ihn für Barry an. Barry inhalierte das süßliche Aroma und überspielte beim Ausatmen des Rauches seine Nervosität, die man ihm bestimmt anhören würde. »Wieso hast du gedacht, mich hier zu finden?«

»Anna Grigoriewna hat sich einen ziemlichen Schwarm von Verehrern angelacht. Vor allem jetzt, wo sie sich auf der Bühne nicht mehr wie eine Zuchtmeisterin anzieht. Gut?«

»Das Konzert? Klar. Oh, die Zigarette? Weiß noch nicht.«

»Ägyptisch.« Sergej zeigte ihm die Packung mit ihrer Sphinx und den Kameltreibern. »Ich wußte noch gar nicht, daß du rauchst.« Und als Barry darauf keine Antwort gab: »Ihr Klang ist wunderbar! So rein und doch so nuancenreich.«

»Du probierst schon wieder dein Englisch an mir aus«, erwiderte Barry.

»Warum nicht? Ich bleibe doch nicht mein ganzes Leben bei diesem Haufen von Tagedieben in Paris!« Sergej deutete mit einer Armbewegung auf die Menschenmenge auf der Treppe, dieselben Leute wahrscheinlich wie vor Wochen bei diesem Tichow-Konzert, dachte Barry, dieselben wie letzte Woche beim Majakowsky-Abend, dieselben, die vor zwei Tagen die Bunin-Gedächtnis-Vorlesung gefüllt hatten. »Ich lande auf jeden Fall einmal in Amerika«, erklärte Sergej.

»Tatsächlich?«

Beim Gestikulieren hatte Sergej einen Blick von der würdevoll aussehenden alten Dame aufgefangen, die er damals begleitet hatte, und grüßte sie nun mit einer halben Verbeugung. Es wäre unklug, sie zu verärgern, ehe er bereit zur Abreise war.

»Ja, tatsächlich! Hast du Detlow gesehen?« fragte Sergej.

»Ja.«

Es war unmöglich, den militärisch wirkenden alten Herrn zu übersehen, der Barry erst neulich die kalte Schulter gezeigt hatte. Detlow war die ganze erste Programmhälfte hindurch auf der Bühne gewesen. Er hatte vom Cembalo aus das Orchester geleitet, mit seinem Instrument Mozarts Violinkonzert ausgeschmückt, das Anna gespielt hatte, und dann sie und Tichow bei einer dreistimmigen Händel-Sonate begleitet. Zweifellos würde er auch nach der Pause wieder auf der Bühne sein, aber die zweite Hälfte war, Gott sei Dank, kürzer. Sie bestand nur aus einem einzigen Stück: einer Symphonie von Haydn.

Barry wußte nicht, wie lange er es noch aushalten würde. Trotz der besänftigenden Wirkung der Musik waren seine Nerven zum Zerreißen gespannt. Er wartete nur auf das Ende, wartete nur darauf, daß Alex Anna wegbringen würde. Wo war Alex überhaupt? Er hatte nicht im Publikum gesessen. War er schon da? Oder würde er erst in letzter Minute kommen?

Gut, daß Anna nichts davon wußte – nur daß sie sich mit Alex und Cao Han treffen wollten. Man stelle sich vor, unter einem derartigen Streß zu spielen!

»Ich hab dir ja gesagt, er und Anna Grigoriewna spielen

zusammen«, fuhr Sergej fort und machte ein verschmitztes Gesicht.
»Schmeckt abscheulich!« Barry warf die Zigarette fort und stampfte sie auf der Stufe aus.
»Man muß sich an den Geschmack erst gewöhnen«, entgegnete Sergej achselzuckend. »Ach, übrigens: Ich habe eine Nachricht für dich.«
Er übergab Barry ein zusammengeklapptes amerikanisches Streichholzmäppchen. Auf der Außenseite stand »Zeichne mich, und auch Du kannst ein Künstler sein«, darunter war das Profil eines stubsnasigen Mädchens mit toupierter Streisand-Frisur. Auf der Innenseite stand etwas Handgeschriebenes: »Schwierigkeiten. Mrs. K. ist hier. Verschwinden, sobald A. abgeht. Behalt die Bühne im Auge.«
»Wer hat dir das gegeben?« Barry hielt jetzt ringsum nach Alex Ausschau.
»Eine junge Vietnamesin. Hübsches Ding. Ein Liebesbrief?«
»So ähnlich«, antwortete Barry, doch selbst er hatte das Gefühl, seine Stimme habe jeglichen Ausdruck verloren.
»Die Leute gehen langsam wieder 'rein«, entschuldigte sich Sergej. »Ich sollte noch ein paar Takte mit meiner letzten Herzogin plaudern.«
Barry sah zu, wie sein Freund sich durch die Menge lavierte. Die Notiz stammte eindeutig von Alex – er hatte in diesem Land winziger Schächtelchen voll wächserner *allumettes* immer amerikanische Streichholzmäppchen bei sich –, aber was sollte das bedeuten? Daß der KGB von einem möglichen Kidnapping Wind bekommen hatte? Daß das Projekt abgeblasen worden war? Und inwieweit wurde Barrys Rolle davon berührt? »Behalt die Bühne im Auge.« Das hätte er sowieso getan. Aber worauf sollte er denn achten?
Barry kehrte auf seinen Platz in dem kleinen Theater zurück, und während rings um ihn herum andere Konzertbesucher

Platz nahmen, versuchte er, das Programmheft zu lesen. Mit einemmal kam er sich auffällig vor: zu groß, zu leger gekleidet, zu unrussisch und vor allem: zu nervös. Um so mehr versuchte er, sich auf seine Lektüre zu konzentrieren.

Das nächste Stück auf dem Programm war sinnigerweise *Die Abschiedssymphonie*, eine der fünfzig Symphonien, die Haydn als Hauskomponist und Orchesterleiter des steinreichen Fürsten Esterhazy geschrieben hatte. Haydns Orchester hatte den Sommer 1772 zum größten Teil in der Sommerresidenz des Fürsten verbracht, der seinen Aufenthalt Woche um Woche verlängerte, bis die Musiker, die ihre in Eisenstadt zurückgelassenen Frauen und Familien vermißten, den Komponisten um Hilfe anbettelten. Haydn dachte sich eine geschickte und witzige Lösung aus; er schrieb eine Symphonie, deren Finale plötzlich in ein beschwingtes Adagio umschlug. In seinem Verlauf fielen nacheinander sämtliche Orchesterstimmen aus. Wenn ihr Part zu Ende war, löschten die Musiker die Kerzen an ihren Notenständern und gingen samt Instrument in Zweier- und Dreiergrüppchen hinaus, bis erst zwei, dann einer und dann gar keiner mehr auf der Bühne blieben. Der Fürst begriff. Vor ein paar Tagen hatte Anna über diesen Schlußsatz gesprochen und Barry erzählt, daß sie als Konzertmeisterin die letzte auf der Bühne sein und ganz allein spielen würde, ehe auch sie abging. Die Beleuchtung sollte gedämpft und wieder aufgedreht werden, während das Orchester zum Applaus zurückkehrte. Nach dem ursprünglichen Plan hätte man Anna im Anschluß an das Konzert verschwinden lassen. Jetzt würde man offensichtlich nicht einmal bis zum Schlußvorhang warten. Wenn das Orchester zurückkehrte, würde Anna bereits unterwegs zum Flughafen sein.

Jetzt kamen die Musiker auf die Bühne – Barry zählte sechzehn Stühle –, nahmen Platz, unterhielten sich und blätterten dabei ihre Partituren durch. Anna erschien. Sie sah bezaubernd aus. Nachdem sie die Bratschen und Violinen gestimmt hatte, ging sie zufrieden zu ihrem Platz. Man spendete ihr vereinzelten Applaus, doch noch mehr für Tichow: Der große Solist ließ sich bescheiden dazu herab, die Erste Oboe zu spielen. Die Bühne wurde ein wenig dunkler, und Barry versuchte, in die Kulisse zu spähen. Vielleicht sollte er seinen Platz schon bei einem der ersten Sätze verlassen? Nein, davon hatte Alex nichts gesagt. Nur: »Behalt die Bühne im Auge.« Unter weiterem Applaus nahm Detlow seinen Platz am Cembalo ein. Und in diesem Moment glaubte Barry eine Sekunde lang zu sehen, daß links hinten die Vorhänge auseinanderglitten und Alex Lands Gesicht erschien. Die Symphonie begann. Barrys Aufmerksamkeit wurde zwischen der Musik und dem, was kommen würde, hin- und hergerissen. Der erste Satz hatte etwas fast militärisch Schepperndes, und der alte General am Cembalo schien seine Musikantentruppe zu überwachen und mit einer gelegentlichen Befehlsgeste anzufeuern. Der zweite Satz war schmachtend-schön; gedämpft spielten die Violinen gegen sonderbare Synkopen der Bläser. Detlow hatte bei diesem Adagio nicht viel zu tun, und Barry hätte schwören können, daß der Alte sich erst in der Kulisse umsah – hatte er Alex bemerkt? – und dann zum Hintergrund des Saales blickte. Barry saß zu weit vorn, um zu erkennen, ob dort jemand stand.

Der nächste Satz war ein Trio, das anders als die Bauerntänze, die Haydn sonst bevorzugte, düster, ja fast liturgisch klang. Kaum war es zu Ende, begann das Finale; nervöse Streicher und schmeichlerische Oboen preschten vor. »Behalt die Bühne im Auge«, lautete die Notiz, und Barry *behielt* die Bühne im Auge, vor allem Detlow, den er ohnehin nicht mochte und hinter dem er nun die »Mrs. K« aus Alex' Botschaft vermutete. Was erwartete man von ihm? Sollte er auf die Bühne springen, wenn das Licht ausging, und Detlow irgendwie ablenken, während man Anna verschwinden ließ? Der Schlußsatz schien gerade zu enden, da brach er plötzlich mit einem Tusch abrupt ab, die Streicher stimmten das wirkliche Finale an, und in diesem Moment glaubte Barry zu sehen, wie sich zwei Gestalten von rechts durch den Konzertsaal bewegten. Verstohlen hasteten sie die fünf, sechs Stufen zur Bühne hinauf und schlüpften hinter den Vorhang. Keiner außer Barry schien sie zu bemerken. Nur Detlow hatte die Männer direkt angeblickt, wenn auch ohne jedes Zeichen des Wiedererkennens.

Auf der Bühne erhoben sich ein Oboist und ein Waldhornspieler und begannen mit einem kleinen Intermezzo, während der Rest des Orchesters verstummte. Danach gingen die beiden Musiker ab. Das ursprüngliche Thema setzte wieder ein und wurde ein Weilchen fortgeführt, bis sich auch der Fagottist erhob, ein kurzes Solo spielte und dann ebenfalls ging. Jetzt standen Tichow und der zweite Hornist auf. Sie wiederholten das Thema, das ihre Kollegen gespielt hatten, und gingen ab. Barry bemerkte, daß Tichow kurz stehenblieb und zu der Stelle in der Kulisse gegenüber blickte, wo die beiden Männer sein mußten. Dann verschwand er nach links. Konnte es sein, daß er sie wiedererkannt hatte?

Auf der Bühne wurde es unmerklich dunkler, während die Lampen über den Plätzen der abgehenden Spieler mehr oder weniger erloschen. Deshalb schien die Kontrabassistin – eine zierliche junge Rothaarige – jetzt zwischen mehreren leeren Stühlen im Scheinwerferlicht zu sitzen. Sie spielte ein kompliziertes Solo, bei dem ihr mächtiges Instrument durch akrobatische Triolen brummte, und als sie zu Ende war, versuchte sie, es mitzuschleppen, gab aber unter ansteigendem Gekicher von seiten des Publikums schließlich auf. Die Lampe über ihrem Platz ging aus. Die Streicher blieben unter sich.

Während das ursprüngliche Adagio-Thema erneut aufgegriffen wurde, packten erst zwei Cellisten, dann auch die Bratschisten zusammen. Doch trotz der immer dunkler werdenden Bühne konnte Barry, sooft jemand durch den Vorhang ging, Gestalten links in der Kulisse erkennen – auf jeden Fall Tichow, der fuchtelte und Gesichter schnitt, während er sich mit irgend jemandem auseinandersetzte.
Zwei Geiger gingen hinaus. Nur Anna und ein dicklicher Mann kurz vor dem Rentenalter blieben jetzt zwischen den vielen leeren Stühlen und spielten das Thema, das in seiner Zartheit fast trostlos geworden war. Würde Detlow, der am Cembalo saß, vor ihnen abgehen? Barry versuchte sich auszurechnen, wie er selbst am schnellsten von seinem Platz zu dem Bühnentreppchen kommen könnte. Anna würde links abgehen wie die andern. Wenn es ihm gelang, nach rechts zu kommen und die Männer in der Kulisse anzugreifen, konnte Anna entwischen.
Der Zweite Geiger verließ die Bühne, und Anna stand auf, um allein im Scheinwerferlicht zu spielen. Dann ging auch ihre Lampe aus, und die Bühne lag völlig im Dunkeln.
Während das Publikum sich raschelnd auf das Wiederaufflammen der Lichter vorbereitete, sprang Barry von seinem Platz auf und wandte sich nach rechts. Er drängte sich an zwei Leuten vorbei, die direkt am Gang saßen, und raste zu dem Treppchen, auf das die beiden Männer zugegangen waren. Er hörte vereinzelten Applaus im Rücken. Hinter der Bühne war es dunkel. Und noch schlimmer: leer.
Barry ertastete die Wand und fand eine Türkante. Als er sie aufzog, stand er unversehens in einem nur trübe erleuchteten Lagerraum voller Klappstühle und Notenständer. Ein Lagerraum! Und keine anderen Ausgänge! Er stürmte zurück, um auf die andere Bühnenseite zu gelangen, wo es zu den Garderoben, zum Künstlersalon und zur Pforte ging, und war

nur noch Zentimeter von der linken Kulisse entfernt, als plötzlich das Licht aufflammte. Blitzschnell stürzte er hinter den Vorhang, mitten unter die Musiker, die schlurfend auf die Bühne zurückdrängten.

In der schmalen Gasse an ihnen vorbeizukommen und dann nach draußen zu finden, schien ein Ding der Unmöglichkeit. Schließlich entdeckte er das Zeichen zum Ausgang. Er öffnete die Tür einen Spalt.

Direkt vor ihm knieten – mitten in den Pfützen des Boulevard de Sebastopol – die beiden Männer und schossen, daneben prügelten sich Detlow und Tichow vor einer Plakatwand.

In rund dreißig Metern Entfernung entdeckte Barry Alex' senffarbenen Deux Chevaux und sah Gewehrfeuer hinter der Motorhaube blitzen. Einer der knienden Männer umklammerte mit einer Hand die Schulter und fiel vornüber.

Gleichzeitig wurde die Hecktür des kleinen Pkw aufgerissen, und Cao Han versuchte, einen Körper hineinzuwuchten. Es mußte Anna sein! Das war ihr Kostüm! Aber weshalb mußte Cao Han sie heben? Weshalb mußte der Fahrer sich herumdrehen, um ihr zu helfen?

Als gälte es, einen gegnerischen Spieler anzugreifen, stürzte Barry sich auf den zweiten Pistolenschützen. Der Mann fiel vornüber, stöhnte, als seine Stirn auf einem Pflasterstein aufschlug, die Pistole fiel ihm aus der Hand in einen Kanalrost.

Barry rannte zu Alex Lands Wagen. Die Türen wurden zugeknallt, und mit quietschenden Reifen brauste der kleine Citroën in der entgegengesetzten Richtung davon. Barry lief ihm hinterher und schrie: »Stehenbleiben! Ich bin es! Ich bin's!« – lief schneller als jemals beim Footballspiel, wenn er ein Tor schießen wollte, und hielt erst hinter der Brücke zur Ile de la Cité inne, weil er so mörderisches Seitenstechen spürte, als habe er einen Schweißbrenner im Bauch, und krachend gegen eine Mauer torkelte. Der senffarbene Wagen war längst außer Sicht.

»*Weshalb* kann ich sie nicht sehen?«

Zwei Tage waren vergangen, und Barry hatte Land weder telefonisch noch sonstwie erreichen können. Erst als er zum Interpol-Hauptquartier in St. Quentin hinuntergefahren war und die Leute dort physisch bedroht hatte, war diese Verbindung hergestellt worden.

»Barry, du hast tolle Arbeit geleistet, exzellente Arbeit! Aber es ist vorbei!«

»Wo ist Anna?« fragte Barry herausfordernd. »Ich möchte sie sehen!«

»Es ist vor-bei. Kapierst du denn nicht?« entgegnete Alex. »Aus! Alles über die Bühne!«

»Ich will Anna sehn.«

»Du *hast* sie gesehen, Barry. Du warst ja dabei! Wir konnten sie nicht rechtzeitig in den Wagen schaffen. Sie haben das Feuer eröffnet und... Eigentlich hättest du uns helfen sollen.«

»Ich habe euch auch geholfen. Oder wie, zum Teufel, glaubst du, daß du davongekommen bist?« fragte Barry.

»Du warst nicht schnell genug.«

»Du hast gesagt, Anna könne nichts zustoßen. Nur aus diesem Grund habe ich mitgemacht.«

»Das Risiko war dir bekannt.«

»Warum hast du die Entführung nicht abgeblasen?«

»Wenn wir nicht das Mädchen gekriegt hätten, dann *sie*.«

»Ich möchte Anna sehen.«

»Ich hab dir schon gesagt, Barry: Sie wurde erschossen. Anna ist... tot!«

»Wenn Anna wirklich tot ist, dann bist du es auch, Land.«

»Ach, komm! Du weißt, es war nicht meine Schuld, Barry.«
»Ich will ihre Leiche sehn.«
»Jetzt wird's mir aber allmählich zu morbide, verdammt! Schau, Barry, du mußt dich eben damit abfinden, was passiert ist.«
»Erst, wenn ich sie sehe.«
»Wir sprechen uns wieder, wenn du dich beruhigt hast.«
Land legte auf, und Barry riß den Telefonanschluß aus der Wand. Sofort wurde er von drei Interpol-Männern gepackt, die ihn vor die Tür setzten.
Einige Tage später, als er sich immer noch von einer durch und durch unbefriedigenden Sauftour erholte, schob ihm jemand Linienflugtickets unter der Tür seines Zimmers durch.
Barry redete sich ein, Anna sei noch am Leben. Als er daran nicht mehr glauben konnte, gelobte er sich, Alex Land zu finden und ihn umzubringen.
Sechs Monate später, als er sich von seinem Zusammenbruch wieder erholt hatte, gelang es Barry, Land in New York zu kontaktieren und ihn mit falscher Fröhlichkeit zu dem Landhäuschen seiner Eltern zu locken, das an einem See in Connecticut lag und den Winter über geschlossen war. Dort hätte er sein Versprechen fast eingelöst.
Und jetzt, siebzehn Jahre danach, würde er Anna wiedersehen.

Auf einem Schild stand der Name des Anwesens, doch selbst das Schild wirkte wie ein Stück Landschaft: Es war aus dem Holz eines roten Sandholzbaumes geschnitzt und neben einer riesigen Ingwerpflanze aufgestellt worden, die purpurrot blühte. Hinter einem kunstvoll verzweigten Kerzenbaum lag der Parkplatz. Barry stellte seinen Wagen neben einem schwarz und chromfarben glänzenden Kleintransporter ab, der noch nichts Schmutzigeres transportiert hatte als Haustiere oder eine Teenagergruppe. Sämtliche Fahrzeuge ringsum waren neu und teuer – Limousinen ausländischen Fabrikats sowie einige Sportwagen. Barry war froh, daß er sich von dem Autoverleihangestellten im San Francisco Airport zu einem Firebird hatte beschwatzen lassen.

Eine Reihe von schweren, in den Boden eingebetteten Steinplatten wand sich in einem Bogen um Büsche und Bäume hinauf, zum größten Teil Arten, die er noch nie gesehen hatte. Die idyllische Treppe endete an einem völlig natürlich wirkenden Kakteen- und Steingarten, hinter dem ein Gebäude aus rotem Holz und blauem Glas gleichzeitig in mehrere Richtungen aufragte.

Im Innern des Ladens kam Barry sich vor, als wäre er irgendwie um eine falsche Ecke gebogen oder in eine Zeitmaschine geraten. Ein Bazar, war sein erster Gedanke – ein *Souk* in irgendeiner nordafrikanischen Kasbah: Schwere, in satten Farben leuchtende Teppiche hingen über Bambusstangen, in einer Ecke waren allerlei Messinggefäße gestapelt, über einen uralten, zerschrammten Tisch, der auf Böcken stand, ergoß sich ein Kaleidoskop von Seidenstoffen, zwischen die hölzernen Dachbalken waren Oberlichter eingesetzt. Der Boden war Parkett, und alle zehn Schritte kam Barry in eine andere Zeit, an einen anderen Ort. Persien zog vorbei. Dann kam der amerikanische Westen: Wildlederjacken, zum Teil fransenbesetzt wie auch die Wildlederhosen, ein hoher Glasschrank aus Eiche, voll von alten Gewehren, eine dazu passende Anrichte, die mit Sätteln und Zaumzeug von erstaunlich kunstvoller Machart bedeckt war – amerikanisch-indianische Handarbeit. Daneben lag China: Aladinvasen in Mannesgröße, Stikkereien, eherne Kessel, baumelnde, von kunstvoll gepinselten Buchstaben bedeckte Schriftrollen, Tondos und Achtecke mit Landschaftsaquarellen und stilisierten Porträts.

»Kann ich Ihnen helfen?« fragte ein großer, schlanker junger Mann mit einem Kopf voll langer, schwarzer Kringellöckchen. Barry hatte durch den Laden derart die Orientierung verloren, daß er im ersten Moment keine Antwort gab. Das machte das Ganze ja so eigenartig – auf einem Marktplatz hätte es Stimmen gegeben, Aufruhr, Gedränge; hier tönten leise die beharrlichen Rhythmen von Phillip Glass aus einer unsichtbaren Stereoanlage. Der schlaksige Jüngling mit seiner scheckigen Weste aus Ponyfell und seinen schwarzglänzenden Jeans war der erste Mensch, den Barry seit seinem Eintritt gesehen hatte.

»Ich weiß«, sagte der junge Mann, »Sie sehen sich nur um.«

»Ich sehe mich nach der Besitzerin dieses Ladens um.«

Der junge Mann starrte Barry ins Gesicht – die baß erstaunte Miene, die kalifornische Jugendliche immer ohne jede Vorwarnung aufsetzen.

»Eine von ihnen ist drüben in der Ecke. Ich glaube, ich hab sie vorhin mit einem Kunden gesehn.«

»Wo genau?« fragte Barry. »Die Raumeinteilung hier ist...«

»Wie eine Reise, nicht wahr? Da drüben, neben den Kimonos...« Dann verschwand er zwischen den Regalen.

Barry ging weiter, zu der Stelle, auf die der Junge gedeutet hatte. Als er Stimmen vernahm, blieb er stehen – und hörte eine heraus, die gerade sagte: »Ah! Robert! Hier sind Carol und James. Sie möchten Kathas neuen Juwelenschmuck sehen.« Eindeutig – es mußte *ihre* Stimme sein!

Barry fand sich in einer Abteilung wieder, wo Buntglasscheiben in allen Formen und Größen an Drähten herabhingen. Dahinter waren dic ersten erkennbaren Ladentheken, die er hier gesehen hatte – Tische aus knorrigem Holz mit Schiebeglasdeckeln, unter denen man Schmuck ausstellen konnte. Robert – der Jugendliche, mit dem er gerade gesprochen hatte – und ein junges Pärchen standen dort. Aber wo war *sie?*

Er drehte sich um, marschierte wieder los –
Und fand sie. Anna stand neben einem mächtigen, geschnitzten Mahagonischrank, wo sie an einem CD-Player neue Musik auflegte.
Er konnte lediglich ihren Rücken und ihre Haare sehen – das eine so schmal wie eh und je, das andere blonder, als er es in Erinnerung hatte. Also hatte er sie gefunden! Er konnte es gar nicht fassen. Das Adagio einer Bach-Sonate brandete auf; eine Geige erklang und verflocht sich mit den filigranen Tönen eines Cembalos. Er blieb vollkommen regungslos, wußte nicht recht, was er hier zu suchen hatte, verspürte Angst, sich zu bewegen.
Geistesabwesend, als achte sie nur auf die Musik, drehte Anna sich seitwärts, und er konnte sehen, daß ihr Profil ein wenig weicher geworden war, seine jugendliche Schärfe verloren hatten. Anna war jetzt braungebrannt, hatte eine hohe Stirn, und als sie sich bückte, um einige CDs wieder ordentlich in die Reihe zu stellen, fiel ihr langes Haar nach vorn. In einer Sekunde würde sie sich ganz umdrehen und...
Sie sah ihm direkt ins Gesicht, betrachtete ihn mit verwundertem Wiedererkennen, überlegte es sich anders, entschied, daß sie ihn doch nicht kenne, dann wurden ihre Augen glasig. Sie streckte die Hand aus, als wolle sie prüfen, ob die Luft zwischen ihnen wirklich vorhanden sei – als könne sie mit einer Geste diese Geistererscheinung verschwinden lassen – und zog sie abrupt wieder zurück, in sichere Entfernung. Ihre Augen verengten sich.
»Anna«, setzte er an.
Sie runzelte die Stirn, und ihre ungeschminkten Lippen schlossen sich, ja preßten sich fast zu dem Schmollmund zusammen, an den er sich so gut erinnerte...
»Das kann nicht sein...« Ihre Stimme klang nicht bloß ungläubig – es lag Entsetzen darin.

»Anna! Siebzehn Jahre lang war ich sicher, du seist tot. Ich habe sie schießen sehen. Er hat *mir gesagt*, du seist tot.«
Er trat noch einen Schritt auf sie zu.
»Zurück!« Sie streckte die Hände aus, als wolle sie ihn sich wahrhaftig vom Leib halten, und schrie heiser: »Robert! Robert!«
»Anna? Was ist los? Was hast du?«
»Was willst du von mir? Warum tauchst du plötzlich bei mir auf? O mein Gott, wie geschieht mir?« Sie drehte sich um. *»Robert!«*
»Ich habe herausgefunden, daß du immer noch am Leben bist. Ich wollte dich wiedersehen. Mit dir reden.«
Der junge Mann mit der Ponyweste sprang zwischen ein paar Regalen hervor, gefolgt von den beiden Kunden.
»Was ist los? Belästigt Sie dieser Kerl?« fragte Robert. Und ohne eine Antwort abzuwarten, ging er auf Barry los.
»Augenblick! Ich bin doch nur gekommen, um...«
Anna starrte Barry weiterhin an.
Inzwischen hatte Robert den einen, der Kunde den anderen von Barrys Armen gepackt. Barry schüttelte sie ab. »Hände weg!«
Die beiden Männer griffen wieder nach Barry, doch der wich zurück.
»*Vamonos*, Kamerad!«
Barry beachtete sie gar nicht. Anna war rücklings gegen einen der Ladentische getaumelt. »Das habe ich nicht erwartet, Anna. Du machst einen großen Fehler!«
Er wandte sich ab, und sie folgten ihm in den vorderen Teil des Ladens, wobei sie ihn durch die Gänge führten, sooft er sich verirrte. Dann streckte Robert einen Arm aus, um Barry die Tür aufzumachen.
Auf der Schwelle blieb Barry noch einmal stehen und brüllte aus vollem Hals: »Ich komme wieder!«

Diese Bemerkung brachte ihm einen kräftigen Schubs von seiten der beiden Männer ein, doch Barry sah ihn rechtzeitig genug, um kehrtzumachen und Robert seinerseits zu attakkieren. Seine Faust traf kraftlos auf die Schulter des Jungen, und noch bevor er reagieren konnte, war Barry draußen.
Da er damit rechnete, daß sie ihm nachkommen würden, gab er auf dem Weg zum Parkplatz hinunter gut acht. Doch keiner der beiden Männer verfolgte ihn. Er hatte gerade den letzten Treppenabsatz, neben dem Ladenschild, erreicht, da hörte er jemanden rufen: »Barry! Warte!«
Er hielt inne und sah, wie Anna, immer noch ganz verwirrt und außer sich, die Stufen herunterkam. Sie bewegte sich so flink und gelenkig wie früher, und bei ihrem Anblick schien sich sein Herz sekundenlang zusammenzuschnüren. Ein kurzes Stück vor ihm blieb sie stehen.
Er hatte solche Sehnsucht, sie anzufassen! Nur eine flüchtige Berührung ihrer Wange, eine winzige Liebkosung mit dem Finger.
»Barry?«
»Ich kann's dir nicht verdenken, daß du mich nicht mehr sehen willst. Ich habe dich verraten. Ich weiß. Aber sie haben mir eingeredet, wenn ich ihnen nicht helfen würde, dich wegzubringen, würde der KGB dich umbringen. Mir blieb keine andere Wahl. Als ich gehört habe, daß du noch am Leben bist und hier wohnst, da...da mußte ich einfach wissen, ob es stimmt – mußte selbst nachsehen. Jetzt...gehe ich wieder, wenn du willst. Im Ernst, Anna. Sag's einfach!«
Sie sagte es nicht. Statt dessen kam sie auf ihn zu und berührte ihn leicht im Gesicht. »Für mich warst du buchstäblich tot, siebzehn Jahre lang! Das war das einzige, was mir meine Qualen ein wenig erleichtert hat, und doch hat es mich gleichzeitig noch mehr gequält.«
Er nahm ihre Hand. »Anna...« Ihm fehlten die Worte. »Falls es dich irgendwie tröstet: Auch ich habe gelitten...«

Und noch bevor er ihre Hand küssen konnte, zog sie sie weg und betrachtete ihn traurig. »So. Und was nun?«
»Anna, ich habe dir eine Unmenge zu erzählen. Etwas, das für uns beide sehr wichtig ist. Wäre das möglich? Jetzt gleich?«
»Ja. Ja. Selbstverständlich. Gib mir ein paar Minuten Zeit! Wir fahren irgendwohin.«
Sie machte kehrt, um wieder in den Laden hinaufzugehen, drehte sich aber noch einmal um und sah ihn an.
»Nur ein paar Minuten«, wiederholte sie. »Dann fahren wir ins *Nepenthe.* Das ist ein Speiselokal an der Küstenstraße unten.«
»Ich bleibe hier und warte.«

Sie saßen auf der riesigen Dachterrasse des Restaurants. Nachdem sie bereits zwei Martini getrunken und eine Schale mit *crudités* und geschälten Nüssen halb aufgegessen hatten, blickten sie von der Terasse aus auf den Pazifik hinaus. Adler zogen ihre Kreise am Himmel, um dann plötzlich abwärtszuschießen und sich aus dem Gestrüpp an der Brandungslinie eine Mahlzeit zu schnappen. Ein Pfau, der auf der einen Seite der Terrasse entlangschritt, kreischte unvermittelt – es hörte sich an, als ob mehrere Kinder gleichzeitig verstümmelt würden – und schlug ein gewaltiges Rad. Dann stolzierte er näher, drehte sich um, flatterte mit der gesamten Farbenpracht seines Gefieders vor ihnen und gluckte ein paarmal, ehe er seine Federn langsam wieder zusammenschob und an der Wand zurückstolzierte, auf das Dach des Restaurants.
»Das ist Henry«, sagte Anna. »Er gibt mir immer eine Vorstellung. Die Tochter des Besitzers wird ganz verrückt deswegen. Für sie schlägt er nie Rad.«
»Es freut mich, daß du noch gekommen bist«, sagte er.
»Es ist ganz... merkwürdig, fast wie ein Wunder.«
»Es kommt noch dicker«, warnte er sie und nippte an seinem Martini.

»Dein Haar wirkt sehr vornehm«, meinte Anna. »So ein bißchen graumeliert an den Schläfen.«
»Du bist überhaupt nicht grau«, sagte Barry. »Du siehst wundervoll aus.«
»Kosmetika«, antwortete sie bekümmert.
»Nein. Das bist du. Du warst schon ein schönes Mädchen, jetzt bist du eine schöne Frau.«
»Bist du traurig gewesen, als du glaubtest, ich wäre tot?«
»Als ich es herausfand, habe ich Alex umzubringen versucht.«
»Großartige Idee! Aber was konnten wir schon erwarten? Es war der kalte Krieg. CIA, KGB. Wir waren noch jung. Wir waren patriotisch. Wir waren unwissend. Wir haben es nicht besser verdient.«
»Das stimmt nicht! Wir haben etwas *weit* Besseres verdient!«
»Wie hast du mich gefunden?« fragte sie.
Barry überlegte kurz, was er antworten solle. Es ließ sich unmöglich auf eine schonende Art sagen.
»Vor einer Woche ist ein Mädchen in Boston in meinen Laden gekommen. Es war noch keine zwanzig. Wir wurden ein wenig Freunde, sind mal zusammen zu Mittag essen gegangen. Sie war ein bißchen merkwürdig, aber sympathisch. Ich hab ihr extra ein paar Bücher bestellt. Sie hat mir aus ihrem Leben erzählt. Größtenteils Lügen. Aber manches davon – das Merkwürdigste – ist wahr gewesen. Sie hatte eine besondere Begabung.«
»*Was* für eine Begabung?«
»Sie ist hellseherisch veranlagt. Sie konnte mir alles mögliche über meine Vergangenheit und meine Zukunft sagen. Mit großer Genauigkeit. Dinge, die ich schon seit Jahren vergessen hatte. Dinge, die ich nicht einmal wußte.«
Anna hatte reagiert. Doch was immer sie auch sagen wollte, sie unterdrückte es.

»Ich hab sie gewissermaßen ausgefragt, und sie ist mit allem möglichen herausgeplatzt. Sie hat mir erzählt, daß sie zu einer Gruppe von übersinnlich begabten Jugendlichen gehört. Und dann ist sie davongerannt. Merkwürdig, nicht?«

»Erzähl weiter!« forderte ihn Anna auf.

»Ein paar Tage später hat die Frau, bei der sie wohnte, angerufen und gesagt, daß Kyra einen Brief hinterlassen hätte. Kyra war weg. Das hier ist der Brief.« Er holte ihn heraus und reichte ihn Anna, die die Tischkerze näher an sich heranzog, um das Schreiben zu lesen. Sie brauchte zehn Minuten, erstaunt und konzentriert. Dann blickte sie zu Barry auf.

»Ich habe während der letzten siebzehn Jahre mit Frauen zusammengelebt«, sagte er. »Es kam nur einmal zu einer Schwangerschaft, und sie beschloß, abzutreiben. Aber siehst du: Was Kyra geschrieben hat, hat mich zwar schockiert, aber im Grunde nicht wirklich überrascht. Sie ist mir vom ersten Augenblick an so bekannt vorgekommen. Jedenfalls wußte ich sofort, wer ihre Mutter war.«

»Wer denn?«

»Du, Anna! Kyra ist unsere gemeinsame Tochter. Altersmäßig kommt das genau hin.«

»Unmöglich, Barry.«

»Zu Anfang habe ich es nicht bemerkt, weil ihre Augen dunkel waren, und natürlich ist sie auch ein bißchen jünger als du damals, als...«

»Das ist unmöglich, Barry.«

»Als wir das letzte Mal zusammen waren, hast du mir gesagt, du machtest dir Sorgen, weil deine Periode nicht käme. Du warst damals schon schwanger, Anna. Glaub mir!«

»Ja, das war ich. Aber ich habe das Kind im achten Monat verloren. Es war eine Fehlgeburt. Wegen des Traumas, das ich durchlebt hatte!«

»Ich sage dir: Du hast das Kind nicht verloren. Es ist noch am Leben. Alex muß dafür gesorgt haben. Ihr Name ist Kyra Anthony, und ich habe sie kennengelernt, Anna. Sie hat genauso nah bei mir gesessen wie du jetzt. Sie hat meine Hand genommen. Sie hat mir in die Augen geschaut. Sie ist unser Kind, Anna. Und wie du selbst gelesen hast, besitzt sie deine Fähigkeit, nur noch viel stärker.«

»Mein Kind ist gestorben«, erwiderte sie leise. »Alle diese Wochen voll Drogen und geistiger Folter. Kein Wunder, daß ich eine Fehlgeburt hatte.«

Barry ließ sich auf keinen Streit ein. »Hör zu, Anna! Ich kenne schon seit Jahren verschiedene Leute, und immer heißt es ›Ja, wenn die Kinder nicht wären...‹ oder ›Was hinterlassen wir unseren Kindern für eine Welt!‹, und immer hab ich mir ins Fäustchen gelacht, weil *ich* diese schreckliche Verantwortung nicht hatte. Ich nicht, nicht Barry Brescia! Bevor ich Kyra kennenlernte«, nahm er den vorherigen Faden wieder auf, »habe ich das geglaubt. Ich glaubte, daß ich einmal ausgehen würde wie eine Glühbirne – ohne jemanden durchbringen zu müssen – einfach so. Eine Glühbirne an einem Ort, wo keiner je nachsah und keiner daran denken würde, sie auszuwechseln.«

Anna preßte wieder ihre Lippen zusammen.

»Kyra ist bezaubernd«, sagte er. »Bezaubernd und intelligent. Ich hab sie gemocht, bevor ich alles wußte. Und auch du wirst sie mögen.«

»Aber wie sollte das denn gehen, Barry?«

»Ich hab's dir doch gerade gesagt. Land muß sie an sich genommen und dir eingeredet haben, sie sei tot. Genau so, wie er mir eingeredet hat, du seist tot. Ermordet. Erst gestern hat er's wieder behauptet.«

»Du hast ihn gesehen?« fragte sie, doch obwohl sie leise sprach, bemerkte er die Furcht in ihrer Stimme.

»Er sagt, du seist tot. Aber sein Stiefsohn hat mir erzählt, daß du noch am Leben bist. Er haßt Land.«

»Ich auch, Gott möge mir verzeihen! Ich hasse ihn mehr als sonst jemanden oder sonst etwas auf dieser Welt! Er hat mich kaputtgemacht, mich mitten entzweigebrochen. Sie nannten das ›Deprogrammierung‹! Mich hat er kaputtgemacht und mein Baby ermordet.«

»Nein, Anna. Kyra lebt. Und wir müssen sie finden.«

»Aber warum sollte er so etwas tun? Bloß, um mich noch mehr zu quälen?« fragte sie.

»Ich weiß nicht«, gestand Barry. »Aber ich weiß, daß wir Kyra finden müssen.«

Sie schwiegen eine Minute.

»Wie war... Kyra?... Wie hat sie ausgesehen?«

»Sie war wie du, Anna. Außer ihren Augen. Das hat mich anfangs ja in die Irre geführt. Bis mir klar wurde, daß es meine Augen sind.«

»Ist sie unglücklich gewesen? Verängstigt?«

»Nein. Sie war auf eine unheimliche Weise beherrscht. Bis sie mir von sich und ihren Freunden erzählt hat. Da ist sie völlig in Panik geraten. Ich weiß nicht, wieso. Und auch nicht, warum sie mich aufgespürt hat. Oder wie. Und weshalb wußte sie nichts von dir, Anna? Und warum ist sie wieder verschwunden? Es gibt so viele offene Fragen.«

»Wäre es denn möglich, daß mein Baby lebt?« sagte Anna versonnen.

»Davon wirst du überzeugt sein, sobald du Kyra kennenlernst.«

»All diese Jahre... hatte ich solche Angst, zu... Ich dachte, sie hätten es mir für immer unmöglich gemacht, Mutter zu werden.« Sie hielt sich eine Hand vor die Augen.

»Wir können sie finden, Anna. Ich habe Spuren, Hinweise. Ich habe die Namen von zweien dieser Jungen, mit denen sie zusammen war. Sie hat gesagt, daß der eine vor ein paar Jahren in den Schlagzeilen stand.«

Anna nahm ihre Hand herunter. »So viel zum Nachdenken! Und wenn es nicht stimmt? Ich weiß nicht, ob ich stark genug wäre, um mit einer Enttäuschung fertigzuwerden, Barry.«

»Ich verspreche dir, du wirst nicht enttäuscht sein«, erwiderte er.

Sie zögerte. Dann meinte sie: »Vielleicht ist es eine Zeit der Wunder. Wenn mir gestern jemand gesagt hätte, daß du noch am Leben bist...«

»Denk doch nur, Anna! Unsere Tochter! Das Kind, das wir in dem Sommer gezeugt haben, als wir einander so sehr liebten!«

Anna sah ihn an, ein Gemisch von Trauer und Hoffnung auf ihrem Gesicht. »Was müssen wir tun, um sie zu finden?«

5

Gegen vier Uhr früh wachte Barry plötzlich auf. Ein paar Sekunden blieb er reglos im Dunkeln liegen und spitzte die Ohren. Draußen vor den Fensterjalousien raschelte ein Baum im Wind, eine Schleiereule heulte – dann war alles wieder still. Mit einer raschen Bewegung knipste er die Nachttischlampe an und setzte sich auf. Es gab einen Grund dafür, daß er wachgeworden war. Er stand auf, zog einen Pulli und eine weite Hose über, um sich gegen die nächtliche Gebirgsluft zu schützen, nahm in einem bequem aussehenden Sessel Platz und zündete sich eine Zigarette an.

Als er erst einmal saß, konnte er nur daran denken, wie seltsam das Ganze war. Da war er nun, hier, im Ventana Inn in Big Sur, Kalifornien, dreitausend Meilen weg von Boston, vom »Ephemeris«, von Marty Kalb und Elaine, von allem, was er im letzten halben Lebensjahrzehnt angesammelt hatte. Ein Hotel als Lebensstation. Er hatte etwas in Gang gesetzt – er hatte Anna überredet mitzumachen, und jetzt waren sie zusammen unterwegs.

Vor Jahren, bei seiner Rückkehr aus Europa und von Unternehmen Kleiner Besen, war Barry an einer anderen Station wie dieser hier angelangt. Nein. Die von damals war anders gewesen: weit verzweiflungsvoller, denn er hatte erkannt, daß er ein Versager war – hatte seine eigene Schwäche, seine Fähigkeit zum Verrat erkannt. Und den Tod entdeckt. Es waren schwere Lektionen gewesen. Der erste Tag des neuen Semesters an der Columbia hatte nicht lang auf sich warten lassen, und eigentlich immer noch unter Schock war Barry in den Seminarraum getreten und hatte sich umgeschaut. Alle, selbst der Dozent, waren ihm so jung, so naiv vorgekommen. Was konnten die ihm schon beibringen? Für ihn stand die Antwort fest: Nichts. Er war in seine Unterkunft zurückgekehrt, hatte zusammengepackt und war losgezogen, um per Anhalter durchs Land zu fahren. Dabei logierte er jedesmal ein, zwei Tage in »Kommunen« oder Jugendherbergen und trampte dann weiter. Er hatte in einem Motelzimmer in einer Kleinstadt vor South Bend gelebt, eine Woche lang in einem Ort in Süd-Minnesota gearbeitet, um sich neues Fahrgeld zu verdienen, und danach noch einmal kurz im Panhandle von Texas, einem schmalen, vorspringenden Landstreifen.

Bis er schließlich in Kalifornien gelandet war – eigentlich gar nicht weit von diesem Motel, aber im Landesinnern, in einer Ortschaft namens Tres Piños, die im Tal von San Benito lag. Dort hatte er Arbeit als Salatpflücker gefunden. Danach, als man hinter seine Schulbildung kam, war er erst ins Büro, dann ins Gemeindesozialamt versetzt worden, und obwohl er aus dem verzweifelten Wunsch, sich über alles klarzuwerden, monatelang völlig abgekapselt gelebt hatte, gab es Zeiten, da brauchte er zwischenmenschlichen Kontakt, wie man ihn in einer Bar fand. Dort hatte er Angela kennengelernt. Auch sie war noch jung und vom Leben sehr schlecht behandelt worden. Im Gegensatz zu Barry aber, der seine Vergangenheit hinter Schweigen und Einzelgängertum versteckte, trug Angela ihre Narben so stolz wie eine Ehrenmedaille Erster Klasse. Nur tief in der Nacht sprang sie aus ihrem Bett und starrte geradeaus, als kämen die Scheinwerfer der draußen vorbeifahrenden Sattelschlepper direkt auf sie zu.

Angela hatte mit sechzehn zum erstenmal geheiratet und

schon drei Kinder, als Barry sie kennenlernte. An einem Wochenende besuchten sie die drei in Coalinga. Angela hatte sich vor die kleine Schule mit dem Flachdach gestellt und gewartet, bis die Kinder herauskamen. Dann machte sie die Kleinen mit Barry bekannt und sagte, sie würden jetzt alle eine Pizza essen gehen. Das älteste Kind war ein zehnjähriges Mädchen, das Angelas Augen hatte: so grün wie neue Dollarscheine. Er hatte versucht, diese Kinder nicht zu sehr anzustarren, um sie durch sein Mitleid nicht in Verlegenheit zu bringen. Nach dem Essen, auf der Rückfahrt zum Hause ihres Vaters, hatten sie vor einem Einkaufszentrum haltgemacht, wo Angela und die Kleinen ausstiegen, um Spielsachen zu kaufen. Die Älteste war rasch zurückgekommen und betrachtete Barry so sonderbar, daß er nervös fragte, ob sie Lust auf eine Tüte Eis hätte. Sie antwortete: »Ja, bitte!«, und so hatte er ihr eine spendiert. Danach waren sie zurück zum Auto, wo das Mädchen auf dem Vordersitz Platz nahm. Er hatte sich gerade eine Zigarette angezündet und das Streichholz aus dem Fenster geworfen, da spürte er ihre Hand zwischen seinen Beinen. Er hatte hinuntergeblickt. Kein Zweifel: Ihr zarte kleine Hand liebkoste ihn durch seine schmuddeligen Levi's. Er hatte das Mädchen angeschaut – es starrte unverwandt geradeaus und leckte dabei eifrig an seiner Eistüte. Ihn selbst hatte es ganz vergessen – ihn und ihre Hand, die in seinem Schoß war. Einen Moment war er rein vor den Kopf geschlagen. Und dann hatte er verstanden. Irgendwie kannte sie es nur so. Er wußte nicht, wie oder warum sie so geworden war – durch welches Ereignis. Sie wirkte gar nicht gequält oder mißhandelt, und doch war sie bereits mit zehn Jahren zu dem Schluß gelangt, das Leben müsse wohl so sein: Ein Mann kaufte einem etwas, und man gab ihm dafür etwas zurück. Ihre scheinbare Gleichgültigkeit machte es nur noch schlimmer.

Schließlich war Angela mit den übrigen Kindern zum Wagen

zurückgekehrt, und die kleine Hand verschränkte sich wieder im Schoß des Schürzenkleids, als wäre nie etwas gewesen. Mitten in dieser Nacht hatte Barry über das Mädchen, das sich so mit seiner Rolle als Opfer abfand, nachgedacht. Das Leben dieses Kindes würde für immer ein Trümmerfeld sein, und er hatte zu weinen begonnen. »Da hat sie gesessen!« sagte er zu sich. »Trotz allem. Hat diese verdammte Eistüte aufgeschleckt und dabei achtgegeben, daß ihr ja kein Tröpfchen entgeht oder auf ihre billige Schultracht fällt.«

Angela hatte nicht gefragt, weshalb er weinte: In ihrer Welt waren selbst die stärksten, verschwiegensten Männer nicht fähig, Stürme unerklärlichen Kummers abzuwehren. Zwei Tage später jedoch war Barry weg gewesen – ohne jedes Wort, jede Notiz, jede Erklärung verschwunden.

Weshalb war Kyra fortgegangen? Hatte sie bloß einen nicht mehr ganz jungen Mann gesehen, der seine Tage mit einem albernen Geschäft vergeudete, und wie die idealistische Jugend aller Zeiten gedacht: »Mein Gott! Und *so was* ist mein Vater! Nach *so was* habe ich nun überall gesucht?«

Er mußte Kyra finden und sie fragen – mußte ihr sagen, nein, mußte ihr zeigen, ihr beweisen, daß er mehr war, mehr sein konnte!

Im Katalog der Öffentlichen Bücherei von Monterey waren sämtliche größeren Zeitungen enthalten. Nur gab es statt der Mikrofilmgeräte, an die er sich aus seinen Hauptschul- und Collegezeiten erinnerte, jetzt Computerschirme. Barry wußte nicht mehr das Datum, an dem laut Kyras Brief die Öffentlichkeit zum erstenmal von Gesucht-und-Gefunden-Jefferson Notiz genommen hatte, weil er die vermißte Football-Mannschaft aufgespürt hatte; darum ging er in eine Datei des Vorjahres, versuchte es über den Namen des Jungen – und erhielt eine Antwort. Die Angestellte zeigte ihm, wie man den

Index-Eintrag »festhielt«, die übrige Datei löschte und die richtige abrief. Er fragte sich, ob dieser Artikel nicht bereits ein Anschlußbericht an den allerersten war. Das angegebene Datum lautete auf Mitte Mai. So spät gab es ja wohl keine Schneestürme mehr, selbst in den Rockies. Oder doch? Er beschloß, es auf jeden Fall zu probieren, und rief die Datei auf. Und erhielt einen Schock: HELLSEHERISCH BEGABTER JUNGE STIRBT BEI RETTUNGSMISSION lautete die Schlagzeile. Datiert war das ganze in Denver, den zwölften Mai des Vorjahres. Barry las weiter:

WIE EIN SPRECHER DER STAATSPOLIZEI COLORADO UND DER NATIONALEN FORSTAUFSICHT GESTERN ABEND BEKANNTGAB, IST GEORGE WASHINGTON CARVER JEFFERSON ZUSAMMEN MIT ZWEI WEITEREN RETTUNGSMITGLIEDERN DER NATIONALEN FORSTAUFSICHT BEI EINEM HUBSCHRAUBERABSTURZ IN DER NÄHE VON LEADVILLE UMS LEBEN GEKOMMEN. DIE DREI PERSONEN BEFANDEN SICH SEIT ZWEI TAGEN IN EINEM FAHNDUNGS- UND RETTUNGSEINSATZ AM WESTHANG DES MOUNT ELBERT, WO SIE VERSUCHTEN, EINE BERGSTEIGERGRUPPE AUFZUSPÜREN, DIE LAUT AUGENZEUGENBERICHTEN VON EINER FRÜHJAHRSLAWINE ERFASST WORDEN WAR. MAN BEFÜRCHTET, DASS DIE VERMISSTEN MITGLIEDER DER BERGSTEIGERGRUPPE TOT SIND.

JEFFERSON, EIN NEUN JAHRE ALTER MONGOLOIDE, GERIET VOR ZWEI JAHREN IN DEN BLICKPUNKT DER ÖFFENTLICHKEIT, ALS ÖRTLICHE BEHÖRDEN MIT HILFE SEINER HELLSEHERISCHEN FÄHIGKEITEN EINEN BUS MIT DER GESAMTEN FOOTBALL-MANNSCHAFT DER NORTH DENVER HIGH SCHOOL AUFSPÜREN UND RETTEN KONNTEN. SEITHER HABE DER SCHÜCHTERNE JUNGE, LAUT QUELLEN INNERHALB DER STAATSPOLIZEI VON COLORADO, DABEI GEHOLFEN, VER-

misste Kinder, Bergsteiger, Höhlenforscher und Grubenarbeiter zu finden. Jefferson, der von den Medien den Spitznamen »Gesucht-und-Gefunden« erhielt, galt als seltenes Beispiel für äusserst zuverlässige übersinnliche Wahrnehmungskräfte, obgleich der Junge aufgrund religiöser Überzeugungen seiner Familie nie für Untersuchungen seitens der Wissenschaft oder durch Fachleute auf dem Gebiet der Seelenforschung zur Verfügung stand.
Nach dem ersten Erfolg des Jungen mieden Jeffersons Eltern das Licht der Öffentlichkeit, und seine weitere Arbeit für Staatspolizei und Forstamt spielte sich unter einem Mantel des Schweigens und der Geheimhaltung ab. Im Anschluss an »Gesucht-und-Gefundens« ersten Bekanntheitssturm gestattete man keine weiteren Interviews, und die Familie des Jungen ist unbekannt verzogen. Aus diesem Grunde ist es unseren Berichterstattern nicht gelungen, zu dieser Tragödie einen Kommentar seitens von Familienmitgliedern zu erhalten.
Keiner der am Mount Elbert vermissten Bergsteiger wurde bislang gefunden.

Wie betäubt las Barry weiter und entdeckte dabei die Namen der abgestürzten Hubschrauberpiloten; auf einer späteren Seite fand er dann eine Fortsetzung des Berichts samt Diagrammen vom Mount Elbert, dem Pfad der Lawine und der (mit einem Malteserkreuz markierten) Stelle, wo der Hubschrauber abgestürzt und von einem Verstärkungstrupp entdeckt worden war. Nichts davon lieferte irgendwelche neuen Aufschlüsse, und »die Beisetzungsfeierlichkeiten für Jefferson finden unter Ausschluß der Öffentlichkeit statt«.
Barry wandte sich noch einmal an die Bibliotheksauskunft

und fragte, ob man den Artikel kopieren könne. Ja, gegen eine Gebühr von einem Dollar.
Dies getan, rief er Anna in ihrem Laden an und berichtete ihr die Neuigkeit.
»Steht ein Name darunter?« fragte sie.
Ja. Die Verfasserin war eine Linda Hendricks. Von dieser Zeitung aus Denver, nahm er an.
»Der Junge kann nicht tot sein, sonst hätte Kyra etwas gesagt«, führte Barry ins Feld.
»Vielleicht könnte diese Journalistin dir mehr erzählen.«
»Ich komme zurück nach Big Sur. Können wir uns in meinem Zimmer treffen? Dort habe ich einen tragbaren Computer. Über den können wir uns mit dieser Hendricks in Verbindung setzen.«
Anna erklärte sich einverstanden, und eine Stunde später gab er Fragen an Linda Hendricks von der *Denver Post* ein.
»Ich weiß lediglich, was bei uns vorliegt«, erschien es zur Antwort auf dem LCD-Schirm seines Computers. »Ich schikke Ihnen die ersten fünf Artikel über ›Gesucht-und-Gefunden‹, die ich und mein Vorgänger hier in der Lokalredaktion geschrieben haben. Das ist alles. Außer...«
»Außer?« tippte Barry in sein Gerät.
»Es waren keinerlei Reporter zur Stelle, als der abgestürzte Hubschrauber und die Leichen geborgen wurden. Keiner von uns hat Gesucht-und-Gefundens Leiche je zu Gesicht bekommen. Und was man uns von den beiden Piloten und der Rettungsmannschaft gezeigt hat, hätte jedem gehören können. Es gab keine...Um genau zu sein, stammte, abgesehen von dem Jungen, keiner an Bord der Maschine irgendwo aus dieser Gegend. Die Leichen wurden einen Tag später nach D. C. geflogen.«
»Und das heißt?« fragte Barry.
»Damals haben wir uns keine großen Gedanken darum

gemacht, obwohl wir von Berufs wegen mißtrauisch sind; wahrscheinlich, weil wir uns so sehr auf den lokalen Aspekt konzentrierten – Gesucht-und-Gefunden. Möglicherweise hätten wir ein bißchen tiefer nachhaken sollen. Aber jetzt ist es zu spät.«

»Wäre es möglich, daß er einer Gruppe angehört hat?« schaltete sich Anna ein. Barry gab ihre Frage weiter.

»Was für einer Gruppe?« fragte die Journalistin zurück.

»Einer Gruppe von jungen Leuten mit übersinnlichen Fähigkeiten. Vor ein paar Wochen habe ich eine Sechzehnjährige kennengelernt, die sagte, sie und Gesucht-und-Gefunden gehörten zu einer Gruppe. Sie hat ausdrücklich so von ihm gesprochen, als lebe er noch. Dabei nannte sie mir auch einen anderen Namen: Kevin Vosburg oder Vosberg. Aus Los Angeles.«

»Wenn Sie wollen, kann ich den Namen in die Dateien eingeben«, erwiderte Miss oder Mrs. Hendricks. »Vielleicht kommt etwas dabei heraus. Aber von einer Gruppe habe ich nie gehört. Jefferson hat allein gearbeitet, außer bei Spezialaufgaben, bei denen er mit der Staatspolizei und dem Forstamt kooperierte. Tut mir leid.«

»Sackgasse!« sagte Barry düster.

»Wie steht's mit anderen übersinnlich begabten Kindern?« tippte er ein. »Wenn so etwas Ungewöhnliches auftaucht, werden in den Presseberichten doch meistens auch andere erwähnt.«

»Ich seh mal in unseren Informationsdateien nach.«

Der Cursor blinkte auf dem Bildschirm vor sich hin. Barry blickte zu Anna, die an einem kleinen Tisch saß, auf dem neben den Schalen einer Crenshaw-Melone eine Kaffeekanne stand. Anna trug ein hochmodisches Pullikleid und ein helles Stirnband. Hoffentlich hatte sie sich für ihn so hübsch angezogen.

»Noch gebe ich mich nicht geschlagen«, sagte er. »Wenn das hier nicht klappt, gehe ich nach L. A. und mache diesen Kevin persönlich ausfindig.«
»Wann?«
»Heute nachmittag. Morgen.«
»Ich komme mit«, sagte Anna.
»Aber was ist mit deinem Geschäft? Du kannst es doch nicht einfach im Stich lassen!«
Sie lächelte. »Robert und Alan werden sich darum kümmern. Alan ist mein Mitinhaber. Er wohnt in Marin. Natürlich wird er meckern. Aber er wird kommen.«
»Großartig!«
Der Bildschirm hörte auf zu blinken. Die Journalistin gab gerade etwas ein.
»Sie hatten recht. Etwa zwei Monate nach Jeffersons Tod erschien in der Sonntagsausgabe ein Bericht über medial begabte Kinder. Geschrieben hat ihn einer meiner Kollegen. Aber er verwendete all meine Artikel und sämtliche Notizen von mir, die mein Verleger über Gesucht-und-Gefunden besaß. Die meisten dieser Kinder tat er als Scharlatane ab, aber eins wurde erwähnt, das anscheinend kein Schwindel war; allerdings grundverschieden von Jefferson. Zumindest hat dieses Kind genug Krawall gemacht, um in die Lokalblätter zu kommen.«
»In Denver?« fragte Barry. »Kann ich diesen Artikel sehen?«
»Ich schicke Ihnen den betreffenden Abschnitt sofort.«
Barry las:

Solche Geschichten von Felsen, die auf die Häuser von jungen Mädchen mit Sexualkomplexen fallen, sind weitverbreitet und werden zumeist nicht durch stichhaltige Beweise untermauert. Doch jedesmal, wenn es in der Fachwelt um die neuesten übersinnlichen Ereignisse geht, kommt auch der Fall des kleinen Matty Stolzing aus Santa Barbara, Kalifornien, zur Sprache. Seine Fähigkeiten wurden von einem halben Dutzend Personen bezeugt, darunter auch Nachbarn, die Eltern des Kindes und zwei örtliche Polizeibeamte. Vor ein paar Monaten lief eine für den Abend engagierte Babysitterin schreiend aus der Wohnung der Stolzings und behauptete, das Kind habe »aus dem Nichts Monster auf der Wand erscheinen lassen«. Eine Woche später wurde die Polizei hinzugezogen, die ebenfalls von extrem realistischen Halluzinationen berichtete, und zwar kamen diese allem Anschein nach aus dem Fernsehgerät der Familie.

Noch interessanter wird der Fall Matty Stolzing durch die Tatsache, daß das Kind nach Untersuchungen an diversen psychiatrischen Einrichtungen als in höchstem Maße autistisch galt. Und was noch seltsamer ist: Nachdem die beiden Elternteile sich getrennt hatten und Mr. Stolzing aus der Juanita Avenue fortgezogen war, kam es zu keiner Wiederholung der erschreckenden Trugbilder.

»Na?« fragte die Journalistin. »Was meinen Sie dazu?«

»Sie waren mir eine große Hilfe. Ich werde der Sache nachgehen und mich wieder bei Ihnen melden.«

»Sie können sich auf mich berufen und sagen, daß Sie für mich arbeiten«, bot sie großzügig an. »Ich kann Ihnen so eine Art falschen Presseausweis beschaffen. Überlassen Sie mir dafür nur die Exklusivrechte an der Geschichte, falls es eine gibt.«

»Darauf können Sie Gift nehmen. Vielen Dank!«

Barry drückte die Speichertaste, um das gesamte Gespräch im Computer zu behalten, und verabschiedete sich dann.

»Wir müssen wohl nach Santa Barbara«, sagte er zu Anna. »Laß mich mit Alan telefonieren! Wir brechen morgen früh beizeiten auf.«

»Im Ernst? Kommst du mit?«

»Barry. Ich *muß* wissen, ob Kyra meine Tochter ist.«

Barry fand Carol Stolzings Adresse in der Juanita Avenue ohne allzu große Mühe: Ein zweistöckiger Appartementkomplex, der um einen Swimming-pool und einen üppig sprießenden Garten herum erbaut war, mit Geländern auf allen vier Seiten, einem Dutzend nichtssagend wirkender Türen und vorhangbedeckten Fenstern, von denen eins ins andere blickte. Barry fand unwillkürlich, daß es mehr nach einem Motel als nach einem Wohngebäude aussah – und dazu typisch kalifornisch. Der Parkplatz auf drei Seiten des Komplexes war etwa so reizvoll wie alles übrige.

Nach ihrem Telefonat mit der Redakteurin der *Denver Post* hatten Barry und Anna von Big Sur aus bei Carol angerufen, wobei sie natürlich nur andeuteten, weshalb sie sie sprechen wollten; allerdings beträfe es den Jungen. Carol Stolzing war merkwürdig entgegenkommend gewesen. Während der zweieinhalbstündigen Fahrt entlang der Küstenstraße nach Santa Barbara erzählte Barry Anna von seinem Leben in den letzten siebzehn Jahren und versuchte, etwas über ihre eigene Vergangenheit zu erfahren. Anna schien sich jedoch mehr dafür zu interessieren, wie sie an Carol Stolzing herantreten sollten. Sollten sie ihr sagen, wer sie waren? Wieviel konnten sie von Kyra erzählen? Wie weit ließe sich Carol unter Druck setzen? Und was war mit Matty? Was für ein Kind mochte er wohl sein? Eine Aufgabe für einen Diplomaten oder Psychologen. Sie würden Fingerspitzengefühl benötigen.

Carol Stolzing machte ihnen auf. Sie war eine zierliche, braungebrannte Frau mit langem blondem Haar und überraschend jung. Anscheinend hatte sie nicht nur vergessen, daß Barry und Anna kommen wollten, sondern auch, wer sie waren, und brauchte eine kleine Gedächtnishilfe.

Das lange, fast unmöblierte Wohnzimmer wurde von einem Schreibtisch mit Computer beherrscht, und sie erklärte rasch, daß sie Textverarbeiterin sei – »freiberuflich. Meistens mache ich's für die Uni. Ich tippe Seminararbeiten oder manchmal auch längere Schriftstücke für die Professoren.« Sie führte ihre Besucher in die helle kleine Küche, in der ein Resopaltisch und ein paar Klappstühle standen, bat sie, sich zu setzen, und schenkte ihnen Pulverkaffee ein. Dabei wirkte sie die ganze Zeit geistesabwesend, so als erwarte sie einen wichtigen Anruf, und kaum hatte Barry an seiner Tasse genippt, erzählte sie auch tatsächlich, ihr Auto sei in Reparatur und sie warte auf eine Nachricht von der Werkstatt, wann sie es abholen könne.

»Kennen Sie Mr. Maxwell?« fragte Carol. Sie sah, daß ihre Gäste verblüfft wirkten. »Von der Zeitung in Denver?«

»Wir kennen Linda Hendricks«, sagte Barry.

»Sie sind gekommen, um über Matty zu reden, stimmt's?« fragte Carol, während sie mit ihren langen Haaren spielte, und noch ehe einer der beiden antworten konnte, fuhr sie fort: »Wissen Sie, es ist jetzt fast ein Jahr her, seit ich Matty zuletzt gesehen habe. Hilton hat ihn bei sich. Nicht, daß ich Matty hätte hergeben wollen! Aber was sollte ich schon tun? Bei seiner Geburt war ich gerade achtzehn. Teufel noch mal! Mit sechzehn habe ich Hill geheiratet, und da ich weder Arbeit noch einen Pfennig Geld hatte, bin ich nach unsrer Trennung heim zu meinen Eltern gezogen. *Sie* wollten Matty behalten, und meine Mom war kränklich und konnte kein Baby im Haus haben. Es wäre unvernünftig gewesen ... und *sie* wollten ihn ja, Hill und ...« Ihre Stimme verlor sich.

Immerhin erlaubte ihnen Carols Geplapper, ihre Überraschung und die Zeichen, die sie einander gaben, zu verbergen. Anna war mitfühlend und taktvoll: Sie sagte, sie verstehe, wie schwer es für Carol gewesen sein müsse. Aber bestimmt sei sie als Mattys Mutter doch nach wie vor an ihm interessiert, würde ihn besuchen und so weiter.

»Na ja, natürlich interessiere ich mich für ihn!« erwiderte Carol. »Aber wissen Sie, er war noch nie ein *einfaches* Kind. Nicht, daß er zuviel geheult hätte oder so. Nicht die Spur! Das heißt, verglichen mit anderen Kindern. Aber als er fast, na, ich glaube, so zwei Jahre alt war und konnte immer noch nicht sprechen und laufen und ... nun ja, da wußte ich, daß etwas mit ihm nicht stimmte. Einen Arzt konnten wir uns nicht leisten, weil Hill selbst keine besondere Arbeit hatte. Also haben wir Matty hier in die Klinik gebracht. Die Untersuchungen schienen Wochen zu dauern. Alles in Ordnung. Er sei bei bester körperlicher Verfassung, nur eben ein Spätentwickler, sagten sie. Es gebe viele Jungen, die noch länger brauchten. Aber das würden sie nachholen«, fügte sie hinzu, wie um sich zu rechtfertigen. Und sie fuhr fort:

»Nun ja, schließlich hat eine von unseren Nachbarinnen, Eileen, die früher in einem Krankenhaus in L. A. gearbeitet hatte, uns gesagt, was mit Matty nicht stimmte. Ich hatte das Wort ›autistisch‹ bisher noch nicht mal gehört. Damals muß Matty schon zwei Jahre und vier Monate alt gewesen sein. Er sprach immer noch nicht. Er bewegte sich nicht viel, und er schien nichts, was rings um ihn vorging, besonders wahrzunehmen. Wenn Hill am Feierabend nach Hause kam, hat er immer versucht, mit Matty zu spielen – Sie wissen schon, ihm Sachen zu zeigen, ihn zu kitzeln, ihn in die Luft zu werfen und wieder aufzufangen, wie es Daddys eben gern so tun ...« Carol biß sich auf die Unterlippe. »Aber Matty zeigte keine Reaktion. Auf nichts von alledem. Als wär er bloß eine große Puppe oder so etwas. Er hat nicht gelacht. Er hat nicht geweint. Er hat einen einfach nur angeschaut. Das heißt, nicht mal ganz direkt, sondern eher auf einen Punkt irgendwo daneben. Obwohl andere gesagt haben, er sähe durch einen *hindurch*. Aber das war meines Erachtens pure Bosheit!«

Anna und Barry warteten, bis Carol sich wieder gefaßt hatte. »Hill und ich hatten inzwischen unsere eigenen Probleme. Aber trotzdem rissen wir uns zusammen, haben über Autismus nachgelesen und versucht, alles Nötige zu tun. Aber nichts hat sich getan. Das heißt, doch, *eins: Matty fing an, fernzusehen. Das* hat ihn interessiert.«

Barry sah sich um. Nirgends ein Fernseher in Sicht.

»Ich hab ihm den Apparat immer eingeschaltet. Ich lernte damals gerade Textverarbeitung zu Haus, und hörte gern Stimmen dabei. Dann kam ich mir nicht so allein vor. Also habe ich den Fernseher tagsüber eingeschaltet, während ich in die Tastatur hämmerte. Und Matty hat es gefallen. Er hat die ganze Zeit hingeschaut. Wissen Sie, das war ein gutes Zeichen. *Alles*, was seine Aufmerksamkeit gewann, war gut für ihn. Darum ließ ich den Fernseher selbst dann laufen, wenn ich am Computer fertig war.«

Carol warf einen Blick nach draußen, auf den kleinen leeren Innenhof und den säuberlich gepflegten Kakteengarten. Barry fragte sich, ob je einer die Steinterrasse da unten, diese Liegestühle oder diesen Swimming-pool benutzte.

»Damals vertiefte ich mich gerade in ein paar komplizierte neue Makrosysteme. Wahrscheinlich hab ich also gar nicht so sehr darauf geachtet, daß Matty den Fernseher umschaltete. Aber ich habe in regelmäßigen Abständen bei ihm nachgeschaut, ihm sein Fläschchen oder etwas zu kauen gegeben, und jedesmal hatte er ein anderes Programm, einen anderen Sender. Ich nahm natürlich an, er sei aufgestanden und hätte umgeschaltet. Von Hand eben, obwohl ich ihn immer in haargenau der gleichen Lage vorfand.«

Sie holte tief Luft.

»Eines Samstagnachmittags regnete es draußen. Hill war von der Arbeit zurück. Er schaltete ein Baseballspiel ein – die Padres, seine Lieblingsmannschaft. Als er sich gerade das

Spiel ansah, schaltete der Fernseher plötzlich auf einen Trickfilm um. Hill stand auf und schaltete zurück. Aber noch bevor er wieder auf dem Sofa saß, lief wieder der Trickfilm. Hill rief mich und fragte, was mit der verdammten Glotze los sei. Sie sei das einzige, was noch funktioniere, und noch nicht mal ganz bezahlt. Tja, ich wußte es auch nicht. Aber egal, welches Programm Hill einschaltete, immer lief wieder der Trickfilm. Also rief Hill einen Freund an und sah sich das Padres-Spiel bei ihm an.

Am nächsten Tag brachte er den Fernseher in die Reparatur. Dreißig Dollar. Kein Problem... außer daß mir eines Tages, als ich dasaß und Matty sein Mittagessen gab, das gleiche passiert ist. Ich schaute mir gerade *As the World Turns* an, und plötzlich war *Gobots* auf dem Bildschirm. Da kam mir ein merkwürdiger Gedanke, und ich frage Matty: ›Möchtest du die Gobots sehen, Schatz?‹ Natürlich keine Antwort; nicht mal angeschaut hat er mich. Aber es war ganz klar, daß wir die *Gobots* sehen würden. Und da wußte ich, daß es Matty war.«

Sie hielt inne und blickte auf Anna. »Haben Sie auch einen Jungen?«

Anna zögerte. Dann sagte sie: »Ein Mädchen.« Ihre Augen wichen Barrys Blick aus.

»Na, jedenfalls haben wir es immer als Glück betrachtet, daß Matty nicht, Sie wissen schon, gewalttätig war. In den Büchern lasen wir ständig von dieser ›blinden Gewalt gegen sich selbst und andere‹. Manche von diesen bedauernswerten Kindern rennen nämlich einfach mit dem Kopf gegen die Wand, bis sie mausetot sind. Es ist ein Jammer. Aber nicht Matty. Also dachte ich mir: ›Okay. Ich werde damit leben.‹ Und natürlich schwante langsam auch Hill etwas, obwohl er es mir gegenüber nicht offen aussprach. Er fragte mich nur dauernd: ›Wie geht's Matty?‹

Eines Abends überließen wir Matty einer Babysitterin, um auswärts essen zu gehen und unseren Hochzeitstag zu feiern. Hill führte mich in ein Restaurant am Ende des Santa Barbara Piers. Sind Sie je dortgewesen? Es ist so hübsch! Nun, wir hatten zum erstenmal seit langem ein paar schöne Stunden zusammen, da brachte man uns plötzlich ein Telefon an den Tisch. Die Babysitterin. Es sei etwas passiert, kreischte sie unter Tränen. Nichts wie heim. Die Babysitterin stand vor der Tür und wollte keinen Fuß mehr in die Wohnung setzen. Sie stand da und flennte und stammelte, sie würde nie wieder auf unser Kind aufpassen, es sei ein Monster. Also gab Hill ihr das Geld, wir gingen hinein, und da saß Matty ganz brav und gemütlich in seinem Bettchen und sah fern. Wir haben niemals herausgefunden, was... möchten Sie noch Kaffee? Ich weiß, er ist schrecklich. Aber wenn ich Pulverkaffee nehme, trinke ich nicht soviel. Der andere macht mich so nervös!...
Matty war mein *Kind*«, brach es nun plötzlich aus Carol heraus. »Ich habe ihn zur Welt gebracht! Egal, was passiert! Glauben Sie, es war verkehrt, daß ich ihn seinem Vater und ihr überlassen habe?«
Carol wandte sich an Anna, die ihr mit größtem Interesse gefolgt war. »Nein. Natürlich nicht.«
Carol betrachtete ihre beiden Gesprächspartner skeptisch. Dann nippte sie an ihrem inzwischen kaltgewordenen Kaffee und fuhr fort.
»Ich weiß noch genau, wie es passiert ist. Wir waren zu Bett gegangen und hatten den Fernseher angelassen. Es war ein kleines Appartement, sogar noch kleiner als das hier, und Matty schlief im Wohnzimmer. Irgendwann während der Nacht spürte ich, wie Hill aus dem Bett stieg, um aufs Klo zu gehen, und mir fiel ein, daß der Fernseher noch lief. ›Schalt ihn aus, Hill!‹ sagte ich. ›Ich will nicht, daß das Baby um seinen Schlaf gebracht wird.‹

Hill blieb ein paar Minuten weg, und dann brach die Hölle los. Ich wußte nicht genau, was ich hörte, aber es klang, als würden die Möbel überall umhergeschmissen. Kein Erdbeben, denn ich bin hier aufgewachsen und weiß, wie die sich anhören. Vielleicht ein Einbrecher, dachte ich, sprang aus dem Bett und packte den Stock, mit dem wir immer das Schlafzimmerfenster aufstießen.
Als ich ins Wohnzimmer kam, sah ich Matty wach in seinem Bettchen sitzen und auf den Fernseher schauen, der voller Schlangenlinien war. Und Hill rannte gegen Wände und Möbelstücke und alles, als säße ihm der Teufel im Nacken. ›Hill! Hill!‹ rief ich, aber er brüllte: ›Paß auf! Es ist hinter dir!‹ Doch hinter mir war nichts. Nicht das geringste. ›Sie kommen aus dem Fernseher!‹ schrie er, und ich schrie zurück: ›Was kommt aus dem Fernseher?‹ Aber er saß hinter dem Sofa und brüllte, und ich dachte: ›Mein Gott, er ist übergeschnappt! Er läuft Amok!‹ Ich wußte nicht, was ich tun sollte. Ich schaltete den Fernseher ab, packte Matty und brachte ihn aus der Wohnung. Ich war fürchterlich wütend und wußte nicht, was, zum Teufel, mit Hill los war. Nach einer Weile wurde die Nachtluft ein bißchen frisch, und ich habe Matty wieder nach drinnen gebracht und in sein Bettchen gelegt. Dann bin ich ganz leise ins Schlafzimmer. Hill war dort. Mit immer noch wildem Gesichtsausdruck lag er im Bett, trank in langen Zügen direkt aus einer Tequilaflasche, und da er nicht einmal mit mir reden wollte, riß ich meine Decke herunter und schlief auf dem Wohnzimmersofa, neben meinem Baby.
Am nächsten Morgen erzählte mir Hill, als er den Fernseher ausschalten wollte, seien vom Bildschirm aus plötzlich Gestalten auf ihn losgegangen – Grizzlybären, Haie und wer weiß was noch. Ganz reale Gestalten. Wenigstens waren sie ihm real genug erschienen. Er war sicher, daß Matty sie gemacht hätte. Das waren seine Worte: ›Sie gemacht‹. Und

Hill war auch sicher, daß der Babysitterin das gleiche passiert war.«
»Sie *gemacht?*« fragte Barry.
»So hat er sich ausgedrückt«, bestätigte Carol. »Aber nach dieser Sache wollte Hill den Jungen nicht mal mehr anrühren, was für ein autistisches Kind auch nicht gerade hilfreich ist. Ich habe versucht, das wiedergutzumachen, indem ich Matty zu neuen Untersuchungen brachte. Aber als ich einmal eine Freundin ein paar Stunden hier alleinließ, passierte es wieder, und sie verlor völlig den Kopf.«
Barry mußte einfach fragen: »Sie selbst haben nie etwas gesehen?«
»Doch, natürlich. Aber ich war seine Mami. Mir hat Matty hübsche Sachen gemacht. Blumen und Herzen und viele, viele kleine Mattys. Und überhaupt gab es ja nichts davon *wirklich*. Das habe ich immer gemerkt.«
Barry wußte nicht, wie er die Frage formulieren sollte, und war daher froh, als Anna sie ihm abnahm. »Wie kommt es, daß Ihr Mann seine Meinung über Matty so radikal geändert und ihn zu sich genommen hat?«
»Matty wurde geheilt«, sagte sie. Und als Anna und Barry verblüfft wirkten: »Nicht von seinem Autismus natürlich. So etwas dauert Jahre. Aber von diesem andern Zeug. Mr. Talmadge hatte über Matty in der Zeitung gelesen und ihn daraufhin geheilt.«
»Talmadge? War das ein Arzt?«
»Ich weiß es nicht. Das hat er nie behauptet. Aber er hatte keine Angst vor Matty. Er ist geradewegs in sein Zimmer marschiert, hat ihn hochgenommen, ihn sich auf den Schoß gesetzt und ganz leise mit ihm zu sprechen begonnen – als wären sie alte Freunde. Ich spürte, daß Matty ihn auf der Stelle mochte. ›Spielen wir doch zusammen!‹ hat Talmadge vorgeschlagen, und ich wußte genau, daß sie dort Sachen

machten – ›Sinnestäuschungen‹ würden wohl Sie dazu sagen, stimmt's? Die beiden hatten viel Spaß miteinander, und er fragte mich, ob er wiederkommen könne. Ich sagte: ›Ja, sicher!‹ Er redete dauernd von einem speziellen Programm, das er mit anderen Mädchen und Jungen wie Matty laufen hätte, lauter Kindern mit einer ›besonderen Begabung‹, und wieviel Spaß es meinem Kleinen machen würde. Ich merkte, daß Matty Mr. Talmadge gern hatte, weil er ihn als Trickmännchen erscheinen ließ, wenn er nicht da war, und diese Figuren sahen immer lieb aus, so wie die, die er von mir gemacht hat.«

Ohne es zu wissen, hatte Carol sowohl in Barry als auch in Anna eine Alarmglocke ausgelöst.

»Dieses Programm…«, begann Barry. »Hat Talmadge gesagt, an welchem Ort es stattfinde oder wer die anderen Kinder seien?«

»Eigentlich nicht. Warten Sie! Ich glaube, es war irgendwo unten in L. A. An irgendeiner Universität. Leider hab ich es wohl vergessen. Er wollte natürlich, daß Matty bei ihnen mitmachte. Hat sogar angeboten, uns runterzufliegen. Ich sagte, ich würde es mir durch den Kopf gehn lassen. Dann wurde bei meiner Mutter Krebs festgestellt, mein Dad wollte mich zu Haus haben, damit ich mich um sie kümmerte, Hill kam überhaupt nicht mehr, und ich wußte, daß er mit dieser Tiffany aus der Wäscherei durchgebrannt war – innerhalb von ein paar Wochen schien einfach alles den Bach runterzugehen. Einen Monat lang hielt ich durch, selbst wenn Hill nie mehr nach Hause kam. Dann ging mir das Geld aus und ich bin nach Hause gegangen, um für Mama zu sorgen. Da ich damals auch den Fernseher verkaufte, war Matty keinerlei Problem. Aber ich mußte ihn bei Hill lassen. Ich dachte, es sei nur für ein paar Tage.«

Sie warteten, bis Carol sich wieder beruhigt hatte, dann

erkundigte sich Barry nach Adresse und Telefonnummer ihres Gatten.
»Mich selbst lassen sie nie zu ihm«, erzählte Carol. »Dahinter steckt natürlich *sie!* Aber Fremde vielleicht... Sie sagen mir doch, ob es ihm gutgeht, nicht wahr?«
Barry mußte es noch einmal probieren. »War dieser Mr. Talmadge allein, wenn er Matty besuchen kam?«
»In der Regel ja. Moment! Das letzte Mal ist er mit einem halbwüchsigen Jungen gekommen, der ebenfalls mit Matty gespielt hat. Der hübscheste, den ich je gesehen hatte! Wie ein Engel, der auf die Erde herabgestiegen ist! Ich weiß noch, daß ich das dachte, als er sagte, er habe früher in St. Joseph's, Arizona, gelebt. Ich nehme an, das ist eine Ortschaft.«
»War er eines der übersinnlich begabten Kinder, von denen Mr. Talmadge gesprochen hat?«
»Tja, jetzt, wo Sie mich fragen... kann sein. Wie hieß er noch? Tima. Timmy. Timmo! Genau! Timmo ist's gewesen. Er sagte, das sei ein finnischer Name, seine Familie stamme aus Finnland. Er sah auch skandinavisch aus. Blonde Haare, blaue Augen. Und was für ein Blau! Aber falls er übersinnlich begabt war, habe ich zumindest nie etwas davon gesehen.«
»Kein Nachname?« mußte Barry wissen.
»O Gott! An den werde ich mich nie erinnern! Er war skandinavisch.«
Barry hatte sich »Talmadge, Timmo, St. Joseph's/Arizona« sowie Hiltons Adresse und Telefonnummer notiert. Dann sah er auf das obere Ende der Seite und den Namen Kyra Nilsson. Er zeigte ihn Carol.
»Das ist der Name! Ist sie seine Schwester?«
»Wir wissen es nicht genau.«
Carol ergriff plötzlich Annas Hand. »Mir blieb nichts weiter übrig. Ich habe mein Baby nicht im Stich gelassen. Ich hatte keine andere Wahl!«

»Schon gut, schon gut«, sagte Anna beschwichtigend.
»Ich weiß, daß Matty glücklich ist. Ich weiß es. Wirklich! Manchmal wache ich plötzlich auf und sehe ein Gebirge. Ein hohes, kaltes, braunes Gebirge mit Schnee darauf. Und ich weiß, daß Matty mir diese Bilder schickt. Es ist ein gutes, freundliches Gebirge, nicht bedrückend oder wild, einfach ruhig, erhaben und heiter. Mit hohen Bergen. Nicht solchen wie hier bei uns in Kalifornien. Eher so wie die Rockies.«

Anna gab Carol Stolzing einen Kuß und blieb noch ein paar Minuten bei ihr, während Barry an den Leihwagen gelehnt wartete. »Das arme Mädchen!« sagte Anna. »Was hat es nicht alles durchgemacht!«
»So wie sie über ihn gesprochen hat, sollten wir Hilton nicht anrufen, glaube ich«, meinte Barry. »Wahrscheinlich kriegen wir diese Leute eher zu Gesicht, wenn wir einfach zu ihnen hinfahren.«
»Falls Carols Beschreibung stimmt, werden wir von Matty nicht viel über Kyra erfahren.«
»Schon. Aber jetzt haben wir zwei neue Spuren: diesen Talmadge und den anderen Jungen. Aber trotzdem könnte Mattys Vater etwas wissen – einen Namen, einen Ort –, das uns vielleicht weiterhilft. Was meinst du, Anna?«
»Es wird bald dunkel. Wir sollten gleich losfahren.« Sie sah auf die Adresse. »Ich glaube, ich weiß, wo das ist. Dort in der Nähe wohnt eine Freundin von mir.«
Barry überließ Anna das Steuer, und sie fuhr durch den Ortskern von Santa Barbara – spanischer Missionsstil mit Gehsteigen aus rotem Backstein, Blumen in gigantischen Töpfen, Palmenreihen entlang jeder Straße –, am Einkaufsviertel und einer Grünanlage mit gewaltigen Palmen vorbei, bis sie die Stadt verließen, nun wieder Richtung Norden. Weite Felder breiteten sich zur Linken aus, niedrige braune

Berge lagen zur Rechten der Landstraße, und hier und da sah man an einer Abzweigung gerade noch eine Schule oder einen Industriekomplex. Anna bog plötzlich nach rechts, und die Fahrbahn schien schmaler zu werden. Jetzt wurde sie von einem kilometerlangen Maschendraht gesäumt. Sie näherten sich dem Pazifik; Barry konnte das Meer riechen.

Nachdem Anna eine Weile an dem Zaun entlanggefahren war, bog sie abermals scharf ab, und die Straße wurde noch holpriger. Auf einer Art Höhenkamm fuhren sie an einer verlassenen Anlage vorbei, die Barry sich einfach nicht erklären konnte. Wenn Santa Barbara seine *Tobacco road* hatte, dann mußte es das hier sein – seltsam, daß sie so nahe am Meer lag, wo die Grundstückspreise selbst außerhalb der Stadtgrenzen bestimmt nicht niedrig waren. Eine Fülle von knorrigen, breitblättrigen Bananenbäumen und gewaltiger Rhododendronbüsche mit lila Blüten zu beiden Seiten verbarg teilweise Häuser, von denen manche aussahen wie ehemalige Hippiekommunen, andere bloß wie alte, halbverfallene Wohngebäude – aber alle sonderbar malerisch. Ein freundlicher Anblick.

Eine letzte Abzweigung führte über einen Feldweg, der von gewaltigen, wuchernden Wachsmyrtenbüschen gesäumt war, auf eine breite Wiese und vor ein weiteres baufälliges Haus. Anna stieg aus, und Barry sah zu, wie sie einen älteren Gentleman begrüßte – jedes andere Wort wäre unzutreffend gewesen, so distinguiert wirkte er. Er trug einen Farm-Overall mit einem zu kleinen T-Shirt, das seinen weißen Bauch und seinen Nabel freiließ. Anna und der Alte umarmten sich. Dann deutete Anna Richtung Süden. Der alte Herr sagte etwas. Sie drückten sich noch einmal. Er versuchte sie zu irgend etwas zu überreden, aber sie schüttelte den Kopf, küßte den Mann auf die Wange und kam dann zurück zur Windschutzscheibe des Wagens.

»Es macht dir doch nichts aus, daß ich euch nicht miteinander bekanntgemacht habe?« fragte sie. »Er wird nicht gern von Leuten belästigt. Er ist ein Künstler. Hinterglasmalerei. Ein sehr netter Mensch. Ich verkaufe seine Bilder in meinem Laden. Er hat mir den genauen Weg beschrieben.«
Sie fuhren noch einmal fünf Minuten auf dem Feldweg dahin. Dann entdeckte Anna eine Bananenplantage und stellte ihren Wagen an den Rand. Diesmal stieg auch Barry aus und ging mit Anna zu Fuß durch den dichten Jungwald. Dann wieder Rasen und noch mehrere andere Häuser: in Pastellfarben gestrichene Gebäude, die aussahen wie Fertigunterkünfte für Offiziere des Zweiten Weltkriegs.
Anna schritt zu einer der Türen hinauf und klopfte. Barry bemerkte ein kaputtes Dreirad, das schief in einem total verwilderten Küchengarten lag.
»Sie sind weg!« Die Stimme klang wie klapperndes Blech im Wind. Sie gehörte zu einer Frau mit einem riesigen mexikanischen Sombrero über dem Gesicht, die in einem hölzernen Schubkarren vor der Nachbarbaracke saß. Sie schob den Hutrand weit nach oben und enthüllte so eine Sonnenbrille und knallrot geschminkte Lippen. Barry begriff sofort, daß hier eine Art »Künstlerkolonie« sein mußte.
»Hill und Tiffany?« fragte Anna, als wären es alte Freunde.
»Sind zum Camping gefahren!« erklärte die Frau. »Gestern früh.«
Anna trat näher zu der Frau.
»Haben einfach ihre Siebensachen gepackt und sind weg.«
»Wissen Sie, wohin?« fragte Anna.
»War mir egal. Hab nicht gefragt.« Sie blickte an Anna vorbei zu Barry.
»Haben sie auch den kleinen Jungen mitgenommen?«
»Was für 'n kleinen Jungen?«
»Matty«, sagte Barry.

»Matty?« Plötzlich wurde das Interesse der Frau lebendig.
»Ja.«
»Nein. Der ist nicht mit. Sind Sie vom Krankenhaus in der Stadt unten?«
»Nein«, antwortete Anna. »Wir kommen aus Denver.«
»Wollen Sie Ihre Namen dalassen?«
»Ich glaube, wir müssen ein andermal wiederkommen. Tschüs«, sagte Anna, und sie machten sich auf den Rückweg zum Wagen.
»Wenn Sie dieses komische Kind suchen, sind Sie hier an der falschen Adresse«, rief die Frau.
Sie blieben stehen und drehten sich um.
»Carol Stolzing hat gesagt, er sei hier«, erwiderte Barry.
»Dann hat sich Carol Stolzing eben geirrt. Der ist schon seit zehn oder elf Monaten nicht mehr da.«
»Sie meinen, er wohnt nicht mehr bei Hilton und Tiffany?«
»Du lieber Himmel, nein! Sie haben ihn irgendso einem Professor aus L. A. mitgegeben. Ist in 'nem großen ausländischen Wagen vorgefahren. Samt Chauffeur und was weiß ich noch.«
»War sonst noch jemand bei ihm? Ein blonder Junge, unter zwanzig?«
»Nein. Das wäre mir aufgefallen. Aber auf dem Rücksitz hat jemand gesessen. Eine Frau oder ein Mädchen, ich weiß nicht genau – hab's partout nicht erkennen können. Die Scheiben waren getönt, und als er die Tür auf- und zugemacht hat, sah es aus, als wäre sie verschleiert oder so, wie in Trauer. Bloß ihre Füße habe ich sehen können, und daß ihre Haare lang und dunkel waren.«
»Hätte das Kyra sein können?« flüsterte Anna Barry zu.
Wieder in ihrem Wagen, sagte sie: »Kein Wunder, daß sie Carol nicht zu ihm lassen wollen! Er ist gar nicht da! Ob wir es ihr verraten sollen?« Und dann beantwortete sie ihre

eigene Frage: »Früher oder später wird sie's schon selbst merken.«

»Die Sache wird anscheinend immer merkwürdiger, je näher wir uns damit befassen.«

»Vielleicht sollten wir uns noch einmal bei Linda Hendricks melden«, meinte Anna. »Vielleicht weiß sie noch etwas.«

»Bitte!« antwortete er ganz beiläufig, um seine Freude über ihre Entschlossenheit zu verbergen. »Besser, wir suchen uns jetzt ein Hotel für heute nacht.«

»Nein, wir übernachten heut bei Barenreiter. Meinem Buntglaskünstler«, erklärte sie ihm. »Dort essen wir auch zu Abend. Er hat uns schon eingeladen.«

Sie brauchten fast eine Stunde, um die Journalistin aus Denver an den Computer zu bekommen, und auch sie war erstaunt über Mattys Verschwinden. Sie hatte noch nie von einem Talmadge oder einem Timmo gehört, war aber ziemlich sicher, daß es in Arizona keinen Ort namens St. Joseph's gab. Zwei Jahre bevor sie nach Denver gegangen sei, habe sie für den *Phoenix Star* gearbeitet. Aber sie werde nachsehen und war ebenfalls der Meinung, daß die ganze Geschichte »sehr faul« klinge. Sie hatte bereits begonnen, dem amtlichen Leichenschauhaus in Denver auf die Nerven zu fallen, um einen Bericht über Gesucht-und-Gefunden zu erhalten. Dabei war sie auf eine interessante Information gestoßen:

»Ich sagte Ihnen doch, daß ich den Namen, den Sie mir genannt haben, Kevin Vosburg, in den Computer eingeben würde?«

»Und? Irgendwas dabei 'rausgekommen?« tippte Barry.

»Wie man's nimmt. Gefunden habe ich den Namen Vosburgh, mit *h* am Ende. Eine Elly Vosburgh. Sie wurde vor anderthalb Jahren in der Gegend von San Bernardino wegen Mittäterschaft bei irgendeinem Datenbankschwindel verhaftet. Ein paar Monate später dann noch einmal, wegen Brandstiftung. Sie versuchte, es auf ihren kleinen Bruder zu schieben, der vollständig gelähmt oder so etwas war. Dann ist sie durchgedreht und wurde ins Patton State Hospital gesteckt. Raten Sie mal, wie dieser Bruder hieß! Richtig! Kevin.«

»Wo ist er?« tippte Barry.

»Keinerlei Hinweise. Aber Elly Vosburgh können Sie finden. Es ist zwar eine weitgehend offene Anstalt, aber sie kann nicht hinaus.«

Irgend etwas weckte Barry gegen Morgen.

Er lag auf dem harten, unebenen Korbsofa hinter Barenreiters Haus, umgeben von Fliegengittern, mit denen der Mann seine Veranda abgeschirmt hatte. Die Kissen auf dem Korbsofa waren feste Knäuel, die Bettdecke größtenteils Luft mit einer Spur von Federn. Barry war sicher, daß er kein Auge mehr zutun würde, und wenn doch, dann war es fraglich, in welcher Verfassung er wieder aufwachen würde.

Er vernahm ein Geräusch. Es klang wie Schritte auf der wurmstichigen Treppe zur Dachkammer, in der Anna für die Nacht untergebracht worden war. Barry horchte genauer. Anna kam nach unten. Sie zögerte; ein Schatten in der Verandatür.

»Anna?« flüsterte er. »Schlafwandelst du?«

»Pscht!« Sie setzte sich in den morschen Korbsessel neben dem ebenso morschen Sofa. »Sonst weckst du noch Klaus auf.«

Ihr Gastgeber schnarchte nicht weit entfernt vor sich hin, in einem Schlafzimmer im Erdgeschoß. So wie es sich anhörte, würde er nicht einmal aufwachen, wenn sie den halben Bundesstaat ins Haus einluden.

»Habe ich dich aufgeweckt?« fragte sie.

»Eigentlich nicht. Ich habe hier gelegen und nachgedacht.«

»Ich habe auch nicht besonders gut geschlafen«, gab sie zu.

Er richtete sich auf, so daß er ihr direkt gegenübersaß. Im Mondschein war Annas Profil silberblau, ihr Unterrock noch etwas dunkler, ihre Lippen fast kobaltfarben.

»Kommen dir jetzt doch Bedenken?« fragte er leise.

»Nein. Mit jedem Schritt wird es wahrscheinlicher, daß...« Sie führte ihren Gedanken nicht zu Ende. »Aber es wird auch immer unheimlicher.«

»Ich weiß.« Er streckte eine Hand aus und fand die ihre. »Anna?«

Sie stand auf, und er folgte ihr zur Tür, wo er sie einholte.

»Wie ich sehe, hat sich manches doch nicht geändert«, sagte sie. »Du schläfst immer noch nackt.«

»Anna. Meine Gefühle für dich haben sich auch nicht geändert.«

Er begann, sie zu küssen. Sie wandte ihre Lippen ab, so daß er sie auf die Wange, auf den Hals küßte.

»Wir werden Klaus aufwecken!« rief sie ihn leise zur Vernunft.

Er hatte sie um die Taille genommen und rieb seine Nase in ihrem Nacken.

»Nein, Barry!« Sie riß sich von ihm los.

Widerstrebend ließ er sie gehen. »Schau, ich versteh ja, daß...nach so langer Zeit...Aber ich kann nun mal nicht anders. Bei dir, meine ich.«

Sie war in den Schatten getreten. Jetzt streckte sie eine Hand aus und streichelte Barrys Wange. »Ich weiß einfach nicht, Barry. Es war alles so ein Schock für mich.«

Sic cntfernte sich. Er fummelte nach einer Zigarette, zündete sie sich an, und einen kurzen Moment lang tauchte dic Flamme die Umgebung, Annas Fleisch, ihren rosafarbenen Unterrock und ihre hellen Augen in sanfte, warme Farben. Dann wieder Dunkelheit. »Willst du auch eine?«

»Barry?«
»Ja?«
»Im *Nephente* hast du mir ein bißchen aus deinem Leben während der vergangenen Jahre erzählt. Du sagtest etwas über die Frauen, mit denen du zusammengewesen bist. Aber nach mir hast du dich kein einziges Mal erkundigt. Über die Männer, mit denen ich...«
»Ja, und? Willst du mir jetzt vielleicht von all deinen Männern erzählen?« fragte er leicht verstimmt.
»Ich glaube, das sollte ich. Damit diese Sache ein für allemal klar ist. Du begreifst wohl, daß ich nach zwei Jahren in diesem Gefängnis nichts wollte als so weit wie möglich von diesen Leuten weg. Ich bin hierher nach Kalifornien gekommen. Ich habe mich in Tanya Gregory umbenannt.«
»Wie in Grigoriewna.«
»Stimmt. Und ich habe in den Boutiquen von Carmel kleine Jobs gefunden. Bis ich in einer davon Geschäftsführerin wurde. Dann habe ich meinen Partner kennengelernt, Alan. Er hatte das Grundstück geerbt, auf dem der Laden gebaut ist, und mir eine Teilhaberschaft angeboten. Wir waren nie ineinander verliebt, Barry. Alan war mit einem Mann zusammen, seinem festen Freund. Lange Zeit, viele Jahre, habe ich nie auch nur daran gedacht, mit einem Mann zusammenzusein. Dann lernte ich Peter kennen. Er war jünger als ich und ein bißchen schüchtern. So sind wir Freunde geworden. Etwa zwei Jahre haben wir zusammengelebt. Er ist fortgegangen, als ich sagte, daß ich ihn nicht heiraten wolle. Nach Peter kam noch ein Mann, Nikos. Er war sogar noch jünger, und wieder ist es in die Brüche gegangen, als ihm unser Zusammenleben nicht mehr genügt hat. Und zuletzt kam Robert.«
Barry erinnerte sich an den schlanken jungen Mann mit der Ponyfellweste.
»Lachst du schon?« fragte sie.

»Warum sollte ich?«

»Weil ich immer älter geworden bin, aber trotzdem einen zwanzigjährigen Freund und Liebhaber gesucht habe. Gefunden habe ich sie auch ziemlich leicht, aber alle wollten sie mein Mann werden, sich fest niederlassen und Kinder haben, was für mich das Letzte war – das Letzte, was ich für möglich hielt.«

»Was redest du da, Anna?«

»Weißt du, vor einem Monat ist mir das klargeworden. Als ich Robert mit dem Wagen bei einem Bekannten abholte. Er war auf dem Rasen, trug nur Shorts und spielte Touchfootball. Er hielt gerade den Ball in der Hand und ist den Nickel-pass gelaufen. Weißt du noch, wie du mir den vorgeführt hast?«

»Ja.«

»Ich hatte so ein Déja-vu-Erlebnis!« sagte sie. »Ich war entsetzt. Dann fing ich an, über mich selbst zu lachen. Mein Leben ist zur Nostalgie verkommen.«

Er ergriff verständnisvoll ihre Hand.

»Versuch jetzt zu schlafen!« sagte Anna. »Wir haben einen langen Tag vor uns.«

»Wo ist Elaine?« tippte Barry in den Computer.

»Auf dem Klo. Ist gleich wieder da«, tippte Albert zurück. »Haben Sie vor, bald zurückzukommen?«

»Wenn ihr es am wenigsten erwartet«, antwortete Barry.

Es war ein heller, wolkenloser Morgen. Durch das offene Fenster konnte er die salzige Seeluft riechen. Anna saß ihm gegenüber, auf der anderen Seite des Frühstückstischs, und war beim Kaffeetrinken. Obwohl sie letzte Nacht nicht hatte schlafen können, wirkte sie frisch und bezaubernd, während Barry sich nach dem schmalen Korbsofa wie gerädert fühlte. Auch Barenreiter war bereits auf – wie es schien, schon seit

Stunden – und aus dem baufälligen Schuppen auf der anderen Seite des Hauses zu hören, seinem Atelier, wo er mit dem Lötkolben arbeitete.
»Ich frage nur, weil es etwas verwunderlich ist, daß ein Chef so bald nach einer Neueinstellung fortbleibt.«
»Ging nun mal nicht anders«, erwiderte Barry.
»Elaine ist natürlich eine echte Hilfe. Ich verstehe schon, warum Sie so unbesorgt wegfahren. Sie ist ja auch so zuverlässig und engagiert.«
Um ein Haar hätte Barry zurückgetippt: »Tatsächlich?« Aber da war Elaine wieder zur Stelle und übernahm den Computeranschluß.
»Gestern ist Marty Kalb vorbeigekommen. Und sie hat *nicht* nach dir gefragt. Ich dachte, vielleicht steckt ihr zwei irgendwie unter einer Decke.«
»Vergiß Marty!«
»Bespitzelst du uns vielleicht?« fragte Elaine.
Und in genau diesem Moment blinkte am Bildschirmrand des Laptop ein Schriftbalken auf:

ANRUF VON LINDA HENDRICKS, VORWAHL DENVER

»Das ist für mich«, tippte Barry. »Wir unterhalten uns später.«
»Das ist ja wie ›Anruf in der Leitung‹«, sagte Barry zu Anna. »Ich wußte nicht mal mehr, daß so was auch zum Programm gehört.«
Die Journalistin aus Denver konnte mit keinen Neuigkeiten aufwarten. Aber ihr Stöbern im Fall von Gesucht-und-Gefunden-Jefferson hatte Früchte getragen. Sie war persönlich zum Leichenschauhaus gegangen, hatte sich bei einem der Beamten dort auf eine alte Gefälligkeit berufen und einen Blick auf den Obduktionsbericht erhalten.

»Es stand nichts drin«, gab sie durch. »Und als ich beim Vorgesetzten dieses Beamten nachfragen ließ, warum, hat man ihm gesagt, die Akte sei Code 23, das heißt, sie liegt im Archiv der NSA in Washington. Was halten Sie davon?«

»Ich finde, Sie sollten versuchen, in die Datenspeicher der NSA zu gelangen und nachsehen, ob dort ein Talmadge aufgeführt ist.«

»Ich bin schon einen Schritt weiter. Das habe ich bereits getan, und was ich fand, war *nur* sein Name: Burr Talmadge. Die Datei selbst war verschlossen. ›Nur zur persönlichen Einsichtnahme‹ und all der Scheiß. Ich werde weiter dranbleiben.«

»Burr. So hieß doch der Mann in Kyras Brief«, sagte Anna.

Der nächste Schritt war ein Telefonat mit der Anstalt, in der Kevin Vosburghs Schwester lebte. Man gab ihnen einen Besuchstermin für den späten Nachmittag.

Zu guter Letzt schaltete Barry den Computer aus und entfernte das Modem vom Telefon.

Anna lächelte matt. »Ich glaube, ich hab heute nacht zuviel gesagt.«

»Nein, hast du nicht«, versicherte er ihr.

Es war eine lange Fahrt von ihrem Übernachtungsquartier zu der Nervenklinik in San Bernardino. Selbst am späten Vormittag herrschte auf den Schnellstraßen dichter Verkehr, der sich erst hinter den Stadtgrenzen von L. A. auflöste. Als sie glücklich aus der Stadt waren, folgte eine fast zweistündige monotone Fahrt an nahezu identischen Kleingemeinden und Marktflecken vorbei, die meisten mit Namen spanischen Ursprungs: El Monte, Covina, Alta Loma, Cucamonga.

»Wenn man denkt, wie schön es hier früher war!« sagte Anna plötzlich, als könne sie Barrys Gedanken lesen. »Weißt du, wie die Chinesen zu Kalifornien sagen? *Guei Mei.* Das Schöne Land. Stimmt doch auch teilweise, nicht wahr?«

»Was wir heute früh gesehen haben, als wir von Big Sur hier runtergefahren sind, war schön.«
Sie blickte jede Minute zweimal in den Rückspiegel, und Barry fragte sich, wonach sie sich umsah.
»Der Wagen hinter uns braucht eine neue Auspuffanlage«, meinte sie und kurbelte ihr Fenster hoch.
Sie schwenkte rasch auf die Schnellspur, und der Tacho stieg auf 80 Meilen pro Stunde, als sie vor dem Qualm und Geknatter des Plymouth flüchtete.
»Du hast mich noch gar nicht nach Alex Land gefragt.«
»Was sollte ich dich denn fragen?«
»Er hat sich zur Ruhe gesetzt. Er und seine Frau besitzen ein Gestüt in Virginia.«
»Vom Nachrichtendienst setzt keiner sich je zur Ruhe«, erwiderte sie.
»Doch. Ich. Und du.«
»Du vielleicht. Aber du hast ja auch erst ein paar Monate für ihn gearbeitet. ›Mein schönstes Ferienerlebnis‹. Was mich betrifft, Barry, bin ich zur Ruhe gesetzt *worden.*«
»Soll ich für dich fahren?« fragte er.
»Wir biegen hier ab«, erwiderte Anna.
»Bist du sicher? Da ist überhaupt kein Schild!«
Doch, ein kleines, erklärte sie ihm, deutete darauf und bog ab, wie angekündigt. Zitrusbäume säumten beide Seiten der Straße, während Anna durch ein Tor fuhr, das wie die Einfahrt einer ziemlich modernen Hauptschule oder eines kleinen Colleges aussah. Kein elektrischer Zaun, keine hohen Mauern – nur eine Pforte, klein wie ein Spielzeughäuschen, einem trantütigen Wächter, der die Rennlisten von Santa Anita studierte.
Sie stellten das Auto auf dem riesigen Parkplatz ab. Am Hauptempfangsschalter teilte man ihnen mit, daß Mistress Vosburgh zu ihnen in die Cafeteria kommen würde. Die Frau zeigte ihnen den Ort auf einem Plan der Anstalt.

Sie fanden die Cafeteria mühelos. Die paar Leute, die dort zu Mittag aßen, saßen auf dem davorliegenden Rasen, wo man Gartentische und bunte Schirme aufgestellt hatte.
Barry und Anna holten sich Kaffee und gingen nach draußen, um dort zu warten. Sie hatten bereits ein paar Minuten wortlos vor sich hin genippt, als Barry jemanden hinter sich sagen hörte: »Sucht ihr vielleicht mich, Leute? Ich bin Elly.«
Eine stämmige junge Frau in lindgrünem Jogging-Anzug. Ihre Augen waren groß, blaßblau und sahen ein wenig leer aus, ihr Mund war ein winziger Bogen, die Nase nur ein Knopf in dem breiten, fleischigen Pausbackengesicht.
Sie nahm Platz und wirkte ausgesprochen ruhig.
»Ein wunderschönes Fleckchen Erde ist das hier«, lächelte Anna.
»Ja, nicht wahr?« gab Elly mit einem Mindestmaß an Begeisterung zur Antwort. »Ich liebe es einfach! Ich bin schon, na, es muß eine ganze Weile sein, hier in Patton. Ich hab ein eigenes Zimmer, und es gibt ein großes Schwimmbecken zum Baden und Sonnen« – ihr Teint war weiß wie feines Mehl – »und Gärten. Wunderschön. Ich freue mich wirklich so, daß ich hier bin!«
Barry und Anna wechselten einen Blick, der fragte: »Steht sie unter Beruhigungsmitteln? Oder hat man ihr eine Gehirnwäsche verpaßt?«
Laut sagte Anna: »Ich hoffe, es macht Ihnen nichts aus, daß wir Sie hier besuchen. Wissen Sie, meine Tochter ist nämlich verschwunden. Wir versuchen, sie ausfindig zu machen, und dachten, Sie könnten uns vielleicht helfen.«
»Man liest ja dauernd von jungen Ausreißern. Es ist eine Schande! Wie heißt sie denn?«
»Kyra Anthony. Aber ich glaube nicht, daß Sie sie kennen.«
»Nein, leider.«
»Aber sie hat Ihren Bruder Kevin gekannt. Vielleicht könnten Sie uns verraten...«

»Na, wenn sie Kevin kennt, dann gnade ihr Gott!«
Anna stockte verblüfft. Barry fragte, was Elly damit meine.
»Kevin Vosburgh ist der leibhaftige Satan!«
»Unsere Tochter und Ihr Bruder waren früher zusammen in einer Gruppe...«
»Meinen Sie EDGE?«
»Sie wissen darüber Bescheid?«
»Oh, na klar! Absolut! Es war eine Gruppe von Kindern mit besonderen Fähigkeiten. Gott steh Ihnen bei, wenn sie ihn auch aufgenommen haben! Arme und Beine hat er ja vielleicht nicht – jedenfalls nur ganz winzige Stummelbeinchen –, aber das hält ihn von nichts ab! Es tut mir leid für Ihre Tochter!«
Sie aß weiter. Barry und Anna wechselten erneut einen kurzen Blick.
»Sie waren miteinander befreundet«, begann Anna noch einmal. »Kyra hat Kevin gemocht.«
»Natürlich hat sie ihn gemocht. So macht es der Teufel ja. Er käme schließlich nicht weit, wenn man ihn nicht mögen würde, oder?«
Barry schaltete sich ein. »Haben Sie je sonst irgendwen aus EDGE kennengelernt?«
»Nur Mr. Talmadge.«
»Sie kennen Burr Talmadge?«
»Selbstverständlich. Er ist hierher nach Patton gekommen, damit ich ihm Papiere wegen der Vormundschaft für Kevin unterschreibe. Unsere Mom und unser Daddy sind nämlich beide gestorben.«
»Oh, tut mir das leid!« sagte Anna. »Also ist dieser Mr. Talmadge...?«
»Wer würde schon so ein Monster wie Kevin als Mündel haben wollen? *Ich* nicht! Nicht nach allem, was ich mit ihm durchgemacht habe. Mögen Sie auch ganz bestimmt nichts? Ich habe ein bißchen Hunger.«

Elly stand auf und ging nach drinnen.
»Was hältst du davon?« flüsterte Barry.
»Anscheinend hat sie das Bedürfnis, zu reden. Wir hören zu, ja?«
Elly kehrte mit einem Stück Kokoscremetorte zurück, die so gut sei, daß Barry einfach davon probieren *müsse* (er tat es), und sie begann, über Burr Talmadge und EDGE zu sprechen.
»Kevin hat *sie* gefunden, nicht umgekehrt. Ich meine, wem würde es auch schon einfallen, 'raus nach Fontana zu kommen – da haben wir früher gewohnt –, um ihn zu finden? Er hat sie über seinen Computer entdeckt. Wie, weiß ich nicht genau. Aber so war es. Zuerst lief sein ganzer Kontakt zu Mr. Talmadge über Computer. Aber dann ist jemand gekommen, um Kevin in Augenschein zu nehmen, er hat angefangen, ihre Treffen zu besuchen, und dann ... na ja.«
Anna fragte, ob Elly wüßte, wo ihr Bruder jetzt sei.
»Eine Zeitlang hat er mir geschrieben. Ich meine, nicht richtig *geschrieben*. Er hat immer den Computer genommen und es dann einfach ausgedruckt. Er hat ja keine Hände. Und dann, als ich einfach nicht geantwortet habe, hat er schließlich damit aufgehört.«
»Von wo aus schrieb er denn?«
»Aus Colorado. Es war irgendeine Postfachadresse. Nummer dreiundzwanzig. Das weiß ich noch, weil es so leicht zu merken war. Er schrieb, sie lebten ziemlich weit von jeder größeren Siedlung entfernt, aber wenn, dann sollte ich an dieses Postfach schreiben.«
»In welcher Ortschaft denn?«
»Leadtown? Leadmont? Irgendwas mit *Lead*.«
»In den Bergen? Den Rocky Mountains?« versuchte es Barry.
»M-hm. Er schrieb sogar, er würde direkt auf der Wetterscheide leben – dort, wo der Regen entweder ostwärts zum Mississippi oder westwärts zum Pazifik geht.«

»Leadville?« fragte Barry. Er hatte schon vorher den Straßenatlas durchgesehen.

»Genau! Leadville! Häßlicher Name, Bleistadt, aber da gehört dieser Satan wohl auch hin. Weit 'rauf in die Berge, wo er keinen Schaden anrichten kann. Nicht, daß er sich von der Entfernung abhalten ließe. Solange er einen Computer in der Nähe hat, wird er immer irgendwie Ärger machen.«

»Wann haben Sie zuletzt einen Brief von ihm bekommen?«

»Vor etwas über einem Jahr. Ich *weiß*, wahrscheinlich hätte ich antworten sollen, aber Sie kennen Kevin nicht. Und ich...«

»Zweifellos haben Sie Ihre Gründe...«, warf Barry ein.

»Als Kevin zur Welt gekommen ist, hat Daddy das als eine Art Strafe verstanden. Sie wissen schon: So ein kleines verwachsenes Wurm zu bekommen! Ich war damals etwa vierzehn und mußte mich um ihn kümmern. Mom hatte ja ihre Krankheit und alles. Ich bin nicht mehr regelmäßig in die Schule gegangen. Daddy hat gesagt, Mädchen brauchten sowieso nicht allzuviel Bildung. Kevin war so ein strahlendes, glückliches Baby, immer mit einem Lachen und einem Lächeln – und das hat unseren Daddy in Rage gebracht. Wenn Kevin kränklich und bedauernswert gewesen wäre... Er hat dem Baby die Schuld an Mamas Krankheit gegeben, obwohl er genausogut gewußt hat wie ich, daß es nicht stimmte.« Elly machte eine Pause. »Manchmal weiß man etwas, ohne zu wissen, woher. Verstehen Sie, was ich meine?«

«Ja«, antworteten Barry und Anna, und Elly fuhr fort. »Auf dem Grundstück stand eine Art Backsteinschuppen. Früher war dort mal eine Ölpresse. Und darin, hat unser Daddy gesagt, sollte Kevin gehalten werden. Also hab ich saubergemacht, sein Bettchen dort reingestellt, und in diesem Schuppen ist Kevin großgeworden. Ich hab Mama versprochen, für ihn zu sorgen, und es auch getan. Hände hatte er zwar keine, aber er konnte seine Stummelfüßchen gebrauchen und hat angefangen, sich Sachen in den Mund zu stecken, um etwas Bestimmtes zu tun – mit anderen Sachen zu spielen oder etwas damit zu bauen. Ziemlich bald habe ich bemerkt, wie gescheit er war. Und ich hab ihm mit allen möglichen Schulbüchern, die noch im Haus herumlagen, nach und nach Rechnen und Lesen beigebracht. Als er vier war, hatte Kevin die alle durch und wollte Nachschub. Also hab ich jedesmal, wenn ich nach Fontana ins Lebensmittelgeschäft bin, kurz Zwischenstation in der Bibliothek gemacht und Bücher mitgenommen. Oh, er hat alles verschlungen!

Als Kevin acht war, las er schon Bücher auf College-Niveau, und ich mußte ihm bestimmte Werke besorgen, die er brauchte. Alles mögliche über Elektronik, Naturwissenschaften und so weiter. Dann hat er Elektronikgeräte gewollt. Er hatte Bilder und Anzeigen davon in den Illustrierten gesehen. Ich hab ihn gefragt, wie wir uns das leisten sollten. Aber er hat nur geantwortet, er *müsse* sie haben. Ich solle mir eben etwas einfallen lassen, um sie zu bezahlen – irgendwas, ganz gleich! Und da hab ich zu stehlen angefangen. Zuerst waren es nur Ladendiebstähle – Lebensmittel und so, mitunter auch Sachen zum Anziehen. Das hat ein bißchen geholfen. Aber selbst über den Versand sind Elektroniksachen nicht billig, und Kevin hat auch ohne Hände an einem einzigen Nachmittag jeden Bausatz zusammengebastelt und um neue gebettelt. Also hab ich angefangen, unserem Daddy Geld aus der Hosentasche zu klauen, wenn er betrunken nach Hause kam, und das hieß damals fast immer. Das hat wieder ein bißchen weitergeholfen. Ich bin mit Kevins Liste für Kleinzubehör in Elektronikgeschäfte, hab ein bißchen was gekauft und noch viel mehr gestohlen. Das war ziemlich gefährlich, nur hat niemand ein großes dummes Mädchen wie mich verdächtigt, das die Sachen nicht mal richtig aussprechen konnte. Nach einer Weile hat Kevin mich mit dem Auto in Fontana herumgeschickt, damit ich nach weggeworfenem Zeug suche – Radios, Schreibmaschinen, Stereoanlagen oder Fernsehern. Ich hab alles mit heimgebracht, was ich finden konnte, und er hat es jedesmal wieder repariert und neu verdrahtet. Er hat uns eine Sprechanlage gebaut, damit Mama und ich uns im Schuppen gegenseitig anrufen konnten. Danach hat er sämtliche Telefone drangehängt. Aber er wollte Computer bauen, und dafür brauchte er mehr Geld.

Sein erster Computer war aus allem möglichen Kram zusammengebastelt – Schreibmaschinen, Radios und alten Fernsehern. Aber er funktionierte ganz gut. Und jetzt hatte Kevin einen Plan, um an mehr Geld heranzukommen. Er ließ mich in zwei, drei Nachbarstädtchen Bankkonten eröffnen, fing an, mit dem Computer 'rumzumurksen, und nicht lange, da hatte er es geschafft, Geld von anderer Leute Girokonto auf meins zu verlagern – lauter ›Firmengelder für kleinere Ausgaben‹ angeblich. Mir machte das alles natürlich angst, aber er sagte, so ein paar hundert Dollar im Monat würden die gar nicht vermissen.

Jetzt hatte er das Geld, um sich bessere Computer kaufen zu können, und das tat er auch. Bald hat der ganze Schuppen ausgesehen wie das Innere eines Raumschiffs – mit Skalen und Blinklämpchen und surrenden Maschinen. Tag und Nacht waren sie an. Und etwa um diese Zeit ist unser Daddy ein Opfer seiner unmäßigen Trinkerei geworden. Ich hatte mich immer schon gefragt, wie er nachts so betrunken nach Hause fahren konnte, und er hat mir immer gesagt, das Auto wüßte den Weg von allein. Na, in dieser Nacht hatte es ihn wohl vergessen, denn er ist von der Straße abgekommen.

Nach der Beerdigung ist Kevin ins Haus umgezogen und hat mit seinem ganzen Computer- und Elektronikkram fast das ganze Parterre beansprucht. Diese Sache mit den Bankkonten

machte mir inzwischen eine Riesenangst; also sagte er ›Okay, nun könnten wir ja die Zitronenhaine verkaufen‹. Und das haben wir auch getan, Stück für Stück, um davon unseren Lebensunterhalt zu bestreiten, Mamas Medikamente und Arztrechnungen zu bezahlen und neues technisches Zubehör für Kevin zu kaufen. Das waren vermutlich unsere besten Zeiten. Kevin ließ sich von einem Schreiner in Covina einen selbstentworfenen Stuhl bauen, damit er sich schnell und bequem zwischen all diesen Computern bewegen konnte – die waren nämlich seine ganze Welt geworden. Und über die Computer kam auch die ganze Außenwelt zu ihm. Durch sie und durchs Fernsehen machte er Lehrgänge von technischen Instituten, spielte mit Gott und der Welt Schach und nahm überall an naturwissenschaftlichen Clubs teil. Er *liebte* dieses Leben! Und er stand mit allen möglichen Kindern in Verbindung – kleinen, wissensdurstigen Computerfreaks wie er selbst. Außerdem hatte er mit allen möglichen Spezialprogrammen zu tun. Aber dabei wurde er immer gieriger, redete immer mehr von Geld und griff schließlich wieder auf diese Bankkonten zurück, wenn wir mal knapp bei Kasse waren.
Und da wurde ich verhaftet, in der Bank. Ich versuchte zu erklären, daß ich nicht für irgendeine Bande oder Gesellschaft arbeitete. Ich wollte Kevin aus dem Spiel lassen, aber schließlich hab ich ihn doch genannt. Nun ja, sie brachten mich nach Hause, und da war Kevin, in seinem Bett, und tat, als könnte er nicht bis fünf zählen, geschweige denn einen Computer bedienen. War ich wütend auf den Kerl! Aber so, wie's um ihn und Mama stand, habe ich bedingte Strafaussetzung bekommen. Das war also weiter kein Problem.
Und dann begannen die schlechten Zeiten. Kein Geld. Mit Mama wurde es immer schlimmer. Und Kevin fing an, mich aufzuziehen und sich über mich lustig zu machen. Er sagte alles mögliche zu mir – schrecklichen Sache. Ich konnte

sehen, daß die schlechte Seite unseres Daddy in ihm zum Vorschein kam, und das war ziemlich schlimm. Ich weiß nicht mehr genau, was letztlich den Ausschlag gab, aber eines Nachts wurde ich dermaßen wütend auf ihn und bekam mein Leben so satt, daß ich das Haus in Brand steckte. Ich dachte mir, er würde im Schlaf verbrennen. Danach bin ich einfach weggefahren und hab mich nicht mehr umgeschaut. Aber in meiner Wut hatte ich natürlich Mama glatt vergessen, die nicht mal aus dem Bett 'raus konnte. Und ich hatte nicht mit Kevins Einfallsreichtum gerechnet. Er schaffte es, sich in Sicherheit zu bringen. Aber erst, nachdem er jede Feuerwache der gesamten Umgebung angerufen hatte. Der Brand hatte sich nicht so weit im Haus ausgebreitet wie erwartet. Aber der Qualm ist in den zweiten Stock gedrungen und hat Mama erstickt. Sie starb an Herzschlag, die Arme. Und natürlich hat Kevin jedem, der es hören wollte, erzählt, daß ich das Feuer gelegt hätte, und das konnte ich ja schlecht bestreiten. Oder? Darum bin ich jetzt also hier, und ich vermute, das hat schon seine Richtigkeit, selbst wenn ich inzwischen Vorzugsbehandlung genieße und jeder hier Ihnen sagen wird, daß ich nie den geringsten Ärger gemacht hab. Hauptsache, Kevin ist weit weg vom Rest der Welt, hoch oben in den Rockies. Aber ich sage Ihnen noch etwas: Solange dieser Junge einen Computer in der Nähe hat, ist er eine Bedrohung. Eine echte Bedrohung.«

»Na, was meinst du?« fragte Barry.

»Es ist nun mal eine Anstalt für Geistesgestörte, nicht wahr?«

»Aber nicht für pathologische Lügner.« Und als sie keine Antwort gab: »Glaubst du, was Elly Vosburgh gesagt hat?«

»Zum Teil, ja. Einzelheiten vielleicht.«

»Und glaubst du, daß Kyra sich in ihrem Freund täuscht?«

»Ich wünschte, ich wüßte, was ich glauben soll.«

Barry hielt beim nächstbesten öffentlichen Fernsprecher, einem Telefonkasten, der auf eine Säule am Straßenrand montiert war. Er schloß das Modem an den Computer an und wählte. Linda Hendricks begrüßte ihn mit einer Frage:

»Waren Sie bei Elly?«

»Ja. Sie hat uns den Namen von Burr Talmadges Gruppe genannt. EDGE oder vielleicht auch E. D. G. E., falls es sich, wie Sie vermuten, um ein Projekt der Regierung handelt.«

»Verstanden. Ist notiert«, erwiderte sie. »Ich habe einen meiner Kollegen für das Ganze interessieren können. Er ist ein Computerfreak und versucht jetzt bereits, in diverse Datenspeicher der Regierung einzudringen, auch in die der NSA. Bisher umsonst. Aber mit Ihrer Information vielleicht... Können Sie eine Sekunde am Apparat bleiben?... Er heißt Gunther.«

Sie blendete sich eine Minute aus, vermutlich, um zu Gunthers Schreibtisch zu gehen oder Gunther an den ihren zu rufen.

»Hallo? Hier Gunther. Ich habe Zugang zu einer Datei erhalten und gebe gerade diese Abkürzung ein, EDGE. Mal sehen, was passiert!«

Barry wartete erneut.

»Was hat Elly Vosburgh denn sonst noch so erzählt?« fragte Linda.

»Kevins vollständige Kindheitsgeschichte. Allem Anschein nach ist er ohne Hände und Füße zur Welt gekommen. Sein Vater hat ihn verstoßen. Der Kleine ist ein Elektronikgenie.«

»Klingt faszinierend. Hören Sie, ich bin der Sache mit diesem Timmo nachgegangen. Ich hatte recht. St. Joseph's ist kein Ort in Arizona; es ist eine Erziehungsanstalt vor Winslow, nicht weit von dem Meteorkrater entfernt.«

»Eine neue Spur!« sagte Barry laut zu Anna. »Wir wissen jetzt, wer Timmo ist.«

Sie kam ans Telefon, legte beiläufig eine Hand auf Barrys

Schulter, und beugte sich nach vorn, um zu lesen, was auf dem Bildschirm stand.
Barry tippte: »Wir glauben zu wissen, wo diese Gruppe möglicherweise sein könnte.«
»Nämlich?«
»Irgendwo in den Rockies.«
»Das würde für eine Beteiligung der Regierung sprechen«, tippte Linda zurück. »Weiß Gott, was die alles in den Rockies versteckt haben!«
Gunhter schaltete sich ein: »Aufgepaßt, Leute! Ich habe Ihren Code benutzt und damit eine Sache geknackt!«
»Was denn?«
»EDGE ist, wie vermutet, eine Abkürzung. Sie steht für *Extra Sensory Development for Geopolitical Exploitation*. Ein Entwicklungsprojekt zur geopolitischen Nutzung übersinnlicher Wahrnehmung.«
»Was, zum Teufel, soll das heißen?« fragte Barry und drehte sich dann zu Anna um. Ihre Hand preßte seine Schulter fester. »Hast du das etwa schon mal gehört?« fragte er.
»Nein!« Anna ließ die Hand sinken und wich zurück. »Es hört sich so... kalt an!«
Gunther hatte zurückgetippt, Barrys Frage sei doch wohl nur rhetorischer Natur, und Linda fügte hinzu: »Er wird jetzt versuchen, noch ein bißchen tiefer in die Datei einzudringen.«
»Scheiße!« schrieb Gunther. »Sehen Sie sich das an!

Nationaler Sicherheitsdienst

WARNUNG!
UNERLAUBTES EINDRINGEN IN DIESE DATEI WIRD MIT ÄUSSERSTER ELEKTRONISCHER HÄRTE VERFOLGT!«

»Was haben die denn vor? Mir meinen Computer wegzunehmen?« tippte Barry.
»Das ist ein Computervirus!« antwortete Gunther. »Ich kann das Risiko nicht auf mich nehmen. Ich steige aus. Bedaure.«
»Was ist denn ein Computervirus?« fragte Barry.
»Wenn man in eine verbotene Datei eindringt, löscht es heimlich die ganze Festplatte«, erklärte Gunther. »Manche machen es sofort, auf einen Schlag, andere lassen sich wochenlang Zeit und melden nur, wenn man der Verarschte ist. Das kann ich nicht riskieren. Tut mir leid!«
»Verdammt!« sagte Barry laut. »Er will das Risiko nicht eingehen.« Und dann tippte er: »Kann ich denn nicht irgendwie *selbst* dort reinkommen? Ich hab auf meiner Platte nichts Unentbehrliches.«
»Ich werde schauen, ob sich eine Direktverbindung für Sie herstellen läßt«, antwortete Gunther.
»Und ich probier's mit altmodischeren Methoden«, fügte Linda hinzu.
»Wir auch«, entgegnete Barry. »Nochmals vielen Dank. Sie waren ein As!«
»Nichts zu danken«, tippte sie zurück. »Wenn ich nicht selbst Interesse daran hätte, würde ich mir die Mühe nicht machen. Diese Geschichte wird immer merkwürdiger, je tiefer wir vordringen.«

»Könntest du mich vielleicht lotsen?« fragte Barry und reichte Anna die Straßenkarte.
Anna studierte sie und erklärte, sie müßten wahrscheinlich die Route 40, weiter im Norden, nehmen, und begann, verschiedene Alternativen herauszusuchen, wobei sie Barry gelegentlich um Rat bat.
»Warum versuchst du dich nicht ein bißchen auszuruhen?« schlug er vor. »Es ist eine lange Fahrt. Du wirst mich nachher ablösen müssen.«

Als sie erst einmal am Colorado vorbei und in Arizona waren, lichtete sich der Verkehr beträchtlich, und während die Sonne langsam unterging, wich das gewaltige Plateau der Sonora-Wüste fernen Gebirgsstreifen – wie mächtige Bahnen von Kitt, die irgendein Riese hastig hingelegt hatte, um sie später auszuformen. Auf weniger erodierten Gesteinssplittern am entlegenen Horizont glitzerte die untergehende Sonne in winzigen Punkten, die dahinschnellten, als würden Leute mit Fackeln vorbeirennen. Saguaro-Kakteen und Riesenyucca röteten sich vor dem lavendelfarbenen Himmel im Osten zu einem grotesken Schattenspiel. Dreißig Sekunden später war es dunkel.

Barry sah zu Anna, die den Kopf zum Beifahrerfenster gewandt hatte, und fragte sich schon, ob sie schlief, als sie leise seufzte.

»Hast du etwas dagegen, wenn ich im Radio ein bißchen Musik suche?« fragte er und begann die Knöpfe zu drücken, als sie keinen Einspruch erhob. Der Highway bog weit überschaubar nach links ab – Richtung Norden und wieder zum Fluß zurück, das war vielleicht die Erklärung, weshalb er Sender aus Las Vegas empfing, dachte er. Einer davon brachte klassische Musik – irgendwie genau das Richtige für eine abendliche Autofahrt –, und Barry wählte ein Klavierkonzert von Mozart.

Er sah auf seinen Tacho – 75 Meilen, die ideale Reisegeschwindigkeit für eine Aprilnacht in der Wüste von Arizona. Es war, als würde er vielleicht sein Mädchen von einer Tanzveranstaltung nach Hause fahren oder ... Er mußte einiges klären, selbst wenn er sie damit in Wut brachte.

»Bist du immer noch kein bißchen neugierig wegen Alex Land?«

»Reden wir nicht von dem, okay?«

Wenn sie darauf nicht anbiß, dann würde er es auf eine andere Art versuchen.

»Warum, glaubst du, hat Elly Vosburgh nichts von der übersinnlichen Fähigkeit ihres Bruders gesagt? Ich nehme doch an, er hat eine; sonst würde er wohl nicht zu derselben Gruppe wie Kyra gehören.«

»Ich dachte auch, du würdest sie fragen«, antwortete Anna. »Es gab soviel zu fragen, daß es ganz untergegangen ist. Warum hast *du's* nicht getan?«

Und da Anna keine Antwort gab, schlug Barry wieder einen anderen Kurs ein.

»Was ist eigentlich mit deinen hellseherischen Fähigkeiten? Hast du sie immer noch?«

»Nein. Ich hab versucht, das alles hinter mir zu lassen – nach Paris und dieser schrecklichen Geschichte, die du mir eingebrockt hat. Aber trotzdem ... manchmal kann ich nicht anders.«

»Anna, eines hab ich mich bei dir schon immer gefragt: Hatte deine übersinnliche Wahrnehmungskraft oder wie auch immer du es nennen willst, irgend etwas mit deiner Tätigkeit für den KGB zu tun?«

»Ja. Darum hat mich der KGB ja nach Paris geschickt. Sie glaubten, ich könnte meine Fähigkeit zur Enttarnung westlicher Agenten einsetzen.«

Sie sah weg, in den Nachthimmel.

»Das Ganze ist so dumm, wenn man jetzt darüber nachdenkt. Immer hieß es: ›Gehen Sie zu dieser oder jener Adresse!‹ – einer Dinnerparty, in ein Theater oder was auch immer – und ich bin hin. Manchmal hab ich dann auch jemanden – einen Mann oder eine Frau – dort kennengelernt und mir gedacht: ›Ja, dieser Mensch ist ein Agent. Es muß einer sein.‹ Und das hab ich dann gemeldet. Ohne Beweis. Einfach auf ein Gefühl hin.«

»Hast du das bei mir auch gefühlt?«

»Sehr stark sogar, Barry, aber ich konnte es nicht glauben.

›Was solltest denn du für ein Agent sein?‹ habe ich mich tagtäglich gefragt. Du hast Football-Magazine gelesen und deine Vorlesungen an der Sorbonne durchgepennt. Du warst schlampig, gleichgültig und gedankenlos. Du wolltest nur das eine: mit mir schlafen, bis ich wund, müde und total verrückt war. Bei dir hat meine Wahrnehmung verrückt gespielt. Und doch hat es die ganze Zeit gestimmt! Du warst ein Agent.«

»Anna...«

»Komisch, findest du nicht?«

»Das ist überhaupt nicht komisch«, entgegnete er. »Man hat dich ausgenutzt.«

»Entwicklungsprojekt zur geopolitischen Nutzung übersinnlicher Wahrnehmung!« rief sie ihm ins Gedächtnis. »Was soll das heißen, Barry? Es will mir nicht aus dem Kopf.«

»Es heißt, Anna, daß vielleicht gerade jemand auch Kyra auszunutzen versucht.«

»Ja, nun, uns war nicht bekannt, daß Timmo Verwandte in Kalifornien hat«, sagte die Verwaltungsangestellte in der St.-Joseph's-Erziehungsanstalt für Knaben ziemlich schnippisch. »Tatsächlich! Uns waren *keinerlei* Verwandte außer der verstorbenen Mutter des Jungen bekannt.«

Auch in Mrs. Danielsons eigener Stimme nahm Barry einen Anflug von Nervosität wahr – seines Erachtens weniger speziell ihm und Anna gegenüber als aufgrund einer generellen Ängstlichkeit. Doch wo immer diese auch herrührte – er würde sich nicht einschüchtern lassen!

»Ich bin Thor Nilssons Halbbruder«, log er frisch von der Leber weg. »Wir haben uns nie sehr nahegestanden. Aber der Junge ist mir von jeher ans Herz gewachsen. Darum dachte ich mir: Halten wir doch mal an, wenn ich in diese

Gegend komme, und besuchen Timmo! Er liebt unsere Besuche.«
In etwas patzigem Tonfall erwiderte Mrs. Danielson: »Ja! Das glaube ich! Nur hat Timmo unsere Anstalt vor einem Jahr verlassen.«
Die Frau hatte sie durch einen langen, hohen Gang geführt, der das alte, zimtfarbene Backsteinbauwerk in zwei Hälften zerschnitt. Dabei waren weder Barry noch Anna bisher ein einziger Junge und nur wenige Erwachsene zu Gesicht gekommen. Alle Anzeichen sprachen deutlich für die restriktive Natur des Gebäudes: metallgepanzerte Türen, in die hoch oben kleine, dicke Glasscheiben mit Drahtgittern eingelassen waren; Maschendrahtrahmen mit Schlössern vor jedem Schrank, jedem Fenster, jedem Regal.
»Wir in St. Joseph's«, sagte Mrs. Danielson, »lieben die Vorstellung, daß in jedem Jungen etwas Gutes steckt, egal, wie seine Vorgeschichte auch aussieht.« Sie war zu einem Raum abgebogen, den sie aufsperren mußte, bevor sie eintrat. Während Barry und Anna ihr in das Büro folgten, bemerkte er, daß sich hinter dem graumelierten extrastraffen Haarknoten der Frau ein einzelner weißer Faden aus dem Kragen ihrer Bluse zierlich am militärischen Khaki ihrer streng geschnittenen Jacke hinabschlängelte. Er hätte zu gern daran gezogen, um zu sehen, ob sie dann insgesamt auseinanderfallen würde.
»Ich verstehe das nicht«, sagte Anna gerade. »Wir haben nichts davon gehört, daß Timmo entlassen worden wäre.«
Mit einer scharfen, geschmeidigen Bewegung drehte sich Mrs. Danielson zu ihnen um, und ihr Gesicht wirkte steinhart.
»So? Nun, eigentlich wurde er ja auch nicht entlassen, sondern vielmehr in ein neues Programm versetzt – auf zeitweiliger Basis, versteht sich.«

»In eine andere Anstalt?«
»Das nicht direkt.«
»Also dann«, fragte Barry, »in was für ein Programm?«
»Trotz seiner soziopathischen Tendenzen besitzt Timmo ein paar andere herausragende Talente.«
»Was für ein Programm?« fragte Barry.
»Ein sehr kleines und sehr exklusives«, antwortete Mrs. Danielson. Sie stand an einem Schreibtisch in der Nähe eines hohen Aktenschranks aus Teakholz mit Messingbeschlägen. Das Licht in diesem Raum war sanfter als die kalte, grelle Neonbeleuchtung des Korridors, trug aber auch nicht sehr dazu bei, die Gesichtszüge der Frau weicher zu machen. »Man suchte Jungen mit gewissen Führungsqualitäten. Timmo war stets in der Lage, eine ganz besondere Macht über seine Altersgenossen auszuüben, besonders über diejenigen mit geringem Selbstwertgefühl. Leider war das für seine zwischenmenschlichen Beziehungen hier in St. Joseph's nicht immer von Vorteil. Sie wissen ja wohl, warum er bei uns untergebracht wurde?«
Barry versuchte, sich dumm zu stellen. »Ich weiß bloß, daß er sich irgendwie in Schwierigkeiten gebracht hat.«
»Nun, ich fürchte, der Fall liegt etwas komplizierter. Timmos Form von Soziopathie, also seines krankhaft gestörten Verhältnisses zur Umwelt, äußert sich in einer völligen Mißachtung anderer.« Sie lächelte. Es war, als würde ein Totenkopf aus einer Halloween-Dekoration lächeln: leer und höhnisch. »Timmo hat zwei Menschen erstochen, bevor er nach St. Joseph's kam. In beiden Fällen fiel es ihm anscheinend schwer, die Unrechtmäßigkeit seines Verhaltens einzusehen.« Wieder dieses Lächeln, und diesmal – im Zusammenhang mit ihrer Äußerung über den Jungen – wirkte es sogar noch höhnischer. »Sie scheinen überrascht, Mrs. Brescia.«
»Ich ... ich wußte bisher nicht ... weshalb Timmo hierherge-

kommen ist«, stieß Anna stotternd hervor. Barry merkte, daß sie genauso schockiert war wie er.
»Aber er hat sich während seines Aufenthalts hier verändert?« versuchte es Barry. »Und darum wurde er in das neue Programm aufgenommen?«
»Ja, nun, irgend jemand hielt ihn wahrscheinlich für verändert oder zumindest seine Soziopathie für weniger gefährlich als zuvor. Vielleicht fand man auch, daß sie auf lange Sicht weniger wichtig sei als seine Fähigkeit, andere Jungen zu einer fest zusammenhaltenden Gruppe zu mobilisieren – oder meinetwegen auch Bande, wie Sie wollen.«
»Das klingt irgendwie nach Pfadfindern«, meinte Barry.
»Ja! Das heißt, eigentlich nein«, sagte Mrs. Danielson, anscheinend mechanisch. »Jedenfalls war man bei dem neuen Programm von ihm sehr angetan. Und ursprünglich sollte er danach auch wieder zurück nach St. Joseph's, nur... nur hat ihn diese Veränderung in seinen äußeren Lebensumständen offenbar verstört. Ganz beträchtlich verstört. Nach allem, was man mir gegenüber hat durchblicken lassen, glaubte Timmo, er hätte bei diesem Sonderprogramm versagt. Dabei bewährte er sich dort glänzend. Auf irgendeine undefinierbare Weise hat er sich fest auf dieses Programm verlassen – geglaubt, daß er danach nicht nach St. Joseph's zurückkäme, während in Wirklichkeit...« Sie ließ die letzten Worte in der Luft hängen. »Jedenfalls ist er einen Tag, bevor man ihn wieder zu uns schicken wollte, verschwunden, und später fand man heraus, daß er sich – ich bedaure, Ihnen das sagen zu müssen – versteckt und das Leben genommen hat.«
»Wann war das?« fragte Barry.
»Vor etwas über einem Jahr.«
»Das kann nicht sein!« rief Anna.
Die Verwaltungsangestellte faßte diesen Gefühlsausbruch als Ungläubigkeit auf, die schockierende Mitteilungen häufig

begleitet und für gewöhnlich einer angemessenen Trauer vorangeht.
»Doch, leider, fürchte ich. Es ist ganz natürlich, daß Sie darüber bestürzt sind.«
Barry half Anna auf das kleine, harte Ledersofa, während Mrs. Danielson sich dem Aktenschrank zuwandte, eine der oberen Schubladen öffnete und die einzelnen Markierungsschildchen durchzusehen begann. Dann zog sie eine Akte heraus und stöberte eine Weile darin herum, bis sie drei amtlich wirkende Blätter zum Vorschein brachte, die sie Barry gab. Eines davon war ein ärztliches Untersuchungsprotokoll samt Totenschein, das zweite eine Art behördeninterne Notiz mit einem ausführlicheren Bericht über die Entdeckung des Jungen, und das dritte eine kurze Anlage für die Anstaltsleitung, in der man sein Bedauern über diesen »Unfall« zum Ausdruck brachte. Bei diesem letzten Blatt handelte es sich um Briefpapier der NSA, und es trug den Vermerk, daß gleichlautende Schreiben an ein halbes Dutzend anderer Stellen verschickt worden seien. Gegengezeichnet war es von »Burr Talmadge«. Was Barry jedoch überraschte, war die dritte Unterschrift. Sie bestand aus den Initialen A. J. L. Fast hätte er die Dokumente fallen lassen. Das konnte doch auch purer Zufall sein, nicht? Jemand anderer als Alex James Land? Alex hatte gesagt, er sei im Ruhestand. Er hatte es sogar ausdrücklich betont! Ja, aber warum überhaupt? Außer, er war immer noch aktiv, wollte aber, daß niemand es glaubte.
»Dürfen wir das hier behalten?« fragte Barry. Er mochte Anna mit seinem Verdacht nicht beunruhigen. Noch nicht. Erst, wenn er die Sache näher untersucht hatte.
»Ja. Natürlich war uns zum Zeitpunkt des Geschehens nichts von Ihrer Existenz bekannt. Darum wußten wir nicht, wen wir benachrichtigen sollten.«

»Und Timmo?« fragte Anna mit leiser Stimme. »Wo ist er...?«
»Unter den gegebenen Umständen übernahm die Stelle, die zuletzt für ihn Sorge trug, seine Beisetzung. Ich glaube, die Leiche wurde eingeäschert. Dieses Schreiben wird all Ihre Fragen beantworten.« Sie deutete auf das Papier mit dem NSA-Briefkopf.
»Können wir jetzt gehen, Barry?« fragte Anna. Sie hatte sich wieder in der Gewalt und spielte ihre Rolle gut. Selbst die undurchdringliche Mrs. Danielson blieb nicht ungerührt.
»Ich fürchte, die Originale kann ich Ihnen nicht überlassen. Die sind für unsere Akten. Ich werde sie Ihnen kopieren müssen. Wir haben einen Automaten. Es dauert nur eine Minute.«
»Wir wären Ihnen sehr dankbar, Ma'am«, erwiderte Barry.
Sobald die Verwaltungsbeamtin aus dem Raum war, stand Anna auf. »Das ist ja schrecklich!« sagte sie. »Diese ganze Geschichte!«
»Kann man wohl sagen!« stimmte Barry zu. »Ob das der Junge ist, der laut Carol Stolzing wie ein Engel ausgesehen hat?«
»Und weil er eine Waise ist, glauben sie, sie könnten ihn einfach für tot ausgeben – behaupten, daß er Selbstmord begangen hätte – und kein Hahn würde mehr nach ihm krähen.«
Barry stand auf und ging an die Tür, um sich zu vergewissern, daß niemand lauschte. Als er zufrieden war, sagte er: »Du hast recht; da braut sich was zusammen, und es sieht nicht gut aus. Aber ich will diese Papiere. Ich will Beweise. Ich will Talmadges Unterschrift auf diesem Brief haben.«
Barry fragte sich allmählich, wo die Frau so lange blieb. Wenn sie jetzt nur nicht in irgendeinem internen Büro, an irgendeiner anderen Akte, war und Timmos Verwandtschaft

überprüfte – oder noch schlimmer: der NSA telefonisch Mitteilung machte, daß er und Anna vorbeigekommen waren, um Timmo zu treffen. Das wäre...
»So! Das hätten wir! Tut mir leid, daß es so lange gedauert hat.« Sie gab Barry die Papiere und er überprüfte sie rasch auf ihre Vollständigkeit.
»Ich fürchte, diese Sache mit Timmo hat uns ziemlich aus dem Gleis geworfen. Besser, wir gehen jetzt.«
Er faltete die Blätter zusammen, steckte sie in die Brusttasche seines Jacketts und nahm Anna fest am Arm, um sie aus dem Büro und den Gang hinunter zu führen. Dabei klapperten Mrs. Danielsons flache Schuhe hinter ihnen, bis sie an der Tür waren und hinaus in den warmen Spätnachmittag von Arizona traten.

Die Sonne ging bereits unter, als sie zu dem Motel in Winslow zurückkehrten, wo sie sich unmittelbar vor ihrer Fahrt nach St. Joseph's einquartiert hatten.
Anna wirkte erschöpft.
»Warum legst du dich nicht ein bißchen aufs Ohr?« meinte Barry. »Später gehen wir aus und essen einen Happen.«
Anna war einverstanden. Sie zog sich die Schuhe aus, während er den Computer ans Telefon anschloß, und als er fertig war, schlief sie bereits. Sie wirkte, als sei sie mindestens eine Stunde lang nicht ansprechbar. Er würde nachschauen, ob Linda Hendricks noch im Büro war.
Sie war da und kam ohne Umschweife zur Sache: »Na? Was haben Sie 'rausgefunden?«
»Angeblich hat Timmo Nilsson vor über einem Jahr Selbstmord begangen. Er soll zu irgendeiner staatlich finanzierten Gruppe gehört haben. Die Leiche sei von behördlicher Seite eingeäschert worden. Nach St. Joseph's hätte man ihn nie zurückgeschickt. Bloß Papiere hätten sie bekommen. Ich

habe mir Kopien von allen relevanten Schriftstücken besorgt.«
»*Wow!*« tippte die Journalistin. »Faxen Sie mir die Dokumente durch!«
Er schrieb: »Die Verwaltungsbeamtin in St. Joseph sagte kein Wort, daß Timmo über übersinnliche Fähigkeiten verfügte. Aber er soll eine außergewöhnliche Begabung besessen haben, Jüngere zu lenken und anzuführen. Vielleicht hat das etwas mit der Sache zu tun? Ich weiß nicht. Sie sagte auch, er sei ein Soziopath. Hat zwei Menschen erstochen. Klingt nach 'nem reizenden Jungen, was?«
»Keins von den Kindern hört sich sehr reizend an, außer unserem Lokalmatador«, antwortete Linda.
»Irgendwelche Ideen von Gunther, wie man den Computervirus der NSA austricksen kann?« fragte er.
»Noch nicht. Fragen Sie später noch mal.«
Barry zeichnete ab und drückte die Speichertaste, um seine Unterredung mit Linda auf Festplatte zu behalten. Er verspürte einen eisigen Schauer. Wenn ihm nur eine plausiblere Erklärung für das Ganze einfallen würde!
Dann löschte er den Computerschirm, schrieb die Namen der fünf Kinder untereinander und daneben jeweils deren besondere Fähigkeiten. Zum Schluß hatte er folgende Aufstellung:

»Gesucht-und-Gefunden«: Kann Menschen (Dinge?) lokalisieren; bei Unfall »getötet«.

Kevin Vosburgh: Computergenie (und übersinnlich begabt?); Vormundschaft von Schwester auf Talmadge übertragen.

Matty Stolzing: Kann realistische Halluzinationen hervorrufen; vor neun Monaten von Talmadge mitgenommen.

Timmo Nilsson: Kann sich andere ohne Gewalt zu Willen machen. (Soziopath – Mörder); beging vor über einem Jahr Selbstmord, keine Leiche.

Kyra Anthony (Brescia): Kann in die Zukunft/die Vergangenheit sehen.

Burr Talmadge: Projektleiter? Organisator?

Da stand es – klar und deutlich! Aber was ergaben diese sechs Namen zusammen? »Entwicklungsprojekt zu geopolitischer Nutzung übersinnlicher Wahrnehmung« natürlich! Doch was genau hatte nun *das* wieder zu bedeuten?

Übermüdet von der Reise, während der er nur kurze Nickerchen auf dem Beifahrersitz gehalten hatte, spürte Barry, daß er sich nicht klar konzentrieren konnte, aber Schlaf würde er wahrscheinlich doch nicht finden. Darum schaltete er den Fernseher ein, stellte ihn auf kaum hörbare Lautstärke und suchte dann gierig auf allen Kanälen nach Ablenkung.

»Barry!« murmelte Anna.

»Ich dachte, du seiest eingeschlafen.«

Er schaltete den Apparat aus und trat ans Bett.

»Geht's dir schon wieder besser?« fragte er.

»Kleines Nickerchen gehalten. Ich hab Hunger.«

Anna setzte sich auf – schob Haarlocken zurück, die ihr ins Gesicht gefallen waren.

»Es ist schon lange her, daß ich das Privileg genossen habe, dich aufwachen zu sehen.«

Sie schaute ihn genau an, um festzustellen, ob er einen Witz machte; dann lächelte sie.

»Diesmal hab ich keinerlei Unterstützung vom KGB«, sagte er.

Alle beide lachten.

Sobald sie wieder ins Motel kamen, spürte Anna, daß etwas nicht stimmte.
Es war ein schöner Abend gewesen. Während des Essens hatte Barry angefangen, Anna mehr über die, wie er es nannte, »Zwischenzeit« zu erzählen – die siebzehn Jahre, die unterschiedlichen Orte, an denen er gewohnt, die unterschiedlichen Tätigkeiten, die er gehabt, die unterschiedlichen Frauen, mit denen er zusammengelebt hatte. Es schien mühelos aus ihm herauszusprudeln, während Anna zuhörte.
Nach dem Essen waren sie ins Kino gegangen, hatten sich aber in der Mitte des Films einander zugewandt und gesagt: »Laß uns gehen!« Als sie bei der Fahrt aus Flagstaff an einer Art Rasthaus, dem *Dance Right-In,* vorbeigekommen waren, hatten sie haltgemacht. Sie hatten einen Tisch an der Wand genommen, schwache Cocktails genippt und über eine Stunde lang zugesehen. Beide hatte man sie zum Mitmachen eingeladen, und beide hatten sie abgelehnt. Als aber der »Tanzmeister« eine Pause einlegte und etwas Langsames aus der Musicbox gekommen war, hatte ihre Bedienung, »Florence, aus Florence Junction, im Süden der Route 60«, ihnen entschieden klargemacht, sie wolle sie »ein bißchen romantisch« sehen.
Also hatte Barry Anna zum Tanz aufgefordert, und sie hatte nicht abgelehnt. Eng aneinandergeschmiegt hatten sie zwischen den anderen Pärchen unter den falschen, stecknadelgroßen Sternen an der verdunkelten Decke zu »I Only Have Eyes for You« getanzt und sich weder vor- noch nachher im mindesten geniert oder unbehaglich gefühlt. Barry hatte Anna bei der Hand genommen und sie von der kleinen Tanzfläche nach draußen geführt. Dann waren sie wortlos die zirka zwanzig Meilen zurück zum Motel gefahren, und er wagte kaum daran zu denken, was vielleicht geschehen konnte, wenn sie erst einmal in ihrem Zimmer angekommen waren.

Er dachte immer noch darüber nach, als sie sich der kiesbestreuten Auffahrt des Motels näherten.
»Warte!« sagte Anna zu ihm, bevor sie einbogen.
»Wieso? Stimmt was nicht?«
»Ich weiß nicht genau«, gestand sie. »Irgend etwas ist faul.«
Fünf Autos standen vor dem einstöckigen Gebäude. Eines davon war bei ihrer Abfahrt noch nicht dagewesen. Aber was hatte das zu sagen?
»Schau!« rief Anna. »Wir haben kein Licht in unserem Zimmer brennen lassen. Es ist jemand drin.«
Barry steuerte über die Lieferantenzufahrt, die um das Büro herumführte, zur Rückseite des Gebäudes. Als sie an dem breiten Rezeptionsschalter vorbeikamen, war hinter der Scheibe deutlich der Inhaber des Motels, ein älterer Mann, im flimmernden blauen Licht eines Fernsehers zu erkennen.
»Bleib du hier!« sagte Barry und stieg aus, um nach hinten zu gehen. Er zählte fünf Fenster. Nun mußte er unter dem ihren stehen, dachte er. Kein Licht im Innern. War es möglich, daß Anna sich getäuscht hatte? Vorsichtig schlich er an den Fenstern vorbei, dann um die Ecke und auf die Vorderseite. Ein Wagen fuhr von dem kiesbestreuten Parkplatz auf die Asphaltstraße, die zur Autobahn führte. Er konnte zwei Männer darin erkennen; dann war das Fahrzeug verschwunden. Eine Sekunde später stand er vor der Tür zu ihrem Zimmer – es war nach wie vor dunkel. Anna unterhielt sich durch das Fenster mit dem Motelchef. Barry wartete, bis sie zu ihm kam.
»Hast du sie gesehen?« fragte sie.
»Ich konnte sie nicht erkennen. Was hat er gesagt?«
»Daß er nichts bemerkt hätte«, antwortete sie.
»Laß mich zuerst gehen!«
»Meinst du, es könnte gefährlich sein?«
Er schloß die Tür auf, öffnete sie leise und erstarrte. Niemand

war zu hören. Er mußte es riskieren. Rasch knipste er das Licht an. Der Raum sah aus, als hätte ein Wirbelsturm darin gewütet. Ihre Sachen lagen wild im Zimmer verstreut, jeder Kleiderbügel im Schrank war heruntergerissen worden, jede Schreibtischschublade herausgezogen, durchwühlt, beiseitegeworfen. Doch niemand war da.

»Oh, Barry!« schrie Anna mit einer Stimme, die ganz tief klang.

»Diese Hexe in der Anstalt muß sich sofort nach unserer Abfahrt mit Talmadge oder der NSA in Verbindung gesetzt haben!«

Anna überdachte die Lage und kam zu demselben Schluß. »Und die Papiere, die sie dir gegeben hat?«

»Hab ich noch.« Er klopfte sich auf die Brusttasche seiner gefütterten Jeansjacke.

»Und dein Computer.«

»Ist im Auto. Aber sie haben ganze Arbeit geleistet«, sagte er. »Wir können heute nacht nicht hierbleiben. Vielleicht kommen sie noch einmal zurück. Bringen wir diesen Schweinestall in Ordnung und packen zusammen! Wir hauen ab!«

Als sie startbereit waren, sagte er: »Wir fahren zurück nach Flagstaff und suchen uns dort ein Plätzchen zum Übernachten. Morgen fliegst du wieder nach Big Sur!« Sie blickte zu ihm auf. Er konnte beim besten Willen nicht erraten, was sie dachte. Vor ganz kurzer Zeit noch hatte er sich ihr so nahe gefühlt. Und nun...

»Wir können jetzt nicht aufhören. Wir fahren noch heute nacht nach Colorado. Nach Leadville.«

Er neigte den Kopf und ergriff ihre Hände. »Du *mußt* nicht. Warum nicht zurück nach Big Sur? Ich bleibe in Kontakt mit dir, halte dich über meine Erkenntnisse auf dem laufenden. Ehrenwort!«

Entschlossen riß sie ihre Hände los. »Wir fahren zusammen, Barry!«

»Sie wissen über uns Bescheid. Das könnte gefährlich werden!«
Anna stand auf. »Ich suche uns die Strecke heraus. Mach dich inzwischen im Bad fertig!« Sie fand den Straßenatlas und warf ihn aufs Bett. »Da, schau! Seite einunddreißig, zweiunddreißig. Wir nehmen nicht die Autobahn, sondern die kleineren Straßen. Siehst du? Von der siebenundsiebzig zur zweivierundfünfzig, von dort zur dreiundsechzig und auf die einhundertsechzig. Wir fahren die ganze Nacht durch. Lösen uns gegenseitig ab.«
»Ich verstehe dich nicht, Anna.«
»Diese Sache ist wichtig für mich«, beharrte sie.

Drei Stunden später, tief im Navajo-Indianerreservat und kurz vor der Landstraße, die laut Anna um einen winzigen Ort namens Many Farms herumführen sollte, hielt Barry am Straßenrand, entfernte sich etwa zwölf Meter weit, erleichterte seine Blase und versuchte dabei, in der dichtbewölkten Nacht noch etwas anderes außer Dunkelheit zu erkennen. Dann kehrte er zurück zum Auto. Anna saß hinter dem Steuer. Sie legte den ersten Gang ein und fuhr weiter.
Nach wenigen Minuten, als beide erkannt hatten, daß Barry nicht, wie geplant, einschlafen würde, fragte sie:
»Was hat Land über mich gesagt, als du ihn vor ein paar Tagen getroffen hast?« Sie sprach so leise, daß er kaum wußte, ob er richtig gehört hatte. Na, endlich!, dachte er.
»Ich hab's dir ja schon erzählt. Er sagte, du seist tot. Wieso?«
»Ich werde einfach das Gefühl nicht los, daß er irgendwas mit alledem zu tun hat.«
»Ich weiß, daß du ihn ebensosehr haßt wie ich, Anna. Ich verstehe nur nicht, wo da Kyra ins Spiel kommt. Beziehungsweise EDGE.«
»Ich weiß auch nicht genau. Ich muß dir im einzelnen erzählen, was mir passiert ist, Barry.«

»Anna, ich weiß, daß dir das wehtut.«

»Trotzdem. Ich habe in Virginia ein Jahr die Hölle durchgemacht. Nicht physisch. Dafür sind sie viel zu subtil. Ich wußte, wie die Lage aussah. Ich wußte, daß sie mich nach Europa zurückschicken konnten, wo mich binnen einer Woche der KGB finden und zur Strecke bringen würde, ganz gleich, wie gut ich mich versteckte. Das war ja selbst in Amerika nicht ausgeschlossen. Ich war inzwischen auf den Tod gefaßt. Nicht, daß ich es patriotisch gefunden hätte, für die UdSSR zu sterben, wohlgemerkt!«

»Anna, bei meiner Rückkehr aus... na ja, es hat auch mein Leben verändert. Ich bin von der Uni abgegangen. Hab mich endgültig von meiner Familie getrennt.«

Sie sah ihn an, dann wieder auf die Straße. Etwa eine Minute lang herrschte Schweigen. Dann begann sie wieder zu sprechen, als ob sie ihre Worte sehr sorgfältig wählen würde: in einem bestimmten, wohlüberlegten Ton.

»Ich mußte tun, was Land sagte. Natürlich habe ich sämtliche europäischen KGB-Operationen, von denen ich etwas wußte, verraten. Aber ich kannte lediglich ein paar Namen, ein paar Codes, ein paar Telefonnummern, ein paar Adressen. Hauptsächlich von russischen Emigranten in Paris. Und doch war ich ein großer Fang! Ich habe viel Schaden angerichtet. All meine Freunde, all meine Bekannten in Paris standen unter Verdacht. Das hat mich zwar traurig gemacht, aber ich nahm es in Kauf. Ich hatte das Spiel für meine Seite verloren.

Mit zwei Dingen aber konnte ich mich *nicht* abfinden. Das eine war, daß du, Barry, tatsächlich ein Agent gewesen sein solltest. Mein Untergang. Jahre habe ich das weder begreifen noch akzeptieren können. Als man mir sagte, ich sei schwanger, wußte ich, daß du der Vater sein mußtest.

Danach haben sie mich auf meine medialen Fähigkeiten hin

untersucht. Endlose Tests, Hypnose, Pharmaka. Ich versuchte meine übersinnliche Wahrnehmungsfähigkeit abzuleugnen.
Erst nach und nach bemerkte ich, daß nach solchen Untersuchungen immer weniger von meiner Persönlichkeit in die Räume zurückkehrte, wo man mich unter Verschluß hielt. ›Erzählen Sie mir, Anna G., erzählen Sie mir vom ersten Mal, als ein Junge Sie dort angefaßt hat!‹ ›Beschreiben Sie mir, Anna G., die Form vom Busen Ihrer Mutter!‹ ›Verraten Sie mir, Anna G.: Wann hatten Sie zum erstenmal eine Ihrer Ahnungen betreffs der Zukunft?‹ Alles mußte er wissen! Durch die Hypnose und das Wahrheitsserum war ich wach, bei vollem Bewußtsein. Ich habe all seine Fragen beantwortet, selbst wenn ich diese Menschen am liebsten verflucht, ihnen ins Gesicht gespuckt hätte!
Und die ganze Zeit wuchs ein Baby in mir heran. Ich wußte mir keinen Rat. Am einen Tag wollte ich abtreiben – das war dein Kind, Barry; ich fand, nach allem, was du mir angetan hattest, solltest du nicht das Recht haben, ein neues Leben in die Welt zu setzen. Am nächsten dachte ich: ›Und wenn ich nun für immer hier eingesperrt bin?‹ Nie wieder würde ich die Möglichkeit haben, ein Kind zu bekommen, und ich bin eine Frau. Ein Kind zu haben ist wichtig. Ich dachte: ›Ja, ich werde das Baby austragen. Und dann? Dann wird es natürlich bei seiner Mutter bleiben! Oder werden sie es mir wegnehmen und woandershin geben?‹ Drei-, viermal am Tag änderte ich meine Meinung, aber schließlich gelangte ich zu dem Entschluß, daß es gut sei, das Kind zu bekommen – vielleicht das einzig Gute an einer schlimmen Situation. Vater und Mutter waren gutaussehend, intelligent, gesund. Ich weiß, das ist naiv gewesen. Aber ich war verzweifelt!
Jedenfalls haben sie mir eines Tages keine Spritze mehr gegeben. Am nächsten Tag keine Hypnose mehr. Die Ärzte

sagten, ich sei im sechsten Monat schwanger; sie wollten nicht, daß ich noch Pharmaka nahm, noch irgendwelchen Belastungen ausgesetzt würde. Land war verschwunden. Ich fragte nicht, wohin. Die nächsten zwei Monate über hat man mich sehr gut behandelt. Als meine Wehen einsetzten, kam Land wieder zurück. Irgendein Arzt drückte mir eine Betäubungsmaske auf den Mund. Äther. Beim Aufwachen ging es mir schrecklich. Ich lag im Krankenhaus. Als ich nach meinem Baby fragte, sagte man mir, es sei tot auf die Welt gekommen. Meine einzige Hoffnung zerstört!
Eine Woche später kam Land wieder in das übliche Zimmer. Er stellte keine Fragen. Er hat mich nicht hypnotisiert, hat mir keine Spritze gegeben. Statt dessen brachte er einen Violinkasten mit. Meinen Violinkasten, den der CIA aus meiner Wohnung in der Rue du Champignon geholt haben mußte. Er brachte ihn mir und war äußerst freundlich und liebenswürdig. ›Anna G.‹, hat er gesagt, ›Sie sind sehr gut gewesen, sehr hilfreich, sehr kooperativ. Da ist Ihre Geige. Na los, nehmen Sie sie!‹
Ich öffnete den Kasten. ›Spielen Sie mir etwas vor, Anna G.!‹ sagte Land zu mir. Die Geige paßte genau an meine Schulter. Der Bogen paßte genau in meine Hand. Es fühlte sich wunderbar an! Ich war so glücklich, daß mir Freudentränen in die Augen traten. Meine Geige! Soviel blieb noch übrig; diesen Teil von mir konnte er nicht anrühren, konnte er nicht verändern! Ich fing an, eine Bach-Partita zu spielen, eines meiner Lieblingsstücke... Und weißt du, was passiert ist, Barry? Was aus dieser Geige herauskam, war nicht Bach, war nicht ich, ja, war nicht einmal Musik! Ich erinnerte mich an die Noten, ich erinnerte mich an die Fingertechnik. Aber ich konnte mich nicht mehr erinnern, wie Musik für mich klang. ›Was ist?‹ fragte Land. ›Warum hören Sie auf?‹
Und in diesem Moment wurde mir klar, was Alex Land getan

hatte. Die Musik existierte für mich nicht mehr, genau wie das Baby, das acht Monate in mir gewachsen war.«

»O mein Gott, Anna! Es tut mir ja so leid!«

»Es braucht dir nicht leid zu tun, Barry. Denn *ich* lachte als letzte.«

»Wovon redest du?«

»Land hat nie erfahren, was er sich so verzweifelt zu wissen wünschte: Warum ich mediale Fähigkeiten besaß. Trotz allem, was er getan hat, hat er das nie herausgefunden; dessen bin ich sicher.«

6

Im Flachland unten mochte es warmer Vorfrühling gewesen sein, aber als sie in die Rockies kamen, wurde der Wind plötzlich stärker, und die Temperatur fiel schlagartig.
Anna schaltete die Heizung im Wagen ein. Mit jeder Kurve um riesige Felswände herum und auf flache, braune, von eisig glitzernden Schneeklippen durchzogene Vorsprünge, die sich zehn Minuten und fünf Meilen später bloß als die Ausläufer noch steilerer Berge entpuppten, wand sich die zweispurige Straße höher, immer höher empor. Es sah aus, als würde sie direkt in das ungetrübte, eisige Babyblau des Himmels streben.
Barry und Anna staunten über die Wucht und Größe der Berge rechts, links, hinter und vor ihnen, wo sie finster hinaufragten. Ein Schild markierte einen Steilpaß 4000 Meter über dem Meeresspiegel; das hieß, daß die Berge zu beiden Seiten dieser Schlucht noch um etliches höher sein mußten. Und als es schon so aussah, als könnte es gar nicht mehr weiter hinaufgehen, lag unmittelbar vor ihnen ein von Eis zerfurchtes Felsmassiv, durch das ein langer, leerer, düsterer Tunnel führte, danach kam wieder ein Paß. Zu guter Letzt führte ihr Weg vom Highway abrupt auf ein Nebensträßchen, das kaum mehr als ein Bergziegenpfad mit einer grauen Betondecke zu sein schien. Barry fragte sich lieber gar nicht, wo Burr Talmadge in dieser Umgebung sein EDGE-Haupt-

quartier aufgeschlagen haben konnte. Jede Schlucht und jede Spalte der Umgebung wirkten groß und tief genug, um einen ganzen Armeestützpunkt zu verbergen, von einer Handvoll Gebäuden und einem halben Dutzend Kinder ganz zu schweigen. Unmittelbar vor Leadville fuhren sie über einen scharfen Berggrat, und Anna, die seitwärts nach unten schaute, konnte eine mehrere tausend Fuß tiefe Steilwand und an ihrem Grund ein winziges, eisblaues Flüßchen erkennen.

Angesichts der großartigen Landschaft ringsum war der Ort Leadville selbst eine Enttäuschung. Ihm fehlte der altmodische Reiz eines Central City, mit seinen Lebkuchenhäusern aus dem neunzehnten Jahrhundert, wo Barry vor Jahren einmal gewesen war. Leadville war ein altes Bergarbeiterstädtchen in einer Art Talsohle, wahrscheinlich auch heute noch. Offenbar war jedes Gebäude hastig hochgezogen und bei Bedarf immer wieder umgebaut oder vergrößert worden. Sie fuhren mitten durch den Ortskern und mußten noch einmal umkehren, ehe sie eine relativ große Metallwarenhandlung mit einer winzigen Imbißtheke und einer ebenso winzigen Tafel mit den Initialen der amerikanischen Post entdeckten.

Es war spät am Nachmittag. Nach der langwierigen Fahrt durchs Gebirge hatten sowohl Anna als auch Barry das Bedürfnis nach Wärme und Kaffee, und so saßen sie still da, sammelten neue Kräfte und schlürften, während Barry durch eine Wand von aufgehängten Schneeschuhen zu dem Kabäuschen mit dem verriegelten Schiebefenster sah, über dem das Postzeichen hing.

»Hat das Postamt heute offen?« fragte er die fast kinnlose junge Bedienung, die ein Hauskleid und eine dicke Daunenweste trug.

»Es ist immer geöffnet, wenn ich hier bin und es so will«, antwortete sie mit ausdrucksloser, nasaler Stimme. »Möchten Sie einen Brief aufgeben? Da drüben haben wir einen Ständer mit Ansichtskarten.« Und sie deutete auf eine Ansammlung von »indianischen« Decken und Holzofenzubehör.

»Eigentlich suche ich ein paar Informationen. Ich habe eine Brieffreundin irgendwo hier oben«, erwiderte Barry. »Ich dachte mir, vielleicht könnten wir sie, da wir schon in der Nähe sind, mal besuchen. Das Problem ist nur: Ich weiß nicht, wo sie wohnt. Ich habe nichts als eine Postfachadresse. Das Mädchen ist noch jung, wohnt bei irgendwelchen Leuten.«

Barry schrieb die Nummer des Postfachs auf seine Serviette und bedeckte diese mit einem Zwanzig-Dollar-Schein.

»Kann Ihnen auch nicht helfen, Mister«, sagte die Bedienung. »Ich hol Ihnen Ihr Wechselgeld.«

»Behalten Sie's!« Aber binnen dreißig Sekunden kam sie damit zurück und mußte unwillkürlich feststellen, wie enttäuscht Barry und Anna wirkten.

»Ich will Ihnen was sagen, Mister. Viele Leute leben hier oben in den Bergen, weil sie's so wollen. Sie verstehen? Und weil sie ihre Ruhe haben möchten. Von den meisten weiß ich nicht mal, *wo* sie wohnen. Jede läppische Felsritze ist groß genug, um sich eine Hütte darin aufzustellen. Mehr als einer von denen sind auf der Flucht vor irgend jemandem oder vor irgend etwas: der Bank, dem Finanzamt, ihrer Frau, ihrem Mann...«

»Aber *ein paar* müssen Sie doch kennen?« versuchte er es weiter.

»Sie haben recht, Mister. Aber die *meisten* kenne ich nicht. Und ich *will* sie auch nicht kennen.«

»Sie müssen doch wissen, wer die Post aus diesem Fach abholt?«

»Weiß ich auch. Drei verschiedene Leute. Zwei Männer und

eine Frau. Hab nie ein Kind bei Ihnen gesehen. Sie kommen zu unterschiedlichen Zeiten an unterschiedlichen Wochentagen. Aber ich hab nie mehr als ›Da ist Ihre Post!‹ zu Ihnen gesagt. Und sie haben nie mehr als ›Danke‹ geantwortet. Sie könnten überall in hundert Meilen Umkreis von hier sein. Wenn Sie sie suchen wollen, dann nur zu! Und wenn Sie hier hocken bleiben wollen, bis einer von ihnen aufkreuzt, bitte sehr! Meinetwegen.«

»Laß uns gehen!« flüsterte Anna.

»Nehmen Sie Ihr Wechselgeld!« sagte die Frau. »Nichts, was ich Ihnen gesagt hab, ist siebzehn Dollar und dreizehn Cent wert.«

»Tut mir leid, daß ich Sie so mit meinen Fragen überfallen habe«, entschuldigte er sich. »Aber eigentlich ist es meine Tochter, nach der wir suchen. Vieles deutet darauf hin, daß sie bei diesen Leuten sein könnte.«

»Ich wünschte, ich könnte Ihnen helfen, Mister.«

Draußen vor der Tür sahen sie die trostlose, kahle Straße erst hinauf, dann wieder hinunter. Es standen immer noch dieselben Personen- und Lastwagen da wie vor ein paar Minuten, als sie den Laden betreten hatten. Die Luft wurde kälter.

»Alles ist eine Sackgasse.« Barry trat gegen den rechten Vorderreifen.

Anna betrachtete die allmählich untergehende Sonne und zitterte. »Vielleicht sollten wir noch mal hineingehen und eine von diesen Wolldecken kaufen«, meinte sie. »Sie sehen warm aus, und wir könnten eine im Auto gebrauchen.«

»Klar, warum nicht?«

Er folgte ihr zurück in den Laden, wo Anna anfing, die mit Campingausrüstung vollgestopften Regalreihen durchzusehen. Sie beide waren jetzt so nah an Denver, daß sie wohl auch dorthinfahren sollten. Und vielleicht sollte er ein Telefon ausfindig machen, um mit Linda Hendricks zu sprechen.

Seit ihrer letzten Unterhaltung war fast ein ganzer Tag vergangen. Vielleicht hatte ihr Freund Gunther ja in die NSA-Datei eindringen können oder einen Weg entdeckt, wie Barry selbst es tun konnte.
Barry erspähte eine öffentliche Telefonzelle, die zwischen dem kunstvoll auf «Western« gemachten Gebälk des Ladens versteckt war, holte den Computer aus dem Auto, stöpselte das Modem in den Fernsprecher und rief an. Linda war nicht da, und auch Gunther konnte der Mitarbeiter, der den Apparat abnahm, nicht auftreiben. Darum hinterließ Barry Linda eine Nachricht, daß er es später aus der Stadt noch einmal versuchen würde, und wollte den Computer gerade wieder aus dem Anschluß ziehen, da fiel ihm ein, daß er ja schon eine Weile nicht mehr mit dem »Ephemeris« gesprochen hatte. Vielleicht konnte er Elaine oder Albert noch erreichen; in Boston war es jetzt ungefähr neunzehn Uhr dreißig.
»Was ist denn los, Barry? Wo steckst du nur?«
»Ich bin außerhalb, Elaine. Und gar nichts ist los.«
»Na, wenn du's sagst.« Elaine schien zu zögern.
»Schon mit Albert gebumst?« tippte Barry. Es wirkte so aggressiv, wenn man es ausschrieb – ohne den humoristischen Unterton, den er diesem Satz im mündlichen Gespräch gegeben hätte –, aber es würde sie ablenken.
Eine Pause, in der Elaine sich die passende Antwort überlegte. Dann erschien auf dem Bildschirm: »Letzte Nacht.«
»Und? Wie war's?«
»Okay. Barry, wirst du *je* wieder zurückkommen?«
»Wann ihr am wenigsten damit rechnet. Wie soll ich euch denn sonst auf Trab halten?«
»Rufst du deswegen so spät an? Um dich zu vergewissern, daß ich noch aufhabe?«
»Nach allem, was ich weiß«, antwortete Barry, »hättet ihr den Laden womöglich schon vor Stunden zusperren können,

um die Zeit damit zu verbringen, euch auf dem Ausstellungstisch mit den Pyramiden und Obelisken zu wälzen.«

»Tschüs!« tippte sie.

Barry zog den Apparat aus dem Anschluß.

Er sah sich im Laden nach Anna um, entdeckte sie dann draußen im Wagen und wollte gerade durch die Haushaltswarenabteilung, die zur Tür führte, hinausgehen, als ein strohblonder kleiner Junge auftauchte.

»Meine Mama sagt, *das* ist der, den Sie suchen.«

Der Junge deutete auf einen großen, schlanken, dunkelhaarigen Mann draußen, der eben in einen Dodge mit kurzer Ladefläche stieg.

»Hat er die Post abgeholt?« fragte Barry.

Der Junge nickte und verschwand in eine andere Warenreihe. Barry drehte sich zu dem kleinen Postschalter um, hinter dessen verdübeltem Fenster die kinnlose Frau stand und mit ihren Fingern ein »Okay« signalisierte.

»Fahren wir!« sagte Barry, während er den Computerkoffer auf den Rücksitz schleuderte.

»Wie? Was ist los?« fragte Anna.

»Jemand hat die Post abgeholt.«

Als Anna den Wagen angelassen hatte, war der Transporter bereits aus der Stadt hinaus, aber immer noch in Sicht. Er fuhr unverwandt Richtung Süden, und Anna hielt ein gutes Stück Abstand, damit es nicht *zu* verdächtig aussah. Als der Dodge plötzlich nach links abbog, konnte sie ihm in gemütlicherem Tempo folgen. Sie fuhren nun auf einer einspurigen Straße, die einige Zeit über der Route 24 einen schroffen Felsen entlangführte, bevor sie auf einer kleinen Brücke den Arkansas River überquerte – eine tiefe, enge Schlucht. Dann bog sie nach Westen und verlief in langgezogenen Haarnadelkurven steil bergab. Bei dieser Zickzackfahrt geriet der Dodge abwechselnd in und außer Sichtweite. Barry versuchte, das umliegende Gebiet zu überschauen. Gab es irgendwo Gebäude, hinter denen das EDGE-Hauptquartier versteckt liegen könnte? Aber er sah nichts als Berge und einen Gipfel, der die anderen überragte.

Am Fuße einer Reihe von Haarnadelkurven wies ein kleines Straßenschild zum MT. ELBERT, 4396 METER, dem höchsten Punkt Colorados. Er lag genau zwanzig Meilen vor ihnen. Wo hatte Barry diesen Namen nur schon gehört? *Mount Elbert.* Ihm war, als erinnere er sich daran.

Sie hatten den Transporter vorübergehend aus der Sicht verloren. Jetzt bemerkte er ihn weit vor ihnen und drängte Anna, wieder aufzuholen. Nach einem zehnminütigen Anstieg führte die Straße wieder bergab und mündete nach einer scharfen Kurve unerwartet in ein Tal voll blühender wilder Blumen. Daneben ragte ein großer Berg empor, bestimmt der Mount Elbert. Im Schoß des engen Tales lag eine Handvoll Gebäude, deren Stil für Barry typische »Rocky-Mountain-Ski-und-Sonnen-Architektur« war: Mächtig aufstrebendes Zederngebälk bildete ein unglaublich verwinkeltes Dach, Glaswände wechselten mit grauem Stein ab.

Er bat Anna, vor der Kurve mit der besten Aussicht anzuhalten. Unten fuhr der Transporter gerade aus der Schlaufe ins Tal und blieb zwischen zwei Gebäuden stehen. Barry und Anna stiegen aus und gingen fünf Meter weiter zu einem Schild mit der Aufschrift »Independence-Paß-Skihotel« und weiteren hochwichtigen Auskünften.

Von diesem Punkt aus konnten sie die gesamte Ferienanlage überblicken: das Hauptgebäude mit seinen Anbauten – wahrscheinlich Gesellschaftsräume und Restaurants; weitere Häuser, vielleicht Übernachtungsquartiere. Ein paar Nebengebäude. Die Skilifts in der Ferne. Die Hänge des Mount Elbert, zu dieser Jahreszeit ohne Schnee.

Konnte hier das EDGE-Hauptquartier sein? In dieser Gegend

gab es keine bessere Tarnung, als vorgeblich nur einer von hundert Wintersportorten zu sein. Aber das Ganze wirkte zu öffentlich, zu nah am »höchsten Punkt Colorados«, der doch Schaulustige anlocken mußte. Groß genug für die Kinder und einen umfangreichen Personalstab schienen die Gebäude allemal.

Barry und Anna schraken auf, als aus der Nähe eine Stimme rief.

»Für diese Saison ist dicht.«

Das Mädchen trug Wanderkleidung. Es schien aus dem Nichts aufgetaucht zu sein. Die Wangen gerötet, eine Wollmütze über Kopf und Ohren, ausgerüstet mit einem vollgestopften Rucksack und derben Stiefeln mit hohen gelben Laschen aus Kalbsleder, stand es keine anderthalb Meter von ihnen entfernt.

»Mieser Frühling, was den Schnee angeht«, fügte es hinzu. »Seit März hatten wir nur ein einziges Mal ordentlich verschneite Hänge, und nach zwei Tagen war alles weggetaut.«

»Arbeiten Sie hier?« fragte Barry. Wer das Mädchen wohl war?

»Ich *habe* hier gearbeitet. Jetzt haben wir schon drei Wochen zu. Genauer gesagt: Jedes Hotel hier ist zu, bei *dem* Wetter.«

»Wir kommen von außerhalb.« Offensichtlich, wenn sie das kalifornische Nummernschild bemerkt hatte. »Da war's auch ziemlich schlecht. Wir dachten, daß vielleicht...«, setzte er an. Ja, der Ort schien wirklich ausgestorben. »Ist es denn ein guter Winter gewesen?«

»Wir mußten die Leute wegjagen. Bin froh, daß es vorbei ist.«

»Wieso sind Sie dann immer noch hier?«

»Mein Alter hält das Ganze in Schuß.« Sie deutete nach unten, und Barry sah den Fahrer des Transporters aus dem größten Gebäude in ein kleineres hinübergehen. »Noch eine Woche. Dann machen wir bis September alles dicht. Idaho!«

»Sie sind aus Idaho?«

»Nein!« Das Mädchen lachte. »Wenn Sie noch Ski laufen wollen, dann sollten Sie dorthin fahren. Oder noch besser nach Montana.«

Falls den Winter über wirklich Hochbetrieb hier geherrscht hatte, dann war dieser Ort kaum das EDGE-Hauptquartier. Und doch *hatte* der Mann die Post abgeholt.

»Eine herrliche Landschaft!« sagte Anna mit überzeugender Begeisterung. »Sie wissen nicht zufällig, ob hier in der Gegend irgendwelche Grundstücke zum Verkauf stchen?«

Das Mädchen sagte, sie solle es in Leadville probieren. Barry versuchte es auf einem anderen Weg: Wo könnten sie hier einen Winterurlaub buchen, um bei Beginn der neuen Saison auch ganz bestimmt unterzukommen?

»Schreiben Sie uns – Leadville, postlagernd.«

»Sonst nichts? Mit dieser Anschrift bekommen Sie meinen Brief?« fragte er.

»Klar. Menschenskind, wir holen doch für alle hier aus der Gegend die Post ab! Sie kommen bei uns im Büro vorbei und holen sie sich.«

»Sie meinen, es leben noch andere Leute in dieser Gegend?« fragte Anna. »Ich sehe gar keine Häuser.«

»Es sind schon noch andere da. Aber nicht viele«, gestand das Mädchen.

»Zwischen den Bergen?«

Das Mädchen, dem das Gespräch bereits lästig wurde, zuckte die Achseln. »Ich nehm's an.«

»Dazwischen könnte man wahrscheinlich ein ganz schönes Anwesen verstecken«, meinte Barry.

Das Mädchen betrachtete ihn von Kopf bis Fuß, sagte dann plötzlich »Wiedersehen!«, ging an dem Mustang vorbei und begann den Felshang hinunterzusteigen.

Die Sache mit der Post war jetzt geklärt, aber dafür hatte das Mädchen eindeutig Verdacht geschöpft.

»Montana, haben Sie gesagt?« rief er ihm nach.
»Beim Gletscherpark!« schrie das Mädchen zurück, nun schon fünfzehn Meter unterhalb der Straße.
»Vielen Dank für den Tip!« Und dann setzte er sich zu Anna in den Wagen.
Das Mädchen war stehengeblieben, um sie zu beobachten. Demnach hatte es wohl etwas zu verbergen. Anna übernahm das Steuer, und Barry gab ihr Anweisung, langsam zurückzusetzen, bis sie außer Sichtweite waren, und dann stehenzubleiben. Er hatte zwei holprig wirkende Wege bemerkt, die hinter die Gebäude führten. Aber wohin? Nirgends! Auf dem einen ging es in ein Abfahrtsgebiet, wo er sich zu einem Skilift hinschlängelte und dann als Ponypfad verschwand; der andere verwandelte sich sogar noch früher in einen Feldweg und endete vor einer Art Garage. Verdammt!
Das Mädchen sprang so geschickt wie eine Bergziege die Felsen hinunter. Eine Sekunde später trat der Mann, der in dem Transporter gesessen hatte, aus dem Gebäude. Sie mußte ihm etwas zugerufen haben. Er legte sich eine Hand über die Augen und sah zu Barrys Wagen hinauf. Auch sie drehte sich danach um.
»Wenn alles bloß Fassade ist, dann eine überzeugende«, meinte Barry.
»Irgendwas daran scheint mir nicht ganz geheuer«, sagte Anna. »Ich weiß nicht genau, was.«
»Und der Mount Elbert? Fällt dir dazu irgend etwas ein?« fragte er.
»Vielleicht sollte ich umdrehen, Barry. Sie schauen immer noch hierher.«
Anna stieß zurück, bis der Wagen von unten außer Sicht war, und kam dann zu einer Stelle, wo sie wenden konnte.
»Verdammt, diesen Ferienort würde ich gern mal unter die Lupe nehmen!« Der Gedanke, spät nachts allein zurückzukehren, ging ihm durch den Kopf. Vielleicht.

»Fahren wir!« sagte Anna.
Sie bog auf die einspurige Straße und steuerte wieder nach Leadville. »Was nun?« fragte sie. »Nach Denver, zu Linda Hendricks?«
»Mehr können wir wohl nicht tun«, gab er zu. »Wir steigen in einem Motel außerhalb des Ortes ab. Rufen Linda Hendricks an und... agieren von dort aus.«
»Du klingst erschöpft, Barry«, sagte Anna, nicht unfreundlich. »Halt ein Nickerchen! Leg die Wolldecke über dich!«
»Du hast recht. Ich bin wie erschlagen«, gestand er.
Er verstellte den Beifahrersitz nach hinten, und da der Wind, der durch die Lüftung hereinkam, nun empfindlich kühl schien, legte Barry sich und Anna die Decke über den Schoß. Die Uhr auf dem Armaturenbrett zeigte 6:50. Als sie dann an den Ausläufern des Ortes hinabfuhren, konnte er sehen, wie das Licht der sinkenden Sonne jede Spalte, jede Zacke, jeden Kamm scharf in Tag und Nacht unterteilte.
Auf dem Weg ins Tal, zur Bundesstraße 70, wurde es einheitlich dunkel, und endlich fiel Barry in einen leichten Schlaf.

Schlagartig wurde er wach. Es war dunkel im Wagen. Die Armaturenbeleuchtung verbreitete einen grünlichen Schimmer, gerade so hell, daß sich Annas Gestalt und Gesicht hinter dem Steuer als schwacher Schattenriß abzeichneten. Auf der Straße draußen war es pechschwarz.
Barry hatte geträumt, und in diesem Traum hatte er Angst gehabt. Nein, schlimmer noch: Er hatte Entsetzen empfunden. Jetzt konnte er sich nicht mehr erinnern, warum. Er richtete sich auf und hielt aus dem Beifahrerfenster nach einem Orientierungspunkt Ausschau. Nichts als die düsteren Umrisse der vorbeiziehenden Felswände. Neunzehn Uhr einundvierzig.
»Gut geschlafen?«

»Es geht.«
Anna sah weiter geradeaus. Jetzt bemerkte Barry die hohen, grün-weißen Schilder mit der Aufschrift ARVADA – 5 MEILEN. Anna und er waren auf dem Weg ins Tal, von den Rockies nach Denver.
»Möchtest du rechts 'ranfahren und mich ans Steuer lassen?«
»Ich bin das Fahren auf solchen Straßen gewöhnt. Du hast ja die Straße von Monterey nach Big Sur gesehen.«
Er zündete sich eine Zigarette an und starrte vor sich hin.
»Unmittelbar bevor du aufgewacht bist, hast du im Schlaf gesprochen. Gemurmelt. Genau hab ich's nicht verstanden.«
»Ein Traum«, gestand er.
Er entspannte sich und sog das Mentholaroma der Zigarette ein.
»Ich wußte gar nicht mehr, daß du rauchst«, sagte sie.
»Hab ich wohl auch nicht. Du wirst mir deswegen doch keine Vorhaltungen machen?«
»Nein.« Sie schwieg kurze Zeit. Dann sagte sie: »Erinnerst du dich noch, daß ich gesagt habe, etwas an diesem Ferienort sei mir nicht geheuer, aber ich wüßte nicht, was?«
»Weißt du's jetzt?«
»Nicht direkt. Aber Elly Vosburgh hat doch von ihrem Bruder erzählt – daß er ihr geschrieben hätte, er lebe auf einer Wetterscheide?«
»Ja. Na und?«
»Schau mal im Straßenatlas nach! Liegt der Mount Elbert auf der Wetterscheide?«
Barry zog die Straßenkarten unter dem Sitz hervor, schaltete das Lämpchen auf dem Armaturenbrett ein, fand die richtige Seite und sah nach.
»Der Mount Elbert liegt leicht westlich von der Wetterscheide.«
»Westlich davon?«
»Genau. Wieso?«

»Als wir angehalten und ins Tal hinuntergeschaut haben, standen wir Richtung Norden«, sagte Anna. »Die Sonne war doch links von uns, stimmt's?«

»Stimmt.«

»Und wenn das, was Kevin über die Niederschläge geschrieben hat, ebenfalls stimmt, dann müßten sie nach Osten abziehen, zum Mississippi, also weg von der Sonne. Richtig?«

»Ich kann dir nicht folgen.«

»Als wir dem Transporter nachgefahren sind, mußten wir von Norden um den halben Berg herumfahren. Weißt du noch?«

»Ja.«

»Also haben wir die Nord- oder zumindest die Nordwestseite, und nach dem Anhalten dann die Südostseite des Mount Elbert gesehen, stimmt's?«

»Anzunehmen.«

»Und von wo kommen die Wolken in diesem Gebiet? Die Regen-, die Schneewolken?«

»Sie ziehen von West nach Ost. Und zum Teil kommt der Schnee wohl auch aus Norden. Nordwesten.«

»Genau wie ich dachte, Barry! Das heißt, daß aller Wahrscheinlichkeit nach der meiste Schnee auf der Nord- und Westflanke des Mount Elbert fallen müßte.«

»Ich verstehe nicht...« Und dann verstand er. »Aber die Skilifte des Ortes waren auf der Südostflanke!«

»Wo weit weniger Schnee fällt, möglicherweise gar nicht genug zum Skifahren!«

»Also doch ein Täuschungsmanöver – es muß das EDGE-Hauptquartier gewesen sein! Sehr clever von dir!« Er beugte sich hinüber und gab ihr einen Kuß auf die Wange. Als er sich wieder geradesetzte, sah er in den Rückspiegel. Zwei Scheinwerferpaare waren dicht hinter ihnen.

»Wenn du nicht Abstand hältst, bauen wir einen Unfall«, sagte Anna in scherzhaftem Ton.
»Moment!« Barry verharrte in seiner Position. »Sind die zwei Wagen da schon lange hinter uns?«
Anna warf einen Blick in den Rückspiegel. »Eine Weile.«
»Und sind sie zusammen aufgetaucht?«
Sie reckte den Hals, um die beiden Pkws im Seitenspiegel am Kotflügel zu begutachten. »Ich weiß nicht mehr. Ja, ich glaube schon. Was meinst du, Barry?«
Die beiden Wagen hinter ihnen hielten einen gleichmäßigen Abstand zu ihnen und zueinander.
»Anna, wir tauschen die Plätze«, sagte Barry.
»Gibt es weiter vorn eine Stelle, wo wir anhalten können?«
»Wir werden nicht anhalten.«
Anna warf ihm einen kurzen Blick zu. »Das ist nicht dein Ernst!«
»Falls diese beiden Wagen da uns wirklich verfolgen – und das tun sie, glaube ich –, dann werden sie bald an uns heranfahren, ehe wir nach Denver gelangen.«
Sie blickte auf, dann zur Seite, und widerstand dem Impuls, sich umzudrehen. »Du machst mir angst, Barry.«
»Ich weiß, du bist eine gute Fahrerin. Aber falls ich recht habe, ist jetzt mehr gefragt als fahrerisches Geschick«, sagte er. »Also?«
Anna schwieg. Dann sagte sie ziemlich gelassen: »Sie verfolgen uns? Bist du dir da auch sicher?«
»Zu neunundneunzig Prozent.«
»Gut. Also, was tun wir?«
Er kletterte auf den Rücksitz und sah in den Spiegel: Keine Veränderung bei den Wagen hinter ihnen. Ein Stück vor ihnen begann die Straße sich in weiten Serpentinen zu krümmen; doch waren sie nicht nur weit: sie waren auch trügerisch leicht.

»Rutsch möglichst weit rechts rüber!«
Sie gehorchte ihm.
»Noch weiter!«
»Dann komm ich aber nicht mehr an die Bremse!«
»Das Risiko müssen wir eingehn.« Er warf einen prüfenden Blick in den Rückspiegel und kletterte dann auf den Fahrersitz, wobei er versuchte, Anna nicht anzustoßen. Es glückte ihm ziemlich schlecht. Die Straße vor ihnen machte eine Kurve nach der anderen. Er zwängte sich hinter den Lenker und versuchte, sich flach an die linke Tür zu pressen – alles gleichzeitig. Die beiden Autos hinter ihnen blinkten. Merkten sie, daß etwas im Gang war?
Es gelang ihm, sich richtig hinzusetzen, während die bedauernswerte Anna, einen Fuß auf dem Gas, den anderen immer noch auf der Bremse, zwischen Sitz und Gangschaltung hing und zu lenken versuchte.
»Barry!«
»Runter von der Bremse! Schnell!«
Sie gehorchte.
»Jetzt den andern Fuß!«
Er ließ seinen eigenen aufs Gaspedal gleiten. Anna hatte sie durch eine Kurve manövriert; die nun folgenden wurden enger und steiler. Die Wagen hinter ihnen hatten an Geschwindigkeit zugelegt und waren jetzt nur ganz knapp hinter ihnen.
»Anna! Laß den Lenker los!«
Sie gehorchte, und im selben Moment fuhr einer der Wagen Barrys Mustang von hinten an. Der Lenker begann, unkontrolliert herumzuwirbeln. Barry und Anna griffen gleichzeitig danach. Barry bekam ihn zu fassen und schlug Anna aufs Handgelenk, damit sie losließ.
»Tut mir leid! Lehn dich zurück! Und zieh die Knie an!«
Der Wagen rammte sie noch einmal, diesmal fester, doch jetzt

hatte Barry das Steuer im Griff. Links von ihm eine Steilwand.
Anna drehte sich nach hinten.
»Duck dich! Bleib auf deinem Sitz!«
Die Straße führte steiler bergab, und Barry sagte sich: Jetzt oder nie! Er trat das Gaspedal durch, alles weitere mußte er dem Motor und der Schwerkraft überlassen. Der Wagen schoß vorwärts. Im Rückspiegel konnte Barry sehen, daß sein Verfolger weit zurückblieb und wieder Gas gab, als das zweite Auto neben ihm war. Beide Wagen befanden sich nur ein Stück voneinander getrennt. Die Fahrer schienen einander durch die heruntergekurbelten Fenster etwas zuzurufen. Dann verschwanden sie hinter der Kurve. Hoffentlich hatten sie keine Schießeisen dabei!
»Wir kommen langsam auf achtzig!« sagte Anna leise.
Da waren sie wieder! Direkt hinter ihnen. Und auch sie wurden schneller.
Er steuerte unbeirrt in die Kurve. »Kann sein, daß wir sogar noch weiter aufdrehen müssen.«
Die dröhnende Hupe eines entgegenkommenden Lastzugs und das wilde Blinken seiner Querstrahler über dem Führerhaus durchdrangen den Wagen. Dein Fahrstil ist irrsinnig!, signalisierten sie Barry. *Schnauze, Kumpel! Versuch du das erst mal!*
Dann schlängelte er sich erneut auf die Gegenfahrbahn und hörte die Hupe des Lastzugs schmettern, der gerade an den beiden Verfolgern vorbeifuhr. Einen Moment mußten sie hintereinander fahren, aber nicht lange. Nun fuhren sie wieder auf beiden Spuren, und diesmal holten sie rasch auf. Er beschleunigte auf fünfundachtzig Meilen pro Stunde. Man konnte nur das Steuer festhalten und hoffen, daß es gelang, den Wagen bei dieser Geschwindigkeit durch so eine Kurve zu steuern.

»Sie kommen wieder«, sagte Anna.

Er wechselte auf die Gegenfahrbahn, um sich durch die nächste S-Kurve zu lavieren, und erblickte weiter vorn ein kurzes Stück der Straße, das von Klippen gesäumt war.

»Barry!«

Er spürte den Aufprall von links hinten ganz plötzlich – viel stärker als vorher –, und obwohl er darauf gefaßt gewesen war, verlor er doch beinahe das Steuer aus dem Griff. Ein zweiter Stoß – auch dieser keine bloße Warnung mehr – von rechts, dann wieder einer von links.

»Runter mit dir!« schrie Barry, und obwohl er den Wagen unter diesen Umständen kaum noch in der Gewalt hatte, ging er auf neunzig. Er hängte sie wieder ab. Sein Adrenalinspiegel stieg. Würde diese verdammte Spirale denn nie enden? Sie waren wieder direkt hinter ihm.

Eine schmetternde Hupe und ein Paar Blinklichter zeigten ihm erneut, wie gefährlich seine Lage war. Und jetzt bekam er auch noch Seitenstechen!

Er schwenkte von der Gegenfahrbahn herunter und wieder zurück. Was er von der Straße sah, war eine nur noch engere, steilere Kurve. Die beiden Wagen rasten an ihn heran wie zwei Raubvögel, einer auf jeder Fahrbahn. Ihre Beifahrerfenster waren offen, und er konnte Hände mit Revolvern erkennen. Er hörte einen leisen, dumpfen Knall auf dem Verdeck – dann ein scharfes *Ping!*, als der Fahrerspiegel gestreift wurde und zersprang.

»Sie feuern auf uns!« sagte er so ruhig wie möglich. »Bleib unten!«

Ein neuer Schuß riß den Außenspiegel ganz herunter.

Barrys Seitenstechen war jetzt mörderisch, das Adrenalin erstickte ihn. Die letzte langgezogene Haarnadelkurve nach unten lag immer noch vor ihnen.

Anna begann, etwas auf russisch zu murmeln.

»Geht's dir gut?« fragte er.
»Prima!« antwortete sie fest und unverdrossen.
Endlich! Die gerade Teilstrecke, die zum Schlußstück der Serpentinen führte! Jetzt hatte er eine echte Alternative! Eine letzte Chance. Am Ende der Piste schlang sich die Straße zu einer steilen, gefährlichen S-Kurve hinunter, neben der es über dreihundert Meter bergab ging.
»Anna, hör zu, ich muß etwas ausprobieren! Wenn es nicht klappt, dann denk daran: Ich liebe dich. Ich habe dich immer geliebt. Vertraust du mir?« Er nahm seine rechte Hand vom Steuer und griff nach der ihren. Er drückte sie und packte wieder den Lenker.
»Bar-ry! Sie sind direkt hinter uns!«
»Halt dich fest, wenn dir dein Leben lieb ist, und bete, daß uns keiner entgegenkommt!« Damit gab er Gas, preschte in die Haarnadelkurve, trat dann mit aller Macht auf die Bremse und riß gleichzeitig das Steuer nach rechts.
»Wir werden zusammenstoßen!« schrie Anna. Das Fahrzeug schaukelte wild und rutschte, die Reifen quietschten, Gummi schmorte, aber der Wagen drehte sich ganz um die eigene Achse, ehe er stehenblieb. Er stand mit der Schnauze bergauf. Den beiden herankommenden Fahrern blieben nur Sekunden zum Ausweichen. Der linke Wagen streifte den vorderen Kotflügel, prallte ab, drückte Barry und Annas Auto gegen das von rechts herankommende Fahrzeug, das ihnen den Kotflügel aufriß, dann herumgeschleudert und gegen eine steile Felswand geschmettert wurde. Dreißig Sekunden später folgte ein noch viel lauteres Dröhnen, als der andere Wagen abstürzte und explodierte. Er hatte die Leitplanke durchbrochen.
Unterdessen rollte Barry in seinem unbeherrschbar gewordenen Fahrzeug rückwärts den Berg hinab. Er probierte die Zündung einmal, zweimal. Nichts. Sie fuhren geradewegs auf ein paar Scheinwerfer zu, die von unten herankamen.

»Los doch, verdammt!« brüllte Barry und schlug wütend mit der flachen Hand auf das Armaturenbrett.
Da endlich erwachte der Motor stotternd zum Leben. Barry trat auf die Bremse. Dann jagte er gerade noch rechtzeitig vorwärts, in eine Hundertachtzig-Grad-Kurve, um einem entgegenkommenden Auto auszuweichen. Als es vorbeifuhr, saß der Fahrer regelrecht auf der Hupe.
»Bloß hier weg!« rief Barry und bog auf die gerade Fahrbahn.
Zuerst schien es, als hätte Anna Angst, sich zu bewegen oder auch nur zu sprechen. Dann richtete sie sich auf ihrem Sitz auf.
Sobald sie aus den Bergen heraus waren, hielt er an der nächstbesten Straßenbucht an, stieg aus, streckte sich, massierte sich die Seite und half Anna vom Beifahrersitz.
Sie war wacklig auf den Beinen und lehnte sich an das Auto. Es war jetzt bitterkalt. Schon kamen die blitzenden Lichter und die Sirenen von Autos der Staatspolizei sowie ein Abschleppwagen an ihnen vorbei.
Barry und Anna hielten sich fest in den Armen. Unter ihnen lag das riesige glitzernde Lichternetz von Denver und seinen Vorstädten.
Als Barry sie zu küssen versuchte, wich Anna zurück und sah ihm in die Augen.
»Du weißt, daß Land sie geschickt hat. Und er wird es noch einmal versuchen, Barry.«
»Ich weiß.«

In Anbetracht der späten Stunde hätte Barry gewettet, daß er Linda Hendricks nicht mehr in ihrem Büro erreichen würde. Doch sie war da und hatte sogar auf seinen Anruf gewartet.
»Wo haben Sie denn gesteckt?« fragte die junge Frau, und da sie jetzt erst zum zweiten Mal miteinander sprachen, wußte er nicht genau, ob sie wirklich so aufgeregt war, wie sie sich anhörte.

»Wieso? Gibt's was Neues?« fragte er.
»Und ob!«
»Soll ich lieber den Computer anschließen?«
»Augenblick bitte!« sagte sie.
Er beschloß, das Gerät anzuschließen, solange er warten mußte. Dabei kam er am Badezimmer vorbei, klopfte sanft und hörte Anna etwas sagen. Er lugte hinein. Sie lag schaumbedeckt in der Wanne und wusch sich die Haare.
»Ich hab sie erreicht. Sie hat irgendwelche Neuigkeiten«, sagte er. »Laß mir ein bißchen heißes Wasser zum Duschen übrig!«
Lachend bespritzte sie ihn mit Schaumblasen.
Barry setzte sich an den Tisch neben dem Bett und begann, das Modem erst mit dem Telefonhörer, danach mit einem Laufwerk des Computers zu verbinden, schaltete das Gerät ein, ging in eine offene Datei und stellte sie auf Empfang. Dann zündete er sich eine Zigarette an und sah sich in dem kleinen Motelzimmer um. Dabei hörte er Anna zu, die im Bad summte. Er wartete.
Es war eine trügerische Ruhe. Sie hätten ebensogut ein x-beliebiges Paar sein können, das den ganzen Tag durchgefahren war und in diesem Allerweltsmotel ein paar Meilen südlich von Denver haltgemacht hatte, um zu übernachten. Barry war ziemlich sicher, daß der Empfangsangestellte genau diesen Eindruck gehabt hatte, als sie vor einer Stunde hier abgestiegen waren.
»Ich bin wieder da. Tut mir leid. Ich mußte einen Anruf entgegennehmen. Es ging um eine andere Sache, an der ich gerade arbeite. Wo stecken Sie jetzt?«
»In einem Motel in Littleton. An der Bundesstraße.«
»Besser, Sie geben mir Ihre Telefonnummer«, sagte sie. Und als er die Nummer durchgegeben hatte, tippte Linda Hendricks zurück: »Was tun Sie denn *da?*«

»Wir hielten es für sicherer, als in einem Hotel in Denver abzusteigen.« Und noch bevor sie die naheliegende Frage stellen konnte, fuhr er fort: »Auf dem Weg von Leadville 'runter haben wir Ärger gehabt.«
Er konnte sie fast denken hören: Soll ich fragen? Er entschied, daß sie es ebensogut erfahren konnte. Schließlich konnte sie vielleicht auch in Gefahr geraten. »Zwei Wagen haben probiert, uns in der langen Haarnadelkurve vor Arvada von einer Klippe zu stoßen.«
»Ist das ein Witz?«
Er versuchte, so kurz und bündig wie möglich zu berichten, was geschehen war.
»Mein Gott! Wer hat sie Ihnen hinterhergeschickt?«
»Wir glauben, es war der CIA.«
»Wow!«
»Wir sind sicher, daß er etwas mit den Kindern zu tun hat. Wir wissen nicht, wie genau. Und wir halten diese Leute für eine wirkliche Gefahr. Selbst für Sie. Seien Sie vorsichtig!«
»Ich kann schon auf mich aufpassen«, antwortete sie.
»Nun, ich hab Sie gewarnt«, tippte er. »Also... Hat Gunther einen Weg in die EDGE-Datei des NSA gefunden?«
»Leider nein. Und auch keine Möglichkeit, Sie in die Leitung zu flicken, obwohl er noch daran arbeitet. Aber mein Kontakt in Washington hatte ein Info über Burr Talmadge.«
»Her damit!« tippte Barry.
»Wirklich eine bunte Geschichte. Talmadge hat in den Fünfzigern als Senatsdiener angefangen. War dick befreundet mit einem Senator, der allmählich verkalkte. In Insiderkreisen hieß es, Talmadge hätte über etwa sechs Jahre den ganzen Laden geschmissen.«
»Das hat nicht viel mit übersinnlich begabten Kindern zu tun«, unterbrach Barry.
»Es kommt noch besser. Talmadge hielt sich immer im

Hintergrund, heiratete eine Tochter der höheren Gesellschaft, deren Vater zufällig Ex-Gouverneur war. Als die Dame sieben Jahre später verstarb, erbte er einen dicken Batzen.«

»Verdächtige Todesumstände?«

»Nicht die Spur. Leukämie. Jedenfalls tauchte Talmadge Ende der Sechziger plötzlich wieder in Washington auf, wo er die Abgeordneten herumkriegen wollte, ein erweitertes Programm von J. B. Smiths Gruppe an der Southeastern University staatlich zu finanzieren. Zielsetzung dieser Gruppe: Studium von übersinnlicher Wahrnehmung unter allen Aspekten. Der Antrag kam durch. Einige hielten Talmadge für einen Mitarbeiter des CIA, der in irgendeiner klammheimlichen Gruppe übersinnliche Phänome untersuchte. Sind Sie noch dran?«

»Direkt am Draht.« Barry konnte hören, wie Anna sich abduschte.

»Allem Anschein nach hatten sie einem Jungen aus Irkutsk zur Flucht verholfen. Besaß angeblich mediale Kräfte, der Knabe. Sie brachten ihn in ein Haus im Iran, wo er sicher war, und testeten ihn auf Teufel komm raus. Der KGB verschleppte den Kleinen wieder zurück in die Sowjetunion. Aber seine Testergebnisse waren auch ganz erbärmlich. Er hatte nicht mal genug geistigen Saft, um eine Glühbirne einzuschalten. Ein paar Jahre nach diesem Fiasko tauchte Talmadge an der McGill University in Toronto auf. In Zusammenhang mit den Untersuchungen irgendeines verrückten Professors, der freiwillige Testpersonen massiven Dosen von LSD-25, Lichtern, Lärm, psychischer Steuerung, Vitaminüberdosen, Schocks und künstlichem Wahrnehmungsverlust jeder Art ausgesetzt hat. Das war Mitte der Siebziger.«

»Das ist alles?« tippte Barry.

»Danach verliert sich jede Spur von ihm. Aber das läßt doch schrecklich viel vermuten, oder?«

Barry mußte ihr recht geben. Das reimte sich zusammen! Talmadge, Land, der CIA – Verbindungen bis in die Sechziger. Aber ein entscheidender Puzzlestein fehlte noch – einer, der alles miteinander verband.

Anna war im Badezimmer fast fertig. Barry fragte sich, ob er der Journalistin erzählen sollte, welchen Verdacht sie über den Wintersportort am Mount Elbert geschöpft hatten. Würde sie womöglich töricht genug sein, sich genau zum falschen Zeitpunkt einzumischen?

Doch noch bevor er zu einem Entschluß gelangt war, sah er Linda schreiben: »Haben Sie oben in Leadville eine Spur verfolgt?«

»Über Talmadge weiß ich nichts«, tippte Barry, »aber ich hatte mit einem anderen CIA-Agenten, Alex Land, zu tun. Er ist falsch und erbarmungslos. Bleiben Sie weg von Leadville und kommen Sie Land *nicht* zu nahe. Abgemacht, Linda?«

»Roger.«

»Falls ich morgen mehr weiß, rufe ich zurück. Bis dahin warten wir mal ab, ob Gunther diese Datei knacken oder eine Leitung für mich einflicken kann.«

»Seien Sie vorsichtig!« zeichnete sie ab.

Barry drückte die Speichertaste, schaltete das Gerät dann ab, zog es aus dem Anschluß, verschloß den Computerkoffer und schob ihn unters Bett.

»Kann ich jetzt vielleicht duschen?« fragte er Anna. Sie stand am Waschbecken und rieb sich mit einem Handtuch die Haare trocken.

»Laß dich von mir nicht aufhalten!« sagte sie.

Als er ein paar Minuten später, ein Handtuch um die Taille, aus dem Badezimmer trat, fühlte er sich erfrischt. Anna saß mit übereinandergeschlagenen Beinen auf dem Motelbett und hatte sich ein blaßblaues Handtuch wie einen Turban um den Kopf gewickelt, ein anderes um ihren Oberkörper. Sie

schaltete gerade mit der Fernbedienung die Kanäle im Fernseher durch. Ein zauberhafter Anblick. Barry setzte sich rittlings vor sie aufs Bett und begann, an einem ihrer Knie zu knabbern.
»Hör auf! Das kitzelt.«
»Es soll nicht kitzeln. Es soll erregend wirken.«
»In Paris waren die Badetücher rosa.« Er löste ihren Turban und zog ihn weg, so daß Annas Haar lose herabfiel. Dann küßte er sie auf Nacken, Ohren und Hals. »Deine Haare waren damals sehr lang, so lang, daß du sie flechten konntest und sie trotzdem noch über den Rücken fielen.«
»Daran erinnerst du dich noch?« fragte sie.
»Ich erinnere mich an alles in Paris. An jede Sekunde.« Er rutschte vor sie hin und schob langsam das Handtuch von ihren Brüsten. »Ich habe es siebzehn Jahre lang nicht vergessen.« Er küßte ihre Brüste und band dabei das Handtuch um Annas Taille los. »Als wir im Bois Himbeeren mit Crème Fraîche gegessen haben.« Er leckte ihr den Nabel, als suche er darin nach einer Beere, und sah zu ihr auf. »Alles!«
Sie fuhr ihm mit einer Hand durchs Haar und starrte ihn dabei absolut merkwürdig an.
»Weißt du, ich bin nicht mehr dieses kleine Emigrantenmädchen, Barry.«
»Und ich bin nicht mehr dieser naive Student, Anna.«
»Warum also...?«
Er streichelte ihre Oberschenkel, ließ seine Hände über ihre Hüften gleiten. »Weil niemand uns dazu drängt... Weil wir im Vollbesitz unserer körperlichen und geistigen Fähigkeiten sind... Weil wir es wollen... Sonst noch Gründe gefällig?« fragte er.
»Komm hierher, Barry!« sagte sie. »Damit ich sehen kann, wer du wirklich bist.«
Er rutschte auf der Bettdecke hinauf, warf dabei Handtücher

zur Seite, und sie lehnte sich zurück. Sie waren jetzt beide nackt, lagen einander gegenüber, nur durch Zentimeter getrennt. Er wollte sie in die Arme nehmen, aber sie hielt ihn zurück, so behutsam jedoch, daß er spürte, es war nur für einen Augenblick.

»Na?« fragte er, jetzt Auge in Auge mit ihr. »Siehst du nun, wer ich bin, all meiner trügerischen Reize – Jugend, Paris et cetera – beraubt?«

»Ja. Und siehst du auch mich, wie ich wirklich bin – heute, nicht wie vor siebzehn Jahren?«

»Ich sehe eine Frau, die durch die Hölle gegangen und zurückgekehrt ist, um davon zu berichten – eine Frau, die sehr viel verloren und noch mehr gewonnen hat. Ich mag dich heute noch viel lieber. Und was siehst du?«

»Ich sehe den Vater meines Kindes«, erwiderte sie und ließ seine Hände los.

»Schau mich an, Anna, hör auf meine Stimme: Ich zittere vor Erregung und Vorfreude, wie ein unerfahrener Junge.«

»Ja. Ist das nicht wunderbar?« fragte sie und kuschelte sich in seine Arme.

Regen. Dichter, gleichmäßiger Regen. Und bestimmt kalt, dachte Barry, so, wie es plötzlich vom Fenster her zog! Er lag in Bettdecken gewickelt, mit Annas Körper verschlungen. Er zog die Decke fester um sich und versuchte, seinen Kopf noch tiefer in Annas Körper zu vergraben. Im Zimmer herrschte Dunkelheit, und der Regen draußen war laut, die Autos rauschten auf der nassen Fahrbahn vorbei. Barry hörte in der Ferne die Hupen von zwei Sattelschleppern, die Zwiesprache hielten. Ein neuer Luftzug drang unter die Bettdecken. Barry wußte, er würde erst wieder einschlafen können, wenn er aufgestanden war und das Fenster zugemacht hatte. Er wollte Annas Körper so gern weiter an seinen geschmiegt spüren, daß ein enormer Willensakt nötig war, um die Decken abzuwerfen.

Behutsam löste er sich von ihr und rutschte ein wenig zur Seite.

Und in diesem Moment fragte er sich, wieso das Fenster überhaupt offenstand.

Er vernahm das Geräusch eines Atems, der weder zu ihm noch zu Anna gehörte. Es schien unmittelbar vor dem Bett zu sein. Es war jemand im Zimmer!

Jetzt regte sich Anna im Schlaf. Oder…nein, es war etwas anderes, es befand sich noch jemand im Raum, nicht weit von Anna. Zwei! Es waren zwei!

Barry setzte sich auf, drehte sich zur Lampe um.

Abrupt wurde es von oben her hell, gleichzeitig ertönte ein leiser, dumpfer Knall. Rechts neben Barry schlug etwas auf der Decke auf. Eine zweite grelle Explosion folgte, der gleiche leise Knall, diesmal viel näher. Dann zog jemand scharf den Atem ein – er selbst! Es dauerte eine Sekunde, bis sich die Hitze – eine Hitze wie von einem Blitz – über seiner Brust ausbreitete und ihm Arme und Beine lähmte. Er fiel zurück. Doch trotz des flammenden Schmerzes versuchte er, sich zu bewegen – versuchte, Anna zu beschützen. Er glaubte zu hören, wie sie sich wehrte. Und er konnte nichts tun, um die Eindringlinge aufzuhalten und ihr zu helfen.

Ein sekundenlanger Lichtschimmer, als würde eine Tür zum Gang geöffnet. Hilfe. Es mußte Hilfe sein. Wieder Dunkelheit. Sie hatten Anna mitgenommen. Ihn niedergeschossen und Anna mitgenommen. Und er war hilflos, verletzt oder im Sterben – lag hier im Dunkeln, während ein neues Geräusch, eine Art Gurgeln, ihm aus der Kehle aufstieg. Wie Knochen, die aneinandergerieben wurden. Er dachte: Mein Gott! Das klingt ja wie eine Rassel! Und obgleich er wußte, daß er aufs Bett gefallen war, begann er zu sinken, rückwärts unterzutauchen, in die Tiefe zu stürzen.

Zweites Buch

ANNA

7

Als das Auto anfing, über unebenes Gelände zu holpern, erwachte Anna allmählich. So unbequem, wie sie auf dem Rücksitz saß, an Händen und Füßen gefesselt, glaubte sie zuerst, sie könne sich gar nicht aufsetzen. Sie fühlte sich schwindelig.

»Das wird schon wieder.« Der Mann auf dem Beifahrersitz drehte sich halb zu ihr um. »Wir mußten Sie betäuben. Das geht im Nu wieder vorbei.« Seine Stimme hörte sich jung an, sogar höflich.

Er sah wieder nach vorn, und im selben Augenblick traf der Wagen auf eine neue Reihe tiefer Spurrinnen. In der ringsum herrschenden Dunkelheit konnte Anna zwei sich überlappende Lichtkegel sehen, die den geröllübersäten Boden vor ihnen beleuchteten. Die Scheinwerfer. Sie und ihre Entführer saßen in einem Kombi mit Vierradantrieb.

»Tut mir leid, daß wir Sie fesseln mußten«, begann der junge Mann erneut, während der Motor knirschend in einen niedrigeren Gang wechselte. »Wir haben Seide genommen. Das hinterläßt keine Spuren auf der Haut.«

Das Fahrzeug schien langsamer zu werden, als es jetzt in eine tiefe Schlucht einbog. Anna beschloß, nicht mit den beiden zu reden – egal, wie höflich sie waren, egal, wie viele Fragen sie hatte.

Nun, da ihr Kopf allmählich klar wurde, fielen ihr diese

letzten Augenblicke in dem Motel vor Denver wieder ein. Man hatte sie aus dem Bett und durch die Tür gezerrt. Auf dem Flur draußen hatte zwar nur schwaches Licht gebrannt, verglichen mit dem Zimmer war es aber geradezu grell gewesen – hell genug, um zu erkennen, wie Barry sich aufsetzte. Sein Kopf und seine Brust waren dem Fenster zugewandt. Sie hatte gesehen, daß er die Hand ausstreckte, und dann hatte es zweimal leise geknallt, der eine Knall nur wenige Sekunden nach dem anderen.

Barry! Sie hatten Barry aus nächster Nähe in die Brust geschossen – höchstwahrscheinlich getötet. Und sie selbst wurde jetzt irgendwohin gebracht. Wie lange war sie auf diesem Rücksitz gefesselt und bewußtlos gewesen? Wohin waren sie unterwegs? Barry!

»In ein paar Minuten sind wir da«, sagte der Mann mit der sanften Stimme, als hätte er gewußt, was sie fragen wollte. »Wir binden Sie an den Beinen los, damit Sie gehen können. Weglaufen hätte sowieso keinen Zweck. Wir sind völlig auf freier Strecke.«

Das Fahrzeug verließ die Schlucht und überquerte eine größere freie Fläche. In nicht allzuweiter Ferne konnte Anna eine rote Blinklampe erkennen. Der Fahrer stoppte und blinkte mit seinen Scheinwerfern zurück. Ein paar Sekunden später ließ er den Motor wieder an, um in Schrittgeschwindigkeit weiterzufahren. Es ging ein kurzes Stück bergauf, dann über irgendeinen Felshang, und schließlich holperte der Wagen wieder auf glatte Oberfläche. Das Gelände schien ringsum geschlossen. Anna konnte nur Felswände erkennen, die von alten hölzernen Stützpfosten unterbrochen waren. Eine Art Bergwerksschacht.

Sie hielten abermals, an irgendeinem Maschendrahtzaun. Der Jüngere stieg aus, machte sich an einer Reihe von Schlössern zu schaffen und öffnete das Tor. Der Kombiwagen kroch vorwärts. Er bog fast unverzüglich nach links und wartete im Leerlauf, während der Mann das Tor hinter ihnen zumachte und wieder verschloß. Dann stieg er wieder in den Wagen. Sie fuhren langsam weiter. Nach ein paar Minuten hielt der Kleinbus erneut, und diesmal stiegen beide Männer aus, um Anna die Hecktür zu öffnen.

Anna wußte, daß sie wachsam bleiben, daß sie nach ihrer Gelegenheit Ausschau halten mußte. Sie atmete tief durch, um gegen einen hysterischen Anfall anzukämpfen.

Es funktionierte. Sie war ruhig, fast gelassen, als der junge Mann ihre Beine aus der Tür des Kombis zerrte, die Fußfesseln abnahm und ihr die Knöchel massierte, um das Blut so weit in Gang zu bringen, daß sie gehen konnte. Der andere war jetzt hinter einem Felsvorsprung verschwunden, doch sie konnte ihn mit jemandem reden hören. Zwei, möglicherweise drei, gegen eine. Aber trotzdem kannte sie den Weg nach draußen. Sie wartete ab, bis sie wieder fest auf den Beinen stand und der Mann, der ihr die Fesseln gelöst hatte, sich etwas abgewandt hatte. Dann reagierte sie.

Sie schwang die gefesselten Fäuste wie eine Keule, schlug sie ihm auf den Hinterkopf, machte dann kehrt und lief den Weg zurück, den sie gefahren waren. Ihre nackten Füße waren empfindlich, aber das ließ sie nur noch schneller über die Felsoberfläche rasen. Sie war schon aus dem Tunnel draußen und in der größeren Höhle. Als sie vor dem Maschendrahtzaun stand, hörte sie laute Rufe hinter sich.

Kein Versteck weit und breit! Und das Tor reichte vom Boden bis zur Decke, befestigt an massiven, in den Fels eingelassenen Stahlpfosten. Aber sie war verzweifelt: Sie versuchte mit aller Kraft, den Zaun anzuheben, um darunter hindurchzuschlüpfen. Die Schreie der Männer waren schon fast bei ihr, und sie hörte das unverkennbare Geräusch herannahender Stiefel. Sie riß sich die Finger am Zaun auf, brach sich die

Nägel ab, doch immerhin hatte sie es geschafft, das dicke Maschengeflecht ein paar Zentimeter auseinanderzuziehen, als sie von hinten gepackt wurde. Sie strampelte und kreischte. Aber die Männer waren zu zweit, dann zu dritt, und Anna sah, wie das Veloursleder abermals über ihr Gesicht gepreßt wurde.

Als sie wieder erwachte, dachte sie zuerst, sie schliefe und träume immer noch. Sie hatte diesen schrecklichen Traum schon Jahre nicht mehr gehabt – eher eine Erinnerung an ihre Monate als Lands Gefangene denn ein Traum –, und desto entsetzlicher schien er ihr.

»Sie kommt wieder zu sich«, bemerkte eine Frauenstimme trocken.

»Ich bin gleich fertig«, erwiderte ein Mann.

Unmöglich zu erkennen, wer von den zweien wer war. Sie trugen beide blaue Arztkittel, Operationskappen und Operationsmasken. Ebenso wie eine dritte Gestalt in der anderen Ecke des hell erleuchteten Raumes.

Anna war festgeschnallt, ihr nackter Körper in einem Fünfundvierzig-Grad-Winkel zum Kopf geneigt. Ein Leintuch bedeckte einen Teil ihrer Mittelpartie. Sie hatte überhaupt kein Gefühl.

»Soll ich noch etwas Chloroform verabreichen?« fragte die Frau.

»Ich habe gesagt, ich bin fertig.«

Er trat zurück. Keine Klammern, keine Pinzette, keine schrecklich glitzernden Messer in seinen gummibehandschuhten Händen. Nur ein winziges, trübes Reagenzglas.

»In Ordnung!« sagte er. »Das wär's.«

Die Frau löste die Druckverbände von Annas Armen und begann, den Tisch wieder waagrecht zu kippen.

Dann zog der Mann das Tuch über Annas Beine, hielt ihr ein

winziges Taschenlämpchen an die Augen und spähte in jedes hinein.
»Sieht alles normal aus«, meldete er. »Sie sind bei bester Gesundheit.« Und jetzt klang seine Stimme nasal, mit einem Akzent aus dem mittleren Westen. »Wir wollten nur auf Nummer Sicher gehn.«
»Wieso?« Anna fand ihre Stimme wieder.
Er zuckte die Achseln und lachte beinahe. »Manchmal werden durch ein Trauma alle möglichen...«
»Was haben Sie mit mir gemacht?« fragte Anna und hörte, wie heiser sie klang; ihre Kehle war wund vom Chloroform.
»Nichts. Gar nichts! Ärztliche Standarduntersuchung. Herz, Blutdruck, Hals, Nasen, Ohren. Wir haben ein bißchen Blut abgenommen. Weiter nichts.«
Sie glaubte ihm nicht. Sie war sicher, daß er ihr etwas Schreckliches angetan hatte. Warum sonst hatte man sie hierhergebracht, sie außer Gefecht gesetzt und festgeschnallt?
»Okay!« sagte er, als die andere Gestalt ihm Zeichen gab. »Verschwinden wir!«
Die stumme Gestalt trat aus dem Zimmer und ließ die Tür offen. Der Tisch, auf dem Anna lag, hatte Räder. Sie wurde hinaus, durch einen leeren Korridor, von dort in einen stählernen Fahrstuhl und in einen anderen Gang mit hohen Glasfenstern gerollt, durch die sie Sonnenschein sehen konnte (Wie das? War sie denn nicht irgendwo unter die Erde geschleppt worden?), bis man sie schließlich in einem Zimmer stehenließ.
Anna hörte das Schloß klicken. Zugesperrt. Sie sah an sich selbst hinab. Das blaßblaue Laken bedeckte ihren Körper immer noch, aber die Gurte um Hände und Füße hatte man gelöst. Sie trug kleine Verbände um die Wunden an den Fingern – von dem Zaun. Mit einiger Mühe schaffte sie es,

sich aufzurichten und ihre Füße auf den Boden zu schwingen. Sie fühlte sich immer noch merkwürdig, ihrer Reflexe nicht ganz sicher. Zweifellos von all dem Chloroform.
Sie mußte sich zusammennehmen.
Zwei tiefe Atemzüge. Drei. Schon besser. Ihr Kopf war wieder klar. Sie ließ sich vom Tisch gleiten, schwankte einen Moment und stand dann mit beiden Beinen fest auf dem Boden. Danach schlang sie das Laken um den Körper wie eine altrömische Toga und sah sich genauer um. Nein, dachte sie dabei, sie glaubte einfach nicht, was Barry geschehen sein sollte! Es war eine optische Täuschung gewesen – eine Verzerrung von Licht und Schatten. Und überhaupt hatte sie ja noch halb geschlafen.
Doch wo war sie jetzt?
In einem dreieinhalb mal dreieinhalb Meter großen Raum. Mit eingebautem Bett und einem Schreibtisch an der gegenüberliegenden Wand. Ein Klappstuhl. Eine einzige Tür, durch die sie auch hereingekommen waren. Künstliches Licht, in die Decke eingelassen. Die Decke selbst außer Reichweite, selbst wenn sie sich auf den Stuhl stellen würde. Was waren das für Schiebetüren rechts und links neben dem Eingang? Sie öffnete sie: Schrankfächer voller Kleider. In einem davon lag die Unterhose, die sie getragen hatte, als sie aus dem Motelbett gezerrt worden war. Kein BH. Der schmale Wandschrank enthielt ein paar Kittel – keine Designermodelle, aber ganz brauchbar.
Hinter einer anderen Tür lag ein Frisiertisch, dazu ein kleines Waschbecken, ein Ausklappspiegel und ein Fach mit Toilettenartikeln. Natürlich keine Schere außer einer zum Nägelschneiden. Immerhin; aber die war vorne stumpf. Anna ließ das Laken fallen und begann, sich anzuziehen. Sie wußte, daß sie sich gefaßter fühlen würde, wenn sie erst einmal gewaschen und bekleidet war. Abgesehen von ihrer Unterwäsche

deutete nichts darauf hin, daß man sich auf sie vorbereitet, sie erwartet hatte. Dieses Zimmer konnte jeder Frau gehören – einer Labor- oder Arzttechnikerin zum Beispiel –, die schnell von hier ausgezogen war.

Verschieden große Wandfächer schienen das Zimmer wie Waben zu umgeben. Eines davon enthielt eine spärliche Bibliothek: ein paar der neuesten Bestseller sowie Zeitschriften, für die sich eine Frau interessieren mochte – *Elle, House and Garden* und *Ms.* In einer Tischschublade lagen neben Besteck und Servietten (offensichtlich würde sie hier auch essen) Schreibpapier, Filzstifte, ein Kartenspiel und ein Notizheft. Wandanschlüsse verrieten, daß man ein Telefon und wahrscheinlich auch einen Computer entfernt hatte. Anna entdeckte einen flachen Druckschalter, durch den sich über dem Tisch Licht machen ließ, dann ebensolche Knöpfe beim Bett und an der Wand neben der Tür. Über dem Schreibtisch ein Fach mit einem kleinen Radiorecorder und einem Fernsehapparat. Sie probierte beides aus, und die Geräte funktionierten – nur waren die erreichbaren Lokalsender nicht sehr zahlreich, das Fernsehbild »verschneit« und der Radioempfang voller Rauschen. Eine weitere Schiebetür verbarg eine Toilette, die Tür daneben eine Duschkabine samt Handtüchern, Seife, Shampoo und Haarkosmetik. Die Duschköpfe waren in die Wand eingebaut, der Fön ebenfalls. Wer diesen Raum entworfen hatte, hatte an alles gedacht.

Sie war sicher, daß man sie beobachtete, auch wenn sie nirgendwo um die Deckenplatten etwas so Offensichtliches wie ein Kameraauge bemerkt hatte.

Sie ging zum Bett, schüttelte die Kopfkissen auf und begann, in einem der Bücher zu lesen. Es lag wohl an den vielen Betäubungsmitteln, daß sie sich so müde fühlte. Darum schleuderte sie die flachen Hausschuhe, die sie gefunden hatte, von den Füßen und entspannte sich.

Sie würde ihnen nichts preisgeben, das ihre Kidnapper womöglich gegen sie verwenden konnten. Nicht das geringste. Anna glaubte zu wissen, wer »sie« waren.
Ich bin wieder einmal in den Händen meines Feindes! dachte sie beim Einschlafen. Und wieder einmal ist Barry tot.

Aus Angst, daß ihre Mahlzeiten mit Drogen versetzt sein könnten, nippte sie nur daran und aß lediglich Salat, aber auch den ohne alle Sauce und alles Obst. Am zweiten Morgen jedoch war ihr Hunger so groß, daß sie den Toast und eine Banane sorgfältig, aber vergeblich, auf Einstichstellen einer Spritze untersuchte und sie dann gierig hinunterschlang. An diesem Vormittag fand sie auch einen nicht allzu wackligen Lokalsender im Radio und ließ ihn an, um »Gesellschaft« zu haben. Denn obwohl er größtenteils Country-and-Western-Musik brachte – noch nie ihr Geschmack –, sagte doch mitunter ein Sprecher Uhrzeit und Wetter durch oder meldete ein paar Nachrichten vom Ort und aus aller Welt.
Am gleichen Abend gegen neun las Anna gerade einen Roman und war mit halbem Ohr bei dem Rundfunksender, da vernahm sie plötzlich eine leise Stimme im Raum. Sie horchte angestrengt, konnte aber keine Worte verstehen: Es war, als würde sie ein Gespräch irgendwo nebenan belauschen.
Leise, wie zufällig, legte sie das Buch hin, stand vom Bett auf und legte ein Ohr an die Wand. Nichts. Dann ging sie hinüber zum Radio und drehte die Lautstärke auf. Eine Frau mit winselnder Stimme lamentierte gerade, daß ihr Kerl in den Spirituosenladen gegangen und – *no more, no more* – nie mehr, nie mehr zurückgekommen sei. Über dem Gesang aber – oder irgendwie *durch* ihn hindurch – konnte Anna eine zweite, zarte Frauenstimme hören, die fast verträumt irgendwelche Worte intonierte. Sie drehte auf einen anderen Sender, empfing nichts als Rauschen, und dann hörte sie die Stimme mit erschreckender Deutlichkeit:

»Wer bist du? Ich weiß, daß du da bist. Wie heißt du? Wirst du mit mir reden?«
Anna wich vom Lautsprecher zurück. Vor Verblüffung hatte sie die Hand aufs Herz gepreßt.
»Bitte sprich mit mir! Ich möchte, daß du meine Freundin wirst.«
Wer, um alles in der Welt, konnte das sein? Anna streckte eine Hand nach dem Radio aus, suchte wieder nach dem Rauschen, dann den Country-Sender und drehte weiter, bis sie erneutes Rauschen hörte. Wieder vernahm sie ganz deutlich diese Stimme:
»Ich weiß, daß du einsam bist. Ich bin auch einsam. Willst du denn nicht mit mir reden? Willst du nicht meine Freundin sein?«
Etwas an diesem Mädchen – denn nun wußte Anna mit Sicherheit, daß es eine Mädchen- und keine Frauenstimme war – wirkte so traurig, daß Anna schon zu einer Antwort ansetzte, da fiel ihr plötzlich ein, wo sie sich befand – und in wessen Händen. Sie konnte nicht sicher sein, was sich hinter dieser Stimme verbarg. Es konnte sich um irgendeine neue elektronische Verhörmethode oder ein Tonband handeln, das man immer wieder abspielte, um eine unterschwellige geistige Kontrolle auszuüben. Ja, es konnte sogar eine neue Art von Hypnose dahinterstecken! Wahrscheinlich hatte man sich fest darauf verlassen, daß sie zur Unterhaltung das Radio einschalten würde – hatte sämtliche Kanäle blockiert bis auf diesen einen, und dann...
»Ich heiße Sancha. Und wie heißt du?« fragte das Mädchen mit wehmütiger Stimme.
Anna streckte rasch eine Hand aus und schaltete das Gerät ab.
Während der nächsten zehn Minuten zitterte sie bei dem Gedanken, wie leicht sie in die Falle getappt war. Oder doch

um ein Haar. Sie durfte in ihrer Wachsamkeit nie nachlassen. Nicht eine Sekunde!
Als Anna jedoch wieder zu ihrer Lektüre zurückkehrte, ging ihr diese Mädchenstimme nicht aus dem Kopf. Ebensowenig wie das, was die Stimme gesagt hatte.

Am dritten Morgen kam Anna aus der Dusche und roch frische Blumen im Zimmer. Ein Strauß gesprenkelter roter Gartennelken war in ein beigefarbenes Väschen gesteckt worden.
Im ersten Moment wollte sie instinktiv hingehen, um daran zu riechen. Aber sie unterdrückte diesen Impuls und kämmte sich, in ein Badetuch gewickelt, langsam das Haar durch. Sie würden auf irgendwelche Anzeichen jeglicher Art von Begierde lauern – irgendwelchen Enthusiasmus. Wenn man erst einmal Gefälligkeiten annahm, war man dazu verdammt, die, die einen gefangenhielten, insgesamt zu akzeptieren. Passiver Widerstand ließ sich nur durch Konsequenz, Genauigkeit und Perfektion leisten.
Aber trotz allem erfüllte der wilde, liebliche Blumengeruch das Zimmer, während Anna sich methodisch die Haare durchbürstete und sich anzog. Auf dem Klapptisch neben der Tür stand wie üblich das Metalltablett, unter dessen Haube ihr Frühstück war – noch so eine kleine Reihe von Tests. Auch darauf wollte sie nicht begierig erscheinen.
Erst, nachdem sie sicher war, daß sie heute aussah wie gewünscht, holte sich Anna fast beiläufig das Tablett und stellte es auf ihren Eßtisch. Als sie dabei an den Blumen vorüberkam, nahm sie deren Aroma bereitwilliger zur Kenntnis; sie freute sich über den starken, durchdringenden Duft, achtete aber unbedingt darauf, daß sie nach außen gleichgültig wirkte.
Beim Aufdecken des Tabletts erlebte sie eine weitere Überra-

schung. Zwischen dem großen Teller und der Kaffeekanne steckte zusammengerollt eine Lokalzeitung. Doch wieder kämpfte sie gegen ihren Instinkt, ignorierte das Blatt, steckte es unter das Tablett – die würden sich wundern! – und schaute, was man ihr heute serviert hatte.

Ein Omelett. Wenn es mit Pilzen oder Spinat war, würde sie es nicht essen. Das wußte sie sofort. Sollten die sich über ihre Schrullen ruhig den Kopf zerbrechen! Sie stocherte vorsichtig mit der Gabel einen Rand auf: Schweizerkäse. Zwei dünn bestrichene Scheiben Toast. Eine halbe Orange.

Anna aß langsam. Ihr stand ja alle Zeit der Welt zur Verfügung. Die Eier waren frisch, fiel ihr auf. Eine Klasse besser als das, was man ihr in Virginia vorgesetzt hatte. Der Käse auch. Und die Kräuter schienen frisch gehackt zu sein.

Erst als sie mit dem Essen fertig war und sich eine zweite Tasse Kaffee eingeschenkt hatte, ergriff sie beiläufig die *Denver Post*. Es war die vorgestrige Nachmittagsausgabe, bemerkte sie.

Als Anna die Zeitung in die Hand nahm, warf sie einen Blick auf die fett gedruckte Schlagzeile. Es ging um Spannungen zwischen den Vereinigten Staaten und der Sowjetunion, die sich im Laufe der letzten Wochen weiter verschärft hatten.

Anna schlug die Zeitung auf, überflog die kleineren, größtenteils lokalen Überschriften und entdeckte den Artikel, der für sie bestimmt war: RÄTSELHAFTER MORD IN MOTEL IN LITTLETON. Sofort blätterte Anna auf die Titelseite, fand in der Ecke oben das Inhaltsverzeichnis und schlug Seite 45 auf. Dort stand, eingezwängt zwischen eine Spalte mit Gartenbautips und der Bridge-Kolumne, das Kreuzworträtsel.

Bewußt kontrollierte sie ihren Atem, öffnete einen Filzschreiber, strich das Papier glatt und begann, das Rätsel in der linken oberen Ecke zu lösen: »Musikalischer Fachausdruck: Leicht, scherzhaft.« Sieben Buchstaben senkrecht. In der

Waagerechten wurde ein »Teil der Tür« gesucht. Barry war tot – dort stand es, schwarz auf weiß; also mußte sie es glauben. Sie schrieb senkrecht *scherzo*, waagerecht *Rahmen*. Ein guter Anfang.
Langsam und bedächtig löste sie das Rätsel bis auf ein einziges Kästchen. Wer wußte schon, ob ein afrikanischer Fuchs nun ein *Aase, Asse* oder ein *Arse* war – eins dieser Mogelwörter, die außer den Erfindern von Kreuzworträtseln kein Mensch benutzte, höchstens in Namibia.
Sie las den Bericht über den Mord im Motel zweimal durch. Anna selbst blieb darin unerwähnt, obwohl sie und Barry sich sogar als Mr. und Mrs. eingetragen hatten, ja, obwohl der Motelbesitzer, der an diesem Abend persönlich den Dienst versah, sie gesehen und mit ihr gesprochen hatte. Und genau das wollte man ihr zu verstehen geben: nicht nur, daß Barry jetzt unter dem Vermerk »Tot bei Einlieferung« in einem Notaufnahmeraum des Krankenhauses von Denver lag, sondern daß sie für sämtliche Beteiligten nie mit ihm zusammengewesen war, also auch nicht aus diesem Zimmer entführt worden sein konnte. Sie sollte wissen, daß keiner sie vermissen würde, weil sie nun nicht mehr existierte. Zumindest keiner in Colorado. Zur Hölle mit ihnen!
Nachdem sie noch eine Weile müßig über den Seiten verbracht hatte, rollte sie die Zeitung zusammen und legte sie wieder zwischen den größeren Teller und die Kaffeekanne auf das Tablett. Dann sagte sie laut, mit einer eher von Wut als von Verzweiflung erfüllten Stimme: »Früher bist du weitaus subtiler gewesen.«
Sie deckte das Speisetablett wieder zu und stand auf, um sich die Zähne zu putzen.

Im Laufe des vierten Tages, irgendwann gegen fünfzehn Uhr, entschied Anna, daß ihr Bedürfnis, eine andere menschliche

Stimme zu hören – selbst wenn es nur die eines Rundfunksprechers war –, mehr zählte als die möglichen Rückschlüsse ihrer Entführer.
Sie ging zum Radio, schaltete es ein, suchte den Lokalsender – der gerade Loretta Young spielte – und entkleidete sich langsam bis auf die Unterwäsche. Dann breitete sie ein Badetuch auf den Boden und begann mit ihren Yoga-Übungen. Als erstes den Sonnengruß.
Doch gerade, als sie auf das Badetuch rutschte, um ihre halsbrecherischen Asanas zu machen, vernahm sie durch den mehrstimmigen Gesang einer Countrygruppe namens »Alabama« erneut diese Stimmen, die ein Gespräch zu führen schienen.
Anna verharrte mucksmäuschenstill und spitzte die Ohren, konnte aber wiederum kein Wort deutlich verstehen. Als »Alabama« ihren Song beendete, ließ sie ihre Knöchel los, streckte sich flach aus, richtete sich dann zur vollen Lotusstellung auf und schwang sich herum, so daß sie den Lautsprechern gegenübersaß. Der Ansager teilte etwas mit, aber sie achtete nicht auf ihn. Dann hörte sie wieder ganz deutlich diese zarte Stimme. »Ich weiß, daß du da bist. Ich habe dich mit jedem Tag stärker gespürt. Wie heißt du? Willst du mit mir sprechen?«
Fest und unbeweglich verharrte Anna in ihrer Stellung.
»Bitte sprich doch mit mir. Ich möchte deine Freundin sein. Warum willst du nicht mit mir reden? Ich weiß, daß du allein bist.«
»Woher weißt du das?« fragte Anna ganz ruhig. »Kannst du mich denn sehen?«
»O nein! Aber ich kann dich fühlen.«
Das war interessant. »Tatsächlich. Wie?«
»Es hört sich vielleicht merkwürdig an, aber jeder hat eine bestimmte Dichte, an der die Rundfunkwellen abprallen. Es

ist wie eine Unterschrift. Und da ich stark radio-telepathisch veranlagt bin, nehme ich jeden Menschen wahr. Besonders, wenn er so nah ist wie du.«
»Bin ich denn in deiner Nähe?« fragte Anna so ruhig und freundlich wie möglich; mit den übrigen Erklärungen des Mädchens würde sie sich später beschäftigen.
»Ja. Wie heißt du?« fragte es mit wehmütiger Stimme.
»Kommt es denn darauf an, wenn du schon meine ›Unterschrift‹ kennst?« fragte Anna zurück.
»Wahrscheinlich nicht. Ich heiße Sancha. Das ist ein spanischer Name. Ich bin ein Halbblut – eine Mojave-Indianerin.«
»Sind denn hier so wenig Leute, daß du meine Gegenwart wahrnehmen konntest?« fragte Anna. Vielleicht war das Mädchen ja ebenfalls hier gefangen. Aber wie kam es dann an ein Rundfunkmikrophon und auf welche Weise verständigten sie sich? Anna hatte schließlich keins – zumindest war keines sichtbar.
»Es sind viele Leute ringsum, aber dieses Gebäude ist speziell abgeschirmt, für EDGE«, erklärte das Mädchen.
»Du gehörst auch zu EDGE?« fragte Anna. Sie nahm an, das Mädchen werde mit Ja antworten, und dann wußte sie, daß es log, daß es eine von »ihnen« war, die sie auf die Probe stellte. Schließlich hätten Barry und sie inzwischen hören müssen, ob es ein zweites Mädchen in der Gruppe gab, aber sie wußten nur von Matty, Gesucht-und-Gefunden und Timmo. Und natürlich von Kyra.
»Ich bin EDGE Zwei«, sagte das Mädchen.
Sonderbare Bemerkung. Jetzt war Anna schon weniger sicher, daß es zu »ihnen« gehörte. Sie mußte weiterfragen.
»Wie kommt es, daß wir uns unterhalten können?«
»Ich moduliere die Frequenz in deinem Radio.«
»Und wer hört uns sonst noch?«

»Niemand. Falls keiner bei dir im Zimmer ist.«
»Ich bin allein. Kann man uns über einen versteckten Lautsprecher hier abhören?«
»Höchstens, wenn es sehr verstärkt wird. Ich habe ein ganz schwaches elektrostatisches Kraftfeld aufgebaut. Mit den Verstärkern in deinem kleinen Radio mache ich es größer, aber seine Reichweite ist auf ein paar Fuß beschränkt. Schau dir die Haare auf deinem Körper an! Sie müßten sich stärker aufrichten, wenn du näher an das Radio gehst.«
Anna stellte sich hin und hob einen Arm, um die hellblonden Haare auf ihrem Unterarm zu betrachten. Als sie näher an das Radio trat, sträubten sie sich.
»Woher soll ich wissen, daß das bei diesem Radio nicht immer passiert?«
»Ich werde mich eine Minute ausblenden. Paß auf!«
Die Haare legten sich wieder. Nach etwa sechzig Sekunden sträuben sie sich erneut. Aber trotzdem mußte Anna zugeben, daß sie zu wenig von Physik verstand, um ganz sicher zu sein.
»Wer ist noch in diesem Gebäude?« fragte sie.
»Bernie. Und Kevin. Er bastelt gerade an der Computeranlage herum. Sonst sind zur Zeit alle fort.«
Verwirrend. Wer war Bernie? Und war Kevin *der* Kevin, von dem sie und Barry erfahren hatten? Sie mußte nachdenken.
»Ich würde jetzt gern meine Übungen beenden, Sancha. Vielleicht sprechen wir später weiter.«
»Okay!« sagte das Mädchen. »Stell das Radio ungefähr auf fünfundneunzig, das ist mein bester Empfangsbereich. Dreh bei dieser Frequenz ein bißchen hin und her – dann müßte ich die Wellen eigentlich spüren.«
»Gut«, erwiderte Anna und streckte die Hand aus, um das Radio abzuschalten. Dann setzte sie sich wieder in Lotusstellung auf ihr zusammengefaltetes Badetuch. Doch dies-

mal wartete sie eine Zeitlang. Erst als sie sich vollkommen entspannt hatte und ihr Geist vollkommen klar war, konzentrierte sie sich auf *einen* Gedanken: Sancha.

Drei Uhr morgens. Die Wolfsstunde, wie ein altrussisches Sprichwort sagte. Aber Anna konnte ja auch Jäger sein. Wenn dieses Mädchen, diese Sancha, zu »ihnen« gehörte – und das glaubte sie –, würde es jetzt wach sein, bereit, mit Anna Kontakt aufzunehmen, ja, es würde sogar darauf warten. Wenn nicht, dann hatte es höchstwahrscheinlich auch nichts mit »ihnen« zu tun; es würde schlafen.

Anna drehte die Skala mehrmals bei 95 hin und her und wartete kurz, bis ein Rauschen ertönte. Sie wurde von keiner Stimme begrüßt. Mindestens anderthalb Stunden lang versuchte Anna es weiter, wie sie schätzte, erst alle fünf, dann alle zehn Minuten: Keine Sancha. Zu guter Letzt wurde sie schläfrig und schaltete aus.

Anna versuchte, über das Ergebnis ihres kleinen Experiments nicht in Aufregung zu geraten. Sie konnte sich irren, auch wenn sie es bezweifelte. Schon der Gedanke, in ihrer Gefangenschaft eine Verbündete zu haben, war mehr als verwirrend: Er ließ auf Hilfe, auf Entkommen hoffen. Und das konnte die schlimmste Selbsttäuschung sein, die möglich war.

»Ich bin vierzehn Jahre und leide seit meiner Geburt an Neurofibromatose, ›Elefantenmenschkrankheit‹, aber es wird zusehends schlimmer. Wahrscheinlich habe ich noch knapp zehn Jahre zu leben. Ich bin spanischer Abkunft, aber meine Vorfahren waren südkalifornische Indianer. Das könntest du an meinen langen schwarzen Haaren und meiner olivfarbenen Haut an den Stellen, wo sich die Krankheit noch nicht bemerkbar macht, erkennen. Wo mein Körper von der Krankheit befallen ist – fast die gesamte linke Hälfte –, ist die Haut abnorm dick, scheckig und voll Falten. Meine Lippen sind dadurch nach oben gezogen, ein Nasenloch ist deformiert und meine Augen fast zugeschwollen. Ich bin wirklich ziemlich entstellt – kein leicht zu ertragender Anblick.«

Es war am darauffolgenden Nachmittag, und während Anna dasaß und zuhörte, stellte sie sich vor, was Sancha beschrieb.

»Das tut mir leid«, sagte sie, da ihr nichts Besseres einfiel. »Es muß schrecklich für ein junges Mädchen sein.«

»Ich weiß nicht genau, wann ich meine P-E-Fähigkeit entwikkelt habe, oder auch nur, wann das erste Mal gewesen ist. P-E – so sagen Burr und wir anderen dazu. Es bedeutet Psycho-Eidetik und umfaßt alles mögliche, Visionen, Stimmenhören bis hin zu Rundfunkwellenempfang, meiner eigenen Spezialität. Ich bin ziemlich sicher, daß ich meine Empfangs- und Übertragungskräfte ungefähr mit vier Jahren entdeckte. Damals hatte ich meine ersten epileptischen Anfälle.«

Das ist zu ausgefallen für eine Lügengeschichte, dachte Anna.

»Danach ist meine geistige ›Schaltung‹ wohl durcheinandergeraten«, fuhr Sancha fort, als erheitere sie diese Vorstellung. »Ich war, glaube ich, selbst gar nicht so bestürzt darüber, eine Epileptikerin zu sein, denn dadurch konnte ich auch mein MEC entwickeln. Das haben wir alle hier in EDGE, MEC – gegenseitige eidetische Kontrolle –, weil wir unsere Eidetik gegenseitig kontrollieren und steuern können.«

»Ich verstehe.« Anna fiel plötzlich ein, was diese merkwürdige Frau in Santa Barbara über ein Mädchen in Burrs Auto gesagt hatte, als er das Kind der Stolzings holte. Das Mädchen sei angeblich verschleiert gewesen. Hatte es so seine Entstellung verborgen?

»Sancha, du sagst, du bist in Kalifornien aufgewachsen. Warst du je in Santa Barbara?«

»Nein, meine Familie stammt aus dem Süden. Aus Encinitas.«

Diese Theorie war erledigt. »Das heißt, halt, Augenblick!

Einmal war ich in Santa Barbara! Zusammen mit Burr. Als er Matty geholt hat.«

Aha!

»Ich wurde als erste von Burr hierhergebracht. Darum bin ich EDGE Zwei. Burr selbst ist natürlich EDGE Eins, obwohl er eigentlich keine MEC hat. Und trotz der Nummern, sagt Burr immer, ist es weniger eine lineare Reihe als eine geometrische: Wenn zwei von uns zusammenkommen, verdoppeln sich ihre Kräfte; das heißt, bei dreien werden sie verdrei-, bei vieren vervierfacht und so weiter.«

»Ich verstehe«, sagte Anna noch einmal. »Eine geometrische Reihe.« Aber im Grunde verstand sie »Bahnhof«. Genau, wie sie auch nach wiederholten Erklärungen nicht begriff, auf welche Weise sie und Sancha miteinander sprachen oder was ein P-E war.

»Burr war zufällig in der Bergungsmannschaft, die mich gefunden hat. Unser Flugzeug zerschellte im San-Gabriels-Gebirge. Es war nicht schwer, mich oder die Leichen meiner Eltern aufzuspüren. Vom ersten Moment an, als ich nach dem Absturz wieder zu mir kam und meine Notlage erkannte, habe ich unbewußt so starke Signale ausgesandt, daß sie alle regulären Übertragungswellen in einem Umkreis von fünf Meilen außer Kraft setzten. Nicht nur irgendwelche kleinen Bauernsender oder eine Fernsehstation der Umgebung, sondern auch die Funkgeräte von Flugzeugen am Himmel. In weniger als einer halben Stunde konnte ein Hubschrauber das Wrack orten. Schon nach ein paar Stunden hat man mich aus dem hohen Felsgelände geborgen.«

Eine Waise. Das paßte ganz in das Schema, das Anna und Barry bei den EDGE-Kindern festgestellt hatten.

»Ich glaube, dieser Vorfall brachte meine ›Gabe‹ voll zur Entfaltung. Weißt du, die plötzliche Erkenntnis, während ich auf den Bergungstrupp wartete, daß ich durch den Tod meiner Eltern mutterseelenallein war. Mehr als jedes andere Kind. Weil ich aufgrund meines körperlichen Zustands jahrelang in *ihrem* Geist gelebt hatte; die Gedanken meiner Eltern waren für mich zum totalen ›Hintergrund‹ geworden. So allein auf diesem Berg stand ich zum erstenmal seit Jahren mit keinem anderen Menschen in Kontakt. Ich war durch und durch verängstigt. Wahrscheinlich ist in meinem panischen Mitteilungsbedürfnis meine Gabe sozusagen aufgeblüht.

Ich habe schon lange vor Burrs Ankunft mit ihm ›gesprochen‹. Schon, als er in der Luft war, stellte ich eine geistige Verbindung zu ihm her. Und weißt du was? Er hat nicht versucht, mich auszuschalten, so wie die anderen, selbst meine Eltern, manchmal... Und seitdem stehen wir eigentlich ständig in Kontakt.«

»Klingt nach einem sehr netten Menschen«, meinte Anna höflich.

»Burr ist super! Und EDGE ist das Beste, was er je gemacht hat. Zuerst hab ich ja nicht verstanden, warum er es gründete. Ich hielt meine Gabe immer für die beste und stärkste überhaupt. Weshalb also sollte Burr noch mehr MECs suchen? Aber ich begriff, daß meine Fähigkeit ihre Mängel hat. Ich konnte mich ohne viel Mühe auf ein, zwei, ja sogar drei Personen einstellen und mit ihnen in Kontakt treten. Aber bei allem, was darüber hinausging, wurden meine Gedanken und Gefühle so stark, daß sie sich heillos ineinander verhedderten. Es kam zu einer Überlastung. Und dann bin ich natürlich aufgrund meiner fortschreitenden Krankheit voll und ganz auf andere angewiesen – an einen Rollstuhl gefesselt et cetera.«

»Aber die andern in EDGE helfen dir doch bestimmt?« fragte Anna neugierig. »Timmo, Kevin und Gesucht-und-Gefunden.« Sancha hatte nur Kevin erwähnt. Eigentlich mußte diese Äußerung sie überraschen.

»Timmo hilft nie jemandem. Und Kevin kann nicht. Der ist ja

noch hilfloser als ich. Gesucht tut's manchmal. Aber ich bin motorisiert und kann mich selbständig bewegen. Und Kyra hilft natürlich jederzeit.«
Volltreffer! Genau das hatte Anna von Sancha hören wollen, und sie hatte es völlig spontan gesagt.
»Kyra?« fragte sie unschuldig.
»Das ist meine Freundin. Kyra und ich sind die einzigen Mädchen in EDGE. Deshalb stehen wir uns wahrscheinlich so nah. Und sie ist ja auch wunderbar! Genau so, wie ich gern wäre, wenn ich nicht...«
»Und EDGE-wieviel ist sie? Was für eine Nummer?«
»Sieben. Sie ist als eine der letzten zu uns gekommen, obwohl es uns jetzt so vorkommt, als sei sie von Anfang an dabeigewesen. So geht es uns allen. Wir passen so gut zusammen – sogar Timmo.«
»Es muß wundervoll sein, jemanden wie Kyra als beste Freundin zu haben.«
»Ja, ist es auch. Aber seit sie einmal weg war, ist sie viel mehr mit den anderen zusammen. Mit Kevin. Und auch mit Timmo, versteht sich. Ich nehme an, das ist ganz natürlich so; sie sind ja auch gleichaltrig. Aber manchmal fühle ich mich schon ausgegrenzt. Besonders, wenn Kyra ihren Bewußtseinsschild hochzieht.«
Wieder eine Tatsache bestätigt, dachte Anna. Kyra war einmal weggewesen – in Boston, um Barry zu besuchen.
»Was soll das heißen: Bewußtseinsschild?« fragte sie.
»Das ist ein bißchen schwer zu erklären. Aber wenn man dauernd und so tief mit anderen MECs in Kontakt steht wie wir, dann braucht man eben manchmal seine Privatsphäre. Darum hat jeder von uns im Lauf der Monate einen Weg gefunden, sich geistig abzuschirmen. Einen Bewußtseinsschild. Er ist nicht sehr stark, eher so eine Art leicht elektrisches Warnsignal. Aber wenn er hochgezogen wird...«

»Ich verstehe. Und seit Kyras Rückkehr ist ihr Schild viel öfter oben?«
»Wenn wir unter vier Augen sind, ist es...na ja, einfach wunderbar! Jede Gefühlsnuance, jeder noch so schwache Gedanke liegt offen. Aber Kyra wird von den anderen eben so oft verlangt, daß ihr Bewußtsein...« Sanchas Stimme erstarb.
»Ich bin sicher, sie wird bald mehr Zeit für dich haben«, sagte Anna.
»Da bin ich mir auch sicher. Und bis dahin«, fuhr Sancha voll Freude fort, »habe ich dich als Gesprächspartner.«
»Du hast doch nicht Kyra oder den andern von mir erzählt?«
»Ich wußte bis jetzt nicht genau, ob ich sollte.«
»Ich verstehe.«
»Ich meine, ich kenne dich ja noch gar nicht richtig, oder?«
Was tun? fragte sich Anna. Aber im Grunde hatte sie ja nichts zu verlieren. »Man hält mich hier gefangen, Sancha.«
»Gefangen?«
»Ich wurde von mir unbekannten Männern entführt, aus mir unbekannten Gründen hierhergebracht und jetzt gegen meinen Willen hier festgehalten.«
Bitte! Es war heraus. Nun wollte sie einmal sehen, was geschah.
»Hast du denn keine MEC?«
»Nein, Sancha. Das habe ich nicht.«
»Ich verstehe nicht. Warum sollte...?«
»Vielleicht kann Burr dir das sagen.«
»Nein. Ich habe in Burrs Bewußtsein schon nach Informationen über dich gesucht. Er hat keine Ahnung, daß du hier bist«, erwiderte Sancha. »Und überhaupt würde Burr nie jemanden gefangenhalten.«
»Das wollte ich auch nicht damit sagen.«
»Keiner von EDGE weiß, daß du hier bist...als Gefangene!« wiederholte Sancha, als könne sie es nicht fassen.

»Na, laß dir deswegen keine grauen Haare wachsen!« erwiderte Anna unbekümmert. »Ich mach jetzt erst mal Schluß. Wir unterhalten uns später wieder, okay?«
»Okay«, antwortete Sancha, aber ihre Stimme klang verstört.
Gut, dachte Anna, als sie das Radio ausschaltete. Wenn sie meine Verbündete wird, dann muß sie Schritt für Schritt zu mir kommen, ganz langsam.

Nach ihrem Gespräch mit Sancha war ein Gedanke in Anna gereift. Sie hatte versucht, sich an den Physikunterricht zu erinnern, um genauer zu verstehen, was Sancha mit dem Radio machte. Dabei gelang ihr ein winziger, aber entscheidender Durchbruch. Ihr war eingefallen, daß man zur Fernsehübertragung Rundfunkwellen benutzte; viel mehr Rundfunkwellen und viel dichter gebündelte als beim Radio, aber trotzdem. Falls Sancha in der Lage war, auch das Fernsehgerät zu manipulieren, dann müßte Anna sie eigentlich sehen – nein, sie beide müßten einander sehen können – und noch besser: Anna würde auch sehen, wo sie sich befand. Es war vielleicht ein Risiko, Sancha darum zu bitten. Trotz allem, was sie von dem Mädchen über seine Person und seine katastrophale Vergangenheit erfahren hatte, konnte Anna weder seiner Freundschaft sicher sein, noch wußte sie genau, ob nicht doch andere über diesen Kontakt, über ihre Gespräche Bescheid wußten. Trotzdem, sie mußte es einfach versuchen.
Ob heute nacht wohl zu früh war? Vielleicht dachte Sancha immer noch über Annas Gefangenschaft nach und war vielleicht zu dem Schluß gelangt, Anna habe ihr Schicksal aufgrund irgendeines Deliktes verdient. Vielleicht sollte sie besser noch warten?
Doch das konnte Anna nicht. Sobald das Tablett mit dem

Abendessen abgeholt worden war, schaltete sie das Radio und auch den Fernseher im Regal ein und drehte die Skala auf Sanchas »Frequenzbereich«. Die Stimme des Mädchens kam erst nach einer Weile, und es schien etwas überrascht, als Anna ihre Bitte vortrug.
»Kann sein, daß es klappt. Ich habe noch nie daran gedacht, es auszuprobieren. Aber wenn, dann brauche ich auch einen Videoschirm. Ich hab eine Idee! In rund einer Stunde trifft sich EDGE im Kontrollraum. Dort stehen massenhaft Monitoren. Wenn ich ein bißchen früher hingehe, wird Kevin mir bestimmt erlauben, einen davon zu benutzen.«
Also wartete Anna, während im Radio nichts als Rauschen kam. Wahrscheinlich war dieses Feld, das Sancha aufbaute, so leise, daß es jedem etwaigen Beobachter entging. Oder man konnte alles sehen und jedes Wort mithören. Jetzt würde sich zeigen, wie weit sie gehen konnte.
Schließlich hörte sie Sanchas Stimme, stand langsam auf und trat an das Radio, um es genauer einzustellen.
»Okay. Ich bin jetzt im Kontrollraum«, meldete sich das Mädchen. »Kevin ist ganz in seine Computer vertieft. Versuch deinen Fernseher einzustellen!«
Anna schaltete schnell die Kanäle durch, um zu sehen, ob sich der »Schnee« auf dem Bildschirm irgendwo in erkennbare Muster verwandelte. Noch einmal konnte sie den Sender von vorher empfangen, ansonsten nichts.
»Spiel mit der Antenne!« schlug Sancha vor.
Die Antenne war eingebaut.
»Sie muß mit einer Anlagenantenne verbunden sein. Versuch, mit dem Antennenkabel auf der Rückseite zu wackeln. Siehst du es? Es müßte ein flacher, isolierter Doppeldraht sein.«
Anna entdeckte ihn und tat, was Sancha vorschlug. Nachdem sie das Kabel ein paar Minuten hin und her gedreht hatte, wollte sie bereits aufgeben.

»Kev«, hörte sie Sancha fragen. »Wie kann ich den Verstärker in diesem Monitor aufdrehen?«
Anna vernahm eine Jungenstimme, die etwas zu Sancha sagte. Sie spielte weiter mit dem Kabel und schaltete alle Kanäle durch, bis sie plötzlich ein Bild empfing.
»Oh!« sagte das Mädchen. »Du siehst hübsch aus!«
Anna erblickte einen Körper mit langem, dunklem Rock, blaßblauem Pulli und weißen Turnschuhen, der in einem Rollstuhl saß. Sanchas Hände spielten mit dem langen gelben Haar einer Barbiepuppe. Auch ihre Beine waren zu sehen. Und Anna konnte die Stimme des Mädchens hören, die der Puppe etwas vorsummte. Dort aber, wo der Kopf hätte sein sollen, sah Anna nur eine Art Nebel. Was hinter dem Mädchen lag, konnte sie allerdings erkennen: die steilen Sitzränge eines Hörsaals; wenigstens wirkte das Ganze so. Und auch rechts und links von Sancha konnte sie etwas sehen: eine halbkreisförmige Wand mit diversen Computerterminals, Skalen, Drehknöpfen und Oszilloskopen.
»Hoffentlich macht es dir nichts aus, wenn ich mein Gesicht verstecke«, sagte Sancha. »Du bist auf meinen Anblick vielleicht noch nicht vorbereitet.«
»Bist du im Kontrollraum?« fragte Anna. Es kam ihr vor, als hätte sich ihre optische Welt, die so lange auf die Zelle beschränkt gewesen war, frappierend erweitert.
»Wir sind nicht sehr weit auseinander; wahrscheinlich funktioniert es auch nur deswegen. Aber wir können wohl nicht allzu lang weitermachen, weil in ein paar Minuten hier eine Sitzung stattfindet. Außer...« Anna sah, wie das Mädchen die Hand ausstreckte, wahrscheinlich nach einem Drehknopf. »Kannst du mich noch hören?« fragte es.
»Besser als vorher.«
»Aber wenn ich mit den andern zu arbeiten anfange, kann ich mich nicht mehr mit dir unterhalten.«

»Ich verstehe«, antwortete Anna. »Wäre es möglich, daß du meinen Blickwinkel verbreiterst? Mehr nach unten, in den Vordergrund?« fragte sie.

»Ich werd's versuchen«, erwiderte Sancha, und Anna sah ihre Hand nach oben greifen, um den Monitor einzustellen. Sie erblickte eine lange, geschwungene Wand, die mit Computern vollgestellt war. In einem großen, seltsam geformten Ledersessel saß jemand. Sein Gesicht war halb von Anna abgekehrt und er selbst – wie eine Spinne in einem sanft schaukelnden Netz – von lauter Drähten umhüllt, die ihrerseits an den Computern hingen. Das mußte Kevin Vosburgh sein.

Plötzlich drehte sich der merkwürdige Sessel zum Bildschirm, und auf ihm saß – ein Riesenbaby! Wenigstens schien es im ersten Moment so: ein überdimensionaler Säugling mit winzigen O-Beinen und Miniatur-Turnschuhen und einem großen runden Bauch, der nur knapp von einem orangefarbenen Pulli und Khakihosen verdeckt war. Ein dicker Kinderkopf mit blonden Härchen, großen Ohren, braunen Kulleraugen, Stupsnase und Babymund. Und dann bemerkte Anna das Merkwürdigste von allem: Dieses Wesen hatte keine Arme, nicht einmal verkümmerte Stummel wie die Beine. Und zwischen den Zähnen hielt es einen dünnen Aluminiumstab, mit dem es die Tastaturen betätigte und den es flink wieder in einer auf den Diagonalstreifen seines Pullis genähten Brusttasche verschwinden ließ. Anna erinnerte sich vage, was Elly, seine Schwester, ihnen über Kevin erzählt hatte. Ein Glück, daß Anna jetzt nicht direkt bei ihm war, sonst hätte sie ihren ersten Abscheu vielleicht nicht verbergen können!

»So ist's schon besser, Sancha«, sagte sie. »Wirst du den Monitor ausschalten müssen, wenn die anderen kommen?«

»Weiß nicht«, erwiderte Sancha. Und dann: »Kev, hast du vor, diesen Monitor hier später noch zu benutzen? Oder kann ich ihn anlassen? Ich mache gerade ein Experiment.«

»Ich brauche ihn nicht«, antwortete Kevin mit leicht gereiztem Unterton und glitt mit seinem Sessel auf Schienen von einem Computerbildschirm, einer Tastatur oder Schaltknopfreihe zur anderen, blieb plötzlich stehen und fuhr wieder weiter.

»Ich glaube, von dieser Seite aus mach ich das Bild lieber verschwommen«, meinte Sancha, »damit keiner dich sieht.« Sie drehte an einem Knopf herum, Annas Empfang wurde jedoch in keiner Weise beeinträchtigt.

Zwei andere Kinder kamen in den Raum: Ein schlaksiger schokoladenfarbener Junge in grauem Jeans-Overall, bunt gestreiftem T-Shirt und großen lindgrünen Turnschuhen. Konnte das Gesucht-und-Gefunden sein? Anna hatte einen... nun, *was* hatte sie eigentlich erwartet?

Und der Junge, der sich die ganze Zeit an Gesucht-und-Gefundens Hand festhielt, während sie durch den Mittelgang kamen, mußte Matty sein. Erst auf dem Podest des Hörsaals ließ er los und begann, am Boden herumzukullern. Das ist ja noch ein Baby, dachte Anna und ihr Herz flog dem kleinen Jungen sofort zu. Er hatte kastanienbraunes Haar, Sommersprossen und große blaue Augen. Er sagte kein Wort und schien nie direkt irgendwohin zu schauen. War er vielleicht blind? Und dann fiel Anna wieder ein, daß Carol Stolzing von seinem Autismus erzählt hatte. Er trug einen kirschroten Jogginganzug und begann mit einem Satz Kristallbauklötzen zu spielen. Erst bei näherem Hinsehen bemerkte Anna, daß das Kristall nicht vorgeformt oder künstlich fabriziert war, sondern irgendwie aus Mattys Fingern kam. In einer bizarren und wunderbar ausgefeilten Konstruktion wuchs es um ihn herum, bis es ihn turmhoch überragte. Der Junge betrachtete das Gebilde, schien es sich anders zu überlegen, schüttelte den Kopf, und das Kristall löste sich in Luft auf. Ein Trugbild, vermutete Anna. Eine Halluzination.

Dann blickte Matty unverwandt zum Videoschirm hinauf. Sein Blick schien geradewegs dem ihren zu begegnen.
Ob er sie sehen konnte? Wußte er, daß sie da war?
Sie hatte so intensiv das Kind beobachtet, daß ihr eine weitere Person ganz entgangen war. Auf dem Stuhl neben Matty lümmelte sich nun ein außergewöhnlich hübscher blonder Halbwüchsiger, der selbstvergessen mit dem Fuß auf den Boden klopfte, während er in einem Comic las, einen Walkman über den Ohren: Timmo. Er schien fünfzehn bis sechzehn Jahre alt, hatte eisblaue Augen, und sein gutgewachsener, wohlproportionierter Körper steckte in einem enganliegenden T-Shirt, das fast wie Silber aussah, einer geschmeidigen schwarzen Lederhose und schweren Mechanikerstiefeln. Anna wußte, daß sich unter dieser attraktiven Verpackung ein gefährlicher Soziopath verbarg. Und während sie ihn betrachtete, spürte sie, daß er wie die meisten Teenager auch ein Energiebündel war.
Ein Stück rechts von ihm hatte Gesucht-und-Gefunden Jefferson einen Sitz heruntergeklappt, hielt nun das kunstvollste Rechenbrett, das Anna je gesehen hatte, auf dem Schoß und ließ die mahagonifarbenen Perlen so rasch in einer ersten, die zederbraunen Perlen in einer zweiten, die blaßgelben in einer dritten und die schneeweißen in einer vierten Reihe hin und her sausen, daß sie nicht mit den Augen folgen konnte. Die Stimme eines Erwachsenen sagte ihm etwas. Mit jeder Zahlenfolge, die er hörte, schubste der Junge die Perlen so schnell beiseite, wie Anna es nicht einmal in den Importbüros von San Franciscos Chinatown gesehen hatte.
»Wo ist denn deine Freundin Kyra?« fragte sie.
»Augenblick! Da!« sagte Sancha und griff nach oben, um einen Knopf zu verstellen.
Der Blickwinkel verbreiterte sich noch einmal um etwa fünfundvierzig Grad, und Anna erblickte sie. Kyra stand an einem

Computerpult zwischen zwei Videomonitoren, auf denen die Gesichter zweier Männer – Techniker, vermutete Anna – zu sehen waren. Alle drei unterhielten sich. Kyra hatte ihr langes, dunkles Haar nach hinten gestrichen und warf es hoch. Sie trug eine blaßgrüne Jogginghose, ein königsblaues Bikini-Oberteil und war jung und bezaubernd. Ihr geschmeidiger Körper erinnerte Anna an sich selbst in diesem Alter, bis Kyra ihren Kopf zu drei Vierteln herumdrehte und so Barrys Augen und Brauen sehen ließ. Anna wußte sofort: Das war ihre gemeinsame Tochter! Und als sie Kyra nach tagelangem Kopfzerbrechen, Fragen und Zweifeln so vor sich sah, verspürte sie plötzlich einen tiefen seelischen Schmerz. Einen Moment stockte ihr der Atem.

Kyra ging zu Sanchas Rollstuhl hinüber, berührte durch den weißlichen Dunst das Gesicht des Mädchens und tätschelte seiner Barbiepuppe den Kopf. Dann ging sie zu Kevin, um ihm einen Kuß auf die Stirn zu geben, doch der tat, als nähme er keinerlei Notiz von ihr und rief Gesucht-und-Gefunden ein lautes »Stimmt!« zu, worauf der andere mit seinem zarten, gedrungenen Mongolidengesicht aufblickte. »Ich habe recht gehabt!« sagte er leise und beugte sich dann wieder über seine Arbeit. »Ich kann doch nicht zulassen, daß er zeitlebens ein Dummkopf bleibt!« sagte Kevin zu Kyra, als wolle er sich verteidigen. »Zahlenfunktionen sind vielleicht zu hoch für ihn, aber bei den Perlen ist er ganz gut.«

Gesucht-und-Gefunden hatte wieder eine Lösung.

»Stimmt ebenfalls!« gratulierte Kevin, um ihn aufzumuntern. Als Gesucht-und-Gefunden die Rechenmaschine hinstellte, nahm Kyra ihn fest in die Arme, und dann traten alle in die Mitte des Raumes, wo immer noch Timmo saß, Walkman hörte und geflissentlich Matty ignorierte, der überall auf ihm und dem Stuhl herumkletterte. Sancha hielt sich möglichst weit abseits. Ihr Gesicht blieb weiterhin im Nebel.

»Wo ist Burr?« fragte Kyra, die jetzt zum erstenmal laut sprach. Die Stimme des Mädchens erinnerte Anna an die ihrer Mutter.

»In der Kontrollkabine«, antwortete Sancha.

Und jetzt bemerkte Anna einen größeren grauhaarigen Mann, der aus einer Kabine auf halber Höhe der Seitenwand herunterkam. In seiner Gesellschaft befanden sich zwei weitere Männer, beide mittleren Alters, von denen er einen als Ted Gielen vorstellte, den anderen überhaupt nicht. Die beiden wirkten wie Beamte. Sie nahmen in der ersten Reihe des Auditoriums Platz. Was ging da vor? wunderte sich Anna. Weshalb waren sie da? Aber sie fragte nicht Sancha, die anscheinend vergessen hatte, daß Annas Gerät eingeschaltet war, und alles beobachtete, was geschah.

Mit einer seidenweichen Stimme, als sei sie speziell zur Überredung trainiert, sagte Burr: »Ich habe ein neues Projekt für EDGE.«

Man hatte den Eindruck, als horchten bei dieser Erklärung alle Kinder, sogar Timmo und Matty, im Geist auf. Burr blickte zu der Kabine, von der er heruntergekommen war, und bat Bernie, den Raum zu verdunkeln.

»Bernie ist in der Kontrollkabine«, erklärte Sancha, nun mit einer leiseren Stimme, die die andern anscheinend nicht hören konnten. Also hatte das Mädchen Anna doch nicht vergessen. »Bernie läßt einen großen, nach innen gewölbten Bildschirm herunter. Kannst du ihn sehen?«

Anna konnte. Verschiedene Bilder rollten über den Bildschirm, dann blieb eines stehen.

»Weiß irgend jemand, was das hier ist?« fragte Burr.

»Sieht aus wie Sterne«, antwortete Timmo unverbindlich.

»Nördliche Erdhalbkugel, Frühjahrskonstellationen«, erklärte Kevin. »Das da ist der Polarstern. Die Spitze des Großen Bären. Gleich daneben der Ophiuchus.«

»Quadrant vierzehn, Nord-Nordwest«, präzisierte Sancha.
»Gar nicht schlecht!« meinte der namenlose Beobachter im Bemühen, nicht allzu beeindruckt zu erscheinen; schließlich hätte es ja auch irgendwo sonst sein können.
»Sternschnuppen!« meldete sich Gesucht-und-Gefunden.
»Kyra?« fragte Burr.
»Ist das ein Film? Oder Realität?«
»Das sollst *du* mir verraten«, antwortete Burr.
»Bernie hat irgendeinen Anschluß nach draußen«, sagte Kevin. »Das hab ich gerade über meine Anlage ermittelt. Er kriegt das eingespeist. Es ist real.«
»Etwa einhundertsechsundfünfzig Grad West, zwanzig Grad Nord«, fügte Gesucht-und-Gefunden hinzu.
»Es muß von einer der sieben großen Sternwarten auf der großen Insel Hawaii kommen«, meinte Kevin.
»Zeitliche Position?« fragte Burr Kyra. Anscheinend wollte er den Besuchern eine Vorführung bieten.
»In Lichtjahren? Und für welchen Stern?« erwiderte das Mädchen, während Gielen leise nach Luft schnappte.
»Nein, Schatz, für das gesamte Bild.«
»Es passiert jetzt«, antwortete Kyra bestimmt.
»Und dieses – spitze Etwas da – ist keine Sternschnuppe!« sagte Sancha. »Es ist von Menschenhand gemacht.«
»Korrekt. Und zwar handelt es sich –«
Doch noch ehe Burr weitersprechen konnte, hatte Kevin das fragliche Objekt in Nahaufnahme herangeholt: Einen ramponiert wirkenden Kommunikations- und Wettersatelliten, der stark wackelte.
»Der alte 1979er Toshiba/RCA«, erklärte Sancha den anderen. »Ich habe mit ihm schon mal ein paar komische atmosphärische Transmissionen gecheckt.«
Und Kyra sagte: »Er wird bald abstürzen. In der Nähe des Obsk in Nordsibirien.«

»Etwas ganz Ähnliches haben auch unsere Leute in Houston errechnet«, gab Gielen zu.
»Warum helfen wir ihm nicht ein bißchen nach?« fragte Burr ruhig.
Oben in der Kontrollkabine schaltete Bernie vom Film auf eine schematische Darstellung des Satelliten.
Wieder ging die Kamera in Nahaufnahme, und jetzt erblickte Anna den Satelliten als dreidimensionale orangefarbene Skizze. Vermutlich hatte man also die Infrarotbilder eines anderen Satelliten darübergelegt, um die Details besser zu erhalten.
»Wie ihr seht, Kinder, hat er ein paar Beulen abgekriegt«, sagte Gielen bedauernd.
»Macht es Ihnen etwas aus, wenn er nachher nicht mehr zur Spionage zu gebrauchen ist?« fragte Kevin.
»Die haben noch sechzehn andere Spionagesatelliten dort oben«, beruhigte ihn Sancha.
Gielen räusperte sich heftig vor Verlegenheit.
»Ich hab die Schwachstellen entdeckt, von denen das Wackeln ausgeht«, erklärte Timmo.
»Gut«, sagte Burr. »Warum zerstört ihr ihn nicht, Kinder?«
»Sie meinen, wir dürfen ihn so richtig zerfetzen – in die Luft jagen?« fragte Timmo. Er schien sein Glück nicht fassen zu können.
»Die Japse werden Augen machen!« meinte Kyra.
»Und die Russen auch«, warf Sancha ein. »Sie halten ihn genau unter Beobachtung.«
»Dafür hatten wir kein Indiz«, sagte Gielen.
»Sie haben Mikrowellen-Frequenzen benutzt«, versicherte sie ihm.
»Also los, Kinder, zerstören wir das Ding!« sagte Burr und ging zu den beiden Männern, um sich zu setzen.
»Jungs?« fragte Kevin. »Kyra, Sancha, Gesucht, seid ihr soweit?«

Alle antworteten: »Ja.«
»Matty!« sagte Kevin. »Her mit dem Ding!«
Fasziniert beobachtete Anna, wie Matty in der Mitte des Kontrollraumpodests ein perfektes Abbild des Satelliten erscheinen ließ – so realistisch, daß Timmo hinübergehen konnte, um es in Augenschein zu nehmen. Immer noch den Walkman auf dem Kopf, tänzelte er vergnügt. Dann streckte er einen Finger aus, und Anna hätte schwören können, daß sie einen blaßblauen Blitz daraus hervorschießen sah, der sich zu einem Dutzend flimmernder, suchender Lichtstrahlen aufteilte – wie sichtbar gemachte Elektrizität. Sie umgaben den gesamten Schein-Satelliten.
»Hier!« Timmo deutete auf eine Stelle, die für Anna haargenau so aussah wie jeder andere Teil des verbeulten Metallkörpers. »Genau da! Markier die Stelle, Matty!«
Sofort erschien auf dem von Timmo bezeichneten Punkt eine saubere Zielscheibe aus konzentrischen roten Ringen.
»Zwölf Millionen Dollar – *wamm* – in die Luft!« freute sich Timmo. »Holen wir uns das Ding!«
Sämtliche Kinder schienen ihre Konzentration auf Timmo zu richten, der auf einen eingebauten Stuhl in der Mitte zurückgekehrt war und sich seinerseits auf die halluzinierte Zielscheibe des Satelliten konzentrierte. Mit einemmal explodierte das Trugbild.
In ihrer Überraschtheit merkte Anna erst nach ein paar Sekunden, daß alle anderen zu dem großen Bildschirm aufblickten, wo jetzt Trümmer des echten Satelliten in alle Richtungen auseinanderflogen.
»Volltreffer!« rief Timmo und sprang hoch wie auf einer Kegelbahn.
»Wie habt ihr das geschafft?« fragte der fremde Beobachter.
»Das macht Spaß!« jubelte Timmo. »Sprengen wir noch einen, Burr!«

»Ich fürchte, weitere tote Satelliten haben wir nicht!« erwiderte Gielen rasch. Er wirkte gleichzeitig angetan und ein wenig perplex.

»Aber es gibt doch jede Menge Meteoriten«, meinte Kevin und bewegte Bernies Video-Abtastungsgerät in der oberen Atmosphäre umher, bis ein paar unregelmäßig geformte, stark eisenhaltige Gesteinsbrocken auf dem Bildschirm erschienen. »Da, Burr! Sehen Sie!«

»Prima!« erwiderte Burr. »Versucht es mit einem davon!«

Die Kinder machten es ganz genauso wie zuvor: Sancha erklärte, daß sie zusammen mit Gesucht-und-Gefunden Masse und Position des Objekts bestimme, Kyra ermittle seine Geschwindigkeit und seine Umdrehungszahl und rechne dann eine Umlaufbahn aus, die Kevin mathematisch berichtigen solle. Danach lasse Matty ein exaktes Abbild des Meteoriten im Kontrollraum erscheinen, wo Timmo die Schwachstellen aufspürte. Durch Timmo bündelten sie dann ihre Kräfte und sprengten das Ding in die Luft.

Anna verstand einfach nicht, wie die Zerstörung eines Gegenstands, der schließlich nur eine Halluzination war, das reale Objekt ebenfalls zerstören konnte – erst recht nicht, als Sancha es den Beobachtern erklärte.

Nachdem sie noch zwei weitere Meteoriten zertrümmert hatten, schätzte Timmo die Schwachpunkte eines besonders unregelmäßigen langen Gesteinsbrockens falsch ein, und sie konnten ihn nur entzweisprengen. Kevin brüllte: »Auf Reserve gehen!«, woraufhin die Kinder all ihre Konzentration zusammennahmen, um die beiden verbleibenden Hälften zu zerschmettern.

»Dieses Weltraumbowling ist echt stark!« sagte Timmo, und die anderen gaben ihm recht.

Burr kam von seinem Sitzplatz herüber, um ihnen zu sagen, daß die knappe Zeitspanne, die ihnen die Sternwarte von

Mauna Kea genehmigt hatte, nun zu Ende sei. Morgen werde er versuchen, mehr Zeit herauszuschinden.

»Soll das heißen, daß wir von Lamrons abhängig sind?« fragte Timmo und verlieh damit der Enttäuschung aller Ausdruck.

»Kannst du nicht versuchen, uns von außen anzuschließen?« erkundigte sich Kyra bei Kevin, doch Burr warnte: »Nichts Ungesetzliches, Kevin!«

»Keine Angst!« erwiderte Kevin. »Ich werde die Leitungen so vorsichtig anzapfen, daß sie es nicht einmal merken.«

Das Licht ging wieder an; der Videoschirm wurde weiß und verschwand nach oben aus Annas Blickfeld. Die beiden Regierungsbeamten beratschlagten noch ein paar Minuten mit Burr; dann sagte er, sie würden sich später weiter unterhalten und schickte sie hinaus.

Am oberen Bildrand entdeckte Anna jetzt erst einen Mann, der aufstand und eine Tür öffnete. Er hatte, unbemerkt von ihr oder sonst jemandem, in der hintersten Hörsaalreihe gesessen. Sekundenlang verharrte er im Licht, das vom Gang draußen hereinfiel, und starrte noch einmal auf das Podest des Kontrollraums. Kein Zweifel – es war Alex Land.

8

»Wenn du den Bildschirm offenlassen könntest, wäre mir sehr geholfen«, sagte Anna.

»Das kann ich schon. Aber die meiste Zeit ist es leer hier.«

»Macht nichts«, erwiderte Anna. »Dann hab ich noch etwas anderes zu sehen als meine vier Wände.«

»Okay«, sagte Sancha.

Es war am darauffolgenden Morgen, und Anna hatte gerade ihr Frühstück beendet: zwei weichgekochte Eier, zwei Scheiben Toast und Kaffee. Den brauchte sie heute. Nach den Vorgängen im Kontrollraum, deren Zeuge sie geworden war, hatte sie fast die ganze Nacht wachgelegen.

Zuerst war sie völlig durcheinander gewesen. Diese Vorführung außergewöhnlicher Kräfte – das, was die Kinder nur für ein Spiel hielten (»Weltraumbowling« hatten sie es gestern noch vor Verlassen des Kontrollraums alle genannt) – war in Wirklichkeit eine heimtückische Waffe und weitaus gefährlicher als SDI. Vervollkommnet und ins Weltall losgelassen, konnte sie die Kräfteverteilung auf dem Erdball aus dem Gleichgewicht bringen.

Und dann natürlich hatte Anna ihre Tochter zum erstenmal gesehen. Wie konnte sie Kyra mitteilen, wer sie war? Denn dann hätte sie vielleicht auch die Möglichkeit, das Mädchen zu beeinflussen. Aber würde Kyra ihr Glauben schenken? Ihr vertrauen? Würde Kyra sie überhaupt als Mutter akzeptieren?

Und die anderen Kinder. Was war mit ihnen? Sancha hatte Anna zwar zu erklären versucht, wie perfekt ihre geistigen Kräfte sich ergänzten, aber was genau bedeutete das? Vor Jahren hatte Anna monatelange Tests über übersinnliche Wahrnehmungsfähigkeiten mit Rhine-Karten und allerlei elektronischen Apparaturen mitgemacht und sich nicht nur als wirkungsvoller »Gedankenüberträger«, sondern als noch besserer »Empfänger« erwiesen. Nur waren ihre Fähigkeiten für sie nichts als »Instinkt« gewesen. Was sie bei diesen Kindern gesehen hatte, stand auf einem ganz anderen Blatt. Es war real. Sie gehörten in eine völlig andere Schublade.

Und dann Land. Obwohl sein Anblick sie tief getroffen hatte, hatte Anna doch gewußt, daß er früher oder später auf der Bildfläche erscheinen würde. Sie verstand immer noch nicht, warum er sie entführt hatte statt sie ebenso wie Barry umzubringen. Wozu brauchte Land sie? Was konnte sie jetzt noch in seinen Plänen für eine Rolle spielen? Anna kannte ja kaum ihren Aufenthaltsort: Das EDGE-Hauptquartier, zweifellos. Aber waren sie unter der Erdoberfläche? Wenn ja, wie tief? Und wo genau?

Monitor und Verstärker im Kontrollraum eingeschaltet zu lassen, war ein erster, zaghafter Versuch. Anna wußte nicht recht, wohin er führen würde, doch eines stand fest: Je mehr Informationen sie sammeln konnte, desto besser. Schön, daß Sancha sich nicht geweigert hatte.

»Wenn du ihn irgendwie fest einstellen könntest, so wie er jetzt ist«, schlug Anna vor, »damit niemand daran herumfummelt...«

»Ich werde Kevin fragen.«

Dann sprachen sie über die anderen Kinder, über Burr, den Sancha eindeutig anhimmelte, und zu guter Letzt über Sanchas Barbiepuppen. Sie besaß eine riesige Sammlung von Kens, Barbies und ihren gesamten Accessoires.

»Apropos«, sagte Sancha aus heiterem Himmel, »gestern abend hat dich jemand bemerkt.«

»Matty.« Anna mußte gar nicht erst fragen. »Woher weißt du das?«

»Einfach so.«

»Ich verstehe.«

»Es ist ein bißchen schwer zu erklären. Matty spricht ja kein Wort. Kevin hat sich ein bißchen über Autismus informiert und sagt, daß niemand eine Erklärung dafür habe, durch welches Trauma ein Kleinkind absolut unfähig – oder unwillig – wird, irgend etwas aus seiner Umwelt wahrzunehmen. Wir wissen nicht, ob Matty ein typischer Fall ist. Denn die meisten autistischen Kinder scheinen völlig vom Leben abgekapselt – keine Reaktion auf Anblicke, Geräusche, Gerüche und vor allem Gefühle, also Berührungen –, aber Matty nicht; er zeigt durchaus Reaktionen! Wir von EDGE können in sein Bewußtsein gelangen und uns mit ihm verständigen.« Sancha berichtete, daß Mattys MEC angefangen habe, als er zum erstenmal »Fernsehen machte«, selbst wenn das Gerät ausgeschaltet war.

»Kevin meint, Matty habe zu verschiedenen Figuren im Fernsehen eine sogenannte ›Eltern-Kind-Bindung‹ entwickelt – zu Oskar, der Supermaus, Bibo, den Schlümpfen, Roadrunner und der Trickfilmreihe ›Mr. T.‹

Matty macht aus jedem von uns eine Comicfigur. Kyra ist groß und schlank wie eine Tanne, mit lauter Haaren und großen dunklen Augen, Kevin ist so eine Art Pummelchen mit winzigen Füßen, an denen Rollschuhe sind, und sein Rechenstab lebt und hat Nase und Augen. So nimmt Matty uns eben wahr. Auch von Alma, der Frau, die ihn füttert und badet, hat er ein Bild – aber da hat Burr mitgeholfen. Ich selbst sehe wie das Männchen von Pillsbury-Teigwaren aus, ganz warm und weich.«

Außerdem erzählte Sancha, daß Matty neunzig Prozent der Zeit über zwar nur innerlich »halluziniere«, aber auch eine Fähigkeit entwickelt habe, Halluzinationen um sich herum zu erschaffen. Auf kurze Entfernung wirkten sie hautnah realistisch.

»Wenn ich in Mattys Kinderzimmer gehe, weiß ich nie, was mich erwartet«, sagte sie. »Manchmal ist es ein Garten, dann wieder eine gewaltige, mehrere hundert Meter breite Höhle, obwohl ich weiß, daß sein Zimmer nur sechs mal vier Meter zwanzig groß ist.«

Nach Timmo, sagte Sancha, habe Matty die stärkste Energie von allen, weil seine MEC von der Umwelt so unbeeinträchtigt sei.

»Was hat Matty denn aus mir gemacht?« fragte Anna.

»Weil du im Fernsehen warst, hast du ihm gefallen«, antwortete Sancha. »Eigentlich war es nur ein einfaches Bild von dir. Ganz hübsch.«

»Du meinst, er hat mich durch den ganzen Schnee hindurch sehen können?«

»Klar.«

»Und wer sonst noch?«

»Ich glaube, niemand«, antwortete Sancha. »Bei Matty hab ich besonders aufgepaßt. Aber...« Sie zögerte. »Gesucht hat ein paarmal deine Koordinaten ausgesandt. Das tut er ständig, unbewußt. Wir nennen das ein ›Leck‹. Aber da sich deine Koordinaten nicht von unseren unterscheiden, hat Kevin sie nicht beachtet.«

»Dann bleibe ich wohl ein Geheimnis zwischen uns und Matty«, sagte Anna.

»An mir soll's nicht liegen«, erwiderte Sancha wie erwartet: Einsame Menschen teilten ihre Kontakte meist ungern. »Wenn du willst, könnte ich eine Verbindung zu Mattys Zimmer herstellen.«

»Lieber nicht«, antwortete Anna, wiederum im Bewußtsein, daß es Sancha gefallen würde. Doch sie hatte ihre eigenen Gründe: Sie wußte nicht recht, ob es klug wäre, mit dem unheimlichen Kleinen Kontakt zu halten. »Aber bitte versuch, meine Verbindung zum Kontrollraum fest einzustellen, damit niemand sie abbrechen kann!«

»Mach ich.«

Sancha hatte gesagt, der Kontrollraum werde selten benutzt, und dieser erste Nachmittag bewies, daß sie recht hatte. Anna sah einen Raumpfleger in militärischer Drillichkluft hereinkommen. Er kehrte den Bereich um das Podium, ohne sich große Mühe zu geben, wischte ihn auf und ging dann wieder. Auch Bernie bekam sie kurz zu Gesicht – einen schlanken jungen Mann, der sie irgendwie an Robert aus ihrem Geschäft in Big Sur erinnerte (es schien so weit weg; würde sie je dorthin zurückkehren?), als er in die hoch in die Hörsaalwand eingebaute Kabine ging und wieder verschwand.

Kurz vor dem Abendessen glitt Kevins vollautomatischer Sessel durch den Mittelgang zum Podest hinab. Ohne Annas Videomonitor zu beachten, fuhr der Junge zu einem anderen Wandabschnitt, gab mit dem Stab in seinem Mund etwas in eine Tastatur ein, lehnte sich zurück, um das Ergebnis zu betrachten, runzelte die Stirn, schaltete das Gerät dann ab und fuhr wieder nach draußen. Er hatte insgesamt fünf Minuten in dem Raum zugebracht, und Anna glaubte schon langsam, sie würde nie etwas durch diesen Monitor entdekken, da sah sie Kyra zur selben Tür wie Kevin hereinkommen und sie hinter sich schließen.

Kevins Sessel war fast am oberen Ende des Mittelgangs stehengeblieben. Den Kopf des Jungen konnte Anna aus diesem Blickwinkel nicht erkennen, aber Kyra hatte sich inzwischen noch mehr angezogen – einen dicken Pulli, der ihr bis halb auf die Oberschenkel reichte. Ihre Beine steckten in einer enganliegenden schwarzen Gymnastikhose. Die Arme über der Brust verschränkt, stellte Kyra sich Kevin in den Weg.

»Seit ich zurück bin, weichst du mir ständig aus«, sagte sie.

Der Junge fuhr in seinem Stuhl zurück, und Kyra folgte ihm, bis sie unten auf dem Podest waren. Dort wandte er sich zu einer offenen Tür, die direkt von dem Podest wegführte.

Kyra sah, was er vorhatte und sprang über ein paar Bänke, um ihm abermals den Weg zu versperren.

»Kevin, ich *muß* mit dir reden!« sagte sie.

»Wozu? Ich hab zu tun!«

Kevin drehte sich zur Wand des Kontrollraums, fuhr bis auf etwa einen Meter an Annas Videomonitor heran und zog den Stab aus der Brusttasche, um etwas in eine Tastatur zu tippen.

Kyra riß ihm das Werkzeug aus dem Mund.

»Reden wir mal ein Wort miteinander, Kev! Und sag nicht, wir hätten keinen Gesprächsstoff!«

Er funkelte sie an. »Weißt du, Kyr, du bist ein richtiger Lamron geworden!«

»*Du* bist hier ein richtiger Lamron geworden, auch wenn *ich* von EDGE fort war!«

Er versuchte, sich in seinem Stuhl abzuwenden, aber Kyra wirbelte ihn zu sich herum, so daß er ihr ins Gesicht sehen mußte.

»Ich bin zurück, Kev. Sagt dir das denn gar nichts?«

»Klar.« Mit blasierter Stimme. »Willkommen zu Hause. Haha!«

»Allen anderen hab ich gefehlt. Ich dachte, dir auch.«

»Kann sein.«

»Nun, du weißt besser als sonst jemand, warum ich gehen mußte.«

»So?« Er schmollte immer noch.

»Also, jetzt bin ich wieder da, und alles ist beim alten.«
»Tatsächlich?« Mit Sarkasmus.
»Wir in EDGE sind *alle* gleich, alle miteinander befreundet, Kevin!«
»Ja, aber manche von uns sind gleicher als die anderen. Das ist aus Orwells *Animal Farm.* Solltest du irgendwann mal lesen, Kyra.«
»Durch das, was ich getan habe, hat sich nichts verändert.«
»Davon spreche ich nicht«, entgegnete er.
»Es ist so schwer, mit dir zu reden. Ich wünschte, du würdest mir wieder deinen Geist öffnen. Die Sprache ist so etwas Verschwommenes. So eine Zufallssache.«
»Mein Schild ist oben, und das bleibt er auch.«
»Schließlich hast *du* die EDGE-Dateien angezapft!« machte sie geltend. »Schließlich hast *du* das Ganze erst möglich gemacht, Kev! Bis dahin hatte ich ja keine Ahnung, wer mein leiblicher Vater ist!«
»Du bist nicht einfach von EDGE fort, um dir mal deinen Vater zu betrachten!« entgegnete er mit anklagender Stimme. »Nicht mal nach ihm erkundigt hast du dich!«
»Beantworte meine Frage, Kyra!«
»Dann sag doch du mir, weshalb ich fortgegangen bin!«
»Um dich zu vergewissern, daß du auch außerhalb von EDGE leben kannst. Das war der eigentliche Grund! Barry Brescia zu finden, ist bloß ein Vorwand gewesen!«
»Würdest du mir deinen Schild lange genug öffnen, daß ich dir etwas anvertrauen kann?« fragte sie.
»Etwas anvertrauen?« Argwöhnisch.
»Nur eine Minute«, bettelte sie. »Eine einzige nur!«
»Jeder etwaige Versuch, meine Gefühle zu manipulieren ...!« warnte er.
»Sechzig Sekunden!«
»Aber nicht mehr! Also los!«

Sie schauten einander wortlos ins Gesicht. Anna nahm an, daß Kevin seinen Bewußtseinsschild heruntergelassen hatte und die beiden geistig kommunizierten.

»Mehr wollte ich dir nicht zeigen«, sagte Kyra laut. »Meinetwegen mach jetzt wieder zu!«

»Ich weiß, daß du gelitten hast, als deine MEC sich bemerkbar gemacht hat, Kyr. Und ich weiß, daß du bei deinem Aufenthalt in Boston gelitten hast, aber... die Wahrheit ist: Du *könntest* es notfalls auch außerhalb schaffen, Kyr. Du und kein anderer von uns.«

»Dann wäre ich doch gar nicht erst zurückgekommen«, argumentierte sie.

»Dann wärst du nicht erst nach ein paar Monaten, sondern nach ein paar Tagen oder einer Woche zurückgekommen. Gib's zu, Kyra!«

»Na gut, ich gebe es zu. So schwer es mir fällt, ich *könnte* draußen zurechtkommen. Aber ich will nicht! Ich möchte hierbleiben, bei dir, bei euch allen! Geht das denn nicht in deinen Kopf?«

»Schön, akzeptiert!« erwiderte er.

»Ich liebe dich doch, Kevin. Das weißt du.«

»Das weiß ich.«

»Dann sind wir wieder Freunde, trotz unserer Meinungsverschiedenheit?«

»Ich glaube, schon.«

Kyra schien erleichtert. Sie küßte ihn auf die Stirn. »Jetzt fühl ich mich *wirklich* wieder zu Haus«, sagte sie. »Also, was soll dieser ganze Unsinn mit deinem Bewußtseinsschild?«

»Timmo schläft nicht mehr mit dir«, erklärte Kevin trocken.

»So?«

»Er hat letzte Nacht bei diesem neuen Lamron verbracht.«

»Land? Das kann nicht dein Ernst sein!«

»Nicht, daß es dir etwas ausmachen würde«, bemerkte Kevin.

»Eigentlich nicht, und das weißt du, Kev. Unsere Beziehung war rein körperlicher Natur... Weißt du, Sancha hat so eine Bemerkung gemacht, daß Land bei ihrem ersten Zusammentreffen eine Atmosphäre von halbwüchsigen Jungen ausgestrahlt hätte. Ich dachte damals, sie meine einfach, er sei alt genug, um Söhne in dem Alter zu haben.«

»Der springende Punkt ist«, sagte Kevin, »daß Timmo letzte Woche fünfundachtzig Prozent seiner Zeit gegen uns abgeschottet war. Und meist hat er da mit Land zusammengesteckt. Außerdem sind sie während deiner Abwesenheit zusammen irgendwohin gefahren. Das gefällt mir ganz und gar nicht! Früher oder später muß es EDGE aus dem Lot bringen.«

»Vor allem bei dem Einfluß, den Timmo auf Matty und Gesucht hat«, bestätigte Kyra. »Verbirgst du das hinter deinem Bewußtseinsschild?«

»Das... und noch ein paar andere Sachen.«

»Na und? Was sollen wir jetzt tun? Willst du, daß ich Mata Hari spiele und Timmo wieder an mich reiße?« witzelte Kyra, der diese Vorstellung offensichtlich Spaß machte.

»Es ist unverkennbar, daß Land etwas bieten kann, das du nicht hast und das Timmo braucht.«

»Ich werde herausfinden, was es ist«, versprach Kyra. Sie begann, Kevins Stuhl vom Podest zu schieben.

»Inzwischen«, sagte er auf dem Weg durch den Mittelgang, »versuche ich dahinterzukommen, wer dieser Lamron eigentlich ist. Ich hab schon angefangen, mich in alle möglichen Datenspeicher der Regierung zu hacken. Aber Lands Datei ist fester verschlossen als irgendeine, die mir je untergekommen ist.«

Zu dumm! dachte Anna.

Sie könnte es ihnen verraten. Sie könnte ihnen alles über Alex Land erzählen.

»Was ist ein Lamron?«
»Wo hast du dieses Wort her?« fragte Sancha.
»Ich hab's eben gehört«, antwortete Anna.
»›Lamron‹ ist der EDGE-Ausdruck für Nicht-MECs – das Wort ›normal‹, rückwärts gelesen.«
Dann war Land also kein MEC. Anna hatte ihn auch nie für einen gehalten.
Es war am nächsten Morgen, und Sancha hielt sich in ihrem Zimmer auf, das nicht viel größer oder anders als das von Anna war, außer daß lauter Puppen die Regale füllten. Sancha hatte früher an diesem Tag einen Anschluß vom Video-Monitor zu ihrem eigenen Zimmer hergestellt, damit sie »mehr unter sich« sein konnten.
»Dann bin ich ja auch ein Lamron«, sagte Anna.
»Ja. Aber ein sehr netter«, versicherte Sancha und fuhr mit einem Rollstuhl vom Bildschirm zurück, um eine bestimmte Ken-Puppe zu holen, die sie Anna zeigen wollte.
In ihrer inneren Erregung übersah Sancha, was Anna deutlich erkennen konnte: daß Kyra in der Tür gegenüber dem Bildschirm stand und sie beide beobachtete. Zumindest merkte Sancha es nicht sofort. Einen Moment später schien sie Kyras Gegenwart wahrzunehmen.
»Mit wem redest du da?« fragte Kyra, während sie die Tür hinter sich schloß.
Dann wurde Annas Bildschirm schwarz, und der von Sancha wahrscheinlich ebenfalls. Der Verstärker jedoch blieb eingeschaltet; Anna konnte die Rollstuhlgeräusche und Kyras Schritte auf dem Holzboden hören – aber kein Wort. Sie mußten sich telepathisch verständigen.
Was nun in Sanchas Zimmer geschehen würde, war für Annas Zukunft sicher ebenso entscheidend wie für die Zukunft von EDGE. Und einmal mehr überlegte sie, wie sie Kontakt zu Kyra aufnehmen könnte. Leicht würde es nicht

sein, und das Mädchen konnte auf unterschiedlichste Art reagieren – eine negative Reaktion würde Anna jede Fluchtmöglichkeit verschließen.
Darum war Anna fast ebenso enttäuscht wie erleichtert, als sie die Stimmen der Mädchen wieder vernahm; Kyra erinnerte Sancha gerade daran, daß am späten Nachmittag eine Versammlung im Kontrollraum stattfinden sollte.
Der Bildschirm erwachte zu neuem Leben. Kyra war verschwunden.
»Um ein Haar!« sagte Sancha. »Also, wo war ich? Ach ja, richtig, bei diesem Ken! Das hier ist ein ganz besonderer. Man hat nur hundert Stück davon hergestellt...«

In den Stunden zwischen dem Vorfall in Sanchas Zimmer und dem Treffen im Kontrollraum versuchte Anna, eine Entscheidung zu fällen. Sie entschied, daß sie Kyra unbedingt begegnen müsse, gleichgültig, was dabei herauskam. Vorhin hatte sie eine gute Gelegenheit dazu verpaßt oder vielmehr, Sancha hatte sie verdorben. Das durfte nicht noch einmal vorkommen. Und es mußte bald geschehen. Es war ein Risiko, das wußte Anna; aber was blieb ihr schon anderes übrig?
Die Kinder hatten es sich gerade auf ihren Plätzen im Kontrollraum bequem gemacht, der große Videoschirm war heruntergelassen worden und der Raum teilweise verdunkelt, da kam Burr mit Gielen und Alex Land in den Hörsaal. Sie setzten sich auf dieselben Plätze in der ersten Reihe wie Gielen und der andere Regierungsbeamte gestern.
Burr nahm Platz und begrüßte die Kinder.
Matty hatte vor Timmos Stuhl, der in der Mitte stand, ein halbes Dutzend Comichefte am Boden ausgebreitet. Nun saß er da und starrte auf die Bilder. Anna bezweifelte, daß er lesen konnte – es wunderte sie, daß er den Heften überhaupt soviel Aufmerksamkeit schenkte.

»Matty-Schatz, du wirst dich konzentrieren müssen!« sagte Kyra mit süßer Stimme, und er legte die Comics beiseite. Kevin rechnete gerade an einem Computer herum, während Gesucht-und-Gefunden schon wieder mit seiner Rechenmaschine hantierte.

Wie gestern schon vergnügten sich die Kinder etwa eine Stunde mit ihrem »Weltraumbowling«, und alles erschien Anna normal – zumindest so normal, wie es bei diesen außergewöhnlichen Kindern sein konnte.

Dann, nach etwa dem zehnten »Treffer«, legte Timmo plötzlich sein *Gewehre-und-Munition*-Magazin hin und fragte: »Wann fangen wir hier endlich mal was Ernsthaftes an? So mit Weltraumbrocken 'rumschießen ist ja ganz lustig. Aber wie wär's noch mal mit einem Satelliten oder so?«

»Setz dich hin, Timmo!« warnte Burr.

»Er hat recht«, meldete sich Kevin zu Wort. Anna war überrascht. »Ihr habt doch alle gesehen, wozu wir imstande sind. Warum unsere Zeit verschwenden? Habt ihr dort oben denn nichts Bedeutendes, woran wir arbeiten können?«

»Zum Beispiel?« fragte Gielen.

»Einen Satelliten der Russen zum Beispiel«, sagte Timmo voll Eifer.

»Um dadurch einen weltweiten Zwischenfall auszulösen? Nein, danke«, entgegnete Burr.

»Oder wie wär's mit eurem Frühwarnsatelliten?« fragte Kevin.

»Was soll damit sein?« Gielen gefiel die Wendung, die das Gespräch genommen hatte, offensichtlich gar nicht.

»Er wurde von der letzten Space-Shuttle-Mannschaft so modifiziert«, antwortete Kevin nüchtern, »daß er Laserstrahlen reflektieren kann. Wie wär's, wenn Sie uns *damit* spielen ließen?«

»Woher weißt du das?« Gielen war vor Verblüffung aufge-

standen und schüttelte jetzt den Arm ab, mit dem Alex Land ihn festzuhalten versuchte.
»Ach, komm, Lamron!« sagte Timmo. »Wir wissen eben fast alles, was ihr Typen da oben treibt.«
Gielen drehte sich zu Burr und Land um. »Dieses Projekt war als streng geheim eingestuft!«
»Talmadge? Was wissen Sie über diese Sache?« fragte Land.
»Burr hat nichts damit zu tun«, erklärte Kevin.
»Ich werde in Washington anrufen und sie von diesem schwerwiegenden Bruch der Sicherheitsmaßnahmen in Kenntnis setzen müssen«, sagte Gielen, während er sich auf den Weg nach draußen machte.
»Eine Sekunde, Ted! Nun, Talmadge?« fragte Alex Land. »Sie haben immer noch nichts zu Ihrer Verteidigung vorgebracht?«
»Seien Sie nicht albern!« versetzte Burr. »Sie wissen genausogut wie ich, daß Kevin die Wahrheit sagt.«
»Soll ich das so verstehen, Talmadge«, fragte Alex Land in vollkommen beiläufigem Ton, »daß Sie nicht darüber im Bilde sind, was Ihre eigene Gruppe tagtäglich treibt?«
Und noch bevor Burr auf diese Anschuldigung oder Gielens mißbilligendes Stirnrunzeln reagieren konnte, fuhr Land fort: »Wollen Sie uns damit sagen, Talmadge, daß Ihnen EDGE aus der Kontrolle geraten ist?«
Burr wirkte erzürnt, aber bereit, die Sache auszukämpfen.
»Oder ist EDGE etwa in seinen Kräften und Möglichkeiten so vielfältig geworden, daß ein Mann allein nicht mehr ausreicht, um dessen Aktivitäten zu überblicken?« fragte Land in scheinbar versöhnlicherem Ton.
Gielen hörte auf, die Stirn zu runzeln. Es war unverkennbar, daß er aufmerksam zuhörte, um in Washington Bericht zu erstatten.
»Das dürfte keine Überraschung sein«, meinte Burr schließ-

lich. »Seit Monaten dreht ihr uns den Geldhahn zu und habt EDGE in jeder Hinsicht kurzgehalten. Ich habe versucht, euch von unseren Fortschritten zu berichten, aber nur Ausreden und Entschuldigungen als Antwort erhalten.«

»Sie sagen damit also, daß EDGE besser durchorganisiert werden muß, Talmadge. Ich glaube, da hat er einen wichtigen Punkt erfaßt, Ted«, fuhr Land fort. »Offensichtlich hat die NSA die wahren Möglichkeiten, die in EDGE stecken, unterschätzt. Sie können nicht erwarten, daß ein so kleiner Personalstab sich mit allen möglichen Detailproblemen herumschlägt und trotzdem neue Operationen entwickelt. Was hier fehlt, Ted«, schloß Land, »ist jemand, der den Überblick hat. Damit Talmadge ungehindert mit den Kindern arbeiten kann. Wenn beispielsweise *ich* hier einen vollen Posten übernähme...«

Burr blieb die Luft weg. Noch schlimmer: Während Land sprach, erkannte er ebenso wie Anna, die durch den Monitor zusah, daß das Ganze ein abgekartetes Spiel war, daß man Timmo nur vorgeschoben hatte – und daß Lands Angebote bald eine Tatsache sein würde.

Land wandte sich an den Regierungsbeamten. »Also, Ted, wenn Sie mit dem Innenministerium telefonieren, dann erwähnen Sie doch bitte, daß ich hierbleibe.« Er lächelte die Kinder an. »Und wenn Sie, Talmadge, erst einmal weniger zu tun haben, werden Sie merken, wie überarbeitet Sie gewesen sind.«

Burr blickte zu Boden. Der armen Sancha zitterten die Hände, und die jüngeren Kinder begriffen anscheinend nicht, was gerade passiert war. Kevin und Kyra ließen sich ihre Reaktion auf diesen Machtkampf nicht anmerken.

»Ich telefoniere mit Washington und leite alles in die Wege«, sagte Gielen. »Und ich werde mich erkundigen, wie EDGE sich in Übereinstimmung mit der bereits bestehenden Infrastruktur einsetzen läßt.«

Damit ging er hinaus, gefolgt von Timmo und Alex Land. Kevin schien eifrig damit beschäftigt, den Computer abzuschalten. Als er fertig war, hatten auch Gesucht, Kyra und Matty den Kontrollraum durch den Ausgang neben dem Podest verlassen. Kevin selbst drehte sich unter der Tür noch einmal zu Sancha um und fragte, ob sie mitkommen würde. Das Mädchen sah Talmadge an, der immer noch gedankenverloren dasaß, und sagte: »Burr?«
»Geh du nur, Schatz!« erwiderte er und winkte sie hinaus. Langsam folgte das Mädchen im Rollstuhl Kevin nach draußen.
Anna sah, wie Burr Talmadge, jetzt allein, den Oberkörper neigte und sich die Hände vors Gesicht schlug. So blieb er fast eine Stunde sitzen.

Die volle Bedeutung der Ereignisse im Kontrollraum erkannte Anna blitzartig beim Abendessen. Auf dem Metalltablett stand neben einem ziemlich durchschnittlichen Chefsalat ein ungeöffneter Piccolo. Dom Perignon. Als Anna die schlanke kleine Flasche betrachtete, wußte sie, daß Land den Coup feierte, mit dem er Burr Talmadge und die Regierung in die Tasche gesteckt hatte. Hätte sie heute nachmittag nicht selbst Burrs Sturz mitangesehen, hätte die Ankunft des hübschen Fläschchens sie vielleicht nur in Verwunderung versetzt. So aber fürchtete Anna sich vor dem, was es bedeuten mochte.
Nach dem Essen schaltete sie Fernseher und Radio ein und richtete die Antenne so aus, daß Sancha ein Signal erhielt.
Es dauerte eine Weile, bis das Mädchen reagierte, aber Anna las weiter und blieb gelassen.
»Ist es nicht ein bißchen spät für ein Gespräch?« meldete Sancha sich schließlich. »Ich hab mich gerade fürs Bett fertig gemacht.«
Auf dem Stuhl lag ein Schlafanzug, das Bett war herunterge-

klappt, ein paar der Lieblingspuppen des Mädchens saßen auf den Decken, um ihr Gesellschaft zu leisten.

»Es ist dringend«, sagte Anna.

»Dringend? Weshalb? Bringen sie dich etwa fort?«

»Dringend für euch. Für dich und alle anderen von EDGE.«

»Ich verstehe nicht«, maulte das Mädchen. Es war offensichtlich todmüde und wollte schlafengehen. Wenn Anna nur sein Gesicht richtig sehen könnte! Zumindest könnte sie dann besser einschätzen, wie das Verhältnis zwischen ihnen war – selbst auf einem entstellten Gesicht konnte man das Mienenspiel lesen.

Anna nahm sich vor, nicht die Geduld zu verlieren. »Anscheinend hast du vergessen, daß ich alles gesehen und gehört habe, was heute im Kontrollraum vorging.«

»Was soll das heißen? Gar nichts ist vorgegangen! Wir haben Weltraumbowling gespielt, und danach sind wir 'rausgegangen.«

»Treib keine Spielchen mit mir!« versetzte Anna. Und dann kam ihr ein schrecklicher Gedanke: Wenn Sancha nun gar nicht begriff, was vorgefallen war?

»Burr, dein guter Freund Burr, war doch sehr unglücklich, nicht wahr?« fragte sie.

»Diese Männer sind wieder gemein zu ihm gewesen. Ich weiß nicht, warum sie ständig hier sein müssen. Kevin sagt, weil wir von der Regierung finanziert werden, deswegen müßten wir immer höflich zu ihnen sein.«

»Sancha, hör mir jetzt gut zu! Ich glaube, diese Männer versuchen, Burr und euch Kinder auseinanderzubringen.«

»Das ist nicht wahr! Gerade zu mir hat Burr vor dem Abendessen gesagt: ›Keine Angst, mein Engel! Keiner wird dich mir wegnehmen.‹«

Anna sah, daß sie es nicht leicht haben würde.

»Nach den Ereignissen, die ich heute gesehen und gehört

habe, Sancha, bin ich mir nicht so sicher, daß Burr das künftig noch garantieren kann.«

»Du *täuschst* dich!« Ihr Tonfall klang verzweifelt.

»Mag sein. Aber ich glaube, jetzt ist kein schlechter Zeitpunkt, noch ein paar von den anderen in meine Anwesenheit einzuweihen. Kyra zum Beispiel.«

»Nein!« antwortete das Mädchen entschieden. »Nein! Das ist keine gute Idee.«

»Sancha! Hör doch! Ich weiß nicht, ob du alles begreifst, was hier vorgeht.«

»Aber Sie, Fräulein Gefangene!«

So eine Rotznase!

»Das hab ich nicht gesagt«, erwiderte Anna mit Vorbedacht. »Aber vier Augen sehen mehr als zwei, und vier Ohren... Was ist los?« Anna hätte fast geschrien. Das Videobild verzerrte sich, wurde in waagerechte Streifen unterteilt, durch die ein diagonales Flimmern verlief.

»Ich verliere das Bild«, antwortete Sancha.

»Ich kann dich immer noch hören«, sagte Anna.

»Ich dich auch.« Aber ihre Worte verloren sich in einem Rauschen.

Hilflos sah Anna zu, wie die Bildfläche flimmerte, während nur noch Rauschen aus dem Verstärker drang. O Gott! Land hatte die Verbindung entdeckt und sie unterbrochen. Das hieß...

Der Bildschirm wurde klar und sie sah in einen anderen Raum – ein Zimmer voller Computer und Terminals, Drehknöpfe und Skalen, Leuchtanzeigen und... Kevins Gesicht starrte in das ihre. Neben ihm Kyra.

»Wie bin ich hierhergeraten?« fragte Anna.

»Ich habe die Frequenz abgeschnitten«, antwortete Kevin. »Weiß Sancha darüber Bescheid?«

»Noch nicht.«

»Aber weshalb...?«
»Wir stellen hier die Fragen!« entgegnete Kevin.
»Wer ist sonst noch auf diesem Kanal?«
»Ich sagte, wir stellen hier –«
»Es ist unbedingt wichtig, daß sonst keiner darauf ist!« erklärte Anna.
»Wichtig wofür?« Kyra sprach jetzt zum erstenmal.
»Für alles. Für EDGE.«
»Hören Sie!« unterbrach Kevin. »Wer, zum Teufel, sind Sie eigentlich? Und was haben Sie hier zu suchen?«
»Wenn ihr mir nicht sagt, wer sonst noch in dieser Leitung ist, schalte ich auf meiner Seite ab«, drohte Anna. »Dann werdet ihr gar nichts erfahren.«
Kurzes Schweigen. Eine telepathische Beratung?
»Niemand sonst ist auf diesem Kanal. Es hat bisher nicht mal jemand bemerkt«, sagte Kevin. »Zufrieden?«
»Bist du auch ganz sicher?«
»Natürlich«, antwortete er gereizt. »Es war ein sauberer Schnitt, und ich hab Warnsysteme eingebaut, die uns unterbrechen, wenn sich sonstwer dazwischenmischt.«
»Dann weiß also Land nicht, daß wir miteinander reden«, sagte Anna.
Diesmal sahen die beiden Kinder sich gegenseitig an.
»Arbeiten Sie für Land?« fragte Kyra.
»Du machst wohl Witze!«
»Wissen Sie, wir haben eine Stimmrasterkontrolle und eine Gesichtsabtastung mit Ihnen gemacht«, erklärte Kevin.
»Wozu?«
»Resultat negativ«, fuhr er fort.
»Was soll das heißen: ›Resultat negativ‹?«
»Weder Ihre Stimme noch Ihr Gesicht entsprechen irgend jemandem vom Sicherheitspersonal des Hauptquartiers«, sagte Kyra, und Kevin verdeutlichte: »Das heißt, Sie gehören nicht hierher. Sie sind ein Eindringling.«

»Wie viele Menschen sind hier überhaupt?« fragte Anna.
»Mehrere hundert. Also, werden Sie uns nun sagen, wer Sie sind?« verlangte Kyra. »Oder sollen wir Land in diese Unterhaltung einschalten?«
»Nur keine Umstände. Ich verrat's euch schon. Aber ich bin kein Eindringling. Woher wißt ihr von mir? Sancha hat gesagt –«
»Wir wissen es schon seit Tagen«, antwortete Kyra.
»Ihr alle?«
»Nicht ganz. Und nicht jeder im selben Ausmaß«, sagte Kyra.
»Weiß Timmo davon? Wenn ja, wird er es Land nämlich sofort verraten. Das darf nicht geschehen.«
»Warum?« fragte Kyra. »Wovor haben Sie Angst?«
»Wer sind Sie?« wiederholte Kevin. »Verraten Sie uns das doch ganz einfach.«
»Ich bin eine Gefangene«, erwiderte Anna. »Lands Männer haben mich vor rund einer Woche aus einem Hotel in Littleton entführt. Ich wurde mit Chloroform betäubt, gefesselt und hierhergebracht.«
»Wie heißen Sie?« fragte Kevin.
»Tanya Gregory«, gab sie zur Antwort – den Namen, unter dem sie lebte, seit die CIA-Leute sie vor Jahren aus der Gefangenschaft entlassen hatten.
»Ein angenommener Name«, entgegnete Kevin. »Ihrem Akzent nach würde ich sagen, Sie sind aus Osteuropa. Wahrscheinlich slawischen Ursprungs.«
»Ja, es ist ein angenommener Name. Früher hieß ich Anna Kuragin. Anna Grigoriewna Kuragin.«
»Eine Russin?« fragte Kyra. Kevin hatte seinen Aluminiumstab im Mund und tippte etwas ein. »Sind Sie eine Spionin?« versuchte es Kyra.
»Nein, hört zu! Ich habe euch ja gesagt: Man hält mich hier gefangen! Ich wurde entführt und während der Zeit, als ich

geistig weggetreten war, in eine große Höhle verschleppt. Ein riesiger Fahrstuhl führte nach unten. Sind wir hier unter der Erde?«

»Kann sein«, antwortete Kyra.

Warum machten sie es ihr nur so schwer?

Kevin drückte noch einmal auf die Tastatur und ließ sein Stäbchen dann in die Tasche fallen, die schräg auf sein Hemd genäht war. »Wo hält man Sie zur Zeit fest?«

»Ich weiß nicht. Ich bin noch nicht aus dem Zimmer herausgekommen.«

»Zeigen Sie's mir! Können Sie den Fernseher herumschieben?«

»Ich hab's noch nicht probiert.«

»Dann probieren Sie's jetzt!«

Anna zog den Apparat nach vorn, achtete aber darauf, daß kein Draht oder Kabel losgerissen wurde. Der Fernseher ließ sich halb aus seinem Schrankfach ziehen.

»Gehen Sie beiseite«, befahl Kevin, »und drehen Sie das Ding möglichst weit nach links, aber langsam!«

Anna gehorchte.

»Und jetzt schieben Sie's wieder rein!«

Sie folgte seinen Anweisungen abermals.

»Ich hab das auf Video aufgezeichnet«, sagte Kevin. »Jetzt laß ich eine schematische Darstellung durchlaufen, um sie mit den Grundrissen des Gebäudes zu vergleichen, und in einer Minute werden wir wissen –«

Er stockte, sah Kyra an, die anscheinend die Stirn runzelte, und sagte zu ihr: »Wie sollen wir sonst wissen, wo sie genau steckt?« Er hielt erneut inne. »Wir *müssen* es tun, Kyr! Ich erklär's dir später. – Einen Moment bitte!« sagte er zu Anna, und dann wieder zu Kyra, indem er auf etwas deutete, das mit einiger Sicherheit ein Computerbildschirm genau unterhalb des Monitors war: »Da! In diesem Flügel muß ihr Zimmer liegen! Vier Räume, die mit keinem anderen im Stützpunkt identisch sind.«

»Habt ihr meine Position jetzt ermittelt?« fragte Anna.

»Sie befinden sich in einem medizinischen Nebentrakt. Meines Wissens ist er unbenutzt.«

»Bin ich in eurer Nähe?«

»Nicht allzuweit weg«, antwortete Kevin, hielt erneut inne und sagte zu Kyra: »Ich hab *gesagt,* ich erklär's dir später!« Und dann wieder an Anna gewandt: »Kyra, Sancha und ich wissen über Sie Bescheid. Gesucht hat keine Ahnung, obwohl er Ihre Position ein Dutzend mal unbewußt hat durchsickern lassen.«

»Matty hat mich gesehen – ich weiß nicht, wie.«

»Ist uns bekannt. Aber da er keinen Namen für Sie hat, sind Sie bloß eine neue Trickfigur. Wissen Sie, weshalb Land Sie entführen ließ?«

»Eigentlich nicht, nein.«

»Da!« Kevin zog seinen Mundstab heraus, um erneut eine Tastatur zu betätigen. Dann murmelte er etwas, das Anna nicht verstehen konnte, ließ den Stab dann wieder in seine Tasche fallen und sagte versonnen: »Dacht ich's mir doch! Ich habe den Namen schon einmal gehört!«

»In Lands Datei?« fragte Anna.

»Nein, sehr weit bin ich dort noch nicht vorgedrungen – noch nicht!«

»Dann also in der von Barry Brescia!« erklärte Anna und beobachtete Kyras Gesicht, als diese jetzt etwas auf dem Computerschirm unterhalb des Monitors las.

»Kyra«, sagte Kevin, »darf ich dich mit einer der erfolgreichsten KGB-Agentinnen von vor zwanzig Jahren bekanntmachen – Deckname: Rapunzel.«

Kyra blickte zu dem Videomonitor auf, der Anna zeigte, und schüttelte langsam den Kopf.

»Da steht, Sie wären meine...« Kyra konnte den Satz nicht zu Ende bringen.
Anna tat es für sie, traurig, aber triumphal: »Deine Mutter, Kyra!«
Zum erstenmal, seit Anna das Mädchen gesehen hatte, fielen Reife und Kaltblütigkeit von ihm ab. Zwei rote Flecke erschienen auf Kyras Wangen. Sie war offenkundig verwirrt, ratlos und kein bißchen erfreut darüber.
Wütend wandte sie sich an Kevin: »Sag bloß, das hast du die ganze Zeit gewußt?«
»Nein, hab ich nicht. Unter den gegebenen Umständen hielt ich es für wahrscheinlich, daß...«
»Lüg nicht, Kev! Du hast's gewußt! *Darum* hast du dich vor mir abgeschottet! Dieses ganze Geschwätz wegen Timmo war nichts als ein Haufen –«
»Augenblick, Kyr! Ich wußte nichts Sicheres! Woher denn auch?«
Kyra war vor Kevin und dem Videomonitor zurückgewichen. Ihre Haltung wirkte trotzig, wütend, herausfordernd.
Kevin, der immer noch in der Defensive war, sagte: »Schau, Kyr, ich hab über Anna gelesen und wie sie und Barry in Paris zusammengelebt haben. Im selben Sommer mußt du zur Welt gekommen sein. Als ich erst mal dahintergekommen war, daß Barry dein Vater ist... hab ich zwei und zwei zusammengezählt. Weiter nichts. Regelrecht sicher konnte ich mir nicht sein. Ich hab ja schlecht hingehen und jemanden vom CIA fragen können, oder? Was hätt ich denn sagen sollen? ›Hey, ich hab da mal 'ne Frage wegen so einer Geheimdatei, in die ich eingedrungen bin‹?«
»Du hättest Alex Land fragen können«, erwiderte Anna. »Er wußte über alles Bescheid.«
Kyra funkelte sie an.
»Wie... wie hast du mich nur so einfach... im Stich lassen können?!«

»Ich *habe* dich nicht im Stich gelassen!«

»*Wieso?*«

»Kyra, Liebling, hör zu! Ich war in Amerika inhaftiert. Ich habe in einer Zelle gesessen. Während der ganzen Schwangerschaft hat man mich ins Verhör genommen, mich unter Drogen, Hypnose und wer weiß was alles gesetzt! Und dann wurde mir gesagt, mein Baby sei tot geboren. Wenn du das ›im Stich lassen‹ nennst... dann hab ich einfach keine Entschuldigung...«

Kyra wollte ihr glauben; Anna konnte sehen, wie das Mädchen einen halben Schritt vorwärts tat – wie es zu einer Antwort ansetzte. Dann aber blieb es stehen und fragte mit unversöhnlicher Stimme: »Weshalb bist du jetzt hier?«

»Ich sagte dir ja schon: Land hat mich entführt.«

»Ich meine, wie hast du nach all den Jahren herausgefunden, daß ich doch nicht tot bin?«

»Barry ist zu mir gekommen.«

»Barry!«

»Er hat mich aufgespürt – ich weiß nicht, wie. Barry ist nicht auf den Kopf gefallen. Zuerst glaubte ich ihm nicht. Aber er hat mich dazu überredet, nach dir suchen zu helfen. Und weil ich ihm glauben, weil ich einen endgültigen Strich unter unsere gemeinsame Vergangenheit ziehen wollte, bin ich mitgekommen. Jetzt bin ich zwar wieder einmal Lands Gefangene, aber trotzdem bereue ich nichts.« Keine sichtbare Reaktion. Also fuhr Anna fort: »Wir sind ein paar Namen nachgegangen, die du ihm gegenüber erwähnt hast. Wir waren sehr hartnäckig, und wir haben ein bißchen Unterstützung von außen bekommen. Die Spur endete schließlich im Gebiet von Denver und –«

»Wenn das stimmt, warum ist Barry dann nicht bei dir?« fragte Kyra herausfordernd.

Anna zögerte. Der nächste Satz war vielleicht ausschlaggebend, er konnte Kyra für oder gegen sie einnehmen.

»Die Männer, die mich aus dem Motel in Littleton verschleppt haben...«, begann Anna. »Ich habe gesehen, wie sie Barry erschossen haben. Aus nächster Nähe. In die Brust. Er ist auf das Bett zurückgefallen wie ein Stein.«

Kyra wirkte zu erschrocken, um irgend etwas zu sagen.

»Vor ein paar Tagen hat man mir eine Zeitung aufs Frühstückstablett gelegt, in der etwas über einen Mord in diesem Motel stand. In dem Artikel wurde nicht erwähnt, daß ich oder sonst eine Frau mit dem Ermordeten zusammengewesen sei. Am Nachmittag, als Barry und ich noch in den Rockies waren, hat jemand versucht, uns mit dem Auto von der Straße zu drängen, über eine Klippe.« Anna redete jetzt immer schneller.

Kyra tastete nach einem Stuhl und setzte sich. Sie starrte weiterhin zu Anna empor, aber es war offensichtlich, daß sie nicht wußte, was sie von alldem halten sollte.

»Barry ist immer noch am Leben«, sagte sie mit Nachdruck.

»Was soll das heißen? Ich hab sie auf ihn schießen sehen«, entgegnete Anna verwirrt.

»Ich weiß, daß mein Vater noch am Leben ist«, wiederholte Kyra.

»Wenn ja, dann bräuchte er ärztliche Versorgung«, sagte Kevin zu Kyra und zu Anna gleichermaßen. »Er müßte in einem Krankenhaus liegen. Ich kann sämtliche Neuzugänge in den Hospitälern in und um Denver per Computer nachschauen.«

»Schau auch nach Eintragungen unter ›unbekannt‹! In der Zeitung wurde sein Name nie erwähnt«, sagte Anna. »Überprüfe jeden, auf den seine Beschreibung paßt und der in der Nacht vor einer Woche eingeliefert wurde, egal, aus welchem Grund.«

»Aber warum haben Lands Männer ihn bisher nicht aufgespürt?« fragte Kevin. »Wenn man davon ausgeht, daß Sie die Wahrheit sagen.«

»Ich glaube, weil sie ihn gar nicht erst suchen. Sie müssen fest davon überzeugt sein, daß sie ihn erschossen hätten.«
»Und weshalb sind sie hinter Ihnen her?« fuhr Kevin fort.
»Genau das ist der springende Punkt, Kevin. Ich weiß es nicht!«
»Okay«, sagte der Junge, während er seine Arbeit aufnahm. »Ich werde auch das herausfinden. Ich werde in die Datenspeicher des Hauptquartiers eindringen und nachsehen, was sie im Schilde führen. Und ich werde mit dem Computer die Krankenhäuser abchecken.«
»Kyra?« fragte Anna zaghaft. »Ich weiß, es gibt nichts mehr zu sagen, aber du mußt wissen, daß –«
Ein Klopfen an Kevins Zimmertür unterbrach sie mitten im Satz.
»Sancha«, sagte Kyra verdrossen. »Sie ahnt, daß *wir* ihr die Verbindung abgeschnitten haben.«
»Kyra, versuch doch, zu verstehen!« Mehr wußte Anna nicht zu sagen.
Kyra stand auf, um zu öffnen. Sancha fuhr mit ihrem Rollstuhl in den Raum, sah erst zu dem Videomonitor und dann auf die beiden um sie herum. Sie hatte ihren Kopf nicht in Nebel gehüllt, und Anna erblickte zum erstenmal Sanchas Gesicht: zur einen Hälfte ein hübsches, pausbäckiges, schwarzbraunes Mädchen mit dunklen Augen – auf der anderen ein alptraumhaftes Gewucher von schuppiger Haut, das Auge und Lippen bis zur Unkenntlichkeit zusammendrückte.
»Kyra?« versuchte Anna es noch einmal.
Ihre Tochter nutzte den Moment der Ablenkung, um aus dem Zimmer zu laufen.
»Was geht hier eigentlich vor?« fragte Sancha.

9

»Ich habe sechs Neuzugänge entdeckt, die in Frage kommen«, berichtete Kevin am folgenden Nachmittag. »Vier unter ›unbekannt‹ und zwei namentlich genannte, die alle innerhalb von rund achtundvierzig Stunden vor einer Woche eingeliefert wurden. Drei davon sind als Schußverletzungen registriert, davon zwei auf der Intensivstation. Der andere liegt noch im Koma.«

»Großartige Arbeit!« Kevin war eine Wucht! »Wie heißen sie?« fragte Anna.

»Im allgemeinen Krankenhaus von Denver haben sie einen Thos. Jannke und einen G. Straw.«

»Das ist nicht mal entfernt ähnlich«, bemerkte sie. »Wurde einer von ihnen angeschossen?«

»Beide! Samstagabends ist dort unten wohl ein heißes Pflaster. Sie sind jetzt beide als schwere Fälle registriert und haben beide Brustverletzungen.«

»Was meinst du?«

»Beide können es sein, es kann auch keiner von ihnen sein«, antwortete Kevin logisch.

Wie immer. Er war gestern abend logisch gewesen, und er war es heute. Und hilfreich – das erst recht. Weit hilfreicher, als Anna es nach den Aussagen seiner Schwester Elly erwartet hätte. Doch vermutete Anna, daß Kevin für einen Dreizehnjährigen auch stark gereift war, seit er zu EDGE gehörte.

Nicht nur, weil ihm endlich alle Computer und jede technische Ausrüstung, die er sich je gewünscht hatte, zur Verfügung standen – nicht nur, weil man ihn mit Verantwortung, Macht und dem Respekt, der damit einherging, versehen hatte; nein, es war noch etwas anderes – etwas vielleicht, das mit Kyra zusammenhing. Anna hatte dieses heimlich belauschte Gespräch, das die beiden im Kontrollraum führten, nicht vergessen. Was war dort wirklich geschehen? Bei näherem Nachdenken kam Anna zu dem Schluß, daß Kevin sich aufgeführt hatte wie ein eifersüchtiger Liebhaber. Und Kyra hatte ihn wieder um den Finger gewickelt, wie sie einen eifersüchtigen Liebhaber um den Finger gewickelt hätte. Wußte Kyra, was Kevin für sie empfand? Vermutlich nicht. Wenn aber Kevin glaubte, seine Leidenschaft für Kyra verheimlichen zu müssen, konnte er sie immer noch auf diejenigen übertragen, die Kyra nahestanden – ihre Eltern. Und nur darum, folgerte Anna, half er ihr überhaupt.
Doch nicht nur das. Er hatte ihren Video/Verstärker-Anschluß zu Sanchas Zimmer und zum Kontrollraum wieder zusammengeflickt, den in seinem »Büro« aber gleichzeitig offengelassen. An seinem eigenen Ende hatte er einen leisen, tiefen Summer angebracht, um Anna ein Zeichen zu geben, falls einer von ihnen dreien sie dringend sprechen mußte. Es war kein Entrinnen, es war nicht die Freiheit, aber es war Kommunikation, Kontakt – und im Moment bedeutete ihr das sehr viel.
»Hast du heute schon mit Kyra gesprochen?« fragte Anna.
Kevin schüttelte den Kopf. »Die ist immer noch ganz schön im Zwiespalt.«
»Vielleicht vertraut sie sich ja Sancha an.«
»Über die ist das alles bereits hinausgewachsen.«
Darum hatte Kevin sie auch nicht voll in ihre Kenntnisse über Anna eingeweiht, sondern bloß darauf bestanden, das Mäd-

chen solle »seine Freundin mit ihnen teilen« – was Sancha zu Annas Überraschung erstaunlich gefügig akzeptierte.

»Glaubst du, Kyra fängt sich wieder und lenkt ein?« fragte Anna.

»Kann sein. Hören Sie, ich habe in diesen EDGE-Dateien nachgesehen, von denen Sie gesprochen haben. Wenn die keinen Schmu mit ihren Berichten machen, dann scheinen sie nichts Außergewöhnliches von Ihnen zu wollen. Bisher wurde nur eine ärztliche Routineuntersuchung an Ihnen vorgenommen, das volle Programm: Blutproben, Puls, Blutdruck, Urinanalyse – alles, was sie normalerweise mit dem ganzen Personalstab machen. Sie sind übrigens ganz gesund.«

Eine Stunde später, als Anna gerade auf dem Kopf stand – eine von ihren Yogaübungen –, fiel bei ihr der Groschen. »G. Straw«, hatte Kevin gesagt. Goldener Strohhalm! Natürlich! Es war so einfach, daß es ihr fast entgangen wäre. Barry hatte ihr doch auf der Herfahrt erzählt, daß ihr Deckname bei Unternehmen Kleiner Besen Rapunzel gewesen sei, Lands Name Rumpelstilzchen und sein eigener – Goldener Strohhalm, *Golden Straw!* Er hatte sich als G. Straw im Motel eingetragen!

Sie ließ sich auf die Füße fallen und schaltete Videogerät und Verstärker ein. Sancha meldete sich aus ihrem Zimmer. Nein, sie wisse nicht, wo Kevin sich aufhalte. Da er nicht reagiert habe, als sie in seinem Zimmer telepathischen Kontakt mit ihm aufnehmen wollte, habe er sich vermutlich hinter seinem Bewußtseinsschild verschanzt. Und so auch Kyra, die manchmal antworten würde, wenn Sancha Kevin zu erreichen versuche. Anna bat das Mädchen, seinen Monitor auszuschalten, damit sie Kevin vielleicht per Bildschirm suchen könne, und Sancha erklärte sich widerwillig dazu bereit.

Der Monitor in Kevins Zimmer war ebenfalls tot. Wo steckte der Junge bloß?

Anna bekam den Kontrollraum ins Bild, suchte ihn ab und stellte fest, daß sich Kevin auch dort nicht aufhielt. Nun, dann mußte sie eben warten.
Sie wollte gerade wieder aus der Leitung gehen, da bemerkte sie zwei Personen in den Sitzrängen des Hörsaals. Kyra und Timmo! Was ging da vor?
Sie saßen etwa auf Dreiviertelhöhe des Auditoriums, zwischen sich den Mittelgang. Beide hatten die Beine lässig über die Vordersitze gelegt und unterhielten sich miteinander. Timmos Kopfhörer hing ihm um den Hals. Anna konnte nicht verstehen, was die beiden sagten, aber sie sah, wie ihre Lippen sich bewegten.
»Sie haben nach mir gesucht?« Kevin war im Verstärker.
»Ja, vorhin«, antwortete Anna. »Aber ich habe in den Kontrollraum geschaltet und... Kyra und Timmo sind dort. Sie wird ihm doch wohl nicht von mir erzählen?«
»Ich kann den Empfang verstärken«, schlug Kevin vor.
»Ich hasse es, in Kyras Privatsphäre einzudringen«, sagte Anna.
»Aber Sie sind nicht sicher, was sie im Schilde führt«, beendete Kevin Annas Gedankengang. »Ich verstehe.« Und mit einemmal hörte Anna Stimmen. »Wie ist es so?« fragte Kevin. Es war ein unsauberer, offenbar künstlich verstärkter Ton, aber besser als gar nichts.
»Was mußt *du* dich denn schon beschweren?« fragte Timmo gerade. »*Du* machst doch ständig dicht!«
»Es ist etwas anderes, Timmo«, erwiderte Kyra.
»Jedenfalls bist *du* schuld dran! Nicht nur du! Ihr *alle* seid schuld daran, daß ich's gelernt hab!«
»Anders wären wir nicht mit dir fertiggeworden. Die ganze Zeit ging gewalttätiger Mist von dir aus.«
»Manches hat dir aber schon gefallen, Kyra. Euch allen hat's manchmal Spaß gemacht!«

»Matty und Gesucht sind doch noch Kinder. Und die arme Sancha!«
»Glaubst du, die haben keine Sex- und Gewaltfantasien?«
»Darum geht's nicht.«
»Na, und wer *ist* dieser Burr überhaupt? Mit welchem Recht macht er...«
»Er hat uns entdeckt. Er hat uns zusammengebracht. Er hat uns *geschaffen.*«
»So? Da hab ich aber was anderes gehört. Und wir sind über ihn hinausgewachsen. Er denkt zu engstirnig, in zu kleinen Dimensionen. Burr muß endlich von der Vorstellung wegkommen, daß er uns beherrscht.«
»Burr ist unser Aushängeschild zur Welt, ohne die wir nicht bestehen könnten.«
»Das kann doch jeder. Das könnte auch Alex tun.«
»Stimmt. Aber die anderen sind an Burr gewöhnt«, entgegnete Kyra.
»Ich weiß, ich weiß. Hör mal, du bist doch nicht frustriert, oder? Wegen...dir und mir? Es konnte nicht dauerhaft sein. Du verstehst, was ich meine?«
»Jeder, der dir zu nahe kommt, verbrennt sich die Finger«, antwortete sie sanft.
»Ich mache es nicht mit Absicht. Es liegt an der Energie. Ich hab jeden Tag mehr davon in mir. Dieser Strahl aus der Fingerspitze wird ständig stärker. Der Bewußtseinsschild, den ich hochgezogen hab...er würde ewig halten! Und die Energie baut sich einfach so in mir auf, immer weiter.«
»Das ist wahrscheinlich hormonbedingt.«
»Genau das sagt auch Alex. Es wird einfach zuviel für mich, Kyra. Ich kann's nicht aufbrauchen.«
»Dann gib doch *uns* Energie ab.«
Timmo ließ seine Beine von der Bank gleiten und beugte sich über den Mittelgang, um Kyra klarzumachen, was er meinte.

»Du verstehst nicht! Alles strahlt Energie zu mir *zurück!* Die Radiokopfhörer machen nicht einfach Musik – sie laden mich auf wie eine Batterie! Jedesmal, wenn ich auf diesem dreirädrigen Gefährt sitze, vibriert mir die Energie bis in die Nervenenden. Comichefte senden Energiewellen aus. Sogar du tust es. Dein Puls, dein Herzschlag, dein Atem. Manchmal werd ich so voll damit, daß es mir vorkommt, als müßt ich mich entladen, sie rauslassen, rauslassen, rauslassen...«

»Timmo?«

»... rauslassen!« sprach Timmo zu Ende. Dann sah er sich um und lehnte sich wieder an die Armlehne des Sitzes.

Nach einer halben Minute fragte Kyra: »Was für eine Art Energie gibt Land ab?«

»Überhaupt keine.«

»Überhaupt keine?« wiederholte sie.

»Alex absorbiert. Er saugt auf! Du verstehst, Kyra? Alex ist ein total ausgehungerter Typ. Ein gähnender Abgrund. Er kriegt nie genug.«

Sie schwiegen ein paar Sekunden.

»Das muß verlockend sein, Timmo.«

»Als ob du das nicht wüßtest!«

Sie schwiegen wieder ein paar Sekunden lang.

»Ich hab Angst um dich, Timmo. Um dich und auch um Land.«

»Ich *will* nicht, daß du so fühlst, Kyra.«

»Ich versteh schon, Timmo.«

»Bitte haß mich nicht!«

»Wie sollte ich dich denn hassen? Du gehörst doch zu mir. Wir sind beide ein Teil voneinander.«

»Das Merkwürdigste daran ist, daß ich dich wirklich *mag.*«

»Ich weiß, Timmo.«

Kyra stand auf und drückte den Jungen an sich. Er war völlig überrascht. Dann ließ Kyra ihn rasch los, lief durch den

Mittelgang und zur Tür oben hinaus. Timmo blieb noch ein Weilchen, wo er war. Schließlich stieg er zu dem Podest hinunter, kletterte auf den festmontierten Stuhl, auf dem Anna ihn schon früher gesehen hatte, schaltete den Walkman ein und begann, mit den Fingern zu schnippen.

»Genug gehabt?« fragte Kevin. Das Videobild zeigte nun sein Arbeitszimmer. »Sie hat genau gemacht, worum ich sie gebeten habe.«

»Jetzt komme ich mir wirklich wie ein Schnüffler vor«, sagte Anna.

»Sie mußten es wissen«, konstatierte er nüchtern. »Also. Worüber wollten Sie mit mir reden?«

»G. Straw ist Barry.«

Kevin zog den Mundstab aus der Tasche und begann etwas zu tippen; wahrscheinlich rief er die Datei auf, in die er eingedrungen war, um ihre Aussage zu überprüfen, dachte Anna. Nachdem der Junge eine Minute lang intensiv auf den Monitor gestarrt hatte, fiel der Stab aus seinem Mund und er blickte zu ihr auf.

»Hey! Sie sind gar nicht schlecht! Aber wenn es ihm nicht gut geht, werden wir nicht einfach zum Telefonhörer greifen und ihn in seinem Krankenhauszimmer anrufen können.«

So weit hatte Anna nicht gedacht. Natürlich hatte Kevin recht. Aber wer würde Barry in Denver schon helfen?

»Diese Journalistin von der *Denver Post!*« sagte sie laut. »Linda ... wie hieß sie noch gleich? Hendricks!«

»Jemand von der *Post* hat vor einer Weile versucht, in eine NSA-Datei über EDGE einzudringen. Aber mein Virus hat ihn aufgehalten«, sagte Kevin.

»Das ist *sie* gewesen!«

»Ich weiß nicht«, erwiderte Kevin skeptisch.

»Doch! Oder besser gesagt, ein Freund von ihr. Er heißt Gunther. Bestimmt!« versicherte Anna.

»Erst mal langsam!« sagte er. »Wir müssen hier wirklich ganz behutsam vorgehen. Wenn Barry dieser Straw ist, und wenn er noch am Leben ist, dann sollen *nur* seine Freunde wissen, was wir wissen. *Ein* falscher Kontakt... und *wumm!*«

Kevin hatte natürlich recht.

»Überdenken wir die Sache, okay?«

Anna stimmte trotz aller Enttäuschung zu, und sie brachen die Verbindung ab. Anna wurde klar, warum sie es so eilig gehabt hatte. Sie war wieder allein. Und immer noch in Gefangenschaft, egal, wen sie auf dem Videobildschirm auch belauschen oder sehen mochte.

Der Rest des Tages wirkte dagegen ausgesprochen enttäuschend. Nach dem Gespräch zwischen Kyra und Timmo hatte Anna damit gerechnet, daß ihre Tochter – wenn auch nur via Fernsehschirm – zu ihr kommen, sich mit ihr unterhalten, ihr Fragen stellen (sie mußte doch Dutzende haben!) und sich aufgeschlossener zeigen würde. Aber Kyra versuchte es nicht einmal. Dafür wollte Sancha über ihr scheinbar endloses Thema mit Anna reden – ihre Ken- und Barbiepuppen. Und kurz vor dem Abendessen meldete sich Kevin.

»Ich hab die Buchhaltungsdateien des allgemeinen Krankenhauses von Denver angezapft, um vielleicht irgend etwas über G. Straw herauszufinden«, verkündete er. »Und die Entdeckung, die ich gemacht habe, könnte interessant sein.«

»Schieß los!« sagte Anna, die von seinem Einfallsreichtum unwillkürlich angezogen wurde.

»Straw wurde um viertel nach drei Uhr nachts von einer örtlichen Polizeiambulanz in die Notaufnahme eingeliefert. Also wurde wohl jemand aus dem Motel durch den Vorfall alarmiert oder geweckt, fand den Mann dann mit einer Schußverletzung und hat einen Krankenwagen bestellt.«

»Der Zeitpunkt scheint zu stimmen«, sagte Anna.

»Weder die Notaufnahme noch die Intensivstation haben die ersten vierundzwanzig Stunden in Rechnung gestellt. Nach einem Tag bereitet die Buchhaltung des Krankenhauses eine Rechnung vor und erkundigt sich, auf welche Weise der Patient bezahlen will.«

Daran erschien Anna nichts außergewöhnlich.

»Okay, merken Sie sich das schon mal! Jetzt zu G. Straw. Als man ihn auf die Intensivstation verlegt und seinen Zustand von ›kritisch‹ auf ›ernst‹ eingestuft hatte, gab er seine Krankenversicherungsnummer an: 058-23-78909 V4. Können Sie mir soweit folgen?«

»Ja.«

»Das ist eine Angestelltennummer. Ich habe auch versucht, mir über den Zentralcomputer der Sozialversicherung eine Bestätigung zu holen, aber nur ein halbes Dutzend Warnungen vor Computerviren bekommen. Offensichtlich hat dort schon einmal jemand gehackt.«

»Kannst du herausfinden...?« begann Anna.

»Schon geschehen!« erwiderte Kevin. »Die Datenspeicher der Krankenversicherungen sind viel leichter anzuzapfen als die der Sozialversicherung. Die Nummer gehört der *Denver Post*. Was halten Sie davon? Diese Linda muß ihm bereits helfen.«

»Du bist ein Genie, Kevin!«

»Anerkannte Tatsache. Aber ich bleibe dabei: Wir gehen behutsam vor! Es könnte immer noch eine Falle sein.«

»Verstehe«, sagte Anna voll Bewunderung für die Reife des Jungen. »Übrigens, hast du heute schon mit Kyra gesprochen?«

In diesem Moment drehte Kevin seinen Stuhl plötzlich herum, so daß er der gegenüberliegenden Ecke des Raumes zugewandt war. Anna erblickte ein vielleicht fünfzehn Zenti-

meter weit geöffnetes Fenster und auf dessen Sims eine schildpattfarbene Katze.
Als der Junge mit seinem Stuhl hinüberfuhr, sprang die Katze auf ein Regal voll dick zusammengehefteter Papierbündel, die aussahen wie Handbücher und Computerbeschreibungen.
»Sehen Sie?« hörte Anna ihn fragen.
»Die Katze? Ja, natürlich«, antwortete sie.
»Pssst!« sagte Kevin, während er näher an das Regal heranfuhr. Aber die Katze war oberhalb seiner Reichweite. Nach einer Minute machte sie es sich bequem und begann, ihr Gesicht zu putzen. Kevin sauste mit seinem Stuhl ans Fenster hinüber, machte es zu und drehte sich dann zu Anna um. Er schien verwirrt, was sonst gar nicht seine Art war.
»Kennst du die Katze nicht?« fragte sie.
»Wir haben hier unten keine Tiere«, erklärte Kevin. »Nicht ein einziges. Es sind keine erlaubt.«
»Vielleicht ist die da irgendwie hereingeschlichen.«
»Das glaube ich nicht. Ich werde jetzt ein Experiment machen. Passen Sie genau auf; vielleicht bitte ich Sie nachher um eine exakte Beschreibung.«
Kevin hob mit dem Mund einen Filzschreiber auf und schleuderte ihn in Richtung Katze. Zu Annas Überraschung flog der Stift genau an das Hinterteil des Tieres und...
Sie schnappte nach Luft. »Er ist mitten hindurchgegangen!«
»Haben Sie's gesehen?« fragte der Junge.
Die Katze war aufgesprungen. Jetzt setzte sie sich wieder hin und beschnupperte den Filzstift.
»Gesehen schon, aber ich glaube es einfach nicht!«
Ein schüchternes Klopfen an Kevins Tür. Zweimal.
»Das habe ich erwartet«, sagte der Junge, während seine Lippen sich zu einem Lächeln formten. »Herein!«
»Was ist denn los?« fragte Anna.

Gesucht-und-Gefunden trat ins Zimmer. An der Hand hielt er Matty.

»Miez!« sagte der Kleine, der die Katze sofort entdeckt hatte, und als er auf das Regal zutapste, erhob sich das Tier und sprang zu ihm hinunter. Der kleine Junge tätschelte es eine Sekunde lang, dann fing er an zu lachen, und sofort schoß die Katze wie eine Rakete zur Tür hinaus. Matty und Gesucht-und-Gefunden folgten ihr.

»Ein Trugbild«, sagte Kevin nüchtern. »Übrigens habe ich Ihre Videoverbindung so umarrangiert, daß jeder Raum einen eigenen Kanal hat. Drehen Sie einfach am Fernseher! Und«, fügte er mit einem Lächeln hinzu, »aus dem Überwachungssystem des Hauptquartiers habe ich einen vierten Kanal abgezweigt, damit Sie noch was zum Gucken haben.« Damit schaltete er ab.

Anna erwachte in kalten Schweiß gebadet. Sie hatte geträumt, das wußte sie, aber nichts von dem Traum in Erinnerung behalten, nur, daß er beängstigend gewesen war.

Und sie wußte, daß sie stundenlang nicht wieder einschlafen würde. Also stieg sie aus dem Bett, machte Licht, zog ihren Bademantel an, ging dann ein bißchen auf und ab, setzte sich, stand wieder auf, überflog die Zeitschriften, die sie bereits in- und auswendig kannte, sah sich noch einmal die Bücher an und stellte sie wieder ins Regal.

Dann schaltete sie das Radio ein. Der Country-and-Western-Sender war nicht zu finden. Dabei wußte sie doch genau, daß er rund um die Uhr sendete – oder nicht? Sie suchte auf dem entsprechenden Frequenzbereich, drehte dort hin und her.

Zu ihrer Überraschung hörte Anna ganz deutlich Timmos Stimme.

»Soll ich dir mal was Interessantes zeigen?«

»Was denn?«

Das war Alex Land. Wo steckten die beiden, und was ging da vor?

Anna schaltete den Fernseher ein, drehte an den Kanälen zu Sanchas Zimmer, zu dem von Kevin und zum Kontrollraum vorbei und landete – ja, wo *war* sie da gelandet? Es herrschte schwaches Licht. Irgendwo draußen? Kevin hatte doch etwas von einem neuen Anschluß an das Überwachungssystem des Hauptquartiers gesagt. Es mußte Kameras draußen vor der Anlage geben, und genau dort sah sie jetzt hin.

»Etwas, woran ich gearbeitet habe«, sagte Timmo.

Anna erkannte einen betonierten Fußweg, der in einer breiten Kurve verschwand, und darauf zwei Gestalten, die Arm in Arm auf sie zukamen.

»Was?«

Jetzt sah sie die beiden deutlicher.

»Vor ein paar Tagen, im Kontrollraum, hast du schon ein bißchen was davon gesehen«, sagte Timmo.

»Dieses blaue Licht etwa? Was ist das? Elektrizität?«

»Eher so eine Art Elektromagnetismus. Ich habe gelernt, wie man ihn macht. Paß auf!«

Timmo nahm den Arm von Land und drehte sich halb um. Dabei schien er sich auf etwas zu konzentrieren – auf diesen Felsbrocken, etwa drei Meter entfernt, der die Größe eines Menschenkopfs hatte? Der Junge streckte die linke Hand aus, und Anna bemerkte, daß er auf dem Zeigefinger eine fingerhutähnliche Metallkappe trug, wie schon im Kontrollraum bei der Zerstörung des Nachrichtensatelliten. Wahrscheinlich diente sie dazu, die Kraft zu kanalisieren.

Das blaue Licht schoß aus der Metallkappe heraus, traf auf den Felsen, umgab ihn und begann, Funken aus ihm zu schlagen wie aus einem Feuerstein.

»Ich treffe jedes Metallteilchen in dem Stein, das auf den

Magnetismus meines Strahls reagiert«, erklärte Timmo seinem Begleiter, und gleichzeitig sah Anna den Felsen immer kleiner, fester und heißer werden.
Dann sprang er in Stücke.
»Mein Gott!« entfuhr es Land.
»Hübsch, was? Saubere Arbeit. Im Moment kann ich es nur mit Objekten, die Metallteilchen oder einen eigenen Grundmagnetismus enthalten. Aber ich arbeite noch daran.«
»Einfach toll!« gestand Alex. Er schien beeindruckt.
»Und das Beste daran ist, daß es ganz allein mir gehört. Ich brauche die anderen Kinder nicht dazu.«
»Wer weiß sonst noch von dieser Sache, Tim?«
»Keine Angst! Ich verrate Burr nicht, wie weit ich damit gekommen bin. Das wird keiner außer mir je erfahren!«
»Nicht einmal ich?« fragte Alex mit verführerischer Stimme und legte dem Jungen einen Arm um die Schulter, um ihn fest an sich zu ziehen.
»Vielleicht«, antwortete Timmo.
»Vielleicht kann ich ja was Nettes für dich tun, um dich zu überreden«, gurrte Alex.
Anna verfolgte, wie die beiden auf die Überwachungskamera zukamen, darunter hindurchgingen und dann verschwanden. Sie selbst betrachtete weiter das Gelände draußen: die nur halb sichtbaren Umrisse von Mauern und Gebäuden und den äußersten Rand von etwas, das eine Kuppel zu sein schien. Der Kontrollraum? Morgen würde sie das alles bei Tageslicht erblicken.

»Heute mittag wollen sie Sie zu den Büros der Hauptverwaltung 'raufbringen«, sagte Kevin. »Warum, weiß ich nicht.«
»Warum?« Anna erschauerte bei dem Gedanken, daß man sie nun womöglich doch noch Land vorführte.
»Könntest du es nicht durch den Computer rückgängig ma-

chen?« fragte sie in der Hoffnung, daß ihre Panik nicht allzusehr durchklingen würde.
»Dieser Befehl läuft nicht über Computer. Uns bleiben noch zirka zehn Minuten. Hören Sie, ich habe mir diese Sache durch den Kopf gehen lassen, und mir ist etwas eingefallen. Der Flügel, in dem Ihr Zimmer liegt, wird an beiden Enden bewacht. Aber nicht die einzelnen Räume. Ich kann Ihre Tür von hier aus automatisch entriegeln. Sobald sie auf ist, gehen Sie raus und in ein anderes Zimmer, möglichst nahe am linken Ausgang. Darin können Sie sich dann verstecken, bis Sie die Gelegenheit für gekommen halten, aus dem Trakt zu entwischen.«
Flucht. Er sprach von Flucht!
»Wenn man Sie holen kommt«, fuhr Kevin fort, »sind Sie nicht in Ihrem Zimmer, und diese Typen werden absolut durchdrehen. Ich werde versuchen, die Verwirrung noch zu steigern. Und Sie hauen ab.«
»Aber werden sie denn nicht die anderen Räume nach mir durchsuchen?« fragte Anna.
»O nein. Nicht sofort. Man wird sich auf Ihr Zimmer konzentrieren – die Wachmannschaft rufen. Und genau dann verschwinden Sie ganz aus dem Flügel.«
»Wohin soll ich denn gehen? Ich kenne mich doch gar nicht aus.«
»Es wird jemand auf Sie warten.«
Anna ließ sich die Sache durch den Kopf gehen. Wenn man sie erwischte, was konnte ihr dann schon geschehen? Gar nichts wahrscheinlich, außer daß sie zurückgebracht würde. Sie hatte wirklich nichts zu verlieren.
»Sobald ich hier 'rausgehe, werden sie es bemerken. Ich bin sicher, daß man mich überwacht, obwohl ich die Kameras noch nicht entdecken konnte.«
»Kinderspiel! Sie und ich, wir richten in Ihrem Zimmer

zusammen ein elektrostatisches Feld ein, das jede Kamera und jedes Funkgerät außer Gefecht setzen wird. Haben Sie eine Nagelfeile?«

»Eine kleine.«

»Das muß genügen. Holen Sie sie!« sagte Kevin. Und als Anna sie geholt hatte: »Jetzt ziehen Sie wieder den Fernseher aus dem Schrankfach!« Dann: »Drehen Sie ihn so rum, daß Sie die Rückseite sehen können!«

»Hab ich gemacht.«

»Nehmen Sie jetzt die Spitze der Feile und drehen Sie die beiden Schrauben heraus, die Ihnen am nächsten sind!«

Das war nur mit Mühe zu bewerkstelligen, da Anna Angst hatte, die dünne Feile könnte abbrechen, aber sie ließ nicht locker, bekam die Schrauben schließlich heraus und nahm den Deckel ab.

Kevin begann exakte Anweisungen hinsichtlich des Gewirrs von Drähten, Transistoren und Chips im Innern des Apparats, unterhalb der Bildröhre, zu geben. Anna folgte ihm genau, löste mehrere Kabel und verband sie wieder neu miteinander.

»Sie werden Ihr Bild verlieren, aber das ist gleichgültig«, sagte Kevin.

Anna sah auf der Vorderseite nach. Der Bildschirm zeigte tatsächlich nur Streifen.

»Prima! Jetzt...«

Sie nahm sich wieder das Innere des Gerätes vor, bohrte unter der Anleitung des Jungen zwei bestimmte Transistoren heraus und verband sie mit einem Draht, den Kevin sie anderswo ausreißen hieß.

»Haben Sie irgend etwas Metallisches bei sich?« fragte er. »Ein Medaillon? Oder eine Uhr?«

»Zwei Ringe. Einer aus Gold. Der andere aus Silber.«

»Das Gold können Sie vergessen! Das ist ein beschissener

Leiter. Ist der andere Ring nur versilbert oder aus einer Legierung?«
»Es ist ein Navajoring. Eine Legierung aus Kupfer und Zinn. Ich weiß nicht genau, in welchem Verhältnis.«
»Prima! Das geht schon. Jetzt geben Sie acht! Dröseln Sie die beiden Drahtstränge auseinander und wickeln Sie den kupferfarbenen um Ihren Ring! Sehen Sie irgendwas?«
»Nein.«
»Berühren Sie ihn mal kurz mit dem andern Draht!«
Ein Funke sprang heraus. Anna machte einen Satz nach hinten, so daß sie fast den Fernseher fallengelassen hätte.
»Noch mal!« sagte Kevin. »Die Spannung kann Ihnen nichts anhaben. Sie ist zu niedrig.«
Mit einem stillen Gebet legte Anna den Draht abermals an den Navajoring. Diesmal sprühte ein Funkenregen und bildeten einen winzigen kontinuierlichen Strom. Sie beschrieb Kevin, was passierte, und der Junge war zufrieden.
»Okay. Jetzt umwickeln Sie ihn vollständig mit den anderen Drähten und schieben den Fernseher ganz langsam, ganz vorsichtig wieder ins Schrankfach! Ganz langsam, hab ich gesagt!«
Als Anna damit fertig war, fragte er: »Spüren Sie irgendwas Merkwürdiges?«
Die Haare auf ihren Armen und ihrem Nacken standen zu Berge, und sie konnte ein leises Summen in der Luft hören.
»Toll! Das heißt, das offene elektrische Feld besteht weiterhin. Es wird immer stärker werden. Viel stärker. Gehen Sie jetzt weg von dem Fernseher! Sind Sie bereit für mein Kommando? Sie müssen sehr schnell sein. Was wir da aufgebaut haben, wird einen Punkt erreichen, wo es einen Kurzschluß im Fernseher verursacht. Die Sicherung und jede Sicherung, die auch nur in Ihrer Nähe ist, wird durchbrennen. Dadurch müßte sämtlicher Strom in Ihrem Trakt ausfallen, Türschlös-

ser und Beobachtungskameras inbegriffen. Aber auch der Verstärker wird seinen Geist aufgeben. Wir können uns dann also nicht mehr unterhalten.«

»Ich bin bereit«, sagte sie. Das Summen kam nun eindeutig aus dem Innern des Geräts. Anna spürte, wie ihr buchstäblich die Haare zu Berge standen. »Es wird jetzt sehr stark, sehr laut.«

»Können Sie sonst irgend etwas sehen?«

Die Vorderseite des Fernsehers. Eine schwarze Masse schien sich wie Tinte von oben nach unten über die Bildfläche zu ergießen.

»Das bedeutet, es funktioniert. Gleich ist es soweit. Fertig?«

Anna rechnete mit einer Explosion. Keiner lauten, aber immerhin. Statt dessen vernahm sie aus dem Innern des Fernsehers einen sanften, leisen Knall, und das war's. Der in der Luft angesammelte Strom schien verschwunden zu sein. Und es war dunkler im Zimmer, weil die Deckenbeleuchtung ausgefallen war. Es hatte geklappt.

»Kevin?« fragte Anna.

Keine Reaktion.

Da sie Angst hatte, Radio oder Fernseher zu berühren, ging sie an die Tür und drehte den Knauf. Die Tür ließ sich öffnen. Anna stand in einem dunklen, vielleicht neun Meter langen Korridor. Auch hier war das Licht ausgefallen. An einem Ende sah sie durch eine Glastür den hüpfenden Schimmer eines winzigen Taschenlämpchens und vernahm, wahrscheinlich durch eine Sprechanlage, eine Männerstimme – der dortige Wachtposten zweifellos. Er beschwerte sich in jammerndem Ton, der besagte, daß er nicht wußte, was, zum Teufel, hier los war, und daß es ihm nicht gefiel.

Anna machte die Tür hinter sich zu, wartete, bis ihre Augen sich an das Dunkel gewöhnt hatten, und tappte dann an der Korridorwand auf das winzige hüpfende Lämpchen zu. Dabei betete sie, es möge kein Notaggregat da sein, das sofort zur Übernahme bereit war. Sie gelangte an eine leichte Vertiefung in der Wand – eine andere Tür –, probierte den Griff – sie war ebenfalls unverschlossen – und bewegte sich weiter. Jetzt war sie nur noch etwa drei Meter von dem Wachtposten entfernt. Es mußte noch einen Raum hier geben! Ja! Sie ertastete die leichte Vertiefung, die Türplatte, den Knauf. Er ließ sich drehen; die Tür ging auf. Anna öffnete sie gerade weit genug, um zu sehen, daß es ein ähnliches Zimmer wie das ihre war und wie dieses eine einzige Luke, hoch oben in der Wand, hatte, durch die etwas Licht hereinkam.

Wenn sie nun da hineinging und man irgendwo den Strom wieder ankurbelte? Würde sie dann nicht erneut eingesperrt? Vielleicht konnte sie die Nagelfeile, die immer noch in der Tasche ihres Kittels steckte, so in die Tür klemmen, daß sie nicht schloß? Vielleicht funktionierte es.

Auf der anderen Seite der Glastür erklangen jetzt mehr Stimmen, und eine zweite, viel größere und weit hellere Taschenlampe war zu sehen. Anna blieb keine Wahl mehr: Sie betrat das Zimmer, klemmte die Feile gerade so weit, daß man es vom Gang aus nicht sehen konnte, in das Schloß und schloß geräuschlos die Tür. Sie preßte sich flach an die Wand hinter der Tür, falls sie aufgehen sollte, und lauschte der Stille, die nur vom Schlag ihres eigenen Herzens unterbrochen wurde.

Was nun? Kevin hatte gesagt, sie solle warten, bis man sie suchte. Aber was war mit den Posten? Er wollte ihnen suchen helfen und ihr dabei einen bestimmten Fluchtweg offenhalten. Wirklich? Würden sie nicht wenigstens so mißtrauisch sein, einen zweiten Posten dort aufzustellen?

So viele »Wenns«.

Anna probierte den Wandschalter. Kein Licht. Immer noch Stromausfall. Gut. Sie widerstand dem Drang, die Tür nur einen Spalt, einen Fingerbreit zu öffnen, um einmal nachzusehen, was draußen vorging. Statt dessen schob sie sich zu der Ritze, wo Wand und Türplatte aufeinandertrafen, um besser hören zu können. Immer noch nichts. Nicht das geringste.

So ein Wahnsinn! Wie hatte sie sich von Kevin nur dazu beschwatzen lassen können! Ja, bisher war alles gutgegangen. Soweit es das Elektrische betraf. Da kannte er sich aus. Doch alles andere? Wahnsinn!

Stimmen auf dem Gang. Zwei Männer und eine Frau. Anna widerstand abermals dem Drang, die Tür zu öffnen. Dann konnte sie nicht mehr. Sie machte sie einen winzigen Spaltbreit auf – gerade so viel, daß sie Stablampen in der Dunkelheit tanzen und drei Gestalten sehen konnte, die an der Tür vorbei zu Annas Zimmer stürzten.

Erst nach einer scheinbaren Ewigkeit hörte sie die Stimme des Mannes rufen, während dieser durch den Gang zurücklief: Sie waren in ihr Zimmer eingedrungen und hatten es leer gefunden. Wieder eine Ewigkeit, ehe die beiden Männerstimmen erneut vorbeikamen.

Sie hörte, wie der Wachtposten sagte: »Niemand kann weggelaufen sein. Ich hab die ganze Zeit an der Tür gestanden. Haben Sie schon ins Klo geschaut? Vielleicht hat sie's mit der Angst gekriegt, als das Licht ausging.«

Anna wartete, bis sie die beiden nicht mehr sehen oder hören konnte. Dann machte sie die Tür weiter auf, huschte hinaus und lief auf die Glastür am anderen Ende des dunklen Korridors zu.

Auf ihrer Seite hatte die Tür keine Klinke, sondern wurde durch eine Querstange geöffnet. Mit angehaltenem Atem drückte sie sie nach unten, und – Kevin hatte recht gehabt! Die Tür ging auf! Anna schaute noch einmal nach, daß niemand sie beobachtete. Nein, die waren immer noch voll-

zählig in Annas Zimmer. Sie konnte ab und zu eine Stablampe aufblitzen sehen, während man alles durchsuchte.
Während sie sich an der Wand entlangtastete, fragte sich Anna, wohin sie als nächstes gehen, was sie tun solle, falls jemand ihr entgegenkam. Sich so verhalten, als ob sie hierher gehörte?
Wieder ein Korridor; dann eine Treppe nach unten, die sie fast hinabgefallen wäre. Anna hörte erneut Stimmen hinter sich – lauter, erregter, mit dringlicherem Tonfall. Jetzt suchten sie schon außerhalb des Flügels nach ihr! Ohne besonders gut sehen zu können, stolperte sie die Treppe hinunter und gelangte zu einer neuen Tür. Wohin jetzt?
Das grelle Aufblitzen einer Taschenlampe blendete sie beinahe, war aber augenblicklich wieder verschwunden. Weiße Kreise flimmerten ihr vor den Augen. Durch sie hindurch jedoch konnte Anna erkennen, daß sie aus einem anderen Gang gekommen waren. Sie mußte in einem Nachbartrakt sein. In größerer Sicherheit, wenn auch noch nicht außer Gefahr. In der Hoffnung, daß niemand plötzlich aufmachen würde, tastete sie sich weiter die Türen entlang, die beide Seiten des Korridors säumten. Wann hörte dieser verdammte Gang endlich auf? Sie hörte noch mehr Geschrei hinter sich, noch mehr Leute, die herumliefen. In einer Minute würden sie hierherkommen – noch eine Sekunde, eine...
Sie tastete vor sich nach einem Türgriff. Alles war besser als dieser dunkle, unbekannte Gang! Wand, Wand, noch mehr Wand.
Anna erstarrte. Ihre Hand berührte etwas Merkwürdiges, Abgerundetes. O mein Gott! Waren das etwa – *Haare?*
Mit einem erstickten Schrei fuhr sie zurück.
»*Hi!*« sagte eine sanfte Stimme.
Ein winziges Taschenlämpchen ging an, und Anna erblickte ein kleines, mahagonifarbenes Gesicht, dessen kindliche,

mongoloide Züge von dem scharfkantigen Strahl verzerrt wurden.
»Kevin hat gesagt, du sollst mitkommen.«
Anna bemühte sich, ihr hysterisch rasendes Herz wieder unter Kontrolle zu bekommen und streckte eine Hand aus, um die Schulter des Jungen zu berühren.
»Kevin hat gesagt…«, wiederholte er.
»Ich komme schon mit.«
»Moment!« Er knipste die Lampe aus, und Anna mußte ihr Tempo etwas beschleunigen, um ihm zu folgen. Dann waren sie im Gleichschritt.
Sie schienen durch einen dunklen Gang nach dem anderen zu irren.
Einmal sagte sie: »Sei vorsichtig!«
»Ich brauch kein Licht«, entgegnete er stolz, und sie erinnerte sich wieder an Gesucht-und-Gefundens hervorragendes Talent, alles und jeden überall ausfindig zu machen.
Nachdem sie wieder um zahlreiche Ecken gebogen waren, bat er sie zu warten, während er selber weiterging und eine Tür öffnete. Sie führte auf einen leicht gekrümmten Gang, der hell im Licht lag, das durch ein Seitenfenster hereinfiel.
»Schnell jetzt!« Und schon lief Gesucht-und-Gefunden um die Ecke. Anna versuchte gleichzeitig, mit ihm Schritt zu halten und herauszubekommen, wo sie sich befand. Unten vor den Fenstern erblickte sie säuberlich gestutzte Rasenflächen, Zufahrtsrampen wie die gestern abend auf dem Monitor, und ein paar flache Gebäude.
»Los!« drängte Gesucht-und-Gefunden. Anna schaute von den Fenstern weg und sah ihn in einem anderen Gang verschwinden. Sie folgte ihm. Vor einer Tür am Ende des Korridors blieb der Junge stehen und trat dann ein.
Eine Minute später war auch Anna in diesem Zimmer.
»Du!« Kyra stand auf. »Was machst *du* denn hier?«

Noch bevor Kyra sich erhoben und die Jalousien heruntergezogen hatte, erhaschte Anna einen Blick durch die gläserne Schiebetür, die auf eine eingezäunte Rasenfläche führte – nicht weit davon ein zum Sonnenbaden auseinandergeklappter Liegestuhl, eine Zeitschrift und ein Behälter mit alkoholfreien Getränken. Gesucht-und-Gefunden erklärte, er sei nur Kevins Befehlen gefolgt, und verließ dann das Zimmer. Daraufhin versuchte Kyra, Kevin telepathisch zu erreichen, aber umsonst. Für den Augenblick mußte sie sich also mit Annas Gegenwart abfinden.

»Du kannst dich mit vollem Recht im Stich gelassen fühlen«, sagte Anna. Nachdem sie über die Überraschung des Mädchens hinweggekommen war und den Eindruck gewonnen hatte, daß Kyra sie nicht an Lands Männer verraten würde, lehnte sie sich zurück und versuchte, sich zu entspannen. Weiß Gott, wann sie wieder auf den Beinen sein mußte! »Andererseits bist du bei der Nachricht, Barry sei dein Vater, ja auf die Suche nach ihm gegangen, stimmt's?«

»Das war nicht dasselbe. Ich habe nicht damit gerechnet, ihn persönlich kennenzulernen. Ich wollte ihn mir nur mal ansehen.«

»Nun, du *hast* ihn dir angeschaut. Und was hast du gesehen?« fragte Anna.

»Ich weiß nicht. Nicht das, was ich erwartet hätte.«

»Du meinst, er war nicht der strahlende jugendliche Held, den du nach den CIA-Unterlagen erwartet hast?« Kyra blickte zu Anna auf – genau wie Barry, wenn eine von Annas Äußerungen ins Schwarze traf. »Kann sein. Du findest mein bisheriges Leben ein bißchen merkwürdig. Aber so war es nun mal. Es ist eine Tatsache. Findest du *dein* Leben nicht auch etwas sonderbar?«

Kyra öffnete ihre Lippen zu einem winzigen Lächeln – genau das Lächeln von Annas Mutter.

»Schon möglich«, gab sie zu. »Aber es ist meins.«
»Und das andere war meines.«
»Der Barry, den ich gesehen habe, war ein Mann mittleren Alters mit einer vulgären reichen Freundin. Er führte diesen... dämlichen kleinen Laden! Er hatte Kaffeeflecke auf seinem Hemd! Er...« Sie konnte nicht fortfahren; sie gab es auf.
»Du meinst, Helden sollten jung sterben. Aber du bist nicht vor ihm weggerannt. Du hast dich zu ihm hingezogen gefühlt.«
»Ich wollte aus seinem eigenen Munde hören, wie es so weit mit ihm gekommen ist.«
»Warum hast du ihn nicht einfach gefragt?« meinte Anna und beantwortete ihre Frage selbst. »Ah! Dann hättest du ihm nämlich auch sagen müssen, wer du bist. Und du warst zu sehr damit beschäftigt, die geheimnisvolle Dame zu spielen.«
»Was macht das jetzt noch aus? Wahrscheinlich sehe ich ihn ja doch nie wieder.«
»Denkst du! Aber Kevin hat Barry gefunden.«
Kyras Gesicht veränderte sich – und nahm dann wieder den vorherigen Ausdruck an.
»Bitte! Ich hab recht!« erklärte Anna. »Barry war dir sympathisch. Das dachte er sich auch schon. Bei Frauen hat Barry sich noch nie getäuscht.«
»Bei dir auf jeden Fall!«
Anna überhörte diese Bemerkung. »Kyra, ich will dir etwas sagen. Er ist ein wunderbarer Mensch – Barry. Ich liebe ihn, und ich verstehe jetzt, daß ich nie jemand anderen geliebt habe. Ganz gleich, was du über mich denkst oder wegen mir unternehmen wirst, wünsche ich mir, daß eines Tages auch du ihn lieben wirst.«
Keine neunmalkluge Bemerkung von Kyras Seite. Nur irgendein Schimmer zwischen Mutter und Tochter von – wovon? Verständnis? Dann sagte sie: »Was soll dieser ganze Scheiß wegen Alex Land?«

»Ich kann dir nicht einmal ansatzweise beschreiben, wie gefährlich er ist!«
»Für dich.«
»Du hast ja keine Ahnung von seiner Intriganz, Verschlagenheit und Rücksichtslosigkeit! Sein enges Verhältnis zu Timmo ... Ich weiß nicht, was ich davon halten soll. Es bringt euch alle in Gefahr.«
»Du begreifst nicht, wie EDGE funktioniert, Anna. Wir sind wie *ein* Mensch mit sechs Körpern. Keiner, der nicht dazugehört, kann zu uns eindringen. Nicht Burr, nicht Land, nicht du – niemand!«
»Das war vielleicht einmal so«, erwiderte Anna. »Aber jetzt nicht mehr. Glaub nicht, ich hätte in den letzten Tagen nicht zur Genüge gehört und gesehen! In euren einen Geist mit sechs Körpern sind Keile getrieben worden! Eure Gruppe ist in einem Übergangsstadium, und ihr seid reif, um durch gewissenlose Leute ausgenutzt zu werden. Sieh dich vor, Kyra!«
»Das würdest du doch sagen, ob es wahr ist oder nicht! Wegen irgend so einer unausgegorenen Schnapsidee von dir und Barry, hierherzukommen und mich wieder wegzuholen.«
»Das stimmt nicht!«
»Weswegen bist du denn sonst gekommen?«
»Anfangs haben wir dich ja nur gesucht. Und bloß, weil *du* Barry aufgesucht hattest! Aber als wir dann nach und nach entdeckten, daß Land bei EDGE eine Rolle spielt, wurde es geradezu ein Muß, daß wir dich ausfindig machten und warnten. Wir haben beide mit diesem Menschen zu tun gehabt, Kyra ... Jedenfalls war die Angst um dich unser Antriebsgrund. Und je mehr wir entdeckten, desto deutlicher wurde es, daß er uns aus dem Weg haben wollte. Zuerst hat man unser Motelzimmer demoliert; dann versuchten diese beiden Wagen, uns von der Klippe zu jagen. Und da waren wir sicher, daß du in Gefahr schwebst.«

»Ich schwebe aber nicht in Gefahr! Wie soll ich es dir nur klarmachen? Ich bin EDGE. Hier passe ich hin. Sonst nirgendwo. Ich weiß Dinge, die in der Vergangenheit geschehen sind. Ich ›sehe‹ sie in Visionen. Ich weiß mit größter Genauigkeit, wo, wann und wie sie sich abgespielt haben. Und ich ›sehe‹ auch in die Zukunft. Manchmal nicht allzu deutlich. Aber ich tu's. Es ist sehr schwer, damit zu leben.«

»Wieso? Es könnte doch nützlich sein.«

»Vor ein paar Jahren war ich eine ganz gewöhnliche Dreizehnjährige, die sich für Jungen und Kleider interessiert hat. Dann hab ich plötzlich diese Visionen bekommen. Meine Eltern – das heißt, meine Adoptiveltern – brachten mich zum Augenarzt, zum Psychiater. Sie ließen mich auf Gehirntumor untersuchen. Monatelang habe ich Ärzte, Krankenhäuser, Computertomographien – alle möglichen Tests und Untersuchungen durchgemacht!«

»Das war bestimmt sehr nervenaufreibend.«

»Ich habe gelernt, meine MEC zu beherrschen, außer vielleicht in Träumen, und wir in EDGE haben alle zusammen entdeckt, daß unsere individuellen Fähigkeiten sich perfekt ergänzen. Und das *taten* wir auch – gemeinsam besaßen wir eine unglaubliche Kraft, während wir, jeder für sich genommen, seltsame, deformierte Mißgeburten waren!«

»Kyra, nein!«

»Doch!« wiederholte das Mädchen. »Mißgeburten! Ich ebensosehr wie Sancha. Darum sind wir ja zusammen, und darum müssen wir auch zusammenbleiben. Darum kann ich nicht mit Barry und dir mitkommen. Ich kann nie mehr zurück.«

»Ist dir klar, was das bedeutet, Kyra?« fragte Anna. »Es bedeutet, daß du zu einem Großteil dessen, was das Leben sonst noch zu bieten hat, nein sagst – Romanzen, die liebevolle Gesellschaft eines anderen Menschen, Kinder...«

»Matty und Gesucht sind meine Kinder. Was das übrige angeht...«
Kyra sprach ihren Satz nicht zu Ende, sondern erklärte mit ruhiger, fester Stimme: »Mein Leben gehört EDGE. Ohne mich kann EDGE nicht existieren.«

10

»Es wird Sie nicht überraschen zu erfahren, daß man nach Ihnen sucht«, sagte Kevin.

»Sehr gut scheint es ihnen nicht zu gelingen«, antwortete Anna. Vor ein paar Minuten war sie durch den Korridor vor Kyras Zimmern zu denen von Kevin gegangen und dabei nicht aufgehalten worden – sie war keiner Menschenseele begegnet.

»Solange Sie hier bleiben, sind Sie sicher«, sagte Kevin.

»In unserem Flügel ist jeder Zutritt verboten«, bestätigte Kyra.

»Und die meisten würden nicht für Geld und gute Worte hier 'reinkommen«, fuhr der andere fort, um dann mit schwachem Lächeln zu wiederholen: »Aber sie suchen eifrig! Der ganze Stützpunkt ist in Alarmbereitschaft.«

»Steht *das* da auf deinem Bildschirm?« fragte Anna und deutete auf einen der Computerterminals.

»Nö! Das ist ein Gespräch zwischen mir und Ihrer Bekannten von der *Denver Post.*«

»Linda? Darf ich es lesen? Was hat sie über Barry gesagt? Ist er G. Straw, wie von mir vermutet?«

»Setzen Sie sich! Schauen Sie selbst!« Kevin zeigte auf einen Bürostuhl, wie ihn EDV-Leute benutzten, und Anna rollte damit vor den Computerschirm.

»Drücken Sie auf den roten Knopf da. Dann läuft das Bild weiter!« erklärte Kevin.

Obwohl eindeutig in Englisch, war das Zwiegespräch, das Anna auf dem Computer las, von beiden Seiten so verhalten und vorsichtig, daß es sich wie eine zwar nah verwandte, aber völlig andere Sprache anhörte – eine, die nicht zur Verständigung, sondern zur größtmöglichen Verschleierung diente.
»Ich verstehe nichts.« Sie wandte sich an Kevin. »Hier wird Barry ja mit keinem Wort erwähnt!«
Die Köpfe leicht einander zugeneigt, hatten Kevin und Kyra einen telepathischen Gedankenaustausch geführt. Kevin brach ihn als erster ab.
»Keiner von uns konnte es sich leisten, irgendwelche wichtigen Informationen aus der Hand zu geben. Aber schauen Sie her!« Er fuhr mit seinem Stuhl neben den von Anna, ließ sich den Mundstab, den er in der Brusttasche trug, rasch zwischen die Lippen gleiten und betätigte eine Taste, durch die erst zwei, dann weiter unten noch ein paar Zeilen unterstrichen wurden. Der Mundstab fiel in die Tasche zurück.
»Sehen Sie?« fragte Kevin. »Hier hab ich ihr gesagt, ich sei *nur dann* bereit zu sprechen, wenn sie mich in direkten Kontakt mit Barry bringt. Und sehen Sie ihre Antwort? Das läßt doch vermuten, daß sie sich zuerst seine Einwilligung holen muß?«
»Wahrscheinlich«, meinte Anna. »Jetzt, wo du's sagst...«
»Achten Sie auch auf diese spätere Stelle, wo sie mehr oder weniger zugibt, daß wir höchstens über sie an ihn herankommen! Jedenfalls ist es eine gute Nachricht.«
»Aber wir müssen immer noch entscheiden, was wir mit Anna machen«, sagte Kyra. Offenbar war dies einer der »Diskussionspunkte« von vorhin.
»Wer weiß sonst noch, daß ich hier bin?«
»Alle in EDGE.«
»Außer Timmo!« bemerkte Kevin. »Der ist schon den ganzen Morgen draußen am Teich und hat seinen Schild oben.«

»Und wenn er zurückkommt?« fragte Anna.

»Wer weiß?« erwiderte Kyra. »Wir können ihn nicht daran hindern, daß er in den Kopf der Kleineren eindringt, aber vielleicht...«

»Ich möchte nicht in Alex Lands Haut stecken, wenn er sich querlegt«, sagte Kevin.

»Du kannst heute bei mir übernachten«, bot Kyra schließlich an. »Ich hab ein Gästebett.«

»Sancha hat sich auch schon bereit erklärt, Sie bei sich aufzunehmen«, sagte Kevin.

»Danke euch allen«, erwiderte Anna, »daß ihr mir so das Gefühl gebt, willkommen zu sein. Aber ich weiß, ich kann nicht hierbleiben. Je eher wir mit Barry reden, desto eher habt ihr mich aus dem Weg.«

»Das ist schon in Ordnung«, antwortete Kyra. »Wir hatten noch nie einen Gast hier. Es wird interessant sein, zu sehen –« Sie stockte mitten im Satz – genau wie Kevin aufschreckte durch irgend etwas, das Anna jedoch nicht hören konnte.

»Was ist?«

»Matty!« sagte Kevin.

»Wieso? Was ist los?«

»Er hat einen Anfall oder so«, erwiderte der Junge.

»Besser, ich gehe!« sagte Kyra und eilte auf die Tür zu.

»Warte auf mich!« rief Kevin ihr hinterher. Anna half ihm, in seinem unförmigen Sessel durch den Gang des Kinderflügels zu fahren. Erstaunlicherweise konnte sie Matty gellend »Nein! Geh weg!« schreien hören – »erstaunlicherweise«, weil Sancha ihr gesagt und Kyra es bestätigt hatte, daß keiner Matty jemals irgend jemandem irgend etwas hatte zuschreien hören. Früher war seine gesamte Kommunikation über Bilder oder sonstige außersprachliche Mittel abgelaufen, obschon Anna selbst deutlich gehört hatte, wie er seine Phantomkatze rief.

Auch Sancha war aus ihrem Zimmer gekommen, um nachzusehen, und Gesucht-und-Gefunden stand untätig schauend auf dem Gang. Unmittelbar gefolgt von Kevin und Anna, gelangte Kyra gerade zu Mattys Kinderzimmer, als Alma, sein Kindermädchen, rückwärts aus der Tür kam und diese zuknallte.

»Was, zum Teufel, geht hier vor?« fragte Kevin.

»Burr ist nicht da!« sagte Sancha unaufgefordert.

Alma stierte sie entsetzt an und zitterte wie Espenlaub. »Nicht reingehn!« schrie sie, als Kyra den Türknauf berührte. Dann wandte sie sich an Anna und packte sie beim Arm. »Ich habe ja nun reichlich Erfahrung mit Mattys Halluzinationen, aber so etwas hab ich noch nie erlebt!«

»Was hat ihn denn so aufgebracht?« fragte Kyra.

»Ich weiß nicht, Miss. Ich weiß es wirklich nicht. In seinem Zimmer ist die Klingel losgegangen, und ich bin hergerannt, um zu sehen, was los ist.«

»Besser, ich gehe rein«, sagte Kyra. »Matty könnte sich selbst etwas antun.«

»Nein!« beharrte Alma. »Nicht!«

»Versuchen wir ihn doch erst zu ›rufen‹!« schlug Sancha vor.

Alle vier nahmen den telepathischen Modus an, den Anna schon früher gesehen hatte. Offenbar erhielten sie keine Antwort. Statt dessen wurden sie durch die Tür von irgendeiner Art Kraft attackiert – keiner physischen Kraft, aber jeder spürte sie und jeder wich einen Schritt zurück. Mit dem Schrei »Er ist hinter mir her!« stürzte Alma durch den Gang davon und rief: »Geht nicht da rein! Ihr werdet es bereuen!«

»Wir müssen«, entgegnete Kyra.

Sie machte die Tür auf. Anna wußte nicht, was sie zu erwarten hatte. Sie sah Nebel. Oder vielmehr dunkle Gewitterwolken, die das ganze Zimmer erfüllten und aus denen lange, scharfe, gefährliche Blitze in alle Richtungen zuckten.

Sobald Kyra darauf zuging, wurde sie zurückgestoßen. Sie stolperte nach hinten. »Es ist irgendeine Art Super-Bewußtseinsschild«, erklärte sie den anderen. »Anscheinend komme ich über einen bestimmten Punkt nicht hinaus. Es ist wie eine Mauer.«

»Laß mich versuchen!« sagte Kevin und rollte mit seinem Stuhl in den Nebel, nur um rückwärts wieder herausgeschoben zu werden. »Jesus! Er zielt mit irgendeiner Art Kraftwerk auf uns!«

»Vielleicht«, meinte Anna, »macht es einem, der kein MEC ist, nicht soviel aus.«

Die Kinder sahen einander an und kommunizierten.

»Bist du auch sicher, daß du es versuchen willst?« fragte Kyra.

»Ich möchte nicht, daß ihm etwas zustößt«, erwiderte Anna.

»Wir sollten Matty ein Bild von Anna schicken«, meinte Sancha. »Damit er weiß, worauf er sich einzustellen hat.«

Sie taten es. Ohne die geringste Reaktion aus dem Nebel zu erhalten. Dann – sie standen immer noch auf der Schwelle – schien sich die dunkle Wolke, die den Raum erfüllt hatte, zusammenzuziehen, nach oben zu steigen, bis sie ein Stück über dem Boden hing, und – kein Matty zu sehen war.

»Er ist in der Wolke«, sagte Kevin.

»Wie das?«

Anna konnte die Kleider und Spielsachen des Jungen und die kleinen Möbelstücke sehen, die überall im Zimmer verstreut lagen, als sei etwas explodiert.

Der Anblick ließ sie um Mattys Sicherheit fürchten und überzeugte sie so sehr davon, dem Kind sei etwas zugestoßen, daß die Panik in ihr Oberhand gewann. Blindlings stürzte sie in die Gewitterwolke und fühlte die Phantomblitze dabei flackern wie Stechmücken, die plötzlich ihre Arme, Beine und das Gesicht attackierten.

Alles war still. Sie befand sich im Innern – eines gewaltigen freien Raums! Anders wußte Anna es nicht zu beschreiben. Sie war auf einem Berggipfel, in Kilometern Höhe, umgeben von Wolken; in der Ferne lagen andere Berge, ganze Gebirgsketten, und Flüsse wanden sich durch tiefe Täler. Irgendwie war sie nach rechts getreten, so daß sie nun auf einem Felsvorsprung stand. Und dort, nur ein kurzes Stück von ihr entfernt, trieb eine winzige schwarze Wolke über den Bergkamm.

»Matty-Liebling? Wo steckst du?«

In dem schwarzen Wölkchen brodelte es, das Wölkchen teilte sich, und da war Matty – sehr erstaunt, sie zu sehen.

Viel mehr jedoch staunte Anna über *seinen* Anblick. Er hockte im Schneidersitz, wie üblich, wenn er auf dem Fußboden spielte. Nur daß er jetzt etwa anderthalb Meter in der Luft hing. Freischwebend.

»Mama!« sagte er mit freudiger Kleinjungenstimme.

Er hatte schon wieder gesprochen!

»Richtig, Matty! Ich bin Kyras Mama.«

Anna ging auf ihn zu, blieb aber stehen, bevor sie ihn erreichte. Jedes Gefühl für Perspektive war verschwunden: Sie hatte keine Ahnung, wo sie sich befand.

»Sieh mal, was ich kann!« Matty lächelte sie an. Matty sah und sprach sie tatsächlich direkt an!

»Das ist wunderbar!« sagte Anna. Zaghaft und vorsichtig – war nicht vielleicht auch er eine Halluzination? – streckte sie eine Hand aus, um ihm den Kopf zu tätscheln. Nein, Anna berührte sein glattes, feines Haar, sein winziges Ohr. »Wunderbar, Matty! Wie hast du das nur gelernt?«

»Warum weinst du denn, Kyras Mama?«

»Oh, Matty! Ich bin ja so erleichtert – ich dachte schon, dir wäre etwas passiert!«

Er streckte eine Hand nach der ihren aus, stand auf – stand

mitten in der Luft auf! – und gab ihr einen dicken Kuß. Dann setzte er sich wieder – ins Nichts.
Anna blieb ein paar Minuten bei ihm, während er ihr erklärte, daß er in einem von Timmos Comic-Heften Levitation (er nannte es sogar beim richtigen Namen) »gesehen« und mit Gesucht-und-Gefunden darüber gesprochen habe, der es für eine »feine Sache« hielt; also habe er, Matty, beschlossen, es auszuprobieren. Damit er seine Konzentration nicht verlor, als sein Kindermädchen hereingekommen war, um ihn ins Bett zu stecken, habe er wie Timmo einen »Schild« aufgezogen und ... Natürlich verstand Anna. Er probierte ganz einfach seine Fähigkeiten aus – wie jeder andere Vierjährige, wenn er sagt: »Schau mal, ich kann Dreirad fahren! Schau mal, ich kann einen Drachen steigen lassen! Schau mal, ich kann in der Luft schweben!«
»Alma ist weg. Du kannst deinen Schild jetzt wieder runterlassen, Matty!« sagte Anna.
»Wirklich?«
»Hand aufs Herz, und wenn's nicht stimmt, will ich auf der Stelle tot umfallen!«
»Okay!«
In diesem Moment betrat Kyra die Wolke und schloß sich Annas Bewunderung für Matty an, der währenddessen in der Luft durchs Zimmer marschierte und die halluzinierte Wolke auflöste, so daß alle Kinder ihn sehen und bestaunen konnten. Natürlich wollte er es auch sofort im Freien probieren, und Kyra sagte, sie werde ihn auf einen Spaziergang mitnehmen. Dabei sah sie Anna mit einem hilflosen Achselzucken an, das auszudrücken schien: »Was soll man da machen?«
»Du bist sehr tapfer«, sagte Sancha zu Anna.
»Ich versuche nur, mir meinen Unterhalt zu verdienen«, erwiderte Anna. »Aber ich begreife es nicht. Matty hat mit

mir gesprochen! Er hat mich verstanden und mir geantwortet!«

»Sind Sie sicher, daß das keine Halluzination war?« fragte Kevin.

»Was ich gesehen habe, schon. Aber *er* hat tatsächlich gesprochen«, beharrte Anna. »Und wir haben ihn vorhin doch alle Alma anschreien hören.«

»Sie hat recht«, sagte Sancha. »Matty hat sprechen gelernt.«

»Oder hat es schon die ganze Zeit gekonnt und sich erst jetzt entschlossen, es zu tun«, bemerkte Kevin.

»Mit mir spricht er aber«, sagte Gesucht verwundert.

Und damit schien dieser Punkt endgültig geklärt. Kyra und Gesucht-und-Gefunden gingen zusammen mit Matty hinaus, der immer noch in der Luft lief.

Allein mit Sancha, bückte sich Anna, um ein paar der verstreuten Kleidungsstücke aufzusammeln. »Sieh dir nur dieses Durcheinander an! Glaubst du, man könnte Alma dazu überreden, daß sie zurückkommt und beim Aufräumen hilft?«

»Darum wird sich schon jemand kümmern!«

Eine neue Stimme hinter ihr.

Alex Land. Bei ihm zwei Wächter.

»Sie haben uns wirklich auf eine fröhliche Jagd geführt, Anna G.«, sagte er mit honigsüßer Stimme. Und dann schroffer zu den Wächtern: »Nehmt sie fest!«

Verachtung und Erinnerungen an früher, das waren Annas Waffen für den Kampf, der ihr bevorstand – eine Kraft, die kein Folterknecht ihr rauben konnte. Als sie kaum eine Stunde, nachdem man sie in eine provisorische Zelle geworfen hatte, hörte, daß die Riegel zurückgeschoben wurden, und zwei Männer hereinkommen sah, war sie innerlich gefaßt.

Sie leistete keinen Widerstand, fragte nicht, wohin sie gingen. Und die beiden rührten sie nicht an, sondern marschierten der eine vor, der andere hinter ihr. Sie fuhren mit dem Fahrstuhl nach oben, und beim Hinausgehen erkannte Anna den leicht gekrümmten Korridor mit den Fenstern wieder, durch den sie ein paar Stunden zuvor mit Gesucht-und-Gefunden gelaufen war. Jetzt gingen sie in die entgegengesetzte Richtung.
Eine kurze Treppe hinab, durch eine hohe, schmale Stahltür und...
Sie hatten sie in den Kontrollraum von EDGE gebracht! Anna betrat die Plattform, die sie die letzten Tage über auf dem Bildschirm gesehen hatte, und sofort fiel ihr auf, wie groß der Hörsaal war, wie tief der halbmondförmige Bogen der Wand, an der die Computer und elektronischen Apparate standen, wie hoch die Kuppel über ihr. Durch einen keilförmigen offenen Spalt fielen breite Lichtstrahlen und beleuchteten den Stuhl in der Mitte, auf dem sich Timmo räkelte. Der Kopf des Jungen glich einem blassen, sonnenbeschienenen Helm. Hinter ihm stand Alex Land.
Anna hatte kaum Zeit gehabt, die beiden zu bemerken, einen Blick auf Kevin zu werfen, der Anna von seinem Sessel aus direkt ansah, auf Sancha, die mit ihrem Rollstuhl gleich in der Nähe saß, und auf Kyra, die mit trotzig verschränkten Armen zwischen den beiden Kindern stand, als plötzlich jemand an ihrem Hemd zupfte. Matty. Lächelnd sah er zu Anna auf. Und sofort trat auch Gesucht-und-Gefunden an seine Seite.
Was...?
Anna wollte den kleineren Jungen gerade hochheben, da hörte sie jemanden sagen: »Würde mir vielleicht einer verraten, was das Ganze hier soll?«
Burr Talmadge hatte sich an Annas Militäreskorte vorbei durch dieselbe Tür gedrängt, zu der auch sie hereingekommen war. Er trug ein Sakko, hielt eine weiche Aktenmappe in

der Hand und sah aus, als sei er eben erst von einer Reise zurückgekehrt. Sein Tonfall war befehlend.
»Wir haben gerade alle gekündigt!« sagte Kevin.
»Gekündigt?« Burr zog irritiert die Jacke aus, um sie zusammen mit der Aktenmappe auf einen Sitz in der ersten Hörsaalreihe zu werfen. »Was soll das heißen: ›Gekündigt‹? *Was* kündigt ihr?«
»EDGE«, antwortete Kyra.
»Wie? Weshalb?«
»Fragen Sie ihn!« Kevin deutete auf Land. »Er hat die oberste Grundregel gebrochen. Er ist in unsere Privatsphäre eingedrungen.«
»Ist das wahr, Land?« Als Burr sich jetzt von Kevin zu Land umwandte, bemerkte er natürlich Anna. »Wer sind denn Sie?« fragte er. Und dann an Land: »Wer ist sie?«
»Eine russische Spionin«, erklärte Timmo.
»Was?« Burr war völlig durcheinander.
»Jawohl«, bestätigte Land.
»Früher mal«, sagte Kyra. »Vor siebzehn Jahren.«
»Worum geht es hier überhaupt? Wer sind Sie?« wandte Burr sich direkt an Anna.
»Ich bin Kyras Mutter.«
Diese Worte ließen ihn verstummen.
»Wirklich. Sie wurde mir bei der Geburt weggenommen. Von ihm!«
»Land hält sie gefangen«, sagte Kyra. »Aber Sancha hat Kontakt mit ihr aufgenommen und wir haben ihr zur Flucht verholfen. Sie war gerade bei uns, in unseren Zimmern, da ist er gekommen und hat sie fortgeholt.«
»Und dadurch wurde die Grundbedingung, unter der EDGE mit der NSA zusammenarbeitet, gebrochen«, erklärte Kevin. »Einbruch in unsere Privatsphäre. Damit ist unsere Übereinkunft null und nichtig. Sie können gleich mit Washington

telefonieren, Burr, denn wir werden das Gebäude sofort verlassen!«
»Das glaube ich einfach nicht!« sagte Burr. »Kaum ist man vierundzwanzig Stunden weg und... Sancha?«
»Es ist alles wahr.«
»Was ist wahr?«
»Was Kyra und Kevin Ihnen erzählt haben.«
»Scheiß drauf!« sagte Timmo. Er war jetzt an die Stuhlkante gerutscht. »Sie haben sich gegen mich und Alex verschworen! Sie stecken alle unter einer Decke!«
»Woher willst *du* überhaupt wissen, worum's geht, Timmo?« fragte Kyra. »Du warst ja nicht mal da!«
»Ich weiß Bescheid! Sie ist hier eingedrungen, um hinter unsere Geheimnisse zu kommen und sie an die Russen zu verraten«, entgegnete Timmo. »Sie ist niemandes Mutter!«
»Bloß, weil du nie eine Mutter gehabt hast«, stichelte Kevin. »Zumindest keine, die's zugeben wollte!«
»Das wird dir noch leid tun, du Wurm!« Timmo sprang von seinem Platz auf.
»Genug, Timmo!« sagte Burr.
Aber so leicht war Timmo nicht zu bremsen. Burr mußte ihn am Arm zurückhalten.
»Sie haben sich gegen uns verschworen!« wiederholte Timmo schreiend.
»Wie sollte das möglich sein?« versetzte Burr.
»Es geht! Sie haben alle den Bewußtseinsschild hochgezogen, damit ich nichts mitkriege! Aber mir machen sie nichts vor!«
»Ach, komm, Timmo«, sagte Burr. »Du weißt genausogut wie ich, was für ein Riesenunsinn das ist. Wer hat dir bloß diese Flöhe ins Ohr gesetzt?«
»Seine Comics«, antwortete Kevin.
»Du Wurm! Du Wanze!« schäumte Timmo, während er an Burr vorbeizukommen suchte.

»Zurück, Timmo, hab ich gesagt! Was ist nur in dich gefahren?« Burr stieß den Jungen weg. »Los, setz dich! Auf der Stelle!« Und dann, an Anna gewandt: »Ich weiß nicht, wer Sie sind oder was hier wirklich vorgeht, aber wir müssen diese Sache in aller Ruhe besprechen. Darum Schluß jetzt! Land, warum sagen Sie denn nichts?« Und als der andere lediglich die Hand auf die Schulter des immer noch schäumenden Halbwüchsigen legte, der widerwillig Platz genommen hatte, fuhr er fort: »Sie müssen wissen, daß ich in Wirklichkeit gar nicht in Denver gewesen bin, sondern in Washington, bei der NSA.«

»Was Sie nicht sagen!« Der ironische Tonfall konnte Lands Überraschung nicht verbergen.

»Wir hatten ein langes Gespräch über EDGE und seine Zukunft. Und auch über die künftigen Verbindungen zu den diversen Stellen und Behörden, die in diesem Stützpunkt vertreten sind.«

»Tatsächlich?«

»Ja, tatsächlich. Mit Ted Gielen und ... ein paar anderen eben«, erklärte Burr, ohne den Annas Meinung nach eindeutig warnenden Unterton in Lands Stimme zu beachten.

»Und?«

»Und ... was den organisatorischen Aufbau hier angeht, über den wir ja vor ein paar Tagen erst diskutiert haben, ist Ted nun anderer Meinung.«

»Inwiefern?«

»Nun, wie Sie selbst ja neulich so eindrucksvoll darlegten, bin ich mit der Gruppe und dem ganzen damit verbundenen Verwaltungsaufwand eigentlich überfordert. Aber inzwischen betrachtet Ted die Sache doch mit meinen Augen.«

»Und das heißt?«

»Das heißt, daß *ich* die Mitarbeiter von mir und EDGE aussuche. Im Idealfall jemanden, der weitaus mehr Erfahrung mit MECs und P-E-Phänomenen besitzt. Ich bin überzeugt, daß es mir gelungen ist, jeden für meine Sichtweise zu gewinnen.«

»Glauben Sie?«

»Natürlich werden Sie bei alledem immer noch eine Rolle spielen. Keine so entscheidende vielleicht, wie Sie es bereits andeuteten, aber...«

»Ist das ein offizieller Beschluß?«

»Daß eine solche Neuorganisation nicht unklug wäre, hat jeder ohne Mühe eingesehen.«

»Allerdings!«

»Und ich bin sicher, auch Sie werden es noch einsehen.«

Land gab keine Antwort. Seine Hand schien sich schmerzhaft in Timmos Schulter gekrallt zu haben. Die beiden verharrten als ein lebendes Gemälde: finsterer, gestrenger Vater steht neben starr aufgerichtetem Sohn.

»Alex?«

Land ließ die Schulter des Halbwüchsigen unvermittelt los, und wie eine Sprungfeder schnellte Timmo von seinem Stuhl. Sekundenlang glaubte Anna, in der Hand des Jungen etwas aufblitzen zu sehen. Burr wurde von Timmos plötzlicher Attacke rücklings zu Boden geschleudert.

Einen Moment später stand der Junge wieder auf den Beinen, starrte beinahe verwundert das blinkende Stahlmesser an, das er Burr Talmadge gerade ins Herz gestoßen hatte, wirbelte herum und verschwand durch die hohen Sitzreihen, noch ehe irgend jemand den eigenen Schock registrieren konnte.

Alex Land nahm gar keine Notiz von Burr. Er stürzte Timmo nach. Gleichzeitig drängte Kyra die kleineren Kinder aus dem Saal und befahl Gesucht-und-Gefunden, Matty fortzubringen. Dann wandte sie sich an die beiden Soldaten, die

Anna hergeführt hatten. »Los, holen Sie sofort einen Arzt oder Sanitäter! Macht schon!«

Nicht, daß Geschwindigkeit jetzt noch etwas genützt hätte. Anna ließ sich auf die Knie fallen, um an Talmadges Halsschlagader nach dem Puls zu tasten, wobei sie seine aufgeschlagenen, verblüfft blickenden Augen, seinen weit offen stehenden Mund, seine blutverschmierten Zähne und einen dünnen Faden Blut zu ignorieren suchte, der aus den aufgeplatzten Lippen des Mannes am Kinn hinabrann.

Schließlich legte Anna ein Taschentuch über Burrs Gesicht. Sie hatte mit halbem Ohr wahrgenommen, daß Sancha im Hintergrund leise stöhnte. Als Burrs Tod jedoch sicher war, fing das Mädchen an, sich in seinem Rollstuhl zu winden und zu krümmen, als jage man ihr elektrischen Strom durch den Körper. Es war gräßlich, ihre Arme und Beine mit soviel Energie zucken zu sehen. Ein Wunder, wenn sie das ohne ein paar Knochenbrüche überstand! Ein Sanitäter untersuchte Burrs Leiche und leistete dann seinem Kollegen Beistand, der sich bemühte, Sancha unter Kontrolle zu bringen.

»Dagegen gibt's ein Medikament«, sagte er. »Oder zumindest ein Beruhigungsmittel.«

»Wir müssen sie in die Klinik schaffen!« meinte der andere.

»Schnell! Beeilen Sie sich!« hatte Kyra gedrängt.

Den ganzen Nachmittag und Abend hindurch blieb sie bei Sancha und kehrte erst nachts in ihre Zimmer zurück, wo sie erschöpft einschlief.

Anna hingegen hatte im Unterschied zu bisher seltsamerweise frei herumlaufen dürfen, wenigstens innerhalb des Gebäudes. Nachdem sie Kyra in der Klinik alleingelassen hatte, meldete sie sich wieder bei Kevin, der in seine Zimmer zurückgekehrt war und das schockierende Ereignis am besten dadurch zu verwinden schien, daß er sich in seinen Computer vertiefte. Er war sogar zu beschäftigt, um auch

nur seinen Stab aus dem Mund zu nehmen und mit ihr zu sprechen.
Also hielt Anna nach Gesucht-und-Gefunden Ausschau, der mit Matty zusammensteckte. Beide hatten anscheinend gar nicht recht verstanden, was mit Burr geschehen war. Sie blieb bei ihnen, leistete ihnen während des Abendessens Gesellschaft und sah schließlich noch eine Stunde mit ihnen fern, ehe sie die zwei ins Bett steckte. Dabei fühlte sie sich die ganze Zeit beunruhigt wie eine Kindergartentante, die so tat, als existiere die Katastrophe nicht, die wie eine dunkle Wolke über ihren Köpfen schwebte.
Am nächsten Morgen war Kyra bereits wach und schlüpfte gerade in ihre Kleider, als Anna von ihrem Gästebett aufstand, das man im Zimmer ihrer Tochter aufgestellt hatte.
»Timmo ist wieder da«, sagte Kyra tonlos.
»Es tut mir leid, Kyra.«
»Land war einverstanden, daß du als Gast bei EDGE bleibst. Er wird dich nicht anrühren. Du kannst hinausgehen und dich frei bewegen. Aber du darfst den Stützpunkt nicht verlassen. Bernie sagte, du warst mit Matty und Gesucht zusammen. Vielleicht wäre es keine schlechte Idee, heute den ganzen Tag bei ihnen zu bleiben. Versuch's wenigstens! Ich gehe wieder in die Klinik.«
»Wie geht es Sancha denn?«
»Die Spritzen, die sie ihr gegeben haben, haben sie beruhigt. Sie ist wieder gefaßt, aber...es wird eine Zeitlang dauern, bis sie wieder okay ist. Sie und Burr haben...«
»Ich weiß. Sancha hat mir erzählt, wie nahe sie sich standen.«
Kyra war fertig. Anna wartete darauf, daß ihre Tochter sie angreifen und ihr Vorwürfe machen würde, sie, Anna, sei schuld an dem Ganzen. Wenn ja, würde sie sich nicht rechtfertigen. Wie denn auch?

Statt dessen jedoch sagte das Mädchen: »Du hast recht gehabt, was diese beiden angeht. Wir hätten auf dich hören sollen.« Und als Anna nichts erwiderte: »Du hast doch gesehen, was passiert ist, nicht wahr? Land hat die Wut aufgestaut, und Timmo hat sie herausgelassen. Er war wie eine ferngelenkte Rakete.«

»Ja, ich hab's gesehen.«

»Ich weiß nicht, was als nächstes passieren wird. Aber hier bist du nicht sicher.«

Bevor Anna darauf hinweisen konnte, daß Kyra hier vielleicht ebensowenig sicher sei, war ihre Tochter gegangen.

Nachdem sie den beiden kleinen Jungen einen Frühstücksbesuch abgestattet und ihnen versprochen hatte, sie in einer Stunde nach draußen zu begleiten, klopfte Anna bei Kevin.

Er weigerte sich, Burrs Tod zu erörtern und war sogar in einer regelrecht aufgedrehten Stimmung, die Anna sonderbar vorkam.

»Ich habe mit Barry gesprochen!« verkündete er.

»Wann?«

»Heute früh, im Krankenhaus. Anscheinend macht er recht gute Fortschritte. Er ist schon wieder auf den Beinen und läuft umher.«

»Ich wünschte, ich hätte mit ihm sprechen können!«

»Es war nur ein Computerkontakt – über seine und meine Anlage, mit der *Denver Post* als Zwischenverbindung. Ich hatte Angst, daß ein gewisser Jemand es herausfinden und versuchen könnte, in unsere Leitung einzudringen. Deshalb konnte ich nicht das Risiko eingehen, Ihnen Bescheid zu geben.«

»Und? Hat er's denn versucht?« fragte Anna.

»Nein. Ich hatte alle möglichen Computerviren vorgebaut, die den Kontakt sofort abgeschnitten hätten. Aber ich habe unser Gespräch für Sie ausgedruckt. Lassen Sie es nur ja

niemandem sehen und vernichten Sie es gleich nach dem Lesen! Verstanden?«
Er deutete mit dem Kinn auf zwei Bögen Endlospapier, die Anna rasch in den Rock steckte.
»Außerdem versuche ich, mir eine Fluchtmöglichkeit für Sie auszudenken. Es ist nicht einfach. Die Fahrstühle sind oben und unten bewacht.«
»Dann sind wir also doch unter der Erde!« sagte Anna. »Aber es sieht aus wie Tageslicht.«
»Gehen Sie nach draußen! Dann sehen Sie genau, wo Sie sind«, erwiderte Kevin. »Sie werden ziemlich überrascht sein, glaube ich. Sogar ich finde die Technologie hier imponierend. Was sich mit einem bißchen Geschick, Planung und einem Haufen amerikanischer Steuergelder nicht alles machen läßt! Ihnen ist doch klar, worum es geht?« fragte er. »Hier ist eine SDI-Basis! Das Krieg-der-Sterne-Programm!«
»Ich dachte, das sei noch gar nicht finanziell abgesichert!«
»Nun ja... Sie werden schon sehen!«
»Ich soll später mit Matty und Gesucht zum Teich gehen«, sagte sie. »Aber was ist mit Kyra? Was macht sie, wenn Barry hierherkommt?«
»Keine Ahnung. Nichts, solange Sancha nicht hundertprozentig wiederhergestellt ist.«
»Sie hält ihren Freunden sehr die Treue. Ich weiß, wie dir Kyra ans Herz gewachsen ist«, begann Anna und stockte. »Wie sehr ihr einander ans Herz gewachsen seid. Und ich weiß auch, dir ist bewußt, daß Kyra vielleicht nicht zu EDGE gehört... wenigstens nicht ganz oder so sehr wie manche von euch...«
»Nicht zu EDGE gehört?«
»Ich meine damit, daß Kyra im Leben Chancen hat, die ihr übrigen vielleicht nicht besitzt. Sie wird sich bald entscheiden müssen.«

Kevin wandte sich von Anna ab. Das wollte er nicht hören.
»Ich weiß. Ich werde Kyra nicht hineinreden«, sagte er. »Egal, wie sie sich entscheidet.«
»Das habe ich gehofft. Danke, Kevin.«
»Obwohl meine Reaktion oder Kyras Entscheidung vielleicht eine völlig hypothetische Frage ist«, fügte er hinzu.
»Was soll das heißen?«
»Ich bin ganz nahe daran, eine ziemlich fest verschlossene Datei zu knacken. Aber ich habe schon zuviel gesagt«, beendete er das Gespräch. Damit nahm er den Stab in den Mund und begann zu tippen.

Genau vor dem Mittagessen trafen Anna und die Kinder wieder im Flügel von EDGE im Hauptgebäude des Stützpunkts ein. Es war ein seltsamer Vormittag gewesen, und nicht nur wegen der Orte, die Anna bei ihrem ersten Ausflug nach »draußen« gesehen hatte.
Ja, der Stützpunkt war gewaltig – eine gigantische Höhle von vielleicht einer Meile Durchmesser, die das Wasser oder irgendeine andere Naturgewalt vor zigtausend Jahren aus dem Felsen genagt hatte. Und die Menschen, die in sie hinabgestiegen waren, hatten sie wunderbar ausgebaut und hergerichtet, mit Gehsteigen aus Backstein, die an anderen Gebäuden, Gärten und schließlich, dicht bei einer bedrohlich aufragenden Wand der Grotte, an einem natürlichen Teich vorüberführten. In seinem seichten Wasser schwammen kleine Fische, wie Anna sie noch nie gesehen hatte. Ein Palmenwäldchen – die Bäume wirkten riesig und schienen schnell zu wachsen – war als Schattenspender danebengepflanzt worden, und Anna und die Kinder schlugen ihr Lager an einem kleinen Badestrand auf. Was Anna für Sonnenschein gehalten hatte, war in Wirklichkeit eine Reihe riesiger Lampen – Scheinwerfer wie in Sportstadien –, und sie hingen in unterschiedlicher Höhe an der Höhlenwand.

Zurück in ihren Zimmern, hatten Matty und Gesucht-und-Gefunden ihr Essen bekommen und waren zu einem Nachmittagsschläfchen ins Bett gesteckt worden. Während Matty schlief, saß Anna in seinem Zimmer und betrachtete ihn. Irgendwo in ihrem Innern verspürte sie einen dumpfen, Schmerz, Sehnsucht und Hoffnung gleichzeitig, den sie bisher nur ein einziges Mal gespürt hatte, vor Jahren, als sie mit dem Baby schwanger war, das Kyra werden sollte. Sie mußte zugeben, daß sie Matty nicht aus den Augen lassen konnte. Sein Gang, seine Gesten, sein Lächeln, sein Stirnrunzeln und sein zartes, helles Stimmchen, wenn er sein Schweigen einmal brach, hatten sie hingerissen. Sie wollte den Kleinen unbedingt haben, sie wollte, er wäre ihr eigenes Kind.

Die Tür ging auf. Kyra sah herein und bedeutete Anna, einen Schritt nach draußen zu kommen.

»Ich hab schon überall nach dir gesucht!«

Anna schloß die Tür, damit sie das Kind nicht aufweckten.

»Geht es um Sancha?« fragte Anna, da sie den dringlichen, hilflosen Unterton in der Stimme ihrer Tochter bemerkte.

»Nein, der geht's gut. Besser als erwartet. Sie ist putzmunter und hat schon nach ihren Ken- und Barbiepuppen gefragt. Es ist wegen Kevin. Er hat etwas gefunden.«

»Heute morgen wollte er angeblich irgendeine Datei knakken.«

»Besser, du kommst mit«, sagte Kyra und sah untypischerweise den Korridor entlang, wie um sich zu vergewissern, daß niemand sie beobachtete. »Na los, komm!« drängte sie hartnäckig.

Anna folgte ihr in Kevins Zimmer. Der Junge selbst schien über seine Entdeckung keineswegs in Panik geraten zu sein. Er ließ Anna und Kyra an zwei Bildschirmen Platz nehmen, beendete etwas an seinem eigenen Anschluß und ließ dann den Mundstab in die Hemdtasche fallen.

»Ihr wißt«, begann er, »daß ich in der letzten Woche alle möglichen Dateien durchforstet habe, die mich eigentlich nichts angingen.«

»Die über Alex Land«, erklärte Kyra trocken.

»Ich habe doch gesagt, spar dir die Mühe!« wiederholte Anna. »Über den kann ich dir mehr verraten, als dir lieb ist.«

»Ja, das sagten Sie, Anna. Und zum Teil haben Sie auch recht gehabt. Es ist mir tatsächlich geglückt, in Lands Dateien einzubrechen, und die waren ohne Zweifel interessant. Diese Vielfalt von Aktivitäten während der letzten zwei Jahrzehnte und die pure Ruchlosigkeit, mit der Land einige seiner Operationen ausgeführt hat! Das meiste wußte ich ja schon, als Sie hierherkamen. Deshalb habe ich Ihnen Ihre Geschichte auch so bereitwillig abgekauft.«

»Gott sei Dank!«

»Sie sollten aber auch wissen, daß Land – egal, was man von seinen Methoden hält – eine Reihe von Geniestreichen abgezogen hat, die ihresgleichen suchen. Ihm ist das fast Unmögliche gelungen: Sich durch Beamtenapparate durchzuschlagen, um immer das zu bekommen, was er wollte, und allesamt – CISA, FBI, NSA – hat er sie für seine Zwecke genutzt, ohne es sich auch nur mit einem ihrer Leiter irgendwie zu verderben. Sie werden zugeben, das ist ein recht beachtliches Kunststück.«

»Barry hat mir aber versichert, Land sei nicht mehr beim CIA«, entgegnete Anna, doch Kyra fragte:

»Was soll das alles?«

»Wir sollten wissen, wie mächtig dieser Mensch ist, wenn wir vorhaben, etwas gegen ihn zu unternehmen«, antwortete Anna.

»Genau!« bekräftigte Kevin.

Er bekam seinen Stab in den Mund und drückte auf die Tasten. Auf allen drei Bildschirmen erschien jetzt etwas:

EDGE – EINSICHTNAHME FÜR UNBEFUGTE VERBOTEN

»Von all den Querverweisen auf verschiedene Dateien hat mich das hier am neugierigsten gemacht. Ich hacke seit meinem sechsten Lebensjahr«, erklärte er Anna. »Ich kenne jeden nur möglichen Weg, um in Dateien zu kommen. Es gibt kaum eine, die sich letztendlich nicht doch knacken läßt – Ausdauer und Umsicht vorausgesetzt. Ich habe alle möglichen Warnvorrichtungen entwickelt, um nicht entdeckt zu werden. Sie können mir also glauben, wenn ich sage, daß diese EDGE-Datei hier ein zäher Brocken war.«

»Aber du hast es geschafft!« verkündete Anna.

»Und was hast du gefunden?« fragte Kyra.

»Schau selbst!« Und voll Stolz auf seine Leistung benutzte Kevin seinen Mundstab, um die Datei zu öffnen. Langsam und gravitätisch rollten die Seiten über die Monitoren.

»Warum sind manche Sätze so in Leuchtschrift?« fragte Anna.

»Die, meine lieben Freundinnen, waren mir selbst nach dem Eindringen in diese Datei verschlossen. Offensichtlich die geheimsten Notizen des EDGE-Projekts. Keiner – weder die Leute, die Land finanzieren, noch die NSA – keiner außer ihm selbst hat das hier je gesehen. Vielleicht sollte ich nur kurz das Wichtigste skizzieren.«

»Schieß los!« sagte Kyra.

»Der Zweck der Gruppe war von Anfang an sonnenklar«, erklärte Kevin. »Land schreibt, sie solle ›als geheimes Alarmsystem für die Streitkräfte der Vereinigten Staaten fungieren‹ – die Gruppe sollte für Aktionen zuständig sein, die den Feind physisch wie psychisch vernichten könnten.

Das kann einem ziemlich angst machen. Von jedem von uns wurden sehr gründliche Daten und Profile in den unterschiedlichsten Stufen physischer, psychischer und psychologischer Entwicklung gesammelt. Wir hatten alle einen Spitznamen.

Ich war ›Flipper‹, Matty war ›das Fernsehen‹, Gesucht-und-Gefunden ›das schwarze Radar‹, Timmo ›die Zeitbombe‹, Sancha ›der Radiokopf‹ und du, Kyra, bist ›Schnipsel‹ gewesen. Diese Namen tauchen immer wieder in unterschiedlichen Dateien und Berichten auf.«

Anna und Kyra wandten ihren Blick von den Bildschirmen ab, wo sie Kevins Worte mitverfolgt hatten, und ihre Augen begegneten sich.

»Wohlgemerkt, das hier sind seine Privatdateien!« sagte Kevin. »Nicht das, was er anderen gezeigt hat. Lands Interesse an ›übersinnlichen‹ Kräften und ihren strategischen Möglichkeiten ist erwacht, als er von dem russischen Programm erfuhr. Von dem Programm, zu dem auch Sie gehört haben, Anna.«

»Aber meine Kräfte waren doch nur ganz schwach«, widersprach Anna.

»Nichtsdestotrotz waren Sie ein MEC. Und nachdem Land Sie geschnappt hatte, unterzog er Sie einer ausgiebigen Testreihe...«

»Du meinst, einer Reihe von Foltern. Er hat mich ›deprogrammiert‹, um herauszufinden, was ich alles über den KGB wußte.«

»Ja«, antwortete Kevin, »aber in Wirklichkeit wollte er Ihre geistigen Kräfte untersuchen – das war der eigentliche Zweck all dieser Drogen, Medikamente und Hypnosen. Und natürlich war es ein geradezu traumhafter Zufall, daß Sie auch noch ein Kind erwarteten. Er beschloß herauszufinden, ob MEC eine genetische Veranlagung ist. Darum nahm er das Kind an sich.«

Kyra schnappte leise nach Luft.

Kevin fuhr fort. »Er brachte Kyra in eine Umgebung, wo man sie genau überwachen konnte. Beim ersten Anzeichen für ihre Fähigkeit ließ er sie isolieren und testen. Er trimmte sie darauf, ihr volles MEC-Potential zu entwickeln. Mit Ihnen, Anna, fing EDGE also wirklich an.«

»Kann sein«, gab Anna zu, »aber jetzt spiele ich dabei keine Rolle. Warum hat Land mich hierherbringen und nicht einfach töten lassen?«

»Beim Durchlesen von ein paar neueren Dateien konnte ich mir denken, worauf Land in letzter Zeit aus ist«, sagte Kevin. »Vor kurzem wurde ihm klar, daß Matty und Timmo für seine Zwecke am wertvollsten sind.«

»Weil ihre MEC-Kräfte noch weiterwachsen?« fragte Kyra.

»Richtig. Und weil die beiden so wenig von der Gesellschaft geprägt, so ohne moralische Werte sind, daß es ihnen gleich ist, in welche Richtung sich ihre Kräfte entwickeln. Sie kennen keine Skrupel. Uns übrigen würde er liebend gern vom Hals haben, aber das geht noch nicht.«

»Und er kann Matty und Timmo steuern, wohin es ihm beliebt.«

»Ein sehr bedauernswertes Beispiel dafür haben wir gestern im Kontrollraum erlebt«, ergänzte Kevin. »Von sich aus hätte Timmo Burr kein Härchen gekrümmt. Doch Lands Absichten und Timmos Handeln sind irgendwie miteinander verschmolzen.«

»Weiß er, daß Matty in der Luft geschwebt ist?« fragte Anna.

»Da bin ich sicher. Ich glaube, daß Land sich Matty vorknöpfen wird, sobald er das Gefühl hat, Timmo vollkommen zu beherrschen.«

»Das darf er nicht!« rief Anna, den Tränen nah. »Dieser goldige kleine Junge! Er ist so lieb!«

»Ja, aber nicht mehr, wenn Land mit ihm fertig ist«, entgegnete Kevin. »Aber Kyra ist das einzige Gruppenmitglied, das sich nicht von Land steuern oder beherrschen läßt – die einzige, die auch ohne EDGE auskommt und in der Lamronwelt leben könnte.«

»Das stimmt nicht, Kevin«, versicherte Kyra. »Ich könnte EDGE nie verlassen.«

»Na, Land ist da anderer Ansicht«, sagte Kevin. »Er hat's richtig mit der Angst gekriegt, als du los bist, um deinen Vater zu suchen. Und darum hat er Anna auch hergebracht, statt sie zu töten.«

»Wieso?« fragte Anna ungläubig.

»Sie sind seine Trumpfkarte. Mit Ihnen kann er Kyra notfalls erpressen.«

»Und was ist mit Barry? Wollten sie auch ihn benutzen?« fragte Anna.

»Barry ist ihm egal«, erklärte Kevin. »Er dachte, seine Leute hätten ihn umgebracht. Und das werden sie auch, wenn er sich noch mal einzumischen versucht. Aber trotzdem ist er unsere einzige Hoffnung. Alex Land und wir haben uns gegenseitig mattgesetzt.«

Anna spürte Kyras Arm um ihre Schultern, blickte in die großen, südländisch dunklen Augen ihrer Tochter auf – Barrys Augen – und versuchte, tapfer zu sein. Ihre Liebe, ihre und Barrys Liebe, hatte nicht nur Jahre, sondern auch den Schmerz von Verlust und Verrat überdauert – und den Glauben, der andere sei tot.

»Augenblick! Ich habe einen Kontakt zur *Denver Post* hergestellt«, sagte Kevin plötzlich und sah auf seinen Computerschirm. »Sie suchen Linda Hendricks gerade.«

Um die gedrückte Stimmung zu heben, sagte Kyra: »Alles wird gut ausgehen.«

»Da ist sie!« jubelte Kevin und tippte wie wahnsinnig mit seinem Mundstab.

»Was ist?« Kyra ließ ihre Mutter schließlich los, um sich von ihrem Platz zu erheben und auf Kevins Tastatur zu schauen.

»O nein!«

»Was denn?« fragte auch Anna, die ebenfalls aufgestanden war, und trat zu den beiden andern.

Kevin drehte sich um und ließ den Mundstab wieder in die Hemdtasche fallen.

»Barry hat das Krankenhaus heute morgen verlassen. Vor drei Stunden ist er mit einem Mietwagen von Denver weggefahren.«

»Du hast ihm doch wohl nicht den Weg hierher beschrieben?« fragte Anna mit gequälter Stimme. »Diesmal bringen sie ihn mit Sicherheit um.«

Kevin senkte reuig den Blick.

»Um Gottes willen, Kevin!« schimpfte Kyra. »Was hast du dir bloß dabei gedacht?«

»Ich sage doch«, erwiderte Kevin kleinlaut, »er ist unsere einzige Hoffnung.«

Drittes Buch

EDGE

11

Vor einer Viertelstunde war Barry durch ein Städtchen namens Malta gekommen und fuhr nun auf einer zweispurigen Bundesstraße, als er vor sich plötzlich einen großen Armeehubschrauber entdeckte, der einen Moment später wieder hinter den Bergen verschwand.

War er auf dem Hin- oder auf dem Rückflug? Beides möglich. Jedenfalls ein gutes Zeichen. In diesem Teil Colorados waren keine Militärbasen im Straßenatlas verzeichnet, zumindest keine, die offiziell zugegeben wurde. Das EDGE-Hauptquartier mußte ganz in der Nähe sein.

Ein heißer, stechender Schmerz fuhr ihm durch die Rippen. Seit dem Moment, als Barry mit einem Bündel Schläuchen im Handgelenk auf der Intensivstation erwacht war, war der Schmerz ein ständiger, vertrauter Weggefährte.

Selbst nach zehn Tagen und trotz des kodeinhaltigen Darvons war der Schmerz zwar betäubt, aber immer noch spürbar vorhanden und brachte sich mit gelegentlichen scharfen Stichen in Erinnerung, sooft Barry eine falsche oder zu schnelle Bewegung machte.

Im Krankenhaus hatte man Barrys Verband mehrmals täglich erneuert und die beiden »sauberen« Verletzungen vollständig trockengelegt, wobei man weiterhin über seine wunderbare Rettung staunte – »Aus nächster Nähe angeschossen und nicht eine einzige Arterie oder ein Organ verletzt!« wiederholte der junge Internist Tag für Tag, als würde es Glück bringen –, und Barry wußte inzwischen selbst, daß jedweder Schmerz, den er jetzt empfand, vom Heilungsprozeß herrührte; das zerfetzte Gewebe und die Rippenknochen zogen sich gnadenlos zusammen.

Der Leihwagen hatte gerade einen Bergkamm erklommen, und nun fiel die zweispurige Landstraße in ein langes, enges Tal ab. Zwergkiefern und Stechginster wucherten auf den scharfkantigen Seiten gelbbrauner Felsplatten. Er konnte die Südostflanke des Mount Elbert erkennen, die einzige Seite des Berges, die nicht von der schmalen Landstraße aus über Feldwege zugänglich war. An einem bestimmten Punkt unmittelbar vor ihm traf das Tal auf eine tiefe, zerfurchte Schlucht, und an dieser Stelle, sah Barry, führte die Straße über eine kleine Metallbrücke mit hüfthohem Wellblechgeländer – genau, wie Kevin gesagt hatte.

Er fuhr langsamer, um das kleine Schild zu lesen, auf dem der Zusammenfluß der beiden Wasserläufe angekündigt wurde. Barry hielt an, stieg aus dem Wagen und sah sich um. Nichts Bemerkenswertes. Keinerlei Autos, keinerlei Gebäude. Kaum Pflanzenwuchs. Nirgendwo eine Stelle von Interesse oder ein Orientierungspunkt – außer dem Berg und seinen Sturzbächen.

Die Sonne hatte ihren Zenit bereits überschritten, und Barry rechnete sich aus, wo Norden beziehungsweise Süden sein mußte. Immer noch nichts zu sehen. »Tausend Meter«, hatte Kevin gesagt. Vielleicht sollte er sich doch ein wenig umsehen? Er stellte den Wagen ab und sprang geschickt auf die abgerundete Felszinne ein Stück weiter oben, die die Spitze der Flußmündung markierte. Dort wandte er sich mit langen Schritten Richtung Süden. Nach zweihundert Metern befand er sich mitten in einem wüsten Felshaufen, von wo die Landstraße außer Sicht, das Geräusch der Flüsse erstaunlich weit weg war. Nach vierhundert Metern stand er schon wieder in flachem, unfruchtbarem, wenig einladendem Gelände voll Geröll, und hohe Berghänge schienen sich ringsum zu vereinen. Er ging noch zweihundert Meter weiter, stieß dann aber auf eine Felswand, die sich in alle Richtungen erstreckte. Er folgte ihr, bis er um eine Ecke gelangte, und als sie in einem Graben endete, machte er kehrt, um auf die andere Seite herumzugehen, wo er eine Art Hohlweg entdeckte. Selbst nach achthundert Metern führte die Wand immer noch weiter, anscheinend ins Nichts. Felsgeröll am Boden. Und wenn Kevin ihn total in die Irre geschickt hatte?

Nach 950 Schritten – Barry zählte mit – erweiterte sich die schmale Kluft plötzlich zu einem riesigen freien länglichen Platz, der nach zwei Richtungen auseinanderstrebte. Vor ihm lag wieder ein Höhenzug, doch nun konnte Barry bereits einen großen Höhleneingang erkennen, der noch vor einer Minute unsichtbar gewesen war. Und obwohl alles von Steinschlägen verschüttet schien, hatte das Ganze doch etwas »Bewohntes« – er konnte nicht genau sagen, was.

Barry folgte dem Höhlenrand und begann dann, außen an ihr hinaufzuklettern. Etwa dreißig Meter über dem Boden hatte er einen guten Blick auf die Umgebung. Unmittelbar vor ihm lag die Klamm, durch die er gekommen war, zu seiner Linken ein weites, offenes Gelände, das man anscheinend künstlich planiert hatte – die Hubschrauber brauchten eine ebene Stelle, damit sie landen konnten. Aber er sah keine Startbahn – nichts, was darauf hindeutete, daß hier kürzlich eine Maschine abgeflogen oder gelandet war. Er kletterte ein Stück höher und kam noch weiter westlich als zuvor heraus. Hier sah er ein altes Bahngleis, dessen eiserne Schwellen völlig unkrautüberwuchert waren. Die Schienen selbst hatte man herausgerissen.

Als Barry sich Richtung Norden wandte, erblickte er die Landstraße – ein langgezogenes, schmales Band –, die Brücke

und – was war da los? – ein Auto der Staatspolizei neben seinem Mustang. Zwei Straßenpolizisten spähten ins Innere des Wagens, drückten den Türgriff, sprachen dabei miteinander und sahen sich nach ihm um. Wahrscheinlich warteten sie noch fünf Minuten, ehe sie es kopfschüttelnd aufgaben und endlich davonfuhren.
Barry kletterte wieder nach unten. Er stand dem Höhleneingang jetzt in einem anderen Winkel gegenüber, und da sah er sie plötzlich: eine so wind- und wettergegerbte Holztafel, daß die weißen Buchstaben darauf nur noch ein Schatten ihrer selbst waren: *Cantry-Bauxit-Compagnie, Thurlow Valley, Colo., Grube 9, 1879.* Und darunter stand auf einem kleineren Schild: NUR FIRMENEIGENE MAULESEL ZUGELASSEN. ANFRAGEN WEGEN FUHRWERKTRANSPORT BEI DER BETRIEBSAUFSICHT.
Starker Gestank, der fast an Fabrikdämpfe erinnerte, kam aus dem Höhleninnern. Bauxit war doch ein Erz, oder? Barry erinnerte sich, daß er vor Jahren in einer Chemiestunde auf der High-School Bauxit gesehen hatte. Er wußte noch, wie der Lehrer die lehmähnliche Substanz als eine frühe Version von Aluminium auf Oxydbasis bezeichnet hatte. Aber irgendeinen Geruch, der womöglich noch giftig war, hatte Barry eigentlich nicht im Gedächtnis. Kam dieser Geruch wirklich von Bauxit?
»Mal sehen, wohin du führst!« sagte er und suchte sich einen Weg durch das lose Geröll. Er identifizierte den Geruch als schweflig – beißend, aber sonst harmlos –, hielt sich sein Taschentuch vor Nase und Mund, um sich dadurch vielleicht zu schützen, und stolperte über mehrere große Felsblöcke zur Höhlenöffnung hinab.
Unterhalb des herabgestürzten Gerölls kam er auf einen künstlich planierten Boden. Jetzt war es offensichtlich, daß die Felsen nur zur Tarnung dienten und sich je nach Bedarf entfernen ließen. Der Boden der Höhle zeigte tiefe Spurrinnen,

die entweder die Räder von einem Fuhrwerk ein Jahrhundert zuvor oder ein Lkw letzte Woche gemacht haben konnte. Vorbei an grob behauenen Pfosten aus Goldkiefer, die beide Seiten des Ganges säumten und unter dem hohen Felsendach ein Stützgebälk bildeten, ging Barry weiter. Nach fünf Minuten hatte er immer noch genug Helligkeit, um zu sehen, obwohl er nicht wußte, woher sie kam; eine direkte Lichtquelle war nirgendwo zu entdecken.

Und da sah er plötzlich in etwa dreißig Metern Entfernung den Maschendrahtzaun und das gewaltige Metalltor vor sich. Im Gegensatz zu den Schrifttafeln draußen war beides funkelnagelneu. Schwefelgeruch und Steinschlag waren fingiert, um Schnüffler abzuschrecken! Irgendwo hinter diesem Zaun lag das EDGE-Hauptquartier, vor neugierigen Blicken so sicher, wie Alex Land es nur einrichten konnte.

Sehr weit darüber hinaus vermochte Barry nicht zu sehen – nur einen Felsen, der wie die natürliche Rückwand der Haupthöhle wirkte. Wie kam man unbemerkt durch diesen Zaun? Das Tor war mit Stahlpfosten fest im Höhlenboden verankert und mit einem mächtigen Kombinationsschloß gesichert. Erwartete Kevin ihn denn nicht?

Dann hörte Barry ein Geräusch – ein Automotor! Er versteckte sich hinter einem Felsen, und ein Geländefahrzeug, in dem zwei Soldaten saßen, kam aus dem nicht einsehbaren Höhlengang zum Tor. Barry war nahe genug, um zu hören, wie der Beifahrer durch sein Funksprechgerät meldete, es sei alles okay; er fahre jetzt hinein, und Corporal Turrel gehe auf Patrouille.

Dann stieg der Soldat, der gesprochen hatte, aus, marschierte zum Tor, griff durch den Maschendraht, drehte am Zahlenschloß, bis es sich öffnete, und schwang das Tor auf. Der Wagen fuhr vorwärts – an Barry vorbei, der sich so tief wie möglich in den Schatten quetschte. Als er wieder aufsah, hatte der erste Soldat den Zaun wieder von innen abgesperrt und überprüfte gerade das große Schloß, ob es auch fest zu sei.

»Hey, Don? Verirr dich nicht da draußen!« rief er, ehe er durch den Korridor zurückging. Der Fahrer winkte, ohne sich noch einmal umzusehen.

Barry wartete, bis beide weg waren. Erst dann klappte er seinen Computer auf, schloß das Funktelefon an, das er sich gestern durch die Reporterin hatte besorgen lassen, und wählte die von Kevin genannte Nummer.

Es klingelte und klingelte. Zehn Minuten vor eins. Eigentlich müßte Kevin ihn erwarten. Aber der Bildschirm blieb leer. War sonst etwas vereinbart? Er konnte sich an keinerlei zusätzliches Signal erinnern.

Zu guter Letzt hörte das Klingeln auf, als wäre jemand an den Apparat gegangen. Doch nichts erschien auf dem Bildschirm. Barry wartete. Das war Wahnsinn! Wie wollte er denn an einem verschlossenen Zaun und vielleicht Dutzenden von Sicherheitskräften vorbeikommen, um...

»B. B.?« erschien auf dem Bildschirm.

»Ja«, antwortete er. »Es hängt ein Kombinationsschloß am Zaun. Und auch Soldaten sind da.«

»Wir haben den Plan geändert.«

»Was soll das heißen?« tippte Barry zurück.

»Wir sind zu dem Schluß gelangt, daß es zu gefährlich für Sie ist, hierherzukommen.«

»Wer ist ›wir‹?«

»Anna, Kyra und ich.«

»Ihr macht wohl Witze! Ich bin aus dem Krankenhausbett 'raus und dreihundert Meilen bis hierher gefahren. Jetzt gebe ich doch nicht auf!«

»Barry! Hier ist Kyra. Kev hat recht. Hier 'runterzukommen ist das *Schlechteste*, was du tun könntest!«

Woher wollte er wissen, daß das Kyra war? Keine Stimme; bloß graue Buchstaben auf einem LCD-Schirm. Das konnte jeder sein!
»Wie kommt Anna dann 'raus?« fragte er.
Keine Antwort.
»Na, großartig!« tippte er. »Gebt mir Anna!«
Nach ein paar Sekunden erschien eine Schrift auf dem Bildschirm.
»Sie haben recht, Barry. Du darfst nicht herkommen! Genau das will er ja.«
»Geht es dir gut?« tippte er. »Sie haben dir doch nichts getan?«
»Ich bin vollkommen unversehrt. Prima.«
»Wie willst du da 'rauskommen?«
»Weiß ich noch nicht. Wir werden uns etwas einfallen lassen.«
Das war zuwenig. »Woher weiß ich, daß sie dich nicht zwingen, das zu sagen?«
»Überhaupt nicht. Du mußt es wohl oder übel glauben.«
Klar, dachte er.
»Warum ruhst du dich nicht aus für heute, bis Kevin etwas anderes einfällt. Du mußt doch schreckliche Schmerzen haben.«
»Halb so wild.«
»Geh wieder zurück, Barry! Kevin wird bald mit dir Kontakt aufnehmen. Bitte, Barry! Such dir ein Motel oder...«
»Ich muß wissen, warum ich nicht zu euch 'runterkommen soll«, erwiderte er verstockt.
»Ich hab vergessen, wie dickköpfig du sein kannst.«
Also würden sie jetzt, wo alles hart auf hart ging, auch noch streiten!
»Schaut her, Leute!« Das war Kevin. »Ich weiß nicht, wie lang ich andere noch aus dieser Leitung raushalten kann. Sie ist nicht sehr gut gesichert.«

Das war die erste sinnvolle Information heute.
»Komm nicht hierher, Barry!« lautete Annas abschließende Botschaft.
»Ich kehre nicht um!« lautete die von Barry.
Der Bildschirm wurde schwarz; das Telefonzeichen war ein gleichmäßiges Summen.
Barry klappte seinen Computer zu, stopfte ihn und das Anschlußzubehör unter einen Felszacken und schob einen großen Stein davor, damit man es nicht entdeckte.
Und nun?
Er hatte sich auf Kevins Hilfe verlassen. Jetzt mußte er es allein schaffen. Wenn er nur eine Uniform hätte! Dann könnte er versuchen, als einer von »ihnen« durchzukommen. Aber woher nehmen und nicht stehlen? Von einem Soldaten natürlich! Dummerweise befand sich der jedoch auf der anderen Seite des Zauns.
Das hieß: Moment! Nur ein Soldat war hinter dem Zaun. Der andere war nach draußen gefahren und mußte immer noch irgendwo in der Nähe Wache halten!
Sollte er ihn suchen oder einfach warten?
Er ging wieder zu den Blöcken an der Höhlenöffnung und sah einen Steinbrocken, der ihm besser schien als der, den er in der Hand hielt. Er bückte sich, um ihn aufzuheben, drehte sich bei dieser Anstrengung halb um, und dort, von den Schatten einer Sackgasse verborgen, stand das Geländefahrzeug. Auf dem Vordersitz lag Corporal Don Turrel – eingeschlafen und die Mütze ins Gesicht gezogen, um sich gegen das Licht zu schützen.
Eindeutig eine Pflichtvernachlässigung – mit schwerwiegenden Konsequenzen.
Ein paar Minuten später saß Barry in dem Geländefahrzeug vor dem Absperrzaun und hupte. Der andere Soldat kam herausgeschlendert.

»Ich dachte, du solltest 'ne volle Stunde machen?« begann er, stockte aber, als er Barry sah. »Wer sind Sie?«
»Lieutenant Kresge. Don Turrel wurde in die Basis zurückbeordert. Irgendein Notfall in der Familie. Ich wurde mit demselben Hubschrauber abgesetzt, der ihn geholt hat. Haben Sie denn nichts gehört?«
»War wohl zu beschäftigt.« Er machte keine Miene, das Tor aufzusperren.
»Was liegt an?«
»Wachpatrouille. Nichts Besonderes.«
»Genau das hat man mir auch gesagt.«
Immer noch keine Anstalten, Barry einzulassen.
»Hören Sie, eh ich auf Streife gehe – dieser Hubschrauberflug hat mir echt die Gedärme durcheinandergebracht. Habt ihr 'n Klo hier in der Nähe? Mir ist echt komisch im Magen.«
»Drinnen.«
Und endlich griff der Soldat durch den Maschendrahtzaun, um das Kombinationsschloß einzustellen.
Dann war das Tor offen, und Barry steuerte das Geländefahrzeug hindurch.
»Da lang!« Der Soldat deutete in die andere Richtung. »Dort am Ende ist 'ne Toilette.«
Auf der anderen Seite des Tores verzweigte sich die Höhle in vier verschiedene Gänge. Barry schaffte es, das ungefüge Fahrzeug zu wenden und hörte, wie sich das Tor hinter ihm schloß. Langsam fuhr er den schmalen Tunnel hinab, der durch eine Reihe von in die Felsdecke eingelassenen Argonlampen erhellt wurde.
Vor zwei riesigen Aufzügen hielt er an. Sie hatten beide keine Tür und waren groß genug für hundert Mann oder mehrere Fahrzeuge. Doch noch ehe er mehr als einen Blick darauf erhaschen konnte, kam der andere Soldat hinter ihm heran – die eine Hand eine *Spur* zu nah an der Revolvertasche, die andere ausgestreckt, um ihm den Weg zu weisen.

»Da unten. Erste Holztür. Nichts besonders Tolles allerdings.«
»So, wie ich mich fühle« – Barry täuschte einen plötzlichen Krampf vor – »tut's fast alles.« Er ließ sich auf der anderen Seite des Geländewagens hinunterfallen, um ihn auf jeden Fall zwischen sich und dem Soldaten zu haben. Schließlich wußte man nie, ob der Junge nicht nervös würde.
Der Felstunnel verschmälerte sich, bis kein Fahrzeug mehr außer höchstens einem einspännigen Maultierkarren hindurchgepaßt hätte. Keine weiteren Soldaten. Ja, eigentlich nichts außer zwei uralt wirkenden Holztüren. Da die erste das Klo war, mußte die andere zu der Treppe hinunterführen, die Kevin gestern erwähnt hatte, als sie diese Sache per Computer planten.
Barry betrat die Toilette und ließ die Tür hinter sich angelehnt, so daß er den Soldaten draußen noch beobachten konnte. Er würde abwarten, bis der Bursche in die andere Richtung sah und dann zur nächsten Tür stürzen. Doch der Soldat starrte unverwandt in Barrys Richtung. Dann nahm er sein Funkgerät und begann, etwas hineinzusprechen.
Verdammt! Barry mußte schnell machen. Lautlos glitt er nach draußen und an der Felswand entlang zur nächsten Tür. Zuerst wollte sie nicht aufgehen, und er mußte fest drücken. Sie führte zu einer Holztreppe. Da 'runter, dachte Barry. Er machte die Tür hinter sich zu, fand einen halbzerbrochenen Balken und klemmte ihn davor. An dem sollte der kleine Soldat erst mal vorbeikommen! Dann begann er, nach unten zu steigen.
Nach etwa dreißig Metern, wie ihm schien, endete die Treppe auf einem Felsabsatz und schlängelte sich im Zickzack in die entgegengesetzte Richtung. Die geriefelten Felswände wurden in großen Abständen von ein paar altertümlichen Glühbirnen erhellt. Barry mußte sich fast vorwärtstasten – offenbar blieb dieser Weg gewöhnlich unbenutzt.

Barry schätzte, daß er etwa zehn Treppenabsätze tiefer gestiegen war, als er plötzlich das Geräusch hörte. Zuerst war es nur eine unregelmäßige Schwingung, die sich durch die Wand auf die Fingerspitzen übertrug, dann ein richtiges leises Dröhnen. Die einzelnen Schächte waren vor langer Zeit mit roter Farbe durchnumeriert worden, auch wenn er die Schrift infolge der dürftigen Beleuchtung nicht sehr gut hatte entziffern können. Er hörte das Rieseln von Wasser über Kieselgeröll. Wenn ihn hier ein Steinschlag erwischte, würde kein Mensch ihn ausbuddeln.

Schacht elf war eindeutig vor langer Zeit entstanden. Und so auch die neun darunterliegenden Tunnel, die jeweils durch drei, bisweilen auch vier Treppenfluchten getrennt wurden. Unmittelbar bevor er zu Schacht Nummer siebzehn gelangte, blieb Barry stehen, blickte auf und merkte, daß fast kein Licht mehr über ihm und so gut wie keines unter ihm war.

Er machte die Augen zu und begann mit einer Beruhigungsübung, wie er sie vor Jahren gelernt hatte: Offene Hand schließt ein Nasenloch mit dem Daumen, mit anderem Nasenloch tief einatmen und dabei bis fünf zählen, dann Daumen wegnehmen, anderes Nasenloch mit einem anderen Finger zuhalten, ausatmen und dabei bis fünf zählen, danach wieder ausatmen und bis sechs zählen, dann umgekehrt, danach bis sieben zählen, dann bis neun, elf... Ah, schon besser! Beruhigt schlug er die Augen auf und setzte seinen Weg fort.

Einen Treppenabsatz tiefer kehrte das Brummen wieder, das er oben gehört hatte. Und plötzlich erschien am Ende des Tunnels ein Lichtschimmer, der sich zur Treppe hin ausbreitete.

Durch das klaffende, schartige Loch im Felsboden mußten es mindestens dreihundert Meter bis unten sein – mindestens dreihundert Meter zu einer Anlage, die von hier wie ein Dörfchen aus Glas und Metall aussah. Ringsherum lagen

Gärten, am einen Ende ein Wald mit einem kleinen, womöglich von unterirdischen Bächen, die an den Wänden hinabliefen, gespeisten Weiher, am anderen Ende eine Art Kraft- und ein Wasserwerk, wahrscheinlich auch Heizungs- und Belüftungsanlagen. Die Gebäude schienen planlos um einen halbkreisförmigen gepflasterten Platz gruppiert, gepflasterte Wege und Auffahrten verbanden sie untereinander. Gleich daneben ein Bauwerk mit blaugetönter Glaskuppel. Das war vermutlich eine Art Kontrollzentrum. Das gesamte unterirdische Dorf wurde von gigantischen Flutlichteinheiten erhellt, die in unterschiedlicher Höhe an den steilen Wänden ringsum hingen.

Erst als Barry sich hinkniete und schließlich sogar auf dem Bauch lag, so daß er seinen Kopf durch das kantige Loch im Boden strecken konnte, sah er, daß dieser Querschlag des Bauxitbergwerks das Dach einer gewaltigen Felskammer bildete. Und aus diesem Blickwinkel konnte er die beiden Stahlschächte der Fahrstühle erkennen, die aus dem Felsen hervortraten und bis zum Boden hinabreichten.

Nach ein paar Absätzen endete die Treppe, ohne in weitere Tunnels zu führen. An ihrem Fuß hing eine Art hölzerner Korb oder Käfig, den allem Anschein nach die Bergleute gebaut hatten, als sie auf diese enorme Höhle gestoßen waren. Das Krähennest mit seinen Bretterbänken mußte wohl dazu gedient haben, etwas frische Luft zu schnappen, vielleicht auch nur, um einmal kurz dem Bauxitstaub in den Stollen zu entrinnen.

Barry nahm darin Platz und hielt nach einem Weg zu den Fahrstuhlschächten Ausschau. Auch er mußte eine Minute verschnaufen und sich in Licht und reiner Luft ausruhen. Vor Jahren, als er einmal auf der Spitze des Welthandelszentrums in Manhattan stand, hatte er gesehen, wie sich die Erde überallhin wölbte; Busse hatten die Größe von Stecknadel-

köpfen gehabt. Und genauso hoch kam er sich jetzt vor – so hoch, daß keiner ihn bemerken würde, es sei denn, jemand blickte mit einem Fernrohr genau in seine Richtung.
Keine Frage, Barry mußte einen der Aufzüge benutzen, um nach unten zu kommen.
Er stieg zurück in den Tunnel und schlug die Richtung der Fahrstühle ein. Ein-, zweimal, wo der Boden unter ihm eingestürzt war oder wacklig schien, mußte er innehalten und sich vorsichtig zurücktasten. Zu guter Letzt jedoch erreichte er den ersten Fahrstuhl, dessen Kabine, wie er wußte, zur Zeit oben war.
Würde der Posten dort hören, wenn sie sich bewegte? Wahrscheinlich. Und würde er sich etwas dabei denken? Nur, daß man sie von unten rief. Das konnte nicht allzu ungewöhnlich sein. Barry drückte auf den Fahrstuhlknopf und versteckte sich zur Sicherheit so, daß er die Kabine kommen sehen konnte, ohne selbst gesehen zu werden.
Es dauerte etwa fünf Minuten, doch der Aufzug war leer. Barry stieg ein und fuhr hinunter.
Ob es unten jemand bemerken würde?
Anscheinend nicht – zumindest, als der Fahrstuhl noch dreißig Meter über dem Erdboden war. Aber dennoch hielt sich Barry so dicht wie möglich an der Rückwand der riesigen offenen Kabine und versuchte gleichzeitig zu sehen, ob irgend jemand am Boden vielleicht nach oben schaute. Nachdem er eine Weile an einer Flutlichtanlage nach der anderen vorübergefahren war, formte sich ein Plan in seinem Kopf.
Etwa zwölf Meter über dem Boden hielt Barry den Fahrstuhl von Hand an. Er konnte sechs Männer erkennen, die am Fuße der beiden Fahrstuhlschächte zwanglos Wache schoben. War das normal, oder standen sie in Alarmbereitschaft? Barry würde es nie herausfinden.
Unweit der Stelle, an der er angehalten hatte, waren kleine

Trittleisten und eine Art Handlauf montiert, damit Reparatur- und Wartungsarbeiter an die Flutlichtkörper herankommen konnten. Nach all den Anstrengungen, mit denen Barry sich bis hierher durchgeschlagen hatte, fiel es ihm nicht weiter schwer, aus dem Fahrstuhl zu steigen, auf den schmalen Metallsteg zu springen und sich von dort vorsichtig zur ersten Beleuchtungsanlage zu schieben. Hinter der riesigen Lichtquelle mußte er ihr selbst von diesem Standpunkt aus grelles Licht und die starke Hitze in Kauf nehmen und sich nach einer sicheren Stelle umsehen, von der er abspringen konnte. Nicht in der Mitte. Beim Überschauen der weiten, gewölbten Höhle entdeckte Barry einen nicht gerade gefahrlosen Weg nach unten: Vier Beleuchtungsanlagen weiter schien der Lichtkörper nur zur Hälfte eingeschaltet. Ganz dicht daneben waren Palmen. Sie würden genau die erforderliche Dekkung bieten.

Als er die Lichter über den Bäumen erreichte, hielt er sich an der Stange fest, auf der die Einheit angebracht war, glitt von der Trittleiste und krallte sich in die Höhlenwand, um nach unten zu klettern. Es war von Schiefer durchzogener Sandstein.

Teils rutschend, teils in zentimeterweiser Kleinarbeit, gelangte Barry in das Laubwerk.

Inmitten der Kühle von Farnen und Palmenstämmen blickte er, immer noch außer Atem, nach oben. Das Loch in der Decke, durch das er vorhin hinuntergespäht hatte, war ebensowenig zu sehen wie der Holzkäfig, der am Fuß der Treppe hing. Wohin jetzt? Was er brauchte, war eine Landkarte.

Schließlich und endlich mußte er das schützende Wäldchen verlassen. Anscheinend befand er sich am Dorfrand. Er bog um einen riesigen glasbedeckten Gemüsegarten und eine Pumpstation. Die paar Gartenarbeiter schienen ihn nicht weiter zu beachten – dank seiner Uniform. Dann war er im

Inneren des Dorfes und wußte nicht recht, in welchem der fast identischen flachen Gebäude er Anna und Kyra finden würde.

Barry entschied sich für einen der sanft geschwungenen Wege, die direkt auf den Platz in der Ortsmitte führten. Zuerst fühlte er sich nervös; dann sah er, daß zwar ringsum Soldaten, darunter auch zwei kräftige MPs, waren, die ihm aber keine Beachtung schenkten. Er entspannte sich ein wenig, ging weiter, als wisse er, wohin, und blieb schließlich vor einer überdachten Glastür stehen.

Also dann! dachte Barry und trat ein.

Ein Vorraum gabelte sich in zwei Gänge, anscheinend Bürotrakte, hier war auch eine Treppe.

Oben angekommen, stand Barry in einem langen, gekrümmten Korridor mit Fenstern auf einer Seite. Er warf einen Blick in einen Raum, der wie ein hell gestrichenes, großzügig geschnittenes Spielzimmer mit einem Frühstückstisch und einer Küche wirkte, und obwohl Barry nicht in die Küche sehen konnte, hörte er doch eine Frau darin summen. Andere Räume waren anscheinend Schlafzimmer – eines davon mit Regalen voller Puppen, ein anderes voller Comichefte, die rings um einen niedrigen ledernen Polstersessel über den ganzen Boden verstreut lagen. Seine Intuition hatte ins Schwarze getroffen: Das waren die Räume der Kinder, der Kinder von EDGE – falls er nicht völlig danebenlag. Doch wo steckten die Kinder selbst?

Er öffnete wieder eine Tür und gelangte in eine Art Elektroniklabor. Ein halbes Dutzend Computerbildschirme, drei, vier Videomonitoren, alle möglichen Apparaturen, von denen er nicht einmal die Namen kannte, reihten sich an zwei Wänden. Kevins Zimmer?

»Ist jemand da?« fragte er laut.

Er schloß die Tür hinter sich – wenigstens war er für den

Moment an einem relativ sicheren Ort – und dachte nach. Beim Anblick der unterschiedlichen Computerbildschirme fragte er sich, ob er den Versuch wagen solle, Kontakt mit Kevin herzustellen. Oder würde das noch jemanden auf ihn aufmerksam machen – Alex Land? Das Risiko war zu hoch. Während er Platz nahm und sich umsah, glaubte Barry, auf einem der Videomonitoren geisterhafte Gestalten flimmern zu sehen. Er schob einen Drehstuhl hinüber, fummelte an den Knöpfen herum, um die Farbe voll aufzudrehen, und tatsächlich, das Bild wurde schärfer.

Vor einer gewölbten Computerwand saß tief in einem großen, seltsam geformten Sessel ein Junge, dessen Körper mit irgendeiner Art Metallgitter auf seiner Hemdbrust und über Dutzende von Drähten mit den Geräten verbunden war: Kevin Vosburgh! Und der hier mußte Matty Stolzing sein, der mit einem Kristallbaukasten auf dem Fußboden spielte. Nur sah es so aus, als kämen die Bausteine irgendwie aus seinen Fingern hervor. In einer bizarren, wunderbar verschachtelten Konstruktion wuchsen sie um ihn herum. Und dort war Gesucht-und-Gefunden-Jefferson! Er arbeitete gerade mit einer komplizierten Rechenmaschine, die er in der Hand hielt. Aber wo war Kyra?

Da! Sie ging eben an Gesucht-und-Gefunden vorbei auf jemanden in einem Rollstuhl zu. Barry konnte nicht sehen, wer es war. Dann jedoch erblickte er ein abstoßendes Gesicht – die eine Hälfte normal, die andere bis zur Unkenntlichkeit entstellt. Eindeutig ein Mädchen, ihrem bunten Rock, ihrer reichbestickten Navajo-Weste und der Zierlichkeit ihrer Hände nach, mit denen sie das lange gelbe Haar einer Barbiepuppe kämmte. Wer war das? Offensichtlich ein Mitglied von EDGE, das Kyra niemals erwähnt hatte.

Und da also war Kyra. Sie trug das Haar offen und hatte eine himmelblaue Jogginghose an, dazu ein weinrotes, irgendwie

metallisch glitzerndes rückenfreies Oberteil. Als er sie jetzt so sah – nachdem er geglaubt hatte, sie nie wieder zu sehen –, fühlte Barry sich ungeheuer erleichtert.
Und dann bemerkte er den Jungen, der, die Beine über die Armlehne gelegt, in einem festmontierten Stuhl keinen Meter von dem Platz entfernt saß, auf dem Kyra sich niedergelassen hatte. Er las in einem Comicheft, als existierten die anderen gar nicht für ihn, und Barry erkannte einen der beiden Jungen in ihm wieder, die er auf Alex Lands Gestüt kennengelernt hatte. Alex hatte ihn Barry gegenüber als einen seiner Stiefsöhne ausgegeben.
Kein Zweifel. Barry erinnerte sich noch, wie der Junge auf dem rotbraunen Hengst zu ihnen hergeritten war und rief, er habe in der Scheune Ratten gesehen. Barry hatte kein Wort mit ihm gesprochen. Seine ganze Aufmerksamkeit gehörte damals ja dem anderen Jungen. Wie hieß er noch? Dean. Derjenige, mit dem er so gut mitfühlen konnte. Aber der Junge mußte Timmo sein! Der Soziopath! Es war nicht anders möglich! Und wenn man dachte, daß Alex Land ihn Barry geradezu vorgeführt hatte, während er jegliches Wissen über Kyra bestritt...!
Hinter den Kindern sah Barry auf dem Videoschirm ein paar Hörsaalreihen. Und da war Anna! Sie nähte etwas und blickte nach unten.
Barry stand auf vor Erstaunen. Sie war sicher und wohlbehalten bei Kyra und den Kindern, genau, wie sie gesagt hatte. Sicher, wohlbehalten und anscheinend völlig unbesorgt. Merkwürdig! Barry wünschte, er könnte zu ihnen Kontakt aufnehmen, könnte Anna mitteilen, daß er hier war, könnte erfahren, wo genau sie sich befand und dahinterkommen, warum das alles sie scheinbar so kalt ließ.
Er fummelte an den Drehknöpfen herum und schaffte es, den Ton zu bekommen. Kyra sagte gerade: »Was, Kev?«

Und Kevins erstaunlich reife Stimme antwortete: »Ich weiß nicht genau. Vielleicht ist eine Sicherung durchgebrannt oder ein Draht locker.« Der Kopf des Jungen senkte sich tief nach unten und hielt beim Hochgehen einen seltsamen dünnen Metallstab zwischen den Zähnen. Kevin rutschte auf den Monitor zu.

Schnell schraubte Barry an den Knöpfen herum und erhielt einen viel breiteren Blickwinkel, so daß er alle Kinder auf dem Podest, Anna auf ihrem Platz in der ersten Reihe – er erkannte jetzt, daß sie die Schulter eines winzigen Hemdchens ausbesserte – und auch die Sitzreihen hinter ihr sehen konnte, bis zur Rückwand.

Die Flügeltür am mittleren der drei Gänge, welche die Sitzreihen durchschnitten, öffnete sich, und Alex Land erschien, begleitet von einem Mann in der Art Anzug und mit der Art von Gebaren, die Barry nach ausgiebiger Erfahrung mit Regierungsbeamten assoziierte: Der mußte von der NSA kommen.

Mit langen Schritten und ohne Anna auch nur eines Blickes zu würdigen, schwang Alex sich auf das Podest. Der andere eilte ihm hinterher.

Das alles ging so schnell, daß Barry fast nicht bemerkt hätte, was bei Lands Eintritt, wenn auch nur sekundenlang, hinter der Flügeltür sichtbar war: Eine leicht gebogene Wand mit Fenstern – genau wie der Gang, durch den er in dieses Zimmer gelangt war. Vor nicht einmal zehn Minuten war er unmittelbar dort draußen gewesen!

»Tut mir leid, daß ich euch habe warten lassen. Es ging nicht anders. Bestimmt seid ihr alle schon ganz neugierig, warum ich euch hier zusammengetrommelt habe.«

Kyra wirkte gelangweilt, wandte sich halbwegs ab und versuchte, von einem besonders wenig beeindruckenden Oszilloskop gefesselt zu erscheinen. Keines von den Kindern sagte ein Wort, das seine Neugier verraten hätte.

»Der Grund dafür ist ein Sicherheitsalarm hier im Stützpunkt«, fuhr Land fort, als hätten sie tatsächlich Interesse bekundet. »An der Oberfläche ist es zu einem Zwischenfall gekommen, der... nun ja, wir sind nicht ganz sicher, ob... Aber ihr Kinder seid bestens darüber im Bild, nicht wahr?«

»Und was heißt das im Klartext?« fragte Kyra mit gleichgültiger Stimme.

»Das heißt«, fuhr Land in unverändert zwanglosem Tonfall fort, »daß wir euch Kindern mit euren ausgesprochen besonderen Fähigkeiten zweifellos gar nicht erst sagen müssen, was hier vorgeht. Sancha?« Er wandte sich an das entstellte Mädchen im Rollstuhl.

»Ja, es gab einen Zwischenfall«, sagte sie. »An der Oberfläche. Ich habe den Sprechfunk der Wachposten ›abgehört‹. Es war nicht schwer; es sind so breite Wellen.«

»Gesucht, kannst du uns die Position des Eindringlings nennen?« fragte Land.

»Angenommen, es gibt einen«, bemerkte Kyra trocken.

»Ja, natürlich«, pflichtete Land bei.

»Klar kann er, aber das wird Ihnen nichts bringen«, meldete sich Kevin. »Es ist zu nah an unsrem Aufenthaltsort. Was Sie brauchen, ist eine dreidimensionale Koordinatenkarte des gesamten Stützpunkts. Sie haben nichts, was detailliert genug wäre, um Ihnen zu helfen.«

»Und was ist mit dir?« entgegnete Land.

»Wenn Sie meinen, ob ich Ihre sogenannten ›Alarmfälle‹ am Bildschirm mitverfolgt habe, klar!«

»Na, und?« drängte der andere Mann.

»Nichts!« antwortete Kevin unbekümmert. »So etwas geht mich nichts an.«

»Vielleicht weiß Kyra ein bißchen mehr, als sie sich anmerken läßt.« Land wandte sich an sie.

»Nein!«

»Ich verstehe. Wir werden keine große Hilfe sein, wie?«
»Vielleicht kann uns dieser kleine Bursche da helfen«, meinte der NSA-Mann und ging auf Matty zu.
Er war jedoch kaum ein paar Schritte weit gekommen, da hatte Matty schon eine spitze Kristallsperre um sich hochschießen lassen.
Der Mann blieb wie angewurzelt stehen.
»Keine Angst, Ted!« sagte Land. »Das ist eine Illusion. Gehen Sie nur weiter! Sie werden schon sehen!«
Ted wirkte verunsichert, bewegte sich dann aber vorwärts und streckte eine Hand aus, um einen der nadelscharfen Pfähle zu berühren. Als er sie zurückzog, sah man eine winzige rote Wunde.
»Scheiß auf Ihre ›Illusion‹!«
Beide Männer waren überrascht.
»Matty hat wieder etwas hinzugelernt«, sagte Anna – fast schnippisch, wie es Barry erschien.
»Ich verstehe«, sagte Land noch einmal.
»Wie lang müssen wir hier noch ’rumhängen?« fragte Timmo, offensichtlich gereizt. »Ich hab Lust, ’ne Runde schwimmen zu gehen.«
»Ich weiß es nicht. Bis wir sicher sind, daß keiner sich hier ’reingeschmuggelt hat.«
»Die Fahrstühle werden an beiden Enden bewacht«, sagte Kevin. »Wie sollte jemand wohl sonst hier ’runterkommen?«
»Überhaupt nicht!« erwiderte Alex. »Es wäre unmöglich. Und man hätte ihn angehalten. Also: Geduldet euch einfach, bis wir die Entwarnung kriegen.«
»Viel länger warte ich nicht mehr!« entgegnete Timmo drohend.
»Wir sind in meinem Büro, falls ihr mich braucht«, sagte Land. Und dann fügte er hinzu: »Timmo?«
Timmo winkte, ohne in ihre Richtung zu sehen, während

Land zusammen mit dem NSA-Mann den Kontrollraum verließ. Anna nähte wieder an ihrem Hemd.
Und plötzlich ging etwas Neues in dem Raum vor.
Die Kinder hatten sich einander wortlos zugewandt. Selbst Timmo, der im Mittelpunkt saß, richtete sich ein wenig auf. Sie waren mucksmäuschenstill.
Es mußte eine telepathische Beratung sein.
Dann wirbelte Timmo plötzlich auf seinem Stuhl herum und sagte laut: »Kommt nicht in die Tüte!«
Auch die anderen erwachten wieder zum Leben. Sancha, Matty und Gesucht setzten fort, was sie vorher getan hatten, und nur Kyra und Kevin wechselten noch einen kurzen Blick. Die Beratung war zu Ende. Mit welchem Ergebnis?
Kyra sprach als erste. »Timmo weigert sich, offen zu bleiben. So schwierig es also ist, werden wir die Sache mündlich besprechen müssen.« Matty blickte von seiner Kristallkonstruktion auf und ließ sie wieder zu nichts zerfallen. Timmo regulierte die Lautstärke an seinem Walkman. »Wir *müssen*, Timmo! Die ganze Zukunft von EDGE hängt davon ab!«
»Wieso?« fragte Timmo herausfordernd. »Nur, weil du's sagst?«
»Weil wir geistig nicht mehr eins sind«, erwiderte Kevin. Und vergewisserte sich mit einem Blick ringsum, daß die anderen verstanden. »Und wenn wir nicht mehr *eins* sind, dann sind wir...«
»Nicht EDGE«, schloß Kyra trocken.
»Ich sehe keinerlei Problem«, erklärte Timmo.
»Du sowieso nicht.« Kevins Stimme klang verächtlich. »Einfach ausgedrückt: Geben wir uns für die Zwecke von Alex Land und anderen Leuten her oder nicht?«
»Warum nicht?« fragte Timmo. »Alex ist doch okay.«
»Es ist mehr als das«, sagte Kyra. »Wir müssen uns ein für allemal definieren. Burr ist tot...«

»Reit nur recht drauf rum!« murrte Timmo.
»Sie stellt lediglich eine Tatsache fest«, meldete Sancha sich zu Wort.
»Wir sind auf uns selbst angewiesen. Alex Land kann Burr nie ersetzen. Niemand kann das. Aber wahrscheinlich wurde es sowieso Zeit, daß wir auf eigenen Beinen stehen.«
»Sprich weiter!« sagte Kevin.
»Timmo, Sancha, Kevin, Gesucht, Matty?« wandte sich Kyra an die anderen. »Habt ihr euch je gefragt, warum ihr eine MEC besitzt? Warum überhaupt eine MEC existiert? Was für einen Sinn und Zweck wir im Leben haben? Warum wir so unterschiedlich sind? Was wir der Welt bedeuten und die Welt für uns? Habt ihr das?«
Barry fragte sich, ob Anna und Kyra das alles miteinander abgesprochen hatten oder ob es Kyras Gedanken waren. Warum sagte Anna denn nichts? Das war doch *ihre* Gelegenheit, die Kinder für sich zu gewinnen.
Nach einem gewissen Schweigen meldete sich Sancha schüchtern zu Wort. »Ich habe mich das gefragt... in letzter Zeit.«
»Ich auch«, sagte Timmo.
»Erzähl!« drängte Sancha ihn sanft.
»Ich hab es immer für was Besonderes gehalten...« Timmo fühlte sich offensichtlich nicht wohl in seiner Haut. »Etwas, das ganz speziell ich mitgekriegt hab, als besondere Gabe«, fuhr er fort und hatte Schwierigkeiten, sich auszudrücken. »So quasi als Ausgleich dafür, wie schlecht ich als kleiner Junge behandelt worden bin.«
»Na schön«, unterbrach Kyra. »Aber da es ja auch etwas Besonderes ist, bringt es dann nicht auch Verantwortung mit sich?«
»Kann sein«, sagte er zögernd. Und dann, mit größerem Nachdruck: »Aber schließlich habe ich mir für euch ganz schön Mühe gemacht, Leute.«

»Das wissen wir.«
»Ihr wißt schon, daß es gelegentlich einfach mit mir durchgeht.«
»Das verstehe ich, Timmo.« Voller Mitgefühl.
»Wir *brauchen* keine Waschlappen zu sein!«
»Und das werden wir«, warf Kevin rasch ein, »wenn wir es uns gefallen lassen, daß jemand uns für seine eigenen Zwekke manipuliert. Ob Alex Land oder sonst jemand.«
»Aber inwiefern manipuliert er denn...?« begann Timmo.
»Er hat Anna entführen lassen und hierhergebracht. Und weshalb, wenn nicht, um mich zu erpressen?« argumentierte Kyra.
»Wolltest du sie denn nicht sehen?« fragte Timmo.
»Darum geht es nicht!« Kevin verlor allmählich die Geduld. »Land hat Anna hierhergebracht, damit Kyra hundertprozentig bei EDGE bleibt.«
»Wenn der Zweck die Mittel heiligt...«, sagte Timmo zögernd, um dann mit Nachdruck hinzuzufügen: »Und *ich* glaube, das tut er. Falls es Kyra davon abhält, zu gehen...«
»Anna ist ja nicht *deine* Mutter!« entgegnete Kyra. »*Du* stehst nicht unter Druck.«
»Meine Mutter hat sich nie um mich gekümmert«, sagte Timmo und warf Kevin dann einen funkelnden Blick zu, als solle er sich hüten, eine Bemerkung zu machen.
»Hoffnungsloser Fall!« Kevin widmete sich wieder seinen Computern.
»Kannst du denn nicht verstehen?« beharrte Kyra. »Wir müssen uns vorsehen. Wir sind zu mächtig, um unvorsichtig zu sein. Wenn wir zu einem Unrecht erst mal ja gesagt haben, wird es ein zweites geben, und ein drittes, ein viertes, bis...«
»Was für ein Unrecht? Wir haben eine Aufgabe, und die sollten wir erledigen«, erklärte Timmo.

Kyra versuchte es auf eine andere Art: »Wenn Alex nun von dir etwas wollte, das du nicht willst?«
»Was denn?«
»Irgendwas, ich weiß nicht…«
»Daß du Selbstmord begehst!« sagte Kevin. »Zum Wohle der Vereinigten Staaten!«
»Wieso sollte er das wollen?«
»Nimm doch mal an«, fuhr Kyra fort, »das gäbe den Ausschlag. Zwischen einem freien Amerika und einer russischen Invasion.«
»Alex würde mich nie um so etwas bitten«, sagte Timmo, obgleich verunsichert.
»Und wenn doch, Timmo? Was würdest du dann tun?«
Timmo sprang fast von seinem großen Stuhl, während er leidenschaftlich verkündete: »Ich hab kein großes Interesse daran, zu sterben, Leute. Aber wenn's sein muß, dann werd ich's tun! Und ich werde jeden MEC und jeden gottverdammten Lamron hier mitnehmen!«
»Beruhige dich, Timmo! Es war ja nur ein Beispiel«, sagte Kyra.
»Ich hab gewußt, daß es so kommen würde – jetzt, wo Burr… weg ist«, sagte Sancha mit betrübter Stimme, doch Kyra entgegnete grimmig: »Wir haben immer noch einen Plan für den Notfall.«
Sie schwiegen erneut. Doch in Barrys Kopf reifte allmählich die Erkenntnis, daß die Kinder, falls man sie zu etwas zwingen würde, das sie nicht wollten, unter Umständen…
»Gruppenselbstmord. Ich wäre einverstanden«, sagte Sancha.
Barry wartete, daß Anna sich einschalten würde; jetzt war doch *die* Gelegenheit.
Doch die nähte vor sich hin und blickte nur dann und wann einmal auf, um nach Matty zu sehen.

Hol's der Teufel! dachte Barry. Anna mag sich vielleicht nicht einmischen wollen, aber ich schon!
Er stellte den Videomonitor ab und machte sich auf den Weg. Weiter unten, wo der Gang mit einem zweiten zusammentraf, konnte Barry Stimmen hören. Es wäre zu dumm, wenn man ihn jetzt festhielte. Er mußte außen herumgehen.
Auf der anderen Seite kam er zu einer Rampe und einer Treppe, genau wie die, auf der er gekommen war. Die Stimmen kamen jetzt näher. Er mußte nach unten, egal, wohin er geriet.
Die Treppe endete vor einer Tür mit Fenstern, und genau dahinter, im Freien, standen ein weiblicher Sergeant und drei Männer in Uniform: MPs, ihren Abzeichen nach.
Barry verlangsamte, blieb stehen, beruhigte sich. Dann machte er die Tür auf, ging hinaus und sagte: »Sergeant, ich brauche eine Eskorte. Sie und« – er sah die Männer an – »Sie drei kommen besser auch gleich mit!« Sie folgten ihm ohne eine Frage oder eine Bemerkung.
»Hat Mr. Land Ihnen gesagt, weshalb ich hier bin?« fragte er die Sergeantin.
»Eigentlich nicht«, antwortete sie zögernd.
»Wegen des Sicherheitsalarms. Er möchte, daß ich das große Mädchen und die Frau an einen Ort bringe, wo ihnen mit Sicherheit nichts geschieht.«
Seine Behauptung enthielt gerade so viele Tatsachen, daß sie plausibel war, und die Sergeantin schien es ihm abzukaufen. Doch wenn Land nun Wachtposten vor dem Kontrollraum aufgestellt hatte?
»Es weiß niemand sonst darüber Bescheid«, sagte Barry, »und ich kann nicht zulassen, daß irgendwer, der vielleicht nicht im Bilde ist, meinen Auftrag stört. Können Sie mich irgendwie durch eine Hintertür hinbringen?«
Die Sergeantin wirkte beunruhigt oder verwirrt, einer der MPs aber sagte: »Jawohl, Sir. Ich.«

»Dann los!« sagte Barry. »Gehen wir! Ich nehme zwar nicht an, daß wir auf Widerstand treffen werden, aber trotzdem: Halten Sie bei unserer Ankunft alle Waffen schußbereit, nur für den Fall. Wenn diese Sache erledigt ist, werden Sie uns in einem Lift an die Oberfläche begleiten. Verstanden?«
Verstanden. Er hatte genau die richtige Mischung von militärischer Besorgnis und Autorität in seine Worte gelegt, damit man ihm gehorchte. Als er die drei kräftigen jungen Männer so betrachtete, freute sich Barry, daß er über sie gestolpert war. Abgesehen von ihrer Stärke würde auch ihr Autoritätsgefühl seinem Plan zugute kommen.
Durch eine Schwingtür betraten sie einen Raum, der wie ein ziemlich nobles Offizierskasino aussah – es erinnerte an ein Restaurant in Palm Springs –, gingen in die Küche nebenan, dann durch ein großes Vorratslager, an mächtigen Kühlboxen und Gefrierschränken vorbei und in einen rundum verglasten Korridor. Eine kurze Treppe nach oben – dann standen sie im Bogen eines Ganges. Wenn Land tatsächlich Posten aufgestellt hatte, waren sie jetzt verschwunden.
»Da!« Die Sergeantin deutete auf eine Flügeltür, in die eine ovale Luke aus getöntem Glas eingelassen war.
Barry sah hindurch. Er befand sich viereinhalb Meter von den Computern entfernt, links über den Kindern. Er mußte sich langsam durch die verdunkelten Sitzreihen bewegen, um niemanden in Alarmbereitschaft zu bringen. Sonst stieß er womöglich auf Widerstand.
Er wiederholte seine Anweisungen. Die Sergeantin und die drei MPs hatten bereits die Revolver gezogen. Als die Tür hinter Barry zuschwang, schien sich die Atmosphäre zu verdichten.
Er ging drei Schritte durch die Sitzreihen hinab. Dann hielt er inne und zog sich in die Schatten zurück, um sicherzugehen, daß die Kinder allein waren. Ja.

Kyra entdeckte ihn als erste – so überrascht, daß sie nicht sprechen konnte. Barry ging zu Anna hinüber. »Wir hauen ab. Komm!«

»Barry!« Anna ließ ihr Nähzeug fallen. »Was tust du denn…?«

Er nahm sie in die Arme, erhielt jedoch nicht die erwartete Reaktion.

»Was ist?« fragte er. »Stimmt was nicht?«

»Ich habe dir doch gesagt, du sollst nicht kommen! Du bist so starrköpfig!« sagte sie.

»Na schön. Jetzt bin ich da!« Er stellte eine Tatsache fest.

Anna berührte die Vorderseite seines Hemdes. »Ich hab sie auf dich schießen sehen, und auf deiner ganzen Brust war Blut…« Allein die Erinnerung daran schien zuviel für sie.

Das war schon besser.

»Im Dunkeln haben sie meine lebenswichtigen Organe wohl nicht getroffen«, erklärte er und machte ein paar Hemdknöpfe auf, um ihr die Verbände zu zeigen. »Sieht schlimmer aus, als es ist.«

»Eines Tages haben sie mir eine Zeitung mit einem Artikel über dich zugespielt.«

»Das haben *wir* zusammen ausgeheckt, diese Journalistin von der *Post* und ich. Sie hat alles geschrieben, damit man glauben sollte, ich sei abgekratzt, und es nicht noch mal versuchen würden.«

»Das war sehr schlau, Barry. Und auch, daß du deinen Decknamen benutzt hast. Aber hierherzukommen war alles andere als schlau.«

»Ich weiß, was du gesagt hast, und ich verstehe, wieso. Aber jetzt bin ich da, und von nun an werden wir alle zusammensein. Du, Kyra und ich.«

»Und wie gedenkst du uns hier ’rauszubringen?« fragte Anna.

»Ich hab Soldaten draußen vor der Tür stehen. Die werden uns helfen.«

»Und du glaubst nicht, daß jemand uns aufhalten wird?« Anna war immer noch skeptisch. »Es ist eine halbe Meile bis zu den Fahrstühlen.«

»Ich weiß, Anna. Aber wir müssen es versuchen. Die Soldaten sind bewaffnet.«

»Bist du auch sicher, daß sie uns beschützen werden?«

»Komm schon, Anna! Raus hier!«

»Ganz, wie du willst, Barry«, antwortete sie zögernd, schien aber immer noch besorgt und sah sich im Hintergrund des Hörsaals um, als rechne sie jeden Moment damit, daß jemand hereinkam.

Barry ertappte sich bei dem Gedanken, man habe Anna womöglich eine Gehirnwäsche verpaßt, aber nun stand Kyra am Rand des Podests, und er wandte seine Aufmerksamkeit ihr zu.

»Anna hat gleich gesagt, du würdest wahrscheinlich nicht auf uns hören. Sie kennt dich ziemlich gut«, meinte das Mädchen.

»Willst du deinen alten Herrn nicht wenigstens umarmen, wenn er schon den ganzen Weg gekommen ist, um dich wiederzusehen?« entgegnete Barry.

»Klar.«

Als er und Kyra sich wieder voneinander lösten, hatte Anna bereits ihr Nähzeug in der Tasche ihres Kittels verstaut und Matty an der Hand genommen.

»Matty kommt mit«, erklärte sie. «Nicht wahr, mein Schatz?« fragte sie den kleinen Jungen, der ebenso liebevoll zu ihr aufblickte, wie sie ihn ansah. Er nickte zustimmend.

»Ich verstehe immer noch nicht, wie du hier 'reingekommen bist«, wunderte sich Kyra.

»Offenbar bin ich der Alarmauslöser, nach dem jeder hier sucht. Wir gehen wohl besser.«

Kyra versuchte sich von Barry loszureißen. »Ich... kann... Kev... und die andern... nicht einfach hierlassen. Kev?«
Kevin hatte sich von ihr abgewandt und beobachtete einen Monitor. »Nun geh schon mit«, brummte er
»Aber was wird aus EDGE? Was wird aus dir?« protestierte Kyra.
Barry begriff sofort, was los war. »Dann gehen wir eben *alle!*« Er trat zu dem entstellten Mädchen, das immer noch seine Puppe kämmte. »Komm, mein Liebes! Gehen wir! Kyra, du nimmst Gesucht-und-Gefunden!«
»*Ich* gehe nirgendwohin!« erklärte Timmo und nahm die Kopfhörer ab. Er hatte Barrys Ankunft und der Begrüßungsszene zugesehen, als gehe ihn das gar nichts an. Nun kam Leben in ihn.
»Dann bleib hier, wenn du willst!« erwiderte Barry. »Kevin? Wir müssen uns beeilen!«
»Ich kann doch nicht meine...« – Kevin betrachtete liebevoll seine Computer. »Ich kann sie doch nicht einfach im Stich lassen, damit diese Lamrons sie verkorksen.«
»Sie werden dir etwas antun, Kev!« versuchte es Kyra. »Und auch dir, Tim!«
Timmo kletterte auf den festmontierten Stuhl, lehnte sich zurück und erklärte: »*Mir* wird *keiner* etwas antun!«
Anna hielt Matty im Arm, Kyra hatte Gesucht-und-Gefunden an der Hand. Barry begann, Sanchas Rollstuhl die Rampe des Podests hinunterzuschieben. »Wir haben keine Zeit für Diskussionen«, sagte er. »Gehen wir! Kevin? Was ist? Kommst du nun mit?«
»Ich kann nicht.«
»Vergiß diesen verdammten Computer! Wir besorgen dir einen neuen.«
»Ihr versteht mich nicht«, sagte Kevin mit kalter, trauriger Stimme. »Kyr, du weißt, warum.«

Kyra beugte sich zu Barry und flüsterte ihm zu: »Er möchte uns beschützen. Mit seinem Computer kann er das.«
»Schlag dir das alles aus dem Kopf!« sagte Barry. »Anna! Da hinaus!« Er deutete auf die Tür, durch die er gekommen war, überließ Sancha dann Kyra und stürmte zum Podest zurück, um Kevin zu holen.
Timmo rief: »*Niemand* verläßt diesen Raum, außer wenn *ich* es sage!«
»Sei kein Lamron, Timmo!« warf Kevin ein. »Du hast doch gehört, was wir vorhin gesagt haben. Wenn man uns zwingt, für andere zu arbeiten, sind wir so gut wie tot.«
»*Ich werde nicht sterben!* Weder jetzt noch später. *Nie!*«
Timmo deutete mit dem Finger auf eine Wand, und ein dünner blauweißer Strahl schoß hervor. Alarmglocken heulten.
Kevin rollte mit seinem Sessel zu einer Tastatur und drückte rasch auf einen Knopf. Der Alarm wurde abgestellt.
Timmo versuchte es noch einmal. Aber das Alarmsystem war endgültig lahmgelegt.
Kevin hatte nun eine Tastatur auf dem Schoß. Mit seinem Mundstab gab er etwas ein. Dann ließ er den Stab wieder in die Hemdtasche fallen und schrie: »Macht, daß ihr hier 'rauskommt, Leute! Ich gebe euch Rückendeckung.«
»Kevin!« rief Sancha.
»Los, weg!« rief er zurück. »Schaffen Sie sie hier raus, Barry!«
Widerstrebend sprang Barry vom Podest in den Mittelgang. Die anderen gingen langsam durch die Sitzreihen auf die Tür zu.
Timmo gab seine Bemühungen auf, den Alarm auszulösen, und lief zur Tür des Kontrollraums. Kevin benutzte abermals den Mundstab.
Die Türschlösser schnappten laut zu. Anna stand vor der Tür am Ende des Zwischengangs, Matty auf dem Arm.

Timmo trommelte mit den Fäusten dagegen. Von der anderen Seite wurde das Klopfen erwidert, hörte Barry.
»Mach diese Tür auf, du Wurm!«
»Vergiß es, Blechmann! Ich mach gerade den gesamten Stützpunkt dicht!« erwiderte Kevin.
Im Nu gingen im Hörsaal die Lichter aus. Nur noch der Schimmer von Computerlämpchen und Bildschirmen erhellte den gewaltigen Raum.
Das allgegenwärtige Geräusch der Klimaanlagen verstummte plötzlich.
»Was machst du da?« schrie Timmo.
Kevin schien sich diebisch zu freuen. »Wasser. Luft. Licht. Jetzt noch das Telefon.«
»Die Fahrstühle!« rief Kyra. »Du mußt die Fahrstühle in Betrieb lassen, Kev!«
»Das kannst du nicht machen!« Timmo war außer sich. »Alex braucht das. *Wir* brauchen es!«
»Zu spät.« Kevin wich so elegant mit seinem Sessel zurück, daß Timmo sich in einem Gewirr von Drähten verfing.
»Nein, laß das! *Nicht!*« schrie Timmo. Er zog ein Leitungskabel aus der Computeranlage und hielt es in beiden Händen. Anscheinend konzentrierte er sich auf etwas. Die Lampen des Hörsaals flackerten einen Moment und gingen wieder an.
Als nächstes setzte erneut das Summen der Klimaanlage ein.
»*Ha!*« rief Timmo. »Siehst du? Ich hab genug Energie dafür. Genug, um den ganzen verdammten Stützpunkt in Gang zu halten, wenn ich will!«
Die Türschlösser schnappten auf, aber das Licht hatte neuerlich zu flackern begonnen. Obwohl Timmo das Kabel immer noch festhielt, hatte er sich eine Hand auf die linke Schläfe gelegt und schüttelte den Kopf, als wolle er wieder zu klarem Verstand kommen.
»Ich versuch gerade, sämtliche Anschlüsse auszuschalten,

damit er sie nicht mehr mit Energie versorgen kann!« erklärte Kevin laut.
Die Türschlösser schnappten abermals zu, das Licht flackerte und erlosch erneut.
Timmo konzentrierte sich jetzt erneut auf das dicke Kabel. Eine blauweiße Aura umgab ihn.
»Ich werde ihn mit Funkwellen verwirren«, sagte Sancha.
Timmos Aura flackerte hell um seinen ganzen Körper.
In Sekundenschnelle begannen an der gesamten Kontrollwand Skalen- und Zifferblattdeckel unter Sanchas Hochfrequenzsignal zu zerspringen, und obwohl Barry es nicht hören konnte und hinter ihr stand, fühlte er in jedem Nervenende ein Prickeln, das immer stärker wurde, immer stärker. Als die Frequenz schließlich sogar durch die Metallgriffe des Rollstuhls lief, mußte er loslassen. Jetzt begannen im ganzen Saal die Beleuchtungsanlagen, ja sogar die kugelsicheren Glasscheiben der Kabine über dem Podest zu zittern und zu zerspringen. Timmo fiel auf die Knie. Er steckte sich die Finger in die Ohren, sein Gesicht war qualvoll verzerrt.
Irgendwie aber bekam er Sanchas Signal unter Kontrolle und nahm es nun in sich auf – schlimmer noch: sandte es wieder aus. Sein Gesicht entspannte sich neuerlich, während er aufstand und lächelte. Blitzschnell richtete er eine Hand auf Sancha, und ein zuckender blauweißer Lichtstrahl fuhr in das Mädchen und den Rollstuhl wie außer Kontrolle geratene Elektrizität.
»Du lädtst mich mit Energie auf, Radiokopf!« kreischte Timmo.
Doch bevor der Junge noch mehr anrichten konnte, sprang Barry vor den Rollstuhl und schob ihn hastig den Gang hinauf. Einen Moment, bevor er Sancha durch die Schwingtür stoßen konnte, sah er, wie das blauweiße Licht diffus wurde und der Körper im Rollstuhl zu zucken begann. Das Mädchen wurde von heftigen Krämpfen geschüttelt.

»Ha!« Timmo hüpfte auf dem Podest herum. »Ha! HA! *HA!«*
Anna und die übrigen stürmten zur Tür. Nur Kyra rührte sich nicht von der Stelle. Sie wirkte bleich und voller Angst.
»Raus hier!« Barry versuchte, sie hinauszudrängen. Doch sie erwiderte: »Nein, Barry, das hier ist unsre einzige Chance. Geh du besser einen Schritt zurück!« Und dem kleinen Jungen flüsterte sie zu: »Matty, du mußt jetzt spielen! Ich helf dir dabei!«
Sie nahm das Kind in die Arme, und es wand und krümmte sich, während plötzlich wie zuvor, als Barry ihm beim Spielen zugesehen hatte, riesige, hundertfach verzahnte Kristallgebilde unter den winzigen Turnschuhen herauswuchsen und auf das Podium zuschossen, direkt auf Timmo.
»Mach es echt, Matty!« sagte Kyra. »Wie vorhin!«
Die Kristallteile flogen um Timmo herum, als seien es krumme Speere, und schlossen sich zu einem Gitter zusammen.
Barry nutzte Timmos Überraschung, um sich durch eine Sitzreihe schnell in den Seitengang zu schlängeln, da er von dort aus vielleicht zu Kevin gelangen konnte.
»Sperr ihn ein, Matty!« hörte er Kyra schreien.
Timmo stieß inzwischen mit blauen Feuerspeeren Löcher in die Kristallstruktur, die rings um ihn emporwucherte.
»Mach es *stärker*, Matty!« drängte Kyra.
Während Timmo unermüdlich hackte, wurde das Kristall in Sekundenschnelle erst doppelt, dann dreimal und schließlich viermal so stark wie vorher, bis Barry Timmos Gestalt nicht mehr klar erkennen konnte. Verzerrt und gebrochen steckte sie in dem Kristallpanzer.
»Noch dicker!« kreischte Kyra. »Er bricht es durch!«
Die Kristallstruktur schien Timmo nun fast ganz zu umhüllen, als wickle eine Riesenhand ihn blitzschnell ein.
Aus dem Innern des Käfigs konnte man Timmo toben hören.

Doch immer dicker wurde das Kristall und wuchs mit erstaunlicher Geschwindigkeit um ihn herum. Timmo brach scharfe Zacken heraus und hielt es mit ebenso raschen und kräftigen Bewegungen von sich ab. Jetzt konnte Barry im Innern des Kristalls lediglich eine blauweiße Gestalt erkennen. Binnen Sekunden sah der Käfig mit seinen spitzen, scharfkantigen Borsten wie ein Stachelschwein aus, ein gigantisches, hundertzackiges Labyrinth.
Kevin schnappte nach Luft und entfernte sich mit seinem fahrbaren Stuhl so weit wie möglich von Timmo. Doch nun war die Schiene zu Ende. Er konnte nicht weiter zurückweichen.
Die Computerdrähte an Kevins Körper rissen aus den Anschlüssen, wurden fest und wanden sich wie Hunderte von gläsernen Schlangen um das Schaltpult.
So schnell Kevin sich auch von den Kabeln zu befreien suchte, sie sprangen heraus und attackierten ihn.
Vorsichtig versuchte Barry, an den Jungen heranzukommen. Doch eine Phalanx von Kristallspeeren hielt ihn auf.
Ohnmächtig mußte Barry mitansehen, wie die Kabel, in nadelscharfe Kristallschlangen verwandelt, um Kevins Gesicht und Körper herumtanzten und dann nach dem Jungen stießen. Während sie gleichzeitig Kopf und Körper durchbohrten, wurde ihr kristallenes Glitzern blutig dunkelrot. Kevin stieß schrille Schreie aus und warf den Sessel um, zuckend vor Schmerz. Doch hundert neue Nadeln stachen ihm in den Körper, während er wie von Sinnen mit seinen Stummelfüßchen trat und strampelte. Er war nun völlig von den Drähten bedeckt, und schließlich kam der zuckende Mittelpunkt – Kevins Kopf und Körper – zur Ruhe. Inmitten des spitzen Nadelkissens konnte Barry nur noch einen blutroten Kern erkennen.
»*Wer ist als nächster dran?*« hörte Barry jemanden sagen, und ein Dutzend Kristallnadeln stach auf ihn ein.

Barry zog den Kopf ein und duckte sich seitlich unter die Sitze. Vielleicht schützte ihn die metallene Unterseite, während er wieder zum Mittelgang hinüberkroch. Nur ein einziges Mal blickte er auf und sah, daß die Sitzpolster dicht vor seinen Augen ganz durchlöchert waren, von Kristallstacheln zerfetzt. Am Ende der Reihe hatte sich Matty aus Kyras Armen befreit und stand nun furchtlos im offenen Gang.
»Matty!« schrie Barry. »Zurück!«
Das genügte, um Timmo abzulenken. Barry stürzte zwischen den nadeldurchbohrten Sitzen hervor und riß Matty in seine Arme.
»Schluß jetzt, Matty!« schrie er dem kleinen Jungen ins Ohr, und Matty ließ die Arme sinken. Dann raste Barry wie der Blitz hinaus auf den Korridor.
Als sie glücklich durch die Tür waren, setzte Barry das Kind ab und drehte sich noch einmal nach der Luke um. Offenbar kam Timmo ihnen nicht nach.
Barry sah lediglich eine Kristallmasse. Seltsamerweise war sie nun fast durchsichtig und Timmo selbst vollkommen erkennbar: Die Kopfhörer wieder über den Ohren, stand der halbwüchsige Junge auf der Sitzfläche des festmontierten Stuhls, hatte die Augen geschlossen und zuckte und drehte sich zu der Musik. Ein blauweißer Schimmer strömte ruhig und klar, beinahe schön, aus seinem Körper.
Kyra nahm Barry am Arm. »Sancha hat sich nicht schnell genug abgeschottet.«
Er riß sich von dem faszinierenden Schauspiel hinter dem Fenster los. Sancha lag rücklings im Gang, ein Arm war ausgestreckt und schmetterte rhythmisch den Kopf der Barbiepuppe mit dem schön gekämmten Haar auf den Kachelboden, während das Mädchen selbst krampfhaft zuckte.
Die drei MPs sahen voll Grauen zu.
Anna nahm Matty und küßte ihn auf die Stirn.

»Wir müssen hier raus!« sagte Barry zu der Sergeantin und sah noch einmal durch die Luke. Die Kristallspitzen reichten nun fast bis zur Tür hinauf; als wüchsen sie organisch weiter, während Timmo sich immer noch im Rhythmus der Musik wiegte – so schnell jetzt, daß er in der Luft zu wirbeln schien; eine verschwommene Gestalt, umhüllt von einem blauweißen Schimmer.

»Es sieht aus, als ob er...« Barry wußte nicht, wie er beschreiben sollte, was seine Augen da erblickten.

»Er tanzt.« Auch Kyra sah in den Saal. »Wie Shiva. Und wie Shiva wird er uns vernichten. Er ist zu stark, Barry. Er hat all unsere MEC-Kräfte in sich aufgesogen wie ein Schwamm. Wir sind machtlos gegen ihn.«

»Keine Sorge! Wir schaffen es schon«, beschwichtigte Barry.

»Der arme Kevin!« Plötzlich fing Kyra an zu zittern. Barry hielt sie fest.

Zu den anderen sagte er: »Er wird langsam immer stärker. Wir müssen uns beeilen!«

Als wolle das Gebäude seine Furcht rechtfertigen, vibrierte es plötzlich.

Sancha zuckte von Kopf bis Fuß, als litte sie an der Parkinsonschen Krankheit. Keiner konnte ihr ins Gesicht sehen, doch Kyra gelang es, die Hand des Mädchens zu ergreifen. Beruhigend redete sie auf es ein. In diesem Moment erbebte plötzlich der Boden unter ihnen wie durch einen Erdstoß.

»Sergeant!« befahl Barry. »Bringen Sie uns hier raus!«

Die Frau nahm ruckartig Haltung an und bildete zusammen mit den anderen MPs eine Eskorte. Anna übergab Matty an Barry und küßte das Kind. Zusammen mit Kyra setzte sie Sancha in den Rollstuhl, um sie hinauszuschieben. Barry nahm Gesucht-und-Gefunden an der Hand und führte die übrigen in die entgegengesetzte Richtung, zurück zu der

Treppe, die nach unten führte. Erneut bebte es. Matty begann zu wimmern, klammerte sich noch fester an seinen Beschützer, und Barry wurde sich bewußt, daß dieses erstaunliche kleine Geschöpf, das er vor ein paar Minuten in Aktion erlebt hatte, ja immer noch ein verängstigtes Kind war. Während sie hinauseilten, redete er Matty tröstend und beschwichtigend zu. Jetzt sprangen bereits die Fenster aus den Rahmen, klirrend fielen die Scherben auf den Boden oder nach draußen. Kyra betrachtete Sancha in deren Rollstuhl und griff nach dem langen Haar des Mädchens, um seine linke Gesichtshälfte damit zu bedecken. »Ich muß sie in die Klinik bringen. Sie haben dort eine Medizin gegen ihre Krämpfe«, sagte Kyra.
»Du bleibst bei uns!« antwortete Barry entschieden.
Er befahl einem der MPs, das Mädchen im Rollstuhl zu einem Arzt zu bringen, und der junge Soldat rannte davon, Sancha über die Schulter gehievt.
»Das wird schon wieder, wenn sie im Krankenhaus ist«, beruhigte Barry seine Tochter.
»Es war ein schrecklicher Fehler, daß wir Timmo dieses Kristall gegeben haben!« sagte Kyra. »Er kann seine Energie damit irgendwie bündeln.«
»Mach dir keine Vorwürfe!« antwortete Anna eindringlich, und genau in diesem Moment vernahmen sie alle einen scharfen Knall, als berste ein Baumstamm auseinander.
Barry blickte auf. Er sah die riesige Rundfunkantenne auf dem Gebäude gegenüber der Kuppel. Blauweiße Blitze zuckten den Mast entlang und schossen in scharfen Explosionen aus der Spitze der Antenne.
Das Beben, das Barry und die anderen im Innern des Kontrollraums gespürt hatten, machte sich nun auch draußen bemerkbar. Als Barrys Gruppe den Schatten der flachen Gebäude verließ und auf die Fahrstühle zulief, rannten bereits Menschen in der entgegengesetzten Richtung vorbei.

Sie brauchten etwa zehn Minuten. Barry konnte bereits die Wachtposten erkennen, die dort herumstanden, unschlüssig, ob sie nun wieder ins Zentrum zurück oder dort bleiben sollten, wo sie waren. Einer der beiden riesigen Fahrstühle fuhr gerade nach unten.

»Er hat gesagt –« begann Gesucht und wurde von einem gewaltigen Dröhnen ringsum unterbrochen. Der Boden schien zu summen und zu vibrieren, obwohl sie weit vom Hauptplatz und von der Kuppel entfernt waren. Solange das Beben andauerte, konnte sich die kleine Gruppe kaum auf den Beinen halten. »Er hat gesagt, daß er jeden umbringen will.«

»Timmo hat eine Schwachstelle in der Höhle entdeckt!« ließ sich Kyra vernehmen. »Er wird alles zum Einsturz bringen!« Eine Sekunde später hörten sie ein Geräusch, als würde hoch über ihnen Metall knirschen.

»Da!« schrie Anna, während ein Teil des Bauxitbergwerks, das eine Decke über der gewaltigen Höhle bildete, wie Barry wußte, auseinanderbrach und herunterfiel. Riesige Felsplatten zertrümmerten im Sturz zwei Flutlichtanlagen.

Plötzlich brach am Fahrstuhl Panik aus. Menschen, die vorher noch gezögert hatten, drängten nun mit lautem Geschrei zum Aufzug.

Weiter entfernt explodierten die Lampen der herabstürzenden Beleuchtungskörper, als sie an der Wand oder dem Boden der Höhle aufschlugen. Die allgemeine Hysterie steigerte sich. Barry hörte jemanden sagen: »Gott sei Dank, daß die Flutlicht- und Fahrstuhlanlagen an ein Notaggregat an der Oberfläche angeschlossen sind!«

Die MPs hatten der Gruppe Platz im Aufzug gemacht. Anna, die Matty auf dem Arm hielt, zog Gesucht-und-Gefunden zu sich heran. Als sie alle in einer Ecke des riesigen Lifts standen, drängten rasch weitere Personen hinein.

Barry und die beiden MPs gingen nach vorn, um den Aufzug zu sperren. Schließlich gelang es ihnen, die hüfthohe Holztür nach oben zu ziehen, und Barry sah Soldaten und Angestellte in Laborkitteln von überallher auf die Fahrstühle zuströmen.
»Können wir nicht endlich losfahren?« rief jemand hinter Barry.
Nervenzermürbend langsam machte der Fahrstuhl einen Ruck und setzte sich in Bewegung: erst zwei, dann fünf, dann dreißig Zentimeter hob er sich vom Boden.
»Geht's denn nicht *schneller?*« rief jemand.
»Er ist überlastet.«
»Steigen doch *Sie* aus!«
Plötzlich packte Kyra Barry am Arm. »Sancha! Sie wird...« Und noch bevor er sie aufhalten konnte, zwängte sie sich an den Leuten vorbei und sprang hinaus.
Anna wandte sich Barry zu. »Barry! Hol sie zurück!«
Er fühlte sich hin und her gerissen: Sollte er seiner Tochter folgen oder bleiben? »Und was wird aus dir und den Kindern?«
»Wir fahren nach oben. Uns passiert schon nichts!«
Natürlich nicht.
»Los, Barry! Geh schon! Ehe Kyra noch etwas zustößt!« drängte sie. »Aber gib acht!«
Sachte berührte sie seine Lippen, als wolle sie ihn so beschützen.
Barry bahnte sich einen Weg durch den überfüllten Lift und sprang. Dann rannte er ins Zentrum der unterirdischen Siedlung zurück.
Die Schwingungen im Erdboden waren jetzt fast konstant, und gleichzeitig ertönte ein durchdringendes Poltern – wie Donner hörte es sich an –, während wieder ein Deckenabschnitt einstürzte und ein halbes Dutzend Flutlichter explodieren ließ. Ein paar Menschen halfen Kollegen, die von

herabstürzenden Trümmern verletzt worden waren, alle anderen aber stürzten in Richtung Lift. Keiner dachte daran, Barry aufzuhalten. Das künstliche Tageslicht wich nun dem Helldunkel eines heraufziehenden Gewitters.
Als Barry den zentralen Platz erreichte, bemerkte er schokkiert, wie rissig Zement und Platten waren. Er sah zu der zerstörten Kuppel hinüber. Ihre Wände waren geborsten, doch dahinter herrschte nicht Dunkelheit, sondern ein blauweißer Schimmer strahlte nach draußen. Nach allen Richtungen wuchsen riesige Kristallstalaktiten aus dem Dach. Noch ein Erdstoß, und Barry fiel auf Hände und Füße. In ein paar Minuten würde der Platz völlig unpassierbar sein.
Während die Felsdecke weiter einstürzte und noch mehr Flutlichtlampen explodierten, versuchte es Barry an einem halben Dutzend Türen und fand schließlich die Klinik. Wüstes Durcheinander herrschte darin: Arzneiregale, Labortische und Apparaturen lagen überall verstreut wie von der Hand eines wilden, ungezogenen Kindes. Am Ende des Korridors stieß er auf einen Mann im Laborkittel, der noch atmete. Ein Arzt – wahrscheinlich bewußtlos geschlagen, als die Decke eingestürzt war. Es gelang Barry, ihn so weit zum Leben zu bringen, daß der Mann etwas über »das Mädchen« zu brabbeln begann. »Helfen Sie dem Mädchen!«
»Das mit dem entstellten Gesicht? In einem Rollstuhl?«
»Das Mädchen! Es ist...« Der Mann deutete zu der Stelle, wo die Decke vollkommen eingestürzt war.
Barry brachte ihn – halb tragend, halb ziehend – aus den Trümmern der Klinik und fand einen Mann und eine Frau in Laborkitteln, die sich mehr oder minder bereit erklärten, den Arzt zu den Fahrstühlen zu tragen. Von seiner Last befreit, ging Barry in den Raum zurück.
»Kyra! Sancha! Ich bin's! Barry! Seid ihr da? Irgendeine von euch?«

Er rief noch einmal ihre Namen. Dann kletterte er los, über die Trümmer. Sie waren noch ziemlich wacklig, und fast sofort wurde er von einer neuen Ladung Schutt aufgehalten. Als wären seine Hände Schaufeln, begann er in unterschiedliche Richtungen zu graben.

»Falls ihr mich hört, dann gebt ein Lebenszeichen! Irgendeines!«

Fast hätte er die Spitzen einer langen schwarzen Haarsträhne zwischen zwei kaputten Hartfaserplatten übersehen.

Kyra! Wie von Sinnen und dennoch behutsam wie ein Archäologe, begann er zu graben und schob die zerbrochenen Deckenkacheln Stück für Stück beiseite. Jetzt berührte er einen Finger, noch einen, die ganze Hand, das Handgelenk. Er tastete nach dem Puls und fand ihn nicht.

Leise fluchend grub er weiter und legte den Arm bis zum Ellenbogen frei. Ihr Kopf mußte unter der Wucht des Einsturzes nach hinten gedrückt worden sein. Wenn er nur diesen Brocken von den Deckenplatten wegstoßen könnte! Er war einen Quadratmeter groß und lag direkt vor ihr. Geschafft! Barry benutzte ihn, um damit die anderen Platten abzustützen, die herunterzufallen drohten, griff durch die Trümmer und strich mit den Fingern über den Oberkörper des Mädchens.

Jetzt hielt er ein Stück von ihrer Weste in der Hand. Halt! Kyra hatte ja ein metallisch braunes Oberteil getragen. Keine Navajoweste!

Vorsichtig auf die losen Trümmer ringsum achtend, räumte Barry den Schutt weiter beiseite, bis er die Brust der Verschütteten größtenteils freigelegt hatte. Es reichte, um zu erkennen, wo die glatte, goldbraune Haut dick, reptilienhaft und zu lauter Falten und Wülsten wurde. Die eine Schulter war eine Mischung von glattem und rauhem, schönem und gräßlichem Fleisch: Sancha!

Da er ihre Halsschlagader finden und abtasten mußte, grub er weiter, bis er die dicken Falten und Wammen rings um das Kinn des Mädchens spüren konnte und legte ihr die Hand an den Hals. Kein Puls. Nicht der geringste.

Er hörte auf zu graben, wich zurück und betrachtete seine verdreckten, aufgerissenen Hände. Wie sollte er in diesem Schlachtfeld Kyra finden? Und wenn, in welchem Zustand?

Er wich noch weiter zurück und zog den langen Mörtelbrokken heraus, den er aufgestellt hatte, um näher an das Mädchen heranzukommen. Ein Sturzbach von Schutt regnete herab auf ihr entstelltes Fleisch und ihr weiches, glattes Haar, bis nur noch, wie schwebend, eine Hand mit einem Ring aus getriebenem Silber mit geschwärztem Muster an einem der Finger herausragte. Weiches, glattes Haar und eine schön geformte Hand. Die Kennzeichen einer Dame.

»Wir werden dich nicht vergessen«, sagte er, küßte dann ihre ausgestreckte Hand, zog flink den Ring ab und steckte ihn sich an den kleinen Finger. »Ehrenwort.«

Ein neues Grollen unter der Erde riß ihn aus seinen Gedanken. Er mußte Kyra finden.

»Barry? Bist du das?«

Kyras Stimme kam von hinten. Er drehte sich um und sah sie eintreten.

»Dir ist ja gar nichts passiert!« Er stand auf. Sie waren durch Schutt voneinander getrennt.

»Nein. Warum bist du nicht bei Anna?«

»Sancha...« Er setzte zum Sprechen an, drehte sich statt dessen aber halb zu der Stelle um, wo ihre Leiche lag.

»Ich weiß. Ich habe versucht, bei ihr zu bleiben, bis... Als die Decke eingestürzt ist, hat der Arzt mich nach draußen gestoßen.«

Barry fiel es unerwartet leicht, sich einen Weg durch das Trümmerfeld zu bahnen. »Ich hatte schon Angst, dich ebenfalls hier zu finden!«

Vor der Kliniktür lag bereits neuer Schutt auf der Einfahrt. Jetzt zogen sich lange Zickzackrisse über das Pflaster.
Barry nahm Kyra an der Hand und begann, das Mädchen durch die geröllübersäte Straße zu führen.
»Nein, dort entlang!« widersprach Kyra hartnäckig.
»Die Fahrstühle sind in der anderen Richtung!« hielt Barry ihr entgegen.
»Der zweite Aufzug wurde beschlagnahmt. Ich habe Land und seine Leute dort einsteigen sehen. Ich kenne noch einen anderen Weg, Barry. Ich hab das alles hier doch erkundet, erinnerst du dich? Einmal habe ich einen kleinen Aufzug entdeckt.«
Barry war nicht begeistert von der Vorstellung, Land wiederzubegegnen. »Einverstanden; gehen wir deinen Weg. Aber Beeilung!«
Wieder stürzte ein Deckenabschnitt herunter, ein riesiger diesmal, und mit ihm eine ganze Reihe von Stollen aus dem Bauxitbergwerk. Dann explodierten sechs weitere Flutlichtlampen, so daß es plötzlich grell aufblitzte. Als Barry die Augen wieder öffnete, sah er ein dämmriges Halbdunkel vor sich. Zusammen mit Kyra stolperte er durch einen Kräutergarten auf einen Steinpfad.
Am Ende des Pfades, hinter ein paar Bäumen, stand ein alter Holzschuppen.
»Ist er das?« fragte Barry.
»Ein kleiner Aufzug, den die Bergleute für ihren ersten Abstieg hier 'runter gebaut haben. Er ist ziemlich altersschwach und morsch, aber sonst haben wir keine Chance.«
Die Tür war abgeschlossen. Barry fand einen Felsbrocken und schlug damit die verrostete Türangel herunter.
»Wenn alles so verrostet ist, schaffen wir's nie bis oben«, meinte er trocken.
Der Boden bebte heftig.

Sie traten ein, in schwarze Dunkelheit.
»Direkt geradeaus, Barry! Da muß eine Geheimtür sein.«
Er tastete mit ausgestreckten Armen nach der Tür, machte sie schließlich ausfindig, ertastete einen Riegel und drückte ihn nach oben. Das Licht, das von oben hereinfiel, war nur eine winzige Spur heller. Er suchte in seinen Taschen nach dem Feuerzeug. Im Schein der Flamme erkannte er einen kleinen Aufzug, kaum groß genug für ihn und Kyra. Wie die beiden großen Fahrstühle hatte er hüfthohe Wände, von denen eine sich aufriegeln ließ. Prüfend zog er nacheinander an den beiden verrostet wirkenden Drahtseilen. Sie schienen stark genug. Zumindest fiel nichts herunter, als er zog.
»Schalthebel gefunden?«
Ein einfacher Hebel. »Soweit vorhanden!« rief er ins Dunkel zurück. »Sieht aus, als wäre dieses Ding hier seit hundert Jahren nicht mehr benutzt worden!« Er streckte die Hand nach Kyra aus.
Das kleine Gebäude erzitterte unter dem nächsten Stoß. Doch Barry schaffte es, seine Tochter in den Aufzug zu bringen, stieg dann selbst ein, klappte die Seitenwand hoch, verriegelte sie und drückte auf den Hebel.
»Bet lieber, daß dieser Kasten hier funktioniert!«
Der Hebel jaulte und quietschte, die Drahtseilwinden kreischten und knirschten, und der Korb setzte sich in Bewegung.
Nach einer halben Minute gelangten Kyra und Barry aus völliger Stockfinsternis in einen Abschnitt der Höhle, der ein wenig heller war. Nun glitt der Aufzug in dem uralten offenen Holzgerüst, das man mit viel Geschick und Sachverstand in eine schmale Vertiefung der Höhlenwand eingebaut hatte, etwas leichter nach oben. Sie waren schon sechs oder neun Meter über dem Boden; Schuppen und Garten genau unter ihnen wurden allmählich kleiner.

»Scheint zu klappen«, meinte Barry und spürte, wie sein Adrenalinspiegel wieder sank. Er lehnte sich an die Aufzugwand, schöpfte Atem und sagte sich: Ich bin zu alt für diesen Scheiß. Vor fünf Jahren, ja, sogar vor drei, hätte ich noch... Doch Kyra hielt sich an ihm fest, und das tat gut; es entschädigte für fast alles.

Unten in der Höhle klafften in jedem Weg, in jeder Straße tiefe Spalten; jedes Gebäude, das noch aufrecht stand, war von Rissen durchzogen, die Höhlenwand selbst begann zu bersten, und bloß zwei, drei ferne Flutlichtanlagen spendeten hier und da in dem ungeheuren Raum noch ein wenig Helligkeit. So konnte Barry kaum noch etwas sehen, alles schien verzerrt. Während sie weiterhin gemächlich aufwärtsfuhren, wurde sein Augenmerk auf den blauweißen Schimmer unten gelenkt, der jetzt nicht mehr als die Kuppel, sondern nur noch als ein gewaltiger pulsierender Kristall erkennbar war. Es schien, als würde er beim Wachsen Energie ausstoßen.

»Geht's dir schon besser?« fragte Barry. Was wohl aus den anderen Aufzügen geworden war? Er blickte in ihre Richtung. Der erste war immer noch in Sicht und mindestens einhundertfünfzig Meter über dem zweiten nach oben unterwegs.

Auch der ratternde Bergwerksaufzug stieg weiter. Durch die Dunkelheit vernahm Barry eine gedämpfte Explosion. Er zog Kyra fest an sich und hoffte, daß der Aufzug nicht steckenbleiben würde.

Als das Geräusch verstummte, sah er wieder zu den zwei riesigen Fahrstühlen hinüber. Sie fuhren immer noch aufwärts, und der Aufzug, in dem Anna sich befand, hatte immer noch einen Vorsprung vor Land.

Kyra löste sich von Barry und sagte ganz ruhig: »Als Land uns vor etwa sechs Monaten kennengelernt hat, entschied er sich für Timmo, weil er soviel reine, ziellose Energie besaß.

Aber auch, weil Timmo sich unterordnete. Wer weiß, was Land noch alles gemacht hat, um ihn zu steuern und zu beeinflussen.«

»Du meinst, sie hatten eine ähnliche Denkweise?« fragte Barry und erinnerte sich daran, wie der Junge die brennenden Ratten in der Scheune zerstampft hatte.

»Genau. Kevin, Sancha und ich hatten schon ein Gewissen entwickelt.«

Unter ihnen ertönte ein neues Geräusch. Barry sah über den Aufzugrand, und der Kristall schien sich über die letzten Reste der Siedlung ausgebreitet zu haben. Er pulsierte wie irrsinnig.

»Aber Land beging einen Fehler«, fuhr Kyra fort, »denn nicht Timmo, sondern Matty war der wirklich Mächtige unter uns. Weil er autistisch ist, gab es für ihn, für seine MEC, keinerlei Grenzen. Er konnte alles tun, was ihm in den Sinn kam – in der Luft schweben, aus dem Nichts etwas Stoffliches machen! Du hast's ja selbst gesehen!«

»Er war uns eine große Hilfe«, sagte Barry, der daran dachte, wie tapfer der Kleine sich geschlagen hatte. »Er hat uns beschützt.«

Der erste der gewaltigen Fahrstühle befand sich jetzt an der Stelle, wo die tiefsten Stollen gewesen waren. Nun waren Anna und die Kinder außer Gefahr.

Die Wände ringsum bebten inzwischen unablässig. Von unten waren weiterhin gedämpfte Explosionen zu hören, wenn auch in Abständen. Bald würde die ganze Höhle in die Luft gehen!

»Und wenn Timmo nun entkommt?« fragte Barry.

»Er kann nicht entkommen, Barry. Timmo *ist* diese Energie. Wahrscheinlich ist er inzwischen schon vor Energie geborsten.«

Das weiße Licht unter ihnen war langsam ins Gelbe, dann ins Orangefarbene übergegangen.

»Armer Timmo!« sinnierte Kyra traurig. »Sein ganzes Leben stand er unter Zwang. Jetzt hat er sich alle Energie genommen, die er je wollte, aber er muß sie nach außen abgeben. Genau darüber hat Kev mal Vermutungen angestellt. Er sagte, es wäre der größte und längste Orgasmus aller Zeiten. Kev wußte Bescheid.«

»Kevin! So eine gottverdammte Verschwendung!« sagte Barry laut, und er fühlte auch so: Die scharfe Intelligenz des Jungen – so einfach ausgelöscht!

Sekunden später blieb, zu Barrys Entsetzen, der Aufzug stehen.

»Er hat alle Energie, Barry. Er hat den ganzen Strom in sich aufgesogen. Wir stecken fest!«

»Den Teufel tun wir! Ein Stückchen über uns ist eine Reihe von Metallsprossen in der Wand. Wir steigen aus!«

Kyra blickte nach unten und wich rasch zurück.

»Ich kann nicht, Barry. Ich habe jetzt schon schreckliche Angst.«

»Uns bleibt keine andere Wahl!« Er stellte sich vor sie, bückte sich und befahl: »Leg mir die Arme um den Hals, und wenn ich dich hochhebe, dann klammere dich mit deinen Beinen an mir fest. Eins, zwei, drei!«

Sie war leichter als erwartet. Aber dennoch fürchtete sie sich, und das mit gutem Grund. Er kletterte über die Seitenwand des Aufzugs, streckte sich nach ein paar niedrigen Metallsprossen, hielt sich daran fest und zog sich hinauf – er und Kyra waren jetzt mehr als dreihundert Meter über dem Boden einer Höhle, die jeden Moment ringsum zusammenstürzen konnte.

Schließlich bekam er eine Sprosse sicher zu fassen und schaffte es, seinen Körper ganz hochzuziehen, so daß seine Beine nicht mehr in der Luft hingen.

»Wir steigen 'rauf!« erklärte er und fing an zu klettern. Er

kam sich vor wie eine Fliege, die mit einer anderen Fliege auf dem Rücken eine Wand hochkroch, während er Hand über Hand, Fuß über Fuß zog und dabei jeden Schritt mitzählte.
Nach einer Weile rief Kyra: »Schau, Barry! Da oben! Wir kommen zu einem Schacht.«
Sie waren nur ein paar Meter von einem Stollen entfernt, der sich über ihnen öffnete. Doch mit jeder Sprosse, die Barry erklomm, wurde ein kurzer Halt, eine Verschnaufpause dringender. Sein Rücken und seine Schultern, seine Arme und seine Beine – jeder Muskel ächzte vor Schmerz.
»Nur noch neunzehn Sprossen! Jetzt nur noch achtzehn, Barry!«
Alle fünfzehn Zentimeter – von einer Sprosse zur nächsten – schien Kyras Gewicht um zehn Pfund zu wachsen, das Ziehen in Barrys Armen schien doppelt so stark.
»Noch zwölf, Barry! Elf! Zehn!«
Er bekam langsam einen Krampf im linken Bein. Der Schmerz schien unerträglich. Barry mußte kurz innehalten, doch so war es nur noch schlimmer. »Kyra, tritt mir mal gegen das linke Bein!«
»Wieso?«
»Na los, fest!«
Sie gehorchte.
»Noch mal! Fester! Auu!«
»Tut mir leid. Du hast selber gesagt...«
Ihr zweiter Tritt hatte den Krampf genau getroffen, der Muskelknoten löste sich. Jetzt spürte er einen dumpfen Schmerz, aber dieses Gefühl hatte er fast im ganzen Körper. Wenigstens wirkte dieses Gefühl nicht so lähmend. Er kletterte weiter. Jetzt taten seine Schußverletzungen und die Bandagen weh, an denen Kyras Gewicht zerrte.
»Neun. Acht. Noch sieben!«
Der Schmerz in seinen Armen und seinen Schultern verzehn-

fachte sich. Alle fünfzehn Zentimeter schien Kyra doppelt so schwer wie zuvor.
»Nur noch ein paar. Fünf! Vier noch!«
Unter ihnen spürte und hörte er eine gewaltige Explosion, ihr gleißendes Licht blendete ihn. Die Wucht der Explosion vereinte sich mit aller noch in seinem Körper verbliebenen Kraft, um ihn in Sekundenschnelle über die paar restlichen Stufen durch ein klaffendes Loch und auf eine Treppe zu jagen, wo er der Länge nach hinfiel und »Deckung!« schrie, während es unter ihnen weiterdonnerte.
Als die Explosion schließlich vorbei war, ließ Kyra ihn immer noch nicht los.
»Barry?«
»Ich bin noch da.«
»Barry, versuch, die Treppe ganz 'raufzukriechen! Aber langsam! Stell keine Fragen! Und schau dich nicht um!«
Er probierte seine Arme und Beine aus: Gummi. Dann stützte er sich auf die Hände – auf die Knie – wacklig, ja, aber wenn er sie nur so halten konnte... Es ging! Jetzt langsam vorwärtsbewegen, immer eins nach dem andern...
Er begann, die Treppe hinaufzukriechen, wie er es zuvor bei den Sprossen getan hatte, und so ausgelaugt er war, ging das hier doch leichter, weil der Winkel besser war. Aber die Explosion mußte die Treppe aus ihrer Verankerung gerissen haben, sie wackelte heftig, sobald er sich bewegte, und, nein, er wollte sich nicht umsehen, nicht um alles in der Welt!
Am oberen Ende der Treppe ließ Kyra los, rutschte beiseite und setzte sich auf. Auch Barry drehte sich um, setzte sich und sah langsam die Stufen hinunter, die er gerade hinaufgekrabbelt war.
Die Treppe hing frei in der Luft, ein baumelndes hölzernes Stufengerüst, unter dem, etliche hundert Meter tief in der Dunkelheit, ein riesiger, blauweißer Kristall pulsierte, der an tausend Stellen gesprungen war.

Barry brauchte mehrere Minuten, um alles zu erfassen. Als er die Sprache wiedergefunden hatte, sagte er: »Das war noch nicht alles, stimmt's? Vorhin hast du gesagt, es wäre wie Sex. So ein Junge kann doch zwei-, dreimal hintereinander kommen, oder?«

»Sobald du dich danach fühlst, gehen wir weiter, Barry.«

»Was heißt ›dich danach fühlst‹? Ich bleib doch nicht hier sitzen!« Er drehte sich wieder auf Hände und Knie. »Steig rauf, los geht's!«

»Du mußt mich nicht tragen. Jetzt hab ich keine Angst mehr. Außerdem...«

Verglichen mit den absolut senkrechten Sprossen war es fast ein Sonntagsspaziergang, ohne Kyras Gewicht auf dem Buckel die Bergwerkstreppe hinaufzusteigen. Dabei versuchte Barry, der neue Erdstöße unter sich fühlte und jetzt wußte, was dies bedeutete, seine Ängste und Hoffnungen unter Kontrolle zu halten. Kyra war sehr still, und er mußte sich fragen, ob sie irgendwie an der neuen Naturkatastrophe, die sich unter ihnen zusammenbraute, teilhaben konnte. Inwieweit war sie mit dieser Ungeheuerlichkeit telepathisch verbunden?

Sie hatten ein Dutzend Treppenabsätze erklommen, und Kyra wollte jetzt eine Verschnaufpause einlegen, aber Barry rief ihr in deutlichen Worten diese Treppe über dem Nichts ins Gedächtnis. Noch eine einzige Explosion, und wenn sie dann noch zu tief unten waren, weil sie sich ausgeruht hatten... Sie stiegen weiter die morschen Stufen hinauf, immer höher durchs Dunkel, doch nicht einmal das konnte ihn von dem Schmerz ablenken, den er am ganzen Leibe empfand.

»Barry, es geht wieder los!«

»Wie nah sind wir der Oberfläche?«

»Nah. Ich hab Angst, Barry.«

»Kannst du ihn denn nicht ausschalten?«
»Er ist zu mächtig. Noch eine Treppe, glaub ich. Es ist, als wüßte er, daß ich hier bin, und würde nach mir greifen. Fest entschlossen, mich zu erwischen.«
Sooft er die Treppe oder die Wand berührte, konnte Barry die starken Vibrationen unter den Füßen und auch in den Händen spüren. Er rannte geradewegs in die Tür. Sie waren oben! Sie hatten es geschafft! Er ertastete die Stange, die er dort festgeklemmt hatte, entfernte sie und stieß die Tür auf. Genau von hier aus war er hinuntergegangen. Niemand im Tunnel zu sehen – die alten Glühbirnen waren erloschen, aber verglichen mit der Dunkelheit weiter unten, wo Kyra und er gerade herkamen, wirkte es hell.
»Gehen wir!« Barry ergriff Kyras Hand und stolperte hastig vorwärts. Er versuchte sich an den Wänden abzustützen. Da – der Maschendrahtzaun! Das Tor stand sperrangelweit offen und war festgeklemmt, so daß es nicht wieder zufallen konnte – wahrscheinlich von den Leuten, die mit den riesigen Liften geflüchtet waren, vermutete Barry. Und da – der Haupttunnel. Er lag genau vor ihnen. Und Licht. Dort war Licht und frische Luft...
Während sie liefen, grollten und rumpelten die Schwingungen so stark, daß Barry und Kyra wie Marionetten von einer Seite auf die andere wankten.
Mit einemmal erzitterte der Stollen, als hätte man ihn geschlagen. Es donnerte und krachte unablässig. In der Felsdekke zeigten sich erste Risse, die alten Kiefernbalken begannen vor Barry zusammenzubrechen, es war heiß, es war hell, und in der Luft lag ein Kreischen, als hätte man eine Million Fledermäuse auf einmal aus der Hölle losgelassen. Barry spürte, wie Kyra sich von ihm losriß, und als er sich umdrehte, um sie wieder zu packen, wurde er vorwärts in die Dunkelheit geschleudert.

12

»Allmächtiger! Seht euch bloß mal an!« fluchte eine Stimme.

»Ist sonst noch jemand in der Höhle?« fragte eine andere.

Es dauerte eine Weile, bis Barry nicht mehr blinzeln mußte.

»Brauchen Sie Hilfe, junge Dame?«

»Es geht schon. Ich hab nur ein paar blaue Flecken«, antwortete Kyra.

»War sonst noch jemand bei Ihnen, Sir?« wiederholte der Soldat.

Von außen wirkte der Höhleneingang fast genauso wie zuvor, als Barry ihn zum erstenmal gesehen hatte. Selbst die alten Holztafeln waren unversehrt. Aber jetzt irrten hier Hunderte von Menschen herum: Militärpersonal und Menschen in Laborkitteln oder Freizeitkleidung – Wissenschaftler und Techniker, vermutete Barry, die in dem Stützpunkt an diversen Projekten gearbeitet hatten. Sie alle mußten mit den zwei großen Fahrstühlen nach oben und rechtzeitig herausgekommen sein, um der zweiten großen Explosion zu entgehen. Der ersten freilich war nicht jeder entronnen. Taschentücher waren zur Wundstillung um Arme, Köpfe und Schienbeine gewickelt; man hatte Hemden, Kittel und Hosenbeine aufgerissen. Manche Leute stöhnten vernehmlich, ein paar rannten suchend umher und riefen dabei die Namen von Freunden oder Bekannten. Andere kauerten beisammen und hielten sich gegenseitig fest. Einige wenige hatte man flach auf den

Boden gelegt und mit Jacken zugedeckt. Vor dem Eingang standen vier Wagen der Staatspolizei von Colorado, während Autobahnstreifen emsig Verbandszeug und Wolldecken aus Erste-Hilfe-Sets verteilten. Doch wo in diesem ganzen Getümmel waren Anna und die Kinder?

»Sind alle 'rausgekommen?« fragte Barry einen blonden Polizisten mit Militärhaarschnitt.

Und in genau diesem Moment hob hinter dem Höhenzug, in dem der Höhleneingang lag, ein Helikopter ab. Barry versuchte durch die Staubwolken, die der Hubschrauber aufwirbelte, zu erkennen, wer an Bord war. Unmöglich.

»Ihr beiden wart die letzten, von denen wir wissen. Aber eine offizielle Zählung hat noch nicht stattgefunden.«

»Und dieser Hubschrauber?« fragte Barry, während der junge Polizeibeamte sich auf Kyras Blutergüsse konzentrierte.

»Der ist als erster hier eingetroffen. Er hat nur die Schwerstverletzten mitgenommen.«

»Jemand muß ihn von unten herbestellt haben, ehe es Kev gelungen ist, alle Telefonleitungen abzuschneiden«, sagte Kyra.

»Eine Frau mit zwei kleinen Kindern – haben Sie zufällig gesehen, ob die an Bord sind? Ein farbiges, etwa neun Jahre alt. Und ein weißes, etwa vier.«

»Ich hab geholfen, die Leute hineinzutragen, aber ich habe niemanden gesehen, auf den diese Beschreibung paßt«, erwiderte der Polizist. Zu Kyra sagte er: »Ich werde Ihre Schnittwunden und blauen Flecken abtupfen und verbinden.«

»Drei sind nicht 'rausgekommen«, sagte Kyra mit einer Kopfbewegung in Richtung Höhle.

»Und jetzt Sie, Sir!« Er begann die Wunden und Risse an Barrys Gesicht, Hals und Händen zu verarzten. »Drei? Wissen Sie das bestimmt?«

»Zwei davon habe ich sterben sehen. Der andere...«

»Das muß ich melden«, sagte der Straßenpolizist.

»Sonst, sagten Sie, sind alle rausgekommen?« fragte Barry.

»Zwei Fahrstühle voll.«

»Und sie sind alle hier?«

»Ein paar Geländewagen sind gerade von hier weggefahren, als wir kamen. Ich weiß nicht, wohin. Diese Straße 'runter, nehme ich an.«

»Haben Sie im Innern dieser Fahrzeuge eine Frau, etwa in meinem Alter, und die beiden kleinen Jungen bemerkt – Sie wissen schon, von denen ich vorhin sprach?«

»Kann ich nicht genau sagen, Sir. Wir hatten ja nicht die geringste *Ahnung*, daß hier ein ganzer unterirdischer Stützpunkt liegt!«

»Tut mir leid, wenn ich soviel frage, aber ich muß diese Leute finden!«

»Ich verstehe schon, daß Sie sich Sorgen machen, Sir. So! Das müßte Sie eigentlich zusammenhalten.« Er war mit seinen provisorischen Verbänden fertig.

»Ich muß Anna und die Kinder finden«, sagte Barry zu Kyra. »Bleib du hier!«

»Ich komme mit!« entgegnete sie.

Sie ergriff seinen Arm, und suchend schoben sie sich durch die Menge.

»Barry!« Kyra hielt ihn an. »Ist die vorhin nicht bei uns gewesen?«

Es war die Sergeantin, die Barry abkommandiert hatte, um Anna und die Kinder aus dem Kuppelgebäude zu schaffen. Sie und zwei von den MPs.

»Sie haben es geschafft!« rief die Frau, als Kyra und Barry herankamen. »Aber wie denn nur? Sie waren doch gar nicht im zweiten Lift. Wir haben zugesehen, wie voll er wurde.«

»Wir sollten uns bei Ihnen bedanken«, meinte der eine MP

und schüttelte Barry die verbundene Hand. »Ohne Sie wären wir womöglich dort unten umgekommen.«
»Haben Sie gewußt, was passieren würde?« fragte der andere MP. »Wollten Sie deshalb...?«
Barry unterbrach sie mit einer Handbewegung. »Die Frau und die Kinder. Wo sind sie?«
Die drei Militärs sahen einander an.
»Sie sind 'rausgekommen! Wir haben sie genau bis hierher begleitet«, versicherte die Sergeantin.
»Aber jetzt sind sie nicht mehr da!« sagte Barry. »Wäre es möglich, daß sie in den Geländewagen waren, die von hier weggefahren sind?«
»Ja, ich glaube schon«, antwortete der eine MP. »Aber sie sind in Sicherheit. Mr. Land ist bei ihnen gewesen.«
In Sicherheit? Großer Gott!
»Wohin sind sie gefahren?« Barry mußte es wissen!
»Die Staatsstraße hinauf. Mehr konnten wir von hier aus nicht sehen.«
»Wir sind wieder zurück, um den Verwundeten zu helfen«, fügte die Sergeantin hinzu.
»Was, zum Teufel, war da drin los?« fragte der MP. »Was ist denn dort in die Luft gegangen?«
»Das werden Sie schon noch alles erfahren. Haben Sie wirklich keine Ahnung, wo sie hingefahren sind?«
»Wie bist du hierhergekommen, Barry?« unterbrach Kyra.
»Mit dem Auto.« Natürlich! Falls es noch da war...
Er stürmte in die Richtung, wo er den Wagen abgestellt hatte, und Kyra versuchte mühsam, Schritt zu halten. Sie waren bereits ein gutes Stück von der Höhle entfernt, als sie jemanden etwas rufen hörten. Barry drehte sich um. Es war einer der MPs. Er drängte sie, eine Sekunde zu warten.
»Wissen Sie, wie man mit so etwas umgeht?« fragte er, als er einen kleinen Dienstrevolver aus der Tasche zog und ihn

Barry zusammen mit einem Streifen Munition anbot. Als Barry bejahte, bestand der MP darauf, daß er die Sachen annehmen solle: »Wenn Sie vorhaben, hier herumzustromern, können Sie ihn vielleicht brauchen.«
Ein paar Minuten später bestätigte sich dieser Satz beinahe. Drei Zivilisten aus dem unterirdischen Stützpunkt hatten den Mustang entdeckt, das Fenster an der Fahrerseite eingeschlagen und saßen jetzt im Wagen, den sie gerade zu starten versuchten, als Barry eintraf. Barry ließ die Autoschlüssel in der einen Hand baumeln und richtete mit der anderen den Revolver auf das Grüppchen, während er es höflich ersuchte, auszusteigen.
»Wir wußten ja nicht, daß der jemandem gehört«, jammerte einer der Männer.
Dicke Staubwolken hinter sich aufwirbelnd, brauste Barry über den ungepflasterten Weg auf die Landstraße.
»Wo geht's denn hier hin?« fragte er nach fünf Minuten wilder Fahrt. »Hast du irgendeine Ahnung?«
Kyra zuckte die Achseln. »Fahr einfach drauflos! Aber langsamer, damit ich was sehen kann.«
Nach weiteren zehn Minuten rief das Mädchen: »Halt hier an!«
Mit kreischenden Bremsen kam Barry mitten auf der Straße zum Stehen.
»Ich sehe absolut nichts!«
»Da! Schau doch, Barry!«
Ein kleines, kaum sichtbares Schild mit der Aufschrift: PRIVATFLUGPLATZ. NUR FÜR MITGLIEDER.
»Biege hier ab!« sagte Kyra, ihrer Sache anscheinend ganz sicher.
»Zu Befehl, Ma'am!« Er kreuzte die Staatsstraße und fuhr den Privatweg hinauf, daß die Reifen quietschten.
Der kleine Flugplatz lag eine halbe Meile weiter: nur ein paar

Schuppen, ein, zwei Rollbahnen, eine Handvoll Cessnas und Piper Cubs. Als sie näher kamen, konnten sie neben einer Baracke, die an ein einstöckiges Backsteingebäude angebaut war, gerade noch einen kleinen Privatjet sehen.

Der Motor lief. Der Jet konnte jederzeit von hier starten.

Da Barry unsicher war, was sie erwartete, wollte er keinerlei Risiko eingehen. Er stieß mit dem Mustang rückwärts hinter den Flugzeugschuppen, wo man ihn von der Startbahn aus nicht sehen konnte. »Bleib da!« sagte er zu Kyra.

Niemand in Sicht. Er stieg aus und lief die Landetreppe des Jets hinauf. Ein Pilot saß bereits im Cockpit und überprüfte gerade Skalen und Anzeigen, doch die sechs Plätze waren alle leer – noch kein Passagier.

Barry eilte zurück zu dem niedrigen Gebäude.

Und in diesem Moment öffnete sich die Tür. Alex Land, Anna, Gesucht-und-Gefunden und Matty kamen aus dem Büro.

Land und Anna entdeckten Barry gleichzeitig. Anna rief seinen Namen.

»Zurück!« befahl ihr Land. »Gehen Sie wieder in das Gebäude!« Sie rührte sich nicht.

Alex betrachtete Barry fast liebevoll. »Du hast mehr Leben als so eine verdammte Katze!« Er wirkte belustigt. »Wir waren sicher, daß es dich unten erwischt hat.«

Ohne ihn zu beachten, schrie Barry: »Bring die Jungen her, Anna!«

»Die kommen alle mit *mir!*« entgegnete Land.

»Du machst wohl Witze!«

»Keineswegs. Wir werden uns umformieren«, sagte Land. »EDGE muß weitergehen.«

»Wieso? Damit Scheißkerle wie du es rücksichtslos ausnutzen und manipulieren können?«

Alex' Mund wurde mit einemmal fest. »Du hast wohl nie

begriffen, Barry, was? EDGE kann die Menschheit vor sich selbst retten. Wirklich. Das können wir.«

Das »wir« war Barry nicht entgangen.

»Die Welt ist bisher auch ohne Hilfe von EDGE durchgekommen«, entgegnete Barry.

»EDGE wird bald zur entscheidendsten weltpolitischen Kraft werden, Barry!«

»Red dir das nur weiter ein, Alex! Mach dir und diesen Trotteln in Washington nur weiter etwas vor!«

»Du hast schreckliche Erlebnisse hinter dir, Barry, und...« Alex seifte ihn ein.

»Was weißt denn du schon, was ich hinter mir habe?«

»Willst du, daß Kyra, Kevin und Sancha umsonst gestorben sind?« fragte Land. »Nur der Weiterbestand von EDGE wird ihr Gedächtnis am Leben erhalten – für ihr Opfer entschädigen.«

Er redete von diesen armen Kindern, als seien es Frontkämpfer! Und er hielt Kyra für tot. Das war interessant.

»Was hast du nur, Barry«, fragte Land mit neuer Erheiterung in Gesicht und Stimme, »daß du dauernd diese heroischen und absolut unsinnigen Gesten machen mußt?«

Den Revolver gezogen und entsichert, so daß Alex es sehen konnte, wich Barry langsam von dem Gebäude zurück. »*Du* steigst in dieses Flugzeug ein, Alex. Aber allein. Los, mach schon!«

Land ging auf das offene Feld, während Barry und die anderen folgten.

Doch in diesem Moment sah Barry jemanden aus den Augenwinkeln: Kyra.

»Zurück in den Wagen!« brüllte er, aber Kyra erwiderte: »Was ist denn los?«

»Tu, was ich dir sage!«

Ihr sekundenlanges Zögern genügte Land. Er packte Kyra

und zerrte sie wie einen Schutzschild vor sich her über die Rolltreppe ins Flugzeug. Barry sah, wie Land das Mädchen nach drinnen stieß, und hörte, daß er dem Piloten laut den Startbefehl gab. Dann wirbelte Land herum und stieß die Landetreppe mit einem kräftigen Fußtritt von der Flugzeugtür weg. Barry war völlig überrumpelt. Er stolperte nach hinten. Dabei verlor er den Revolver. Anna flüchtete in die andere Richtung.

»Hol die Kinder!« schrie Barry ihr nach.

Land brüllte immer noch den Piloten an, während er die Luke des Jets mit der Hand zu schließen versuchte.

Barry sah zu, wie Anna Matty und Gesucht-und-Gefunden schützend neben sich scharte und mit ihnen in das Flugplatzbüro zurückwich, wo sie außer Gefahr waren. Er selbst fand sein Gleichgewicht wieder, richtete sich auf und stürmte vorwärts, obwohl er das Gefühl hatte, sich in Zeitlupe zu bewegen, während Land weiterhin am Türmechanismus zerrte. Beim Aufblicken sah er Barry kommen und setzte zum Sprechen an – »Nein!«, »Nicht!« oder vielleicht rief er sogar Barrys Namen.

Als der Jet anrollte, war Barry noch näher. Sekundenlang geriet Land aus dem Gleichgewicht – gerade so lange, daß Kyra hinter ihm aufstehen und ihn zu Boden ziehen konnte. Das Flugzeug glitt vorwärts.

Barry erwischte gerade noch eine Tragfläche, klammerte sich fest und rief dabei dem Piloten etwas zu, der ihn durch den Lärm der Triebwerke aber offenbar nicht hören konnte. Um nicht heruntergeschleudert zu werden, während das Flugzeug auf die Startbahn einschwenkte, kämpfte er sich möglichst nahe an den Rumpf. Im Innern, bei der halboffenen Tür, lieferten sich Kyra und Land am Boden einen Kampf. Es war ein ungleiches Match: Gleich würde er sie besiegt haben, und er war immer noch bewaffnet.

Der Jet schwenkte abermals, um sich auszurichten, und zwar haargenau so, daß Barry eine Hand und ein Bein in die Luke schwingen konnte. Land war nach wie vor durch Kyra abgelenkt, während Barry seine Muskeln anflehte, es noch ein einziges Mal zu versuchen.

Er ließ die Tragfläche los und hechtete auf die Luke zu. Beißender Schmerz explodierte in ihm, als er mit der bandagierten Brust gegen den Flugzeugrumpf donnerte. Barry hatte es geschafft, den Knauf der Luke mit beiden Händen zu umklammern, aber dafür hätte der Schock ihn fast wieder zurückgeschleudert. Die Rollbahn unter seinem baumelnden Fuß wurde kleiner und kleiner, und die Markierungslinien sausten immer schneller vorbei, bis sie schließlich verschwammen: Der Jet schoß vorwärts.

Es kostete ihn eine enorme Anstrengung, doch Barry schaffte es, sich langsam nach oben zu ziehen und in das Flugzeug zu krabbeln.

Land stand ihm mit einem Revolver gegenüber. Hilflos kauerte Barry sich an die Luke und hielt sich fest, woran er nur konnte, um die Erschütterung abzufangen. Land hatte weniger Halt. Er tastete mit der freien Hand an der Decke herum. Barry stieß sich von der Tür in seinem Rücken ab und trat fest nach Land, so daß er in einen Sessel geschleudert wurde. Aber fast augenblicklich erholte der Mann sich wieder und richtete seinen Revolver auf Barry.

»Das hätte ich schon vor Jahren tun sollen!« sagte Land. »Nachdem du versucht hast, mich umzubringen. Ich weiß nicht, warum ich so lang damit gewartet habe. Vielleicht, weil es lustiger war, sich vorzustellen, du seist am Leben und würdest Tag für Tag von der Vergangenheit gequält.« Der Revolver war nur zentimeterweit entfernt und zielte genau zwischen Barrys Augen.

»Aber jetzt ist der Spaß für mich zu Ende. Und dein Leben auch!«

Plötzlich taumelte der Jet zur Seite. Barry nutzte den Moment, um sich hinter einen Sitz rollen zu lassen, während die Maschine bockte und die Bö unbeschadet durchflog. Land suchte verzweifelt nach einem Halt, nach irgend etwas. Einen Augenblick – der Jet schwankte immer noch – sah es so aus, als tanze Alex wie eine Marionette mit abgeschnittenen Fäden mitten in der Luft. Dann wurde er aus der offenen Tür gezogen. Er ruderte mit den Armen, klammerte sich ein paar Sekunden an den Lukenrand, aber der Sog riß seine Finger los, und weg war er.

Barry kam gerade noch rechtzeitig auf die Knie, um Alex' Körper unter dem hinteren Rad verschwinden zu sehen.

Die Lukentür knallte zu, lange genug, daß Barry aufstehen, sie festhalten und verriegeln konnte. Der Wind und der Lärm im Kabineninnern hörten auf. Barry schrie dem Piloten zu, daß er den Flug abbrechen solle.

Im Mittelgang setzte Kyra sich halb auf und schüttelte den Kopf, um ihre Benommenheit zu verscheuchen. Verwirrt und fassungslos starrte sie Barry an.

Barry ging zu ihr, hob sie in einen Sessel, kniete sich hin und hielt ihr lange Zeit die Hände.

»Wo...?« begann Kyra.

»Weg!« antwortete er.

»Anna? Matty? Gesucht?«

»Alle außer Gefahr.«

»Und du?«

»Ich werd's überleben. Und du?«

Sie faßte sich vorsichtig und behutsam an die Kinnlade. »Er hat mir eine 'reingehauen!« sagte sie empört. »Ich hab Sternchen gesehen. Rote, grüne und blaue.«

»Du hast ihm einen höllischen Kampf geliefert«, versicherte Barry. »Kein Zweifel, wessen Kind du bist.«

Der Pilot nahm einen Kopfhörer ab und wandte sich halb um.

»Will mir vielleicht mal jemand verraten, was hier los ist?« fragte er.
»Zurück!« befahl Barry. »Dorthin, wo Sie uns an Bord genommen haben.«
Der Pilot sah sich um und erblickte offenbar nicht die Fluggäste, die er erwartet hatte.
»Wo ist denn der Boss?«
»Hat 'nen Unfall mit 'ner offenen Türe gehabt!« erwiderte Barry.
»Oh, zum Teufel!« fluchte der Pilot und wandte sich wieder seinen Instrumenten zu. Verdammt, ihn ging das nichts an! Er flog nur.
Der Jet begann, in einer großen Schleife zu wenden. Seine Triebwerke jaulten, während er den Flug verlangsamte.
»Wie bist du...?« begann Kyra. In die Maschine gekommen, wollte sie sagen.
»Heldenstücke eines Hochschul-Starathleten«, antwortete Barry. »In dieser Beziehung lag er absolut richtig!«
Ja, dachte er, Alex Land hatte in jeder Beziehung richtig gelegen. Er hatte ihn in- und auswendig gekannt. Noch nie war Barry einem Menschen begegnet, der ihn so durch und durch kannte, und es würde wahrscheinlich auch nie wieder einen geben. Fast war es schade darum.
Fünf Minuten später warteten er und Kyra darauf, daß die Gangway heruntergelassen wurde. Anna, Matty und Gesucht-und-Gefunden warteten auf sie. Endlich waren sie alle zusammen, diesmal so lang, wie es ihnen paßte.
Barry hatte noch etwas – nur eine einzige Sache – auf dem Herzen, während er und seine Tochter diesen letzten Moment eines alten Lebens teilten, bevor ein neues anfangen konnte.
»Sag mir die Wahrheit: Du wußtest das alles – dieser verrückte Flug mit Land und dir und mir –, du wußtest, daß das alles

so kommen würde, nicht wahr? Schon vor Wochen? Oder vor Tagen?«

Kyra schien erstaunt über seine Frage. Sie setzte ein rätselhaftes Lächeln auf, so als teste sie ein verblüffendes neues Selbstgefühl, ehe sie mit sichtlichem Behagen antwortete: »Weißt du was, Barry? Ehrlich gesagt – ich hatte keine Ahnung!«